ウンベルト・エーコの

世界文明講義

Sulle spalle dei giganti Umberto Eco

ウンベルト・エーコ

和田忠彦❖監訳

石田聖子・小久保真理江・柴田瑞枝・高田和広・横田さやか❖訳

河出書房新社

ウンベルト・エーコの世界文明講義　目次

ウンベルト・エーコの世界文明講義

巨人の肩に乗って

小人と巨人の物語にわたしはいつも魅せられてきた。けれど長きにわたる小人と巨人をめぐる歴史的論争は、何千年とつづく父と子の戦いの、ほんの一章にすぎない。そしてその戦いは、この講義の最後で明らかになるように、わたしたちにとっていまもってとても身近な問題なのだ。

息子たちには自分の父親を殺す傾向があると認めるにあたって、なにも精神分析医を煩《わずら》わすまでもない。また、ここでわたしが息子たちと男性形を使うのは、ただたんに引き合いに出す文学作品に倣《なら》ってのことであって、ネロ帝とアグリッピーナの険悪な関係にはじまり、現代の犯罪事件にいたるまで、母親殺しだって、何千年も前からつづくごくふつうの習慣だということを無視しているわけではない。

それより問題は、息子の父親に対する攻撃と相対して、父親の息子に対する攻撃も、つねに存在したということだ。オイディプスは、実の父とは知らなかったとはいえ、ライオスを殺《あや》める。サトゥルヌスはわが子を食らうし、メディア(1)にかんしていえば、むろん彼女の名を保育園に冠するわけにはいくまい。そうとは知らずに、息子たちの肉をビッグマックにして食べてしまう哀れなテュエステス(2)のことはさて措《お》くとしても、一方で、東ローマ帝国皇帝の後継者たちが父親の目を潰《つぶ》すかと思えば、他方では、コンスタンティノープル(3)のスルタンたちが、まだ幼い息子たちを殺して、あまりに早くやってくる王位継承の危険から身を守るのだ。

父と子の抗争は必ずしも暴力的なかたちをとるとはかぎらないが、だからといってそれがドラマティックでないということではない。息子が父親と敵対し、かれを愚弄することだってある。あれほど大量の水に苛《さいな》まれたあとだというのに、ハム(4)はノアが少しばかりのワインを飲むことさえ許さなかったではないか。それに対し、ノアが差別的な迫害を行い、父への尊敬を欠いた息子ハムを、未開の国ぐにに追放したことはよく知られている。酩酊《めいてい》した親父を一度冷やかしたばかりに、何千年も、地方特有の飢饉《ききん》と奴隷制に苦しむ羽目になるとは、あまりにひどい仕打ちではないか。アブラハムが息子イサクを生け贄《いにえ》にするも良しとしたとすれば、それは神に対する献身の究極のたとえとみなすのが通論だが、わたしが思うに、アブラハムがそう諒解したということは、息子のことを思いどおりにできる所有物だと考えていたからではないか(息子はのどをかき切られて死に、アブラハムはそうすることでヤハウェの慈愛を受けるはずだったのだ……かれがわたしたちと同じような道徳観にしたがっていたとは、みなさんももはやお考えではあるまい)。ヤハウェが本気でなかったのは幸いだったが、アブラハムはといえば、それを知る由もなかったのだ。さらに、イサクが恵まれない人物であることは、かれ自身が父親になったときに起こる出来事からも明らかだ。ヤコブはかれを殺さないが、父が盲目なのをいいことに、恥ずべき手を使って長男の継承権を横どりするのである。これは、考えようによっては、父殺しよりずっと侮辱的な謀略であるかもしれない。

〈新旧論争 querelle des anciens et des modernes〉のような議論はいずれも、対照的な争いの旗印のもとに起こる。たったいま拝借したこの新旧論争という定型表現のもととなった一八世紀の争いにたどり着くまでに、ペロー(5)やフォントネル(6)が、先祖たちの作品にくらべてより成熟しているという理由で、同時代の作家の作品のほうが優れていると主張していたのはたしかだ(したがって「メルキュール・

ガラン[7]」紙の詩人や好奇心旺盛な人びとは短編や小説における新しい形式のほうを好んだ)。しかしこの〈議論 querelle〉が生まれ、広まったのは、こうした新しい動きに対して、ボアロー[8]や古代の模倣を良しとする者たちがより集まり、権威者然として立ちはだかっていたためなのである。

〈論争〉が起これば、革新者と対立するのはいつも〈昔を懐かしむ人びと laudatores temporis acti〉である。そして、革新や過去との断絶の称賛は、拡大する保守主義に対する反作用として生まれることが多い。わたしたちの時代に〈最新人《ノヴィッシミ》 Novissimi〉とよばれる詩人たちがいたが、二〇〇〇年前には〈新詩人 poetae novi〉たちがすでに存在していたことを、わたしたちは学校で教わった。カトゥルス[9]の時代には〈モダン modernus〉という言葉はまだ存在しなかったが、ラテン語の伝統に反対するギリシア抒情詩の追随者たちは、みずからを〈新しい novi〉と形容した。オウィディウスは『恋の技法』(Ⅲ、一二一行)で、「わたしはこの時代に生まれたことを誇りに思う、なぜならそれはわたしにふさわしく、より洗練されていて、過ぎさった時代のようにひなびていないからだ」と言っている。だが、「新しい」詩人たちが過去の礼賛者たちをうんざりさせていたことを、ホラティウス[10](『書簡詩』第二巻、第一歌、七六行〜)がわたしたちに思い出させてくれる。かれは「近代的」という言葉を使う代わりに、〈少し前に nuper〉という副詞を用い、ある書籍が、優雅さを欠いているためではなく、〈ほんの一日早く sed quia nuper〉世に出たがために責めを受けるのは、残念なことだと語った。これは今日、若い作家を評して、昔のような小説はもう書かれないと嘆く人の態度と共通するものだ。

〈近代 modernus〉という言葉が登場するのは、わたしたちにとって古代であるものが終わりを告げるときである。すなわち五世紀頃、ヨーロッパ全体が、カロリング・ルネサンス前のあの暗黒の数世紀——わたしたちにはどの時代よりも非近代的に感じられる時代——に突入するときだ。まさにそうした「暗い」数世紀、過去の栄光の記憶が薄れ、その焼け残りと崩壊の跡だけが残る時代に、革新は起こる。革新を起こす本人たちに、その自覚がなかったとしてもだ。実際、あの時代にこそ新たなヨーロッパの言語が複数確立しはじめたわけだが、それは過去二〇〇〇年のなかでも、文化的にもっとも革新的で圧倒的な出来事だったのではないだろうか。時期を同じくして、古典ラテン語は中世ラテン語へとかたちを変えようとしていた。この頃、革新することに対する誇りという兆候が現れはじめる。

最初の自尊心に満ちた動きは、自分たちはもはや古代人とは違うラテン語を発明しているという認識だ。ローマ帝国崩壊のあと、旧大陸（ヨーロッパ）は農耕文化の危機、帝国の大きな都市や道路・水道の破壊に直面する。森林に覆われ、修道士や詩人、写本の装飾家ばかりの領土で、人びとは世界を怪物の棲む薄暗い森のような場所としてとらえた。トゥールのグレゴリウス[11]は、五八〇年の時点ですでに文学の終焉《しゅうえん》を予告していた。また、どの教皇だったか覚えていないが、ガリア地方で、いまやラテン語を知らない聖職者たちが〈父と娘と精霊の御名において in nomine Patris et Filiae et Spiritus Sancti〉授けるようになった洗礼が有効かどうか、疑問を呈していた。しかし、七世紀から一〇世紀には「ヘスペリア美学」とよばれた、スペインからブリテン諸島、果てはガリアまでおよぶ地域で定着した文体が発展した。古典ラテン語の伝統はこの文体を、均整のとれた「アッティカ風[12]」文体に対して、「アジア風」（そしてのちに「アフリカ風」）と特徴づけてよんだ（そして誹謗《ひぼう》もした）。アジア風スタイルにおいては、古典のレトリックでは〈悪趣味 kakozelon〉または〈不快な気取り mala affectatio〉とよばれたものが非難された。五世紀頃、教会の指導者たちがどれほど〈不快な気取り〉の例を前に過激な反応を示したかを理解するために、次の聖ヒエロニムス（『対ヨウィニアヌス』第一巻）の罵詈《ばり》雑言《ぞうごん》をみていただきたい。

いまや悪趣味な書き手がわがもの顔に、誰が話し手で、話題が何かも不明な文体を用いる悪癖がはびこり、支離滅裂な話法が蔓延している。何もかもが膨張し、ふやけている。まるで病気の蛇が螺旋《らせん》をかたちづくろうとして、途中でその身体を千切ってしまうようなものだ。すべてが絡まりあって言葉の結び目を解けなくしている始末だ。プラウトゥスの言った「ここでは誰も何も理解できない。シビュラをのぞいては」という言葉を繰り返さねばならないのか。いったい、このような言葉の妖術が何の役に立つというのか。

だが、古典の伝統にしてみれば「悪癖」だったものが、ヘスペリアの詩《バロック》にとっては徳に変わる。ヘスペリアの作品は、もはや伝統的な統語や修辞の法にはしたがわない。誇張的な趣味のリストを作成するために韻律や詩形の規則が破られるのだ。古典世界が耳障りだと断罪した頭韻法の長い連なりが、今度は新しい音楽をつくりあげ、マームズベリーのアルドヘルム[13]（「イーフリッドへの手紙」、ＰＬ八九、一五九）は、すべての単語が同じ文字からはじまるフレーズをつくることに熱狂した。「Primitus pantorum procerum praetorumque pio potissimum paternoque praesertim privilegio panegyricum poemataque passim prosatori sub polo promulgantes」といった調子だ。

語彙《ごい》辞典は、ヘブライ語や古代ギリシア語から借りてきた用語との大規模な混成によって豊かになり、話法は暗号文のようにその密度を増した。古典的な美学が明快さを理想としていたとするなら、ヘスペリアの美学は難解さを理想としていた。古典的な美学が均整を理想としていたとするなら、ヘスペリアの美学は複雑さや、付加形容詞や婉曲表現のふんだんな使用、巨大さ、奇怪さ、抗いがたさ、計りがたさ、驚異を賛美した。海の波を描写するのに〈astriferus 星をちりばめた〉や〈glaucicomus 紺碧の〉という形容詞が用いられ、〈pectoreus〉、〈placoreus〉、〈sonoreus〉、〈alboreus〉、〈propriferus〉、〈flammiger〉、〈gaudifluus〉……といった新造語が高く評価されたのだ。

これらは、七世紀に文法家のほうのウェルギリウスが『梗概』と『書簡集』で褒めたたえている新語である。トゥルーズ近郊、ビゴール出身のこの奇抜な文法家は、キケロやウェルギリウス（もうひとりの、本物のほう）の作品の一部——実際にはこれらの著者たちが書いたはずのない代物——を引用していた。しかしのちに露見したことには、あるいは人びとが直観的に気づいたことには、かれはある修辞学の教師たちの会に属しており、その団体では、それぞれが古典作家の名を好きに使用していたのである。かれらはこうした偽名を使い、古典とは無関係のラテン語を用いて著述をすることを誇りにしていた。ビゴールのウェルギリウスは、まるでエドアルド・サングィネーティ[14]の空想から飛びだしたような言語宇宙を創造している。いや、実際には逆のことが起こったのかもしれないが。このウェルギリウスが言うには、ラテン語には一二もの種類があり、そのそれぞれにおいて「火」は次のような異名をもっているそうだ。〈ignis〉、〈quoquinhabin〉、〈ardon〉、〈calax〉、〈spiridon〉、〈rusin〉、〈fragon〉、〈fumaton〉、〈ustrax〉、〈vitius〉、〈siluleus〉、〈aeneon〉（『梗概』第一巻、四）。「戦い」(battaglia) は海で起こるものだから〈praelium〉という（海はその広大さゆえ優位性をもつと考えられ、〈praelum〉もしくはその素晴らしさから〈praelatum〉とよばれる。『梗概』第四巻、一〇）。他方で、ラテン語の規則自体が問題視され、修辞学の教師ガルブングスとテレンティウスは一四日のあいだ、昼夜を問わず〈ego わたし〉の呼格について討議したと伝えられている。この問題が非常に重要であったのは、強調しつつ自問する方法を決定づけるものだったからである（「ああ、わたしよ、わたしがしたことは正しかったのだろうか？」O egone, recte feci?)。

ここで俗語の問題に移ろう。五世紀の終わり頃には、庶民はもうラテン語ではなく、ガリア＝ローマ語、古代イタリア＝ローマ語、ヒスパニア＝バルカン語を話していた。これらはすべて書き言葉ではなく口語だったが、それでも「ストラスブールの誓い」[15]（八四二）や「カプアの判決文」[16]（九六〇〜九六三）よりも早く、新しい言語を称揚していたようだ。これら数世紀のあいだに、言語が複数に分かれていくのを目の当たりにして、バベルの塔の物語が再評価され、たいていの場合には、そこに呪いや惨禍《さんか》が読み取られたわけだ。しかし、当時すでに、新しい俗語の誕生に近代化と言語の改良の徴《しるし》を見いだそうとする大胆な者もいた。

七世紀、数人のアイルランドの文法家たちが、ガリアの俗語がラテン語文法より優れている点を定義しようとしていた。『詩人の掟』と題された作品では、まさにバベルの塔の構造を真似ている。塔を建設するのに八から九の材質（版によって異なる）、すなわち、土と水、羊毛と血、薪と石灰、松やに、麻とタールが使われたように、ガリア語を形成するためには、名詞、代名詞、動詞、副詞、分詞、接続詞、前置詞、間投詞が使われているというのである。このようなたとえは啓示的であったが、バベルの塔の神話にポジティヴなモデルを見いだすには、ヘーゲルを待たねばならなかった。アイルランドの文法家たちは、ガリア語こそが複数言語の混乱を乗り越えることのできた最初の、そして唯一の言語の例であると考えた。ガリア語の創造者たちは、今日わたしたちがコピー&ペーストとよぶ作業によって、あらゆる言語のうちにある最良のものを選択し、ほかの言語では名づけられなかったものに名前をあたえ、かたち、言葉、もののアイデンティティを明らかにしたのだ。

数世紀後、かれらとはだいぶ違った、自身の企てと尊厳への自覚をもって、ダンテは新しい俗語の発明者として、みずからを革新者とみなした。過剰なほどに増えたイタリア語の方言を、かれは言語学者の正確さと詩人としての傲慢さをもって、またときには軽蔑をもって——ダンテは詩人としては至高の存在であると寸毫《すんごう》の疑いもなく自負していた——分析し、新しい俗語をこころざす必要があると結論づける。そのような俗語は、きらめく（光を散乱させる）ものであり、主軸となる（思想の基盤や規則として機能する）ものであり、帝王にふさわしい（イタリア人が王国を形成することがあれば、その国の王宮で使用されるのにふさわしい）ものであり、高貴（行政や、法体系などでも使われる、賢明な言語）なものでなくてはならない。『俗語論』は、唯一無二で真のきらめく俗語の構成規則を簡単に説明している。ダンテは不遜にもみずからをこの俗語の創造主とみなし、これをアダムの言語の特性であったものとの原始的な関係を見いだす言語として、複数化した混乱の言語に対置した。ダンテが「芳香を放つヒョウ」を狩るように追求したこのきらめく俗語は、バベル後の傷をいやすエデンの言語を体現している。ダンテが、言語が複数化したことを非難するどころか、言語が更新され、時間の経過とともに変化する生物学的ともいえる能力を強調したのは、みずからの役目を、完璧な言語の再興者とみなす大胆な考えのためであった。このような言語の創造性を確信していたからこそ、かれは原始ヘブライ語などの失われたモデルを探しに行かずとも、近代的で自然な、完璧な言語の発明に乗りだすことができたのである。ダンテは新たな（そしてより完璧な）アダムになろうと立候補したのだ。ダンテの尊大さにくらべると、かれより少しあとに現れる、ランボーの「絶対に近代的でなくてはならない」という主張は古めかしくさえ感じられる。父と子の戦いという意味においては、『地獄の季節』より「人生のなかばで」（『神曲』冒頭）のほうがよほど反逆的だ。

〈近代 modernus〉ということばが明確に現れる世代間の戦いの最初のエピソードは、文学ではなく、哲学の分野におけるものかもしれない。中世初期は、第一の哲学的典拠として、後期の新プラトン主義のテクストや、アウグスティヌス[17]、〈古い論理体系 Logica vetus〉とよばれるアリストテレスのテクストに拠《よ》っていたが、七世紀頃から、スコラ哲学の枠のなかに、〈新しい論理体系 Logica nova〉とよばれることになるほかのアリストテレスのテクスト（『分析論前書』、『分析論後書』、『トピカ』、『詭弁論駁論』など）が段階的に入ってくる。このような刺激によって、それまでたんに形而上学的かつ神学的だった議論が、今日現代論理学が中世思想のもっとも鮮やかな遺産として研究する、あの論理の鋭さの探求へと移ることとなった。そして、〈近代論理学 Logica modernorum〉と定義されるものが（当然、あらゆる革新的ムーヴメントがもつ自信をもって）登場するのである。

近代論理学の何がそれまでの神学的思想に対してそれほど新しかったかということについては、カトリック教会がアオスタのアンセルムス[18]やトマス・アクィナス[19]、ボナヴェントゥーラ[20]を聖人としながら、近代論理学の支持者を誰ひとり祀らなかったことが示している。かれらはなにも異端だったわけではない。ただたんに、過去数世紀に行われた神学的議論よりも、ほかの問題に腐心していたというだけのことであって、今日なら、わたしたちの頭脳のはたらきのほうを重要視していた、とでもいえるだろう。かれらは、多かれ少なかれ意識的にみずからの父親を殺していたのである。のちに人文主義哲学が、近代的だがもはや超越されたものとしてかれらを殺そうとしたように。とはいえ、それは大学の教室で父親たちを冬眠させることに成功したにすぎなかった。そして現代の（というのは、まさにいま現在の、という意味である）大学が、眠った父親たちをそのままの状態で見いだすことになったのだ。

しかしながら、わたしがここで挙げたすべての例において、あらゆる革新や父親に対する異議申し立ての行動はいつも、これから殺めようという父親より優れているとみなされる先祖に頼り、そこへ回帰しようとしているようだ。〈新詩人〉はラテン語の伝統に逆らってギリシアの抒情詩に回帰しようとし、ヘスペリアの詩人たちや文法家ウェルギリウスはケルト語や西ゴート族やヘレニズムの言葉、ヘブライ語の語根を借りてきて独自の混成語をつくっていた。アイルランドの文法家たちは、ラテン語より自分たちの言語をより古い複数の言語のコラージュとして誇っていたし、ダンテはウェルギリウス（マロのほう）のような偉大な先祖を必要としていた。また、〈近代論理学 Logica modernorum〉は、それまで失われていたアリストテレスの再発見があったからこそ、近代的なものとして成り立ったのである。

中世には、古人《いにしえびと》はより美しく背が高かったという、ひろく普及していた〈トポス topos〉があった。今日ではまったく根拠のない推論であり、それはナポレオンが実際に使っていたベッドの長さをみれば分かることであるが、当時にしてみればさほどばかげた考えではなかったのかもしれない。古代のイメージが、人物を称賛する彫像からつくられており、しかもその人物たちが数センチ拡大して製作されていたからというだけの理由ではない。ローマ帝国の崩壊によって、人口の減少と飢饉が何世紀にもわたってつづいたからである。現代の映画では威容を誇る十字軍兵士や円卓の騎士たちは、わたしたちの時代の勝ち誇ったカヴァリエーレ（騎士）勲章受章者たちよりも、背が低かった可能性が高い。アレクサンドロス大王がずんぐりだったというのは有名な話だが、ウェルキンゲトリクス[21]がアーサー王より背が高かったということもありうる。もうひとつの対照的な対置の例として、聖書から古代後半以降までひろく普及した〈トポス〉を紹介しよう。それは〈老少年 puer senilis〉で、若者特有の美点ももちながら、〈年輩者 senectus〉の徳のすべてをももちあわせた少年のことである。こうしてみると、古人の高い身長を賛美することは保守的な悪癖で、アプレイウス[22]が称賛した「年輩者の知恵をもつ若者」（senilis in iuvene prudentia）（『フロリダ』第九巻、三八行）というモデルのほうが革新的だと思えるかもしれない。しかしそうではない。古人を賛美する行為は、革新者たちが、父親たちが忘れてしまった伝統のなかに自分たちの革新の理由を探しに行くときにするジェスチャーなのである。

自信たっぷりのダンテをはじめとしてここに挙げた少数の例を別にすれば、中世には既存の〈権力者 auctoritas〉によって主張されていれば、それが真実の裏づけになるという前提があった。〈権力者〉が新しいアイデアを支持しないかもしれないという疑いがあれば、その証言を操作するという措置まで取っていたほどだ。アラン・ド・リール[23]が一二世紀に言ったように、どうせ〈権力者〉の鼻は蠟《ろう》でできていたのだから。

わたしたちはこの点をよく理解しなくてはならない。なぜなら、デカルト以降、哲学者こそがそれ以前の知恵を〈白紙 tabula rasa〉に戻す人物であり――ジャック・マリタン[24]が言ったように――「まったくの初心者」（“débutant dans l'absolu”）のふりをする人物だからだ。いまの時代の思想家（詩人、小説家、画家はもちろん）は誰でも、ひとから真面目に話を聞いてもらうためには、直近の先人たちとは違うことを言っているとは示さなくてはならないし、実際そうでないにしても、違うことを言っているふりをしなくてはならない。ところが、スコラ派の哲学者たちはそれとまったく反対のことをしていた。みずからの父親たちが言ったことをそのまま繰り返していると肯定し、それを明示しながら、いうなれば、この世でもっともドラマティックな父親殺しをやってのけたのである。トマス・アクィナスは、かれの時代にキリスト教哲学を変革したが、もし誰かにそれを咎《とが》められたら（実際、それを試みた人物がいた）、自分は八世紀半前にアウグスティヌスが言ったことを繰り返しているだけであると答えたであろう。それは嘘でも、偽善でもなんでもなかったのだ。たんに、この中世の思想家は、ほかでもない先人たちのおかげで新たなアイデアが浮かんだら、かれらの意見に修正を加えればよいと考えていたのである。この原稿の、小人と巨人のタイトルは、まさに次のアフォリズム（箴言《しんげん》）から生まれている。

シャルトルのベルナルドゥス[25]は、わたしたちは巨人の肩に乗った小人のようだと言った。そうすれば、巨人たちよりずっと遠くを見ることができるからだ。わたしたちの背の高さや、視力の良さのためではない。巨人の肩に乗っていれば、かれらより高いところにいられるからだ。

この箴言の起源にかんする調査書に興味があるならば、中世についてはエドワール・ジョノーの『巨人の肩に乗った小人』（一九六九）という小冊子を参照するといい。だが、より陽気にふざけていてあちこち寄り道していて刺激的なのは、現代のもっとも偉大な社会学者のひとり、ロバート・マートン[26]が一九六五年に発表した『巨人の肩に乗って』（*On the Shoulders of Giants*）である。マートンはある日、ニュートンが一六七五年にフック[27]に宛てた手紙で使った箴言の表現――「If I have seen further it is by standing on ye sholders of Giants」――に魅了された。それで、その起源を探しあてるため過去に遡った。やがて厖大《ぼうだい》な裏づけ資料を集め、繰り返し知識豊かな脱線をしては、版を重ねるごとにこまかい注釈や補足を加えた。それをイタリア語にまで翻訳させた（*Sulle spalle dei giganti*, 1991. わたしにその序文の執筆を依頼してくれた）あと、一九九三年に「ポスト・イタリア版」として同書を再版した。

小人と巨人の箴言は、ソールズベリーのヨハネス[28]の「メタロギコン」（Ⅲ、四）によれば、シャルトルのベルナルドゥスのことばとされている。一二世紀のことだ。もしかすると、ベルナルドゥスは最初の発案者ではないかもしれない。というのは、この概念（小人の比喩は別として）はすでに、その六世紀も前に、カエサレアのプリスキアヌス[29]によって語られているからだ。さらに、プリスキアヌスとベルナルドゥスのあいだにも、コンシュのギヨーム[30]がいる。かれは『プリスキアヌス註釈』で、ソールズベリーのヨハネスより三六年早く小人と巨人に言及している。だが、わたしたちにとって興味深いのは、ソールズベリーのヨハネス以後、この箴言がさまざまな人物によって使われるようになった点だ。一一六〇年にはラン学派のテクストに、一一八五年頃にはデンマークの歴史家スヴェン・オーゲセン、カンブレーのジェラール、ラウル・ド・ロンシャン、エジディオ・ディ・コルベイユ、ジェラール・ドーヴェルニュによって、また一四世紀にはアラゴン王朝の王つきの医者アレクサンドル・リカ、その二世紀後にはアンブロワーズ・パレの作品に、さらには一八世紀の科学者ダニエル・ゼンネルトやニュートンによって使用されている。トゥールのグレゴリウスはこの箴言がガッサンディ[31]によっても使用されたと報告している（『懐疑主義と経験論：ガッサンディ研究』、一九六一）。例は尽きないが、少なくともオルテガ・イ・ガセット[32]の『ガリレオをめぐって』（一九四七、四五頁）までは追跡できる。かれは、時代の移りかわりについて話しながら、「ひとかたまりの人びとが他人の肩に乗る。高みにいる者はほかの者たちを支配しているような気分を楽しむだろう。だが、同時に、自分はかれらの四人であるということにも気がつくに違いない」と語る。他方、最近のジェレミー・

リフキン[33]の『エントロピー』（一九八〇）では、マックス・グラックマン[34]の次のような引用が見られた。「科学とは、この時代を生きる愚か者が、前世代の天才が到達した地点を越えることを可能にするあらゆる訓練のことである」。この引用句とベルナルドゥスが言ったとされる文言のあいだには、八世紀の時間が経過しており、そのあいだに何かが起こった。つまり、哲学的および神学的思想における父と子の関係について言及していた言い回しが、科学の進歩という性格を示す言い回しへと変化したのである。

その起源である中世にこの箴言が人気だったのは、世代間の紛争を、一見変革的ではない方法で解決するのに役立っていたからだ。古人はまちがいなくわたしたちより巨大だった。だがわたしたちは、小人ではあっても、巨人たちの肩に座ることで、すなわちかれらの知恵を利用することで、かれらよりもよく見ることができる。この箴言は、元来慎ましいものだったのだろうか、それとも傲慢なものだったのだろうか。はたしてその意味するところは、わたしたちは古人よりよく知っているが、それはかれらがわたしたちに教えてくれたことだ、ということだったのか、それとも、古人に負うところはあるにしても、わたしたちはかれらよりかなり多くのことを知っている、ということだったのか。

世界はしだいに年をとる、というのが中世文化のなかでよく扱われるテーマのひとつだったことを考えると、ベルナルドゥスの箴言はこう捉えられるのではないか。〈世界は年をとる mundus senescit〉からこそ、わたしたち若い世代は古人より年をとる、しかし、古人たちのおかげでわたしたちは、かれらの成し遂げられなかったことを理解したり、実際に行ったりすることができる。シャルトルのベルナルドゥスは、この箴言を文法の議論の分野で提案した。そこでは、古人の文体の知識とその模倣という概念が鍵であった。だが、証人であるソールズベリーのヨハネスによれば、ベルナルドゥスは古人たちを卑屈に真似する師弟たちを叱ったという。問題は、古人のように書くことではなく、かれらと同じくらい上手に書くことを学ぶことであり、わたしたちが古人に着想を得たように、後世の人たちがわたしたちから着想を得るようでなくてはならない、と言っていたそうである。したがって、今日のわたしたちの解釈と同じではないにせよ、オリジナリティや革新しようという勇気に対するよびかけが、ベルナルドゥスの箴言にはあったわけだ。

箴言は「わたしたちは古人より遠くが見える」と言っていた。この隠喩は明らかに空間的なもので、地平線へとむかう歩みを意識している。歴史を未来へとむかう前進的な運動として、万物創造から贖《しょく》罪《ざい》へ、贖罪からキリストの復活の勝利への歩みとする見方は、カトリック教会の教父たちによる発明だということを、わたしたちは忘れてはならない。したがって、好むと好まざるとにかかわらず、キリスト教が存在しなければ（ユダヤのメシア信仰が背後にあったとしても）、ヘーゲルもマルクスも、レオパルディ[35]が懐疑的に「偉大で進歩的な未来」とよんだものについて議論することはできなかったわけである。

この箴言は一二世紀初頭に現れた。ここ一世紀未満のあいだに、『ヨハネの黙示録』が読みはじめられた頃から千年紀の恐怖に震えた時代にかけてキリスト教世界でつづいた議論が終息した。千年紀の恐怖は、大衆運動にとってはただの伝説にすぎなかっただろうが、すべての千年終末説の文学と概《おおむ》ね地下活動をしていた異端派の多くにとっては、たしかに存在した。千年終末説、すなわち時代の終末を神経症がちに待機する行為は、この箴言が生まれた瞬間に異端派の活動を活性化させる遺産となったが、公の教義論争からは姿を消した。時代はキリストの最後の来臨へとむかうが、その来臨は、ポジティヴな視点でみた歴史の理想的な帰結点へと変わるのだ。小人は、やがて起こる出来事への歩みのシンボルになったのである。

中世の小人の出現から、革新としてのモデルニテの歴史ははじまる。父親たちが忘れてしまったモデルを再発見することで、革新が可能になったのである。たとえば、ピコ・デッラ・ミランドラ[36]やマルシリオ・フィチーノ[37]などの初期の人文主義者や哲学者が置かれた奇妙な状況をみてみよう。かれらは中世世界を敵にした戦いの主人公――そうわたしたちは学校で教えられた――である。あまり肯定的な意味ではない「ゴシック」という言葉が登場するのが、ちょうどこのくらいの時期だ。だが、ルネサンス期のプラトン主義はなにをしただろうか？　プラトンをアリストテレスに対置し、〈ヘルメス文書〉[38] Corpus hermeticum〉や〈カルデア人の信託 Oracoli caldaici〉を発見して、〈先人の prisca〉知恵、キリスト以前の知恵のうえに新たな知恵を建設したのだ。人文主義とルネサンスは、一般に革命的な文化運動だったと考えられているが、実際はその革新の戦略を、ほかに例をみないほどの反動主義的な奇襲に賭けたのだった。哲学上の反動主義というのが、時間にとらわれない伝統への回帰を意味するとして、ではあるが。というわけで、わたしたちはここで、祖父たちに頼って、父親を始末しようとする父親殺しに立ち会っていることになる。祖父たちの背のうえで、人間を宇宙の中心とみなすルネサンス期のヴィジョンの再構築を試みるのだ。

西洋の文化が、世界をひっくり返したことを、つまり知恵を本当の意味で変革したことを理解したのは、おそらく一八世紀の科学によってだろう。だがその出発点であるコペルニクスの仮説は、プラトンやピタゴラスの記憶に立ち返っていた。バロック時代のイエズス会士たちは、古代の書物や遠い東方の文明を再発見して、コペルニクスのものとは別のモデルニテを構築しようとする。折り紙つきの異端派イサック・ラ・ペイレール[39]は、（書物のクロノロジーを殺して）世界は、アダムよりもっとずっと前に中国の海からはじまったのであり、したがってキリストの託身（受肉）はわたしたちの地球の歴史全体にとっては二次的なエピソードにすぎないということを示そうとした。ジャンバッティスタ・ヴィーコ[40]は人類の歴史全体を、ついに純粋な頭脳をもって考察するため、わたしたちを過去の巨人たちのもとへ連れて行ってくれるプロセスであるととらえる。啓蒙主義は根本的にみずからを近代的だと感じ、その副次的効果として、ルイ一六世（ルイジ・カペート）をスケープゴートにし、実際に自分の父親を殺してしまう。だがここでも、『百科全書』を読めば分かることだが、過去の巨人たちのことがたびたび登場する。『百科全書』は新しい製造工業を讃えて機械の図版を載せているが、古代の知識を引用する「修正主義者」（積極的な小人の立場から歴史を読み直すという意味で）たちの項目を軽んじてはいない。

一九世紀のコペルニクス的転回はみな、先達の巨人たちに拠っている。カントは独断の眠りから目を覚ますためにヒューム[41]を必要としたし、ロマン主義者たちは霧と中世の城じろを再発見して疾風《シュトウルム・》怒濤《ウント・ドラング》[42]に備えた。ヘーゲルは歴史を放浪者やノスタルジーのない完全にむかう運動とみなし、古いものより新しいもののほうに優位をあたえることを決めた。マルクスは、その卒業論文でギリシアの原子論者たちから出発して人類思想の全歴史を読み直し、唯物論を練り上げた。ダーウィンは大型類人猿に巨人の役を割りあてることで聖書のなかの父たちを殺した。いまだ驚きと獰猛《どうもう》さに満ちた人間たちは、木の上からその類人猿たちの肩へと降りてきて、母指対向性[43]という進化の驚異とむき合わなければならない。一九世紀後半には、ラファエッロ前派から頽廃主義までの過去の伝統回復にほぼ終始した芸術革新運動が、前途をひらいた。古《いにしえ》の父たちを再発見することは、動力織機によって腐敗させられた直属の父たちに反旗をひるがえすのに必要だったのだ。カルドゥッチ[44]は『魔王讃歌』によってモデルニテの先触れとなったが、中世コムーネ時代のイタリアという神話のなかに、道理と理想を求めつづけた。

二〇世紀初頭の前衛派は、あらゆる過去に対する畏敬の念から解放されたいと主張する点で、近代主義的な父親殺しの最高峰に到達する。サモトラケのニケに対するレーシングカーの勝利、月光の撲滅、世界を衛生的に保つための唯一の方法としての戦争礼賛、フォルムのキュビスム的解体、抽象から真っ白なカンバスへとむかう行進、音楽の雑音または静寂による置換、そうでなければ音階のセリーへの転換、環境を支配するのではなく緩和する〈カーテンウォール〉、石碑のような建物、純粋な平行六面体、〈ミニマル・アート〉の勝利。文学では、語りの流れや時間構造の破壊、コラージュ、白紙のページ。だがここでも、古の巨人の遺産をゼロ化しようとする新しい巨人の拒否の下には、小人の畏敬の念がある。月光の撲滅を赦してもらうために、月光にたいへん好意的だったイタリア王立アカデミーに入会したマリネッティ[45]はそれほどではないかもしれない。だがピカソはどうだろう。古典とルネサンスのモデルについて熟考することからはじめて、人間の顔を滅茶苦茶にしたあとで、最終的に古代のミノタウロスに回帰している。デュシャンはモナリザに口ひげをつけるが、口ひげを描くためにモナリザを必要とした。マグリットは自分の描くものはパイプではないと否定するために、断固とした写実主義でもってパイプを描いた。そして小説の歴史的集合体に対して行われた大々的な父親殺し、ジョイスのそれは、ホメロスの語りのモデルを採用して執り行われた。最新型オデュッセウスも古代人の肩、あるいはそのメインマストに乗って航行するのだ。

こうして、わたしたちはいわゆるポストモダンの時代にたどり着く。ポストモダンというのは間違いなく、たくさんのものに、場合によってはあまりに多くのものに適用できてしまう万能の用語だ。しかし、ポストモダンとよばれるさまざまなオペレーションには、間違いなくひとつの共通点がある。そしてそれは、無意識的だったかもしれないが、ニーチェがわたしたちの歴史への意識過剰を告発した『反時代的考察』に対する反応から生まれたものだ。つまり、このような歴史意識を前衛派の革新的なジェスチャーによってさえ排除することができないのなら、影響を受けることの不安を受け入れ、皮肉によって距離を保ちながら、過去をうわべだけの敬意をもってもう一度見なおせばよいという考え方だ。

ようやく世代ごとの反乱にかんする最後のエピソードまでたどり着いた。「新しい」若者たち、三〇歳以上の人間は信用してはならないと警告する若者たちの、大人の社会に対する異論の分かりやすい例、異議申し立て運動（六八年）のことである。老生マルクーゼ[46]のメッセージにインスピレーションを求めたアメリカのヒッピーたちは別にしても、イタリアの集会で叫ばれていたスローガン（マルクス万歳、レーニン万歳、毛沢東万歳！〉がわたしたちに語るのは、議会内左翼の父たちの裏切りに対し、反乱がどれほど回復すべき巨人たちを必要としていたか、ということである。若くして死んだが、その死によってあらゆる古の徳をもつ者として崇められたチェ・ゲバラのアイコンというかたちで、〈老少年 puer senilis〉の概念さえもが返り咲いた。

しかし、六八年から今日にかけてあることが起こった。一部の人びとが、表面的にみて新しい六八年とよんでいる現象をよく観察してみれば分かる。そしてわたしはそれをノー・グローバルとよんでいる。新聞はしばしば、この運動を構成する若いメンバーについて強調するが、かれらが運動全体を占めているわけではなく、六〇歳を越えた高位聖職者たちも同調しているようだ。異議申し立て運動(六八年)はただ世代的な確執をつくり上げたもので、せいぜい適応できない大人がそれに参加し、神秘主義的立場からネクタイを脱ぎすててセーターに着替え、アフターシェーブ・ローションを解放的な体毛の育成と取り替えただけだった。だが、運動の最初のスローガンは三〇歳以上の人間を信用するなというものだった。ノー・グローバル運動はそれとは異なり、その大部分は若者による現象ではなく、リーダーたちはジョゼ・ボヴェやそのほかの革命の残党などの成熟した大人である。世代間の紛争でもなければ、伝統と革新のあいだの紛争でもない。さもなければ、(これもまた表面的にではあるが)革新者とはグローバリゼーションのテクノクラシー主義者で、〈過去の称賛者 laudatores temporis acti〉はただの機械破壊主義者的傾向をもつ人たちだといわなくてはならないだろう。シアトルからジェノヴァにかけて、二〇〇一年のG8のときに起きた事件は、間違いなくまったく新しいかたちの政治論争を表していた。だがこの論争は、世代にかんしても、思想にかんしても、完全に横断的だった。ここではふたつの相対する請願があり、世界の運命に対するふたつのヴィジョンがあり、ふたつの権力があった。ひとつは生産方法の所有を基礎にしており、もうひとつはコミュニケーションの新しい方法の発明を基礎にしていた。しかし、グローバル化賛成派が白いジャージーと対立する闘争では、若者も年配者も互いに、同様に持ち場を分配され、ニューエコノミーの上昇志向の三〇歳たちがコミュニティセンターの三〇歳たちと対立した。それぞれ脇に年寄りの味方をしたがえて。

　異議申し立て運動（六八年）とG8における闘争を隔てる三〇年とそれにつづく数年のあいだに、ずいぶん前にはじまったあるプロセスが完結した。内部のからくりを理解する努力をしてみよう。いつの時代も、父と子のあいだに弁証法的論理が成り立つためには、強烈な父親のモデルが必要で、それに対して、息子の挑発は父親がそれを受け入れられず、しかもそのなかに忘れられた巨人の再発見さえ認められないほどのものでなくてはならなかった。ホラティウスが言ったように、〈新しいというだけの理由で quia nuper〉新しい詩人を認めるわけにはいかなかったのだ。もったいぶった大学のラテン語研究者たちにとっては、俗語はとうてい受け入れがたいものだった。トマス・アクィナスとボナヴェントゥーラは革新を行ったが、それを誰にも気づかれないよう願っていた。しかしパリ大学の托鉢修道会の宿敵たちはしっかり気がつき、かれらをグループから追放しようとした。こんな調子がマリネッティの自動車の時代までつづいた。人びとはその自動車をサモトラケのニケと対置したが、それができたのは、良識ある人びとが自動車をまだガタガタいう見ぐるしい屑鉄の山だとしか思っていなかったからだ。

　モデルは、したがって、世代ごとに異なるものでなくてはならない。父親の世代がルーベンスのセルライトだらけのヴィーナスを美の冒瀆《ぼうとく》だと感じるためには、その前にクラナッハの拒食症気味のヴィーナスを愛さなくてはならなかった。父親たちが息子たちに、ミロの落書きやアフリカ美術の再発見にいったい何の意味があるのかと尋ねるためには、先にアルマ＝タデマ[48]を愛したのでなくてはならなかった。父親たちが子どもたちに、あのお猿みたいなブリジット・バルドーのどこがいいのかと驚いて質問するには、グレタ・ガルボに熱狂したあとでなくてはならなかったのである。

　しかし今日マスメディアによって、そして、いまや無知《むち》蒙昧《もうまい》の輩《やから》も足を運ぶ場と化した博物館や美術館のメディア化によって、すべての価値とは言わないが、すべてのモデルの諸説混合的な共存と受容という状況が生じた。メーガン・ゲイル[49]が携帯電話会社のコマーシャルでビルバオ・グッゲンハイム美術館の円屋根や渦巻き型の屋根の上を跳びまわるときには、セクシュアルなモデルも芸術的なモデルも、あらゆる世代にとって受け入れられやすく、美術館はメーガンと同じくらい性的に好ましく、文化的対象としてのメーガンは美術館と同じくらい好ましい。どちらも、宣伝広告特有の美食と、昔なら歴史的名作映画の専有物であったはずの大胆な美学を統合する、映画の構想という混合物のなかに生きているからだ。

新たな提案とノスタルジーを利用することによって、テレビはモデルたちを世代を超えた存在にする。チェ・ゲバラにコルカタのマザー・テレサ、ダイアナ妃にピオ神父、リタ・ヘイワース、ブリジット・バルドーにジュリア・ロバーツ、四〇年代の男気あるジョン・ウェイン、六〇年代の温和なダスティン・ホフマン。三〇年代の華奢《きゃしゃ》なフレッド・アステアに、五〇年代のたくましいジーン・ケリーのダンス。テレビの画面は、『ロバータ』に見られるような優雅で女性的な化粧室や、ココ・シャネルのような両性具有的なモデルを夢想させてくれる。リチャード・ギアのような洗練された男性的な美しさをもたない人にとっては、アル・パチーノのほっそりとした魅力やロバート・デ・ニーロの庶民的な好感がある。マセラーティがもつ荘厳さを所有できない者には、モーリス・ミニのエレガントな利便性がある。

もはやマスメディアは一様のモデルを示さない。たとえ一週間しか継続しない広告であっても、前衛派のすべての経験を詰めこみ、同時に一九世紀の図像を再発見し、ロールプレイングゲームの寓話的リアリズムを提供することができる。エッシャーの目を見はるようなパースペクティヴ、マリリン・モンローの豊かさ、新しいトップ・ガールズのガリガリの優美さ、ナオミ・キャンベルの非欧州共同体的美しさ、クラウディア・シファーの地方ヨーロッパ的美しさ、『コーラスライン』の伝統的タップダンスの優美さ、『ブレードランナー』の未来派的で凍りつくような建築、ジョディ・フォスターの両性具有的なところ、キャメロン・ディアスの化粧っ気のない素顔、ランボーにプラティネット、ジョージ・クルーニー（父親たちはみな、かれが医学部を卒業したばかりの自分の息子だったらどんなにいいかと思う）、顔面が金属化し、髪の毛をカラフルな矢尻の森に変えるネオ・サイボーグ。

こうした寛容さの乱痴気騒ぎ、絶対的でとどまるところを知らない多神教を前にして、父と子を分ける分水嶺はどこにあるのだろう。子どもたちに父親殺し（それは反乱であり敬意である）を、また父親たちにサトゥルヌス・コンプレックスを強制する分水嶺は、いったいどこにあるのだろうか。

この新しいトレンドはまだ幕を開けたばかりだが、少しだけ、パーソナル・コンピュータとそのあとにくるインターネットの登場について考えてみよう。パソコンは父親によって家いえにもちこまれる。いわば経済的な理由から、息子たちはそれを拒否せず、パソコンを自分のものにする。それを使いこなす能力で父親を追い越すが、両者ともそこに互いの反乱や抵抗のしるしをみない。パソコンは世代を分けることはせず、むしろ統合する。息子がインターネットをするからといってかれを呪う父親はいないし、同じ理由で息子が父親に反抗することもない。

なにも革新が存在しないわけではないが、テクノロジーの革新というのはたいてい、ふつう年配者たちによって管理された国際的な生産会社によって起こされ、より若い世代に受け入れられるような流行をつくりだす。最近若者が携帯電話やEメールで使用する新しい言語のことが話題になっているが、一〇年前に書かれた評論をみれば、これらの新しいツールをつくった本人たちや、それを研究していた社会学や記号論の年配の学者たちが、いまではすっかり普及したこれらの言語や書式を、かれら自身が生みだすとしっかり予言していたことが分かる。最初はビル・ゲイツも若者だったとしても（いまではまさに、若者たちにかれらが話すべき言語を義務づける成熟した中年男性だ）、かれは若いときでさえ、反乱を発明したのではなく、父親と息子の両者を惹きつけるためによく研究された、抜け目のないオファーをしたまでのことだ。

みずからを疎外する若者たちがドラッグに走ることで家族と対立すると思われがちだが、ドラッグに走るというのは父親たちから提案されたモデルであり、それは一九世紀の人工天国《アヘン》の時代から変わらない。新しい世代は、国際的な大人の麻薬取引業者団体から投与を受けるのだ。

もちろん、モデルに対する反抗がまったくないわけではないということはできるだろうが、それは加速化した代替えにすぎない。仕組みは変わらないのだ。ほんの短期間だけ、ある若者のモデル（ピエル・パオロ・パゾリーニからナイキのスニーカーまで）が父親たちにとって冒瀆的にみえるかもしれないが、メディアによるその普及のスピードによって、まもなく年配者たちもそれに慣れる。せいぜい、これもまたごく短い期間に起こりうることだが、息子たちにとってはくだらないものになってしまうというリスクを伴うくらいのことだ。しかし、誰もこのようなリレー・ゲームに気がつく時間はないだろう。そして世界全体の決算の結果はいつも、絶対的な多神教、すべての価値の諸説混合的共存ということになるだろう。ニューエイジは世代的な発明だっただろうか。内容からすると、あれは何千年もつづく秘教主義のコラージュだ。もしかすると、再発見された巨人の新しい隊列に対するように、最初はいくつかの若者グループが以前の秘教主義に刃向かったのかもしれない。しかし、画像や音、ニューエイジ特有の信仰と、それに付随するレコード、出版物、映画、宗教関連の二次的財産の普及があっという間にマスメディアの年寄りペテン師たちによって管理されるようになり、若者が東洋へ逃げだすとすれば、何人もの愛人と何台ものキャデラックをもつよぼよぼの導師の腕のなかへ飛びこむため、という有様だ。

差異の最後の砦にみえるもの、すなわち鼻ピアス、舌ピアス、青く染めた頭髪などは、もはや少数の人の発明ではなく、一般的なモデルであるが、これらは国際的ファッションの長老政府から若者にむけて提案されたものである。そして、まもなくマスメディアの影響がそれを両親たちにも強制するだろう。ある時点で、若者も年寄りも、舌にピアスなどしていたらジェラートが食べづらいということに気がついて、このようなモデルを切り捨ててしまわないかぎりは。

それなら、なぜ父親たちはまだ自分たちの息子を喰わなくてはならず、息子たちは父親を殺さなくてはならないのだろうか。万人にとってのリスクは——これは誰のせいというわけでもないが——あるひとつの革新が誰にもとめられずに継続し、あらゆる人に受け入れられるとすれば、小人の軍隊がほかの小人たちの背に乗ってしまうかもしれない、というものだ。とはいえ、わたしたちは現実主義だ。ふつうの時代には世代交代があるべきで、わたしはもう年金生活をすべきなのだ。

いいだろう、と人は言うだろう。わたしたちは新しい時代に突入しているのだ、思想は凋落《ちょうらく》し、右翼と左翼、革新派と保守派の伝統的な分かれ目は曖昧《あいまい》になり、あらゆる世代間紛争も永久的に緩和される。だが、息子たちの反乱が父親たちの用意した反乱のモデルに表面上だけしたがい、父親たちが息子たちに多彩な疎外の空間をあたえることでかれらをむさぼり食うことが、生物学的にみて好ましいだろうか。父親殺しの原則自体が危機に陥ってしまうとは、〈まったくひどい時代だ mala tempora currunt〉。

だが、いつのときでも、もっとも時代の診断が下手なのはその時代を生きる者たちだ。わたしの巨人たちは、座標がどこかへ行ってしまい、未来がよくみえなくなり、〈道理 Ragione〉の巧妙さ、〈時代精神 Zeitgeist〉のささいな陰謀がまだ理解されない、移行の時空間というものがあると教えてくれた。父親殺しの健康的な理想はすでに違ったかたちで生まれ変わろうとしているのかもしれないし、未来の世代では、クローンの息子が法律上の父親や精子提供者に対して、さらに予想もつかない方法で反抗するのかもしれない。

きっと日の当たらないところでは、すでに巨人たちが徘徊しているのかもしれない。わたしたちはそれをまだ見ないふりをしているけれど、巨人たちはいつでもわたしたち小人の肩に乗る用意ができている。

（二〇〇一）

(1)ギリシア神話の女性。夫イアソンに捨てられ、復讐のためわが子を殺す。
(2)ギリシア神話の人物。兄アトレウスと王位を争いその妻と密通。復讐に息子たちを殺され、その肉を食わされる。
(3)イスタンブールの旧称。オスマン帝国の首都。
(4)旧約聖書中の人物。ノアの息子。ノアから受けた呪いは、子カナンにまでおよんだ。
(5)一六二八〜一七〇三。フランスの作家。「赤ずきん」などを含む『童話集』を著した。
(6)一六五七〜一七五七。フランスの文人・思想家で啓蒙思想の先駆者。
(7)一六七二年、フランスで発刊された週刊の文芸新聞。
(8)一六三六〜一七一一。フランスの詩人。古典主義文学理論の代表者。
(9)前八四頃〜前五四頃。古代ローマの抒情詩人。
(10)前六五〜前八。ローマ帝政初期の詩人。『諷刺詩』など。
(11)五四〇頃〜五九五。フランク王国の聖職者・歴史家・聖人。『フランク史』一〇巻を執筆。
(12)アッティカはギリシアの半島中部の古代地名。
(13)六三九頃〜七〇九。イギリスの聖職者・詩人。マームズベリー修道院長。イギリス最初のラテン詩人といわれる。
(14)一九三〇〜二〇一〇。イタリアの詩人・批評家。新前衛派グループの支柱として活躍した。
(15)東フランク王と西フランク王との盟約。ドイツ語とフランス語で書かれた最古の文書。
(16)モンテ・カッシーノ修道院に残る土地所有権をめぐる訴訟記録。ラテン語の本文中に、証人の証言がイタリア語で記される。
(17)三五四〜四三〇。初期キリスト教会最大のラテン教父・思想家。青年時代にマニ教を信仰、次いで新プラトン学派哲学に傾倒。のちにキリスト教に改宗すると、正統的信仰教義を確立し、中世以降のキリスト教に多大な影響をあたえた。
(18)一〇三三〜一一〇九。スコラ哲学初期の代表者のひとり。イタリア生まれ、のちにカンタベリー大司教。
(19)一二二五頃〜七四。中世ヨーロッパ最大の神学者・哲学者。キリスト教思想とアリストテレス哲学を統合し、神の存在を証明する学問体系としてスコラ哲学を完成させた。
(20) 一二一七頃〜七四。中世のフランシスコ会修道士・哲学者。
(21) 前八二頃〜前四六。ガリアのアルウェルニ族の有力者の子。前五二年カエサルと戦ったガリア人の大反乱の指揮官。
(22) 一二五頃〜?。ローマ帝政期の作家。伝奇小説『変身物語』(『黄金の驢馬』)など。
(23) 一一二八頃〜一二〇二。シトー会修道士・神学者・詩人。理性的根拠によって異教徒を論駁しようとした。
(24) ?〜一一三〇頃。シャルトル学派の代表的スコラ哲学者。
(25) 一八八二〜一九七三。フランスの哲学者。ネオトミズムにより近代哲学を批判、充足的人文主義を唱えた。
(26) 一九一〇〜二〇〇三。アメリカの社会学者。
(27) 一六三五〜一七〇三。イギリスの物理学者・天文学者。
(28) 一一一五?〜八〇。パリとシャルトルで活躍したイギリスのスコラ哲学者。
(29) 五〜六世紀初めに活躍したラテン語の文法学者。『文法教程』など。
(30) 一〇八〇頃〜一一五四。初期スコラの哲学者。シャルトル学派。
(31) 一五九二〜一六五五。フランスの自然哲学者。感覚論の立場からデカルトを批判。
(32) 一八八三〜一九五五。スペインの哲学者。
(33) 一九四五〜。アメリカの経済学者。
(34) 一九一一〜七五。イギリスの人類学者。南アフリカ連邦生まれ、イギリスでマリノフスキーに学ぶ。
(35) 一七九八〜一八三七。近代イタリアを代表する詩人・作家。マルケ州レカナーティ出身。
(36) 一四六三〜九四。イタリア、ルネサンス期の人文学者・哲学者。ギリシア・ユダヤの思想をキリスト教哲学に統合しようとした。
(37) 一四三三〜九九。イタリアの新プラトン学派の人文主義者。
(38) ヘレニズム時代にエジプトを中心に流布された文書群。当時の宗教・哲学・科学思想のほとんどを含む。
(39) 一五九六〜一六七六。フランスの神学者。
(40) 一六六八〜一七四四。イタリアの哲学者。人間社会の螺旋的発展および神話と想像力の重要性を説いた。
(41) 一七一一〜七六。イギリスの哲学者・歴史家。経験論の立場から、従来の形而上学を批判。
(42) シュトゥルム・ウント・ドラング。一八世紀後半、若きゲーテらが興したドイツ文学革新運動。
(43) 霊長類の特徴のひとつで、母指が他の四指と離れ、かつ両者の指腹をむかい合わせられること。

(44) 一八三五〜一九〇七。イタリアの詩人・文学史家。深い古典の素養をもつ。ノーベル賞受賞。
(45) 一八七六〜一九四四。イタリアの詩人・作家。「未来派宣言」を発表し、前衛主義的芸術運動を興した。
(46) 一八九八〜一九七九。アメリカの社会学者・哲学者。ドイツ生まれでユダヤ系。先進産業社会の管理社会化を批判。
(47) 二〇〇一年七月二〇日から二二日ジェノヴァでのG8主要国首脳会議開催に抗議するノー・グローバル運動を中心としたデモ隊が、開催前日一九日より連日警官隊等と激しい衝突を繰り返し、死者一名、多数の負傷者を出したことから、過剰警備と批判され、その後六年間にわたって次々訴訟が行われ、政府側が相次いで敗訴している。ここではこの一連の事態を指している。
(48) 一八三六〜一九一二。イギリスの画家。オランダ生まれ。古代に取材した歴史画で名声を得た。
(49) 一九七五〜。オーストラリア生まれのモデル・女優。

美しさ

わたしは一九五四年、トマス・アクィナスについての小論ではあったが、美をめぐる問題をタイトルに組み込んだ卒業論文で美学の学位を取得した。一九六二年には、美の歴史についての図版入り書籍を書きはじめていた。四分の一か少なくとも五分の一はすでに書き上げていたが、よくある経済的理由というやつで、出版社の企画は頓挫した。わたしは一年前、その企画をまずCD-ROM用に、次いで書籍用にして復活させた。理由は単純、ものごとを中途半端にしておくのがきらいだからだ。すると五〇年もの歳月を経て、その間何度も美の概念について考えたのに、答えは当時とまったく変わらないことに気づく。まさに、時間とはなにか、と尋ねられたアウグスティヌスが答えたとおりなのだ。「誰にも尋ねられなければ答えは分かっている。だが、それを尋ねる者に説明しようと思うと、それができない」

一九七三年に、ISEDI哲学辞典シリーズのなかの、芸術の概念をテーマにした書籍で、ディーノ・フォルマッジョ[1]の芸術の定義を読んだとき、自分のもっていた不確かさが慰められた。そこにはこう書いてあった。「芸術とは人間が芸術とよぶすべてのものである」。だから、わたしもこう言おうと思う。「美とは人間が美とよぶすべてのものである」

当然、これは相対論的なアプローチだ。美しいと考えられるものは、時代や文化によって変化する。近代的異端ということではない。コロポンのクセノファネス[2]の有名な一文がある。「だが、牛や馬や獅子が手をもっていたとして、もしくは、手を使って絵を描くことができ、人間のように作品を描けたとしたら、馬は馬に似た神を、牛は牛に似た神を表現するだろう」（アレクサンドリアのクレメンス『ストロマテイス』第五巻、一一〇）。「ヒキガエルにとってはヒキガエルこそ美しい[3]」のである。

美が絶対的で不変的なものであったことは一度だってないが、それは時代や国によって、複数の異なる顔をみせてきた。これは、物理的な美しさ（男性、女性、景色などの美しさ）にかぎったことではなく、キリストや、聖人や、イデアも然りだ。

グイド・グイニツェッリ[4]の以下の詩の一節と、およそ同時代のゴシック彫刻作品、美しきナウムブルク大聖堂のウタの両者を並べてみるだけで十分だろう。

わたしは輝く明けの明星をみた
夜が明け一日がはじまるその前に現れる星を
（……）
きめ細やかで雪のように白い顔
輝き、華やぐ、愛に満ちた両の瞳
これほど美しく優れた人が
この世にあるとはわたしには信じられない

一九世紀のルドン[5]の絵を見ながら、ジュール・バルベー・ドールヴィイ[6]の「レア」（一八三二）の一節を引用してみよう。「ああそうだとも、わたしのレア、君は美しい。君は生きとしいけるもののなかでもっとも、信じがたいほど美しい。君、君の瞬き、君の青白さ、君の病に冒された身体、ぼくはそれらを、天使たちの美しさとだって引き換えたりはしない」

これら二種類の美のとらえ方のあいだに、なにか関連を見いだせるだろうか？

もうひとつの問題は、わたしたちが現代の美的センスに引きずられやすいことだ。耳や、下手をすれば鼻にピアスをしている最近の若者にとって、ボッティチェッリ的な美しさが魅力的に感じられるとすれば、それがうっとりと、そしてよこしまな雰囲気で大麻に陶酔しているふうに見えるからかもしれない。しかし、ボッティチェッリと同時代の人びとにとっては、そうではなかったはずだ。かれらがヴィーナスの顔にほれぼれと見とれたとしたら、それは別の理由によったにちがいない。

それにしても、美しさについて話すとき、わたしたちは何を意図しているのだろうか？　わたしたち現代人は、少なくとも観念論美学の影響を受けたわたしたちイタリア人は、たいてい美を芸術的な美と同一視する。しかし、何世紀ものあいだ、

オディロン・ルドン「顕現」制作年不詳　個人蔵

「バレンシュテットのウタ像」部分　13 世紀　ナウムブルク大聖堂

美しさといえば、とりわけ自然の美、物体の美、人体の美、または神の美が話題になってきた。芸術とは〈ものごとを巧みに行うこと recta ratio factibilium〉であったわけだが、絵描きも、船をつくる人も、また理髪師でさえも、同じように〈職人《テクネ》 techne〉または〈技術《アルス》〉とよばれていたのである（美術《アルティ・ベッレ》とか美術《ボーザール》と言われるようになったのは、もっとずっとあとになってからのことである）。

それでも、歴史上のある時代の美の理想について、わたしたちが今日もつ証言は三種類だけであり、そのすべてが「学術的」出典による。宇宙人が今日あるいは三〇〇〇年後に地球にやってきたとしたら、わたしたちの時代の貧しい人びとや学のない者たちがどんなタイプの身体や洋服、ものを好んだか、映画や絵入り新聞やテレビ番組から推測して結論づけるだろう。だが、わたしたちがいま、過去の数世紀を眼前にしつつ直面している状況は、ほかの惑星からやってきた宇宙人が、わたしたちの理想の美しい女性像はどれかを見定めるために、ピカソの証言しかもたないようなものなのだ。

わたしたちの手元にはテクストも残されている。だがここでも、言葉はわたしたちに何を語ってくれるだろうか？『失われた時を求めて』でプルーストがエルスチール[7]の絵を描写するとき、わたしたちは——よく注意して読めばだが——印象派のことを想起するが、伝記作者たちによれば、プルーストが一三歳のときに答えた質問表では、もっとも好きな画家はメッソニエ[8]だとしており、その後もこの画家を変わらず称賛しつづけたそうだ。したがって、かれは存在しないエルスチールの芸術的な美の概念について語りはしたが、かれが実際に考えていた美の概念は、ひょっとするとかれのことばがわたしたちに示唆するものとは異なるかもしれないのだ。

このケースはしかし、あるひとつの基準を（専門家むけの記号論を持ち出すなら——できれば、頭脳明晰なみなさんに対してわざわざ説明するのは避けたいが——）、パース[9]風に「解釈項」とでもよべそうな基準を示唆している。つまり、ある記号の意味は、何らかの方法でそれを解釈するもうひとつの記号によって明らかにされる。さあ、それを踏まえたところでやっとわたしたちは、美について語るいくつかのテクストと、その同時代のイメージ――おそらく美しさを表現しようとしたと思われる――を比較することができる。こうすることで、ある時代の美の理想についての思想が、ある程度明らかになるかもしれない。

しかし、そのような比較はひどく期待はずれのものになることもある。ウージェーヌ・シュー[10]の『パリの秘密』（一八四二～四三）に登場するクレオール人セシリーの、少なくとも語り手が言うには抗しがたいほど魅惑的な美しさについての描写をみてみよう。

クレオールの娘はその豊かで素晴らしい黒髪をあらわにした。額で半分に分けられた髪は天然の巻き毛で、首と肩の継ぎ目の鎖骨のあたりまで伸びていた（……）。セシリーの顔の輪郭は、永遠にひとの記憶に刻まれるタイプのものだった。ひろい額が（……）彼女の完璧な卵形の顔を見下ろしてそびえていた。肌は落ち着いた白で、わずかに太陽の光に照らされた椿の花びらのような、なめらかな鮮やかさをしていた。まっすぐで細い鼻の先にはふたつの柔らかな鼻孔が備わり、それらはほんの小さな感情の動きにも膨らみをみせた。口は生意気そうで官能的で、明るい赤色をしていた……

これらのことばをイメージに翻訳しなくてはならないとしたら、現代を生きるわたしたちはこの素晴らしきセシリーをどう表現するだろうか？　ブリジット・バルドーのようにか、それともベル・エポックのファム・ファタルのようにだろうか？　はたして、小説の初版の挿絵画家は（そしておそらくその読者たちも）セシリーをこんなふうにみていた（三七頁を参照のこと）。わたしたちは諦めていい、このセシリーを夢想するしかない。少なくとも、シューやその読者たちの意見では、公証人フェランが色情狂で憔悴しきっていたことの裏には、どのような美の理想があったのかを理解するために。

パブロ・ピカソ「ドラ・マールの肖像」1937　パリ　ピカソ美術館蔵

書かれたテクストとイメージを比較することは、しばしば生産的である。なぜなら、同じことばであっても、世紀が変われば、ときによっては一〇年の差があるだけで、異なる視覚的・音楽的理想を表す場合があることを教えてくれるからだ。古典的な、プロポーション（比率）のたとえをご紹介しよう。古代から、美はプロポーションと一体化してきた。ピタゴラスは、すべてのことの原則は数であると主張した最初の人物であった。ピタゴラスとともに、世界を美学と数学によってみるヴィジョンが生まれる。つまり、すべてのものが存在するのはそれらが秩序立っているからで、それらが秩序立っているのは、そこで数学と音楽の方式が成り立っているからであるという、存在と美を同時に条件づける考え方だ。このプロポーションの考え方は古代全体をとおして用いられ、四世紀から五世紀にかけて活躍したボエティウス[11]の作品をとおして中世に伝えられた。ボエティウスは、ある日ピタゴラスが、鍛冶職人の金槌が鉄床を打つのを聞いていて、その音がさまざま異なるの

「クレオール人セシリー」 ウージェーヌ・シュー『パリの秘密』挿画 1851

に気がつき、音の高低幅が金槌の重さによって変わることを理解したとしている。ギリシア神殿の寸法、柱と柱のあいだの距離、正面の各部分のバランスを調整する比率は、音楽の音程を調節する比率と一致する。のちにプラトンは『ティマイオス』で、世界を規則的な幾何学的実体で構成されているものとして描写する。

人文主義とルネサンスの時代、プラトン主義的な規則的な身体がまさに理想のモデルとして研究され、称賛される。レオナルド(・ダ・ヴィンチ)や、ピエロ・デッラ・フランチェスカの『絵画における遠近法』(一四八二年以前)、ルカ・パチョーリ[12]の『神聖比例論』(一五〇九)などがその例だ。パチョーリが言う神聖比例とは黄金分割のことである。たとえばふたつの長方形があったとしたら、短辺:長辺の比率=長辺:短辺+長辺という比率のことである。このような比率は、たとえばピエロ・デッラ・フランチェスカの「キリストの鞭打ち」にすでに見事に表現されている。

しかし、ボエティウスからパチョーリに至るまでの一〇世紀のあいだに「プロポーション」ということばを使った人びとは、みなが同じことを意図していただろうか? けっしてそうではない。中世初期の数世紀に書かれたボエティウスを批評する文書では、黄金分割にまったくしたがわないイメージやレイアウトが、きわめてプロポーションのよいものとして評価されているのである。

一三世紀、とても絵の才能があったヴィラール・ド・オヌクール[13]は、プロポーションにかんしてとても直感的で量的な規則を提案していた。それは、ポリュクレイトス[14]の原理に霊感をあたえ、またのちにデューラーなどにもインスピレーションをあたえる、数学的により慎重に考えられた規則とはまったく異なるものである。

身体のプロポーションの、これらの異なる表現のなかに、みなさんはなにか共通点を見いだせるだろうか?

他方で、一三世紀にトマスが美の三つの基準のひとつとして〈プロポーション proportio〉について語るとき、かれはもはや数学的な比率のことだけを意図しているのではない。かれにとってプロポーションは素材の正しい配置だけを指すのではない。人間の理想的な状態に釣り合った身体こそプロポーションの取れた身体であるという意味において、素材をフォルムに完璧に適合させることをも意味しているのである。それは倫理的な価値をもつものでもある。というのは、有徳な行為の実践は、論理的な法にしたがってことばと行いの正しいプロポーション（釣り合い）を可能にするからだ。したがって、それは道徳的な美（または醜態）にもかかわる問題である。ものが目的に適っていなくてはならないのだから、トマスならば水晶でできたのこぎりを醜いと断じたであろう。なぜなら、素材の表面が美しくとも、機能の面では不適切だからである。プロポーションとは物体のあいだの相互協力でもある。したがって、互いに助け合い、押し合って建物をしっかりと支える石の行為は「美しい」といえる。知性と物体のあいだの正しい比率は、知性が物体を理解するときに成り立つ。要するに、プロポーション（釣り合い）は宇宙全体の統一を説明する形而上学的原則なのである。

トマスと同時代の美術の大部分は、したがって、かれがプロポーションについて意図していたことを部分的にしか説明してくれない。なぜなら、芸術と哲学、また芸術のさまざまな側面には、それが同時期のものであっても発展のずれ（隔たり）とでもよぶべきものがあり、わたしたちの解釈の実践を困難にするからである。プロポーションについてのルネサンス期の学術書を数学的規則の観点からみてみても、論理と現実間の関係は、建築と遠近法にかんしてしか満足にあてはまらない。多くの芸術家から美しいと考えられていた男性と女性に共通するプロポーションの基準とは、いったいどのようなものだったのだろうか？

同様の問題は、美の伝統的な特性である明るさ、あるいは〈光彩《クラリタス》 claritas〉にかんしても浮上してくる。美学における光彩の起源のひとつは、間違いなく、多くの文明で神が光やしばしば太陽と同一視されたという事実にある。新プラトン主義では、これらのイメージは偽ディオニュシオス・アレオパギテス[15]の作品をとおしてキリスト教的伝統に浸透した。この作家は、「天上位階論」と「神名論」(六世紀)のなかで、神を灯火、火、輝く泉と表現している。同じようなイメージが、中世の新プラトン主義の代表者ヨハネス・スコトゥス・エリウゲナ[16]にも見いだせる。

だがここでも、光と色彩の美というときに中世が意図していたのはどういうことだろうか？ たしかなことがひとつある。わたしたちは中世というと暗黒時代ばかり話題にしがちだし、城や修道院の広間や廊下、農民たちの暮らすあばら家はたしかに薄暗かったはずだが、中世の人間は非常に明るい環境にあった(少なくとも詩作をしたり絵を描いたりしているときにはそうみずからの位置を表現した)。

中世は原色や、スフマトゥーラ(ぼかし)とは反対のはっきりとした色彩の区切りなどで遊び心を見せた。キアロスクーロ(明暗法)で光に包まれた人物像を浮かび上がらせたり、その輪郭の後方で色をにじませたりす

ピエロ・デッラ・フランチェスカ「キリストの鞭打ち」1455　ウルビーノ　国立マルケ美術館蔵

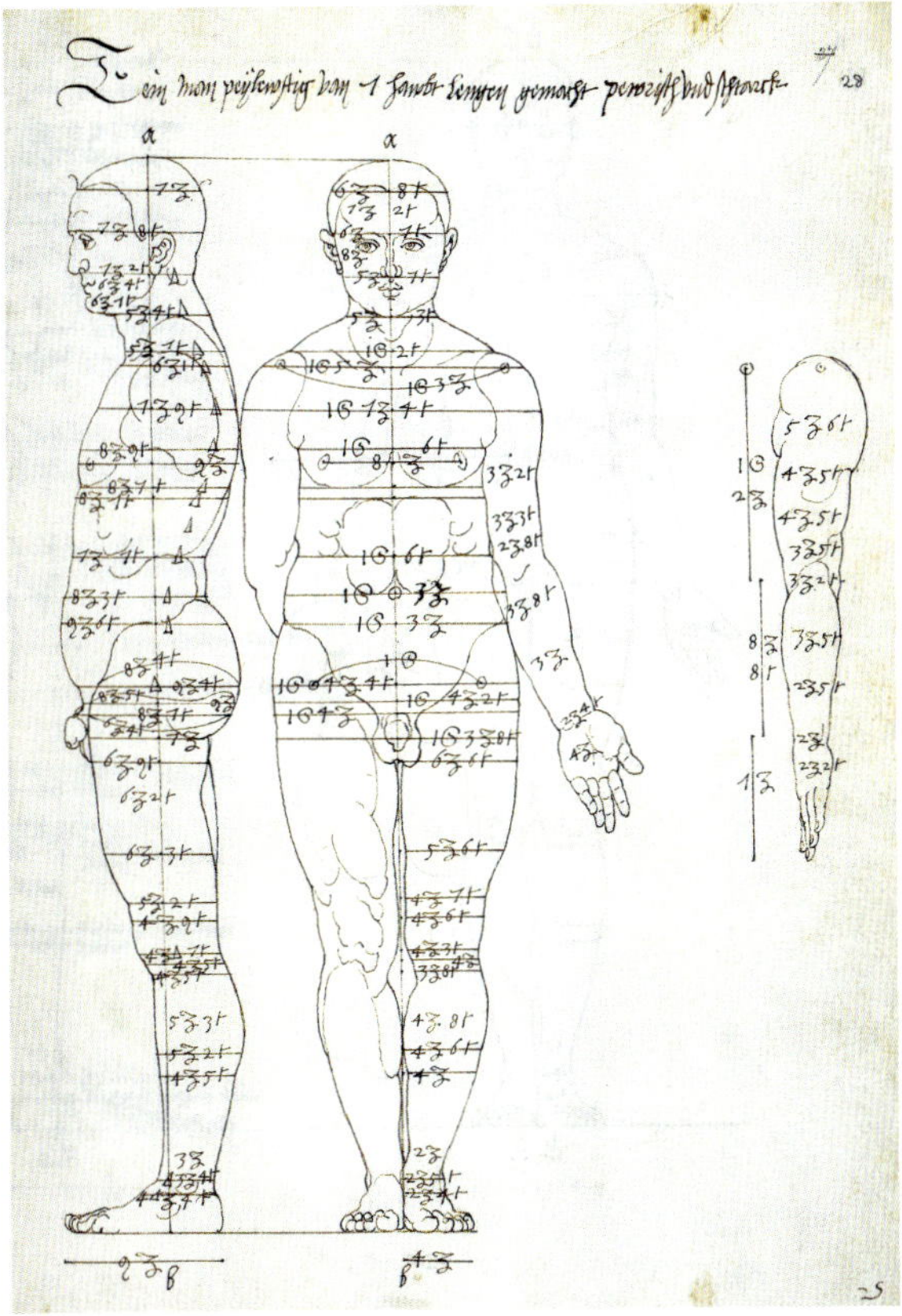

アルブレヒト・デューラー「人体比例研究」『人体均衡論四書』より
1528　ロンドン　大英図書館蔵

るのではなく、色調の近い染料をあわせてその調和自体が光を発するような方法を取ったのである。バロック絵画を観察すると、四五頁のラ・トゥール(17)の絵のように、物体は光によって照らされており、その光の強度の遊びによって明るい箇所と暗い箇所を描きわけている。中世の細密画(ミニアチュール)ではそれとは異なり、光が物体そのものから発しているようにみえる。それらの物体は美しいものであるから、それ自体が輝くのである。

中世は光を愛した時代であり、ゴシック教会のステンドグラスにみられるように、単色の鮮やかさとそこに浸透する光の鮮やかさを組みあわせ、それを最大限に利用する具象の技術が発達した。ゴシック様式の教会は、透かし細工をとおして光を溢れさせるように設計された。

ビンゲンのヒルデガルト(18)の神秘的なテクストでは光輝くイメージが思い起こされており、一緒に描かれた細密画《ミニアチュール》がそれを見事に体現している。

わたしは輝かしい光を見た。なかにはサファイア色をした男性の姿がみえ、輝きを放つ炎で甘美に赤く燃えていた。そしてその素晴らしい光は輝く炎全体を包みこみ、その輝く炎はその素晴らしい光を包みこみ、その輝かしい光と輝く炎が男性の姿全体を包みこみ、唯一無二の徳と強力な力をもつひとつの光を形成した。

ダンテの『神曲 天国篇』の煌々《こうこう》と輝く光のヴィジョンについてはいうまでもあるまい。おもしろいことに、これはギュスターヴ・ドレ(19)のような一九世紀の芸術家によってもっとも華麗に表現された。それでも、ドレはダンテの作品を一、二世紀前に書かれたもののように読んだか、きっとかれに霊感をあたえたであろう新プラトン主義のテクストを念頭に置いているように思える。なぜなら、かれの時代の細密画は、いうなれば、もっとずっと大人しくて、光の爆発とか、舞台用の照明のような遊びは見られず、むしろ実体そのものから発するように見える明るい色を好むからだ。

　ダンテは、光を神秘的で宇宙論的な現象として称賛する神学の伝統の跡を歩んでいたが、作品を書いたのはトマス・アクィナスよりもあとだ。そして一二世紀と一三世紀のあいだには、[20]〈光彩《クラリタス》 claritas〉のとらえ方について大きな変化が起こっていた。一三世紀にロバート・グロステストによって提案された光の宇宙論をみてほしい。かれがつくりだすのは、たったひとつの光のエネルギーの流れによって形成された宇宙のイメージであり、その光は美と存在の源泉のようなもので、なにかビッグ・バンのようなものを想像させる。唯一無二の光から、漸進的な希釈と圧縮によって星々や自然元素が生まれるのであり、したがって無限に変化する色も、物体の嵩《かさ》もすべてこの光に由来する。それゆえ世界のプロポーションとは、光が創造しながら拡がっていき、それぞれの物質の強度の違いにしたがって世界をかたちづくっていくときの数学的秩序にほかならない。

　異なる天界の栄光のヴィジョンに移ろう。五二頁の絵はジョットのものである。ここには、もはや天上からとどく光はない。輝きは、肉づきのよい身体、すなわち健康な肉体そのものから発されている。この頃までにトマス・アクィナスが持論を展開したため、光彩《クラリタス》はグロステストが言っていたような、空で起こる爆発によって天上からやってくるものではなく、下方から、もしくは物体の内部から、その物体をかたちづくるフォルムの自己主張としてやってくるのである。トマスの師匠アルベルトゥス・マグヌスがすでに、美しさとは物質の均衡のとれた部分のフォルムが輝くことだと主張していた。そして、かれが言うフォルムとはプラトン的イデアではなく、物質を内部から導いて具体的な有機体にするものを指していた。新プラトン主義からアリストテレス学説へと時代は変わったのだ。至福を受けた身体の光彩《クラリタス》も、神に讃えられた魂そのものの放つ光であり、それが身体の外見を輝かせているのである。だからジョットの作品では人物の実体から光が放たれているのであり、その実体はより堅固で具象的な身体性によって表現されている。

ということはつまり、何世紀ものあいだ、光と光彩《クラリタス》についてつねに議論がされてきたが、これらの用語が言及する世界や美のヴィジョンがずっと同じであることはけっしてないのだ。

テクストとイメージを対置することで、わたしたちはかなり複雑な疑問にも答えることができる。醜の美学における〈永遠の難問 vexata quaestio〉とむき合ってみよう。言い換えるならば――ひとつの特定の時代にとどまることにして――中世の怪物たちの美の問題とむき合ってみよう。

中世はプロポーションと輝きのほかにも、第三の美しさの特徴として完全性というものに着目していた。ある存在が美しいと判断されるためには、その種の人間がもつべきものをすべてもっていなくてはならなかった。したがって奇形や小人は美しいとみなされなかった（中世の人びとは政治的に正しくなかった）。それでも、中世は怪物に魅了されていた。

第一の要件として、醜い生物やものは存在す

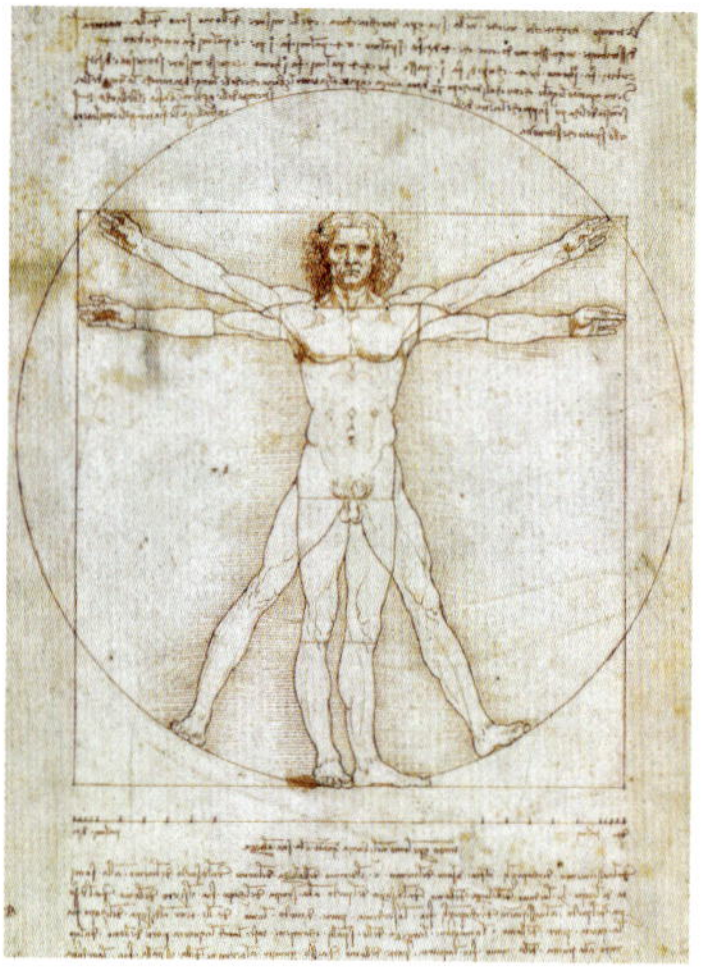

レオナルド・ダ・ヴィンチ「人体比例図」または「ウィトルウィウス的人体図」1490頃　ヴェネツィア　アカデミア美術館蔵

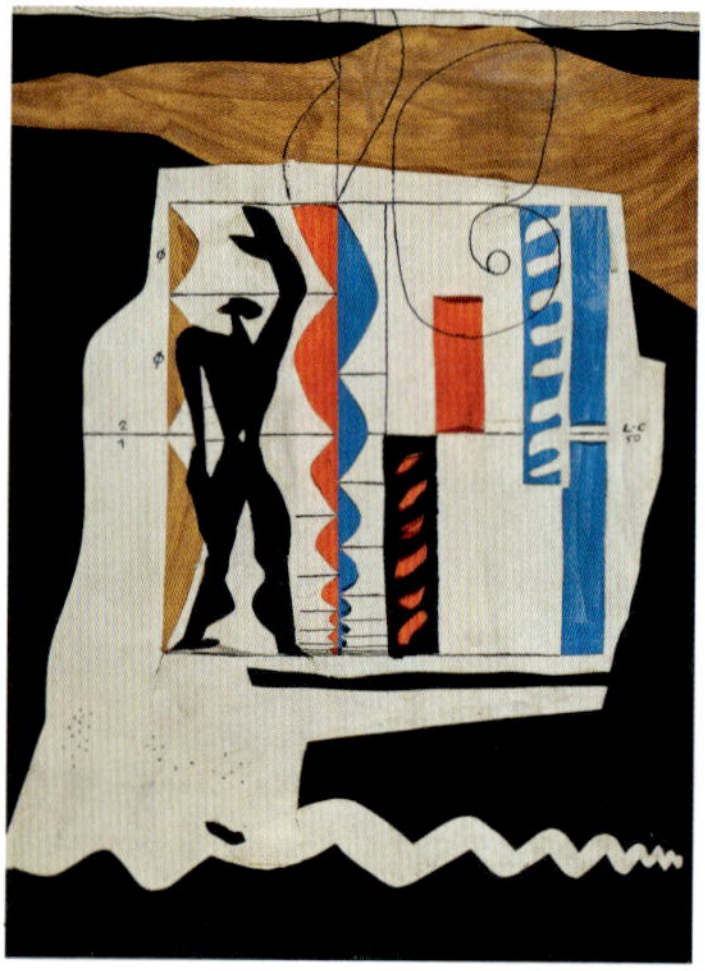

ル・コルビュジェ「モデュロール」1950　パリ　ポンピドゥ・センター　国立近代美術館産業創造センター蔵

ジョルジュ・ド・ラ・トゥール「改悛するマグダラのマリア」1638　パリ　ルーヴル美術館蔵

るが、芸術にはそれを美しく表現する権利があるという原則が認められていた。これは近代的な規範のように思えるが、聖ボナヴェントゥーラがすでに「悪魔のイメージは、それが悪魔の卑劣さをよく表現したものであれば美しい」と言っていた。

ヘレニズム文明の時代から、遠くの土地との接触が増し、未知の領土や人びとについての、ときには明らかに伝説的な著述が、またときには科学的な厳密さを主張する著述が普及した。ガイウス・プリニウス・セクンドゥスの[21]『博物誌』（七七年頃）や「アレクサンドロス・ロマンス」（三世紀頃）、動物寓意《どうぶつぐうい》譚《たん》（二世紀から五世紀にかけて広まった有名な『フィシオロゴス』をはじめとして）などがそれである。異国のものはつねに怪物のかたちをしていた。頭部がなく腹部に口があるブレムミュアエ、みずからの足を日よけにも使用した一本足のスキアポデス、ひとつ目の化け物、犬の頭をもつ怪物、ユニコーン、あらゆる種類のドラゴンなどの記述に、中世は魅了されていた。怪物たちは教会の柱頭を飾るだけではなく、怪物とはまったく関係のない、キリスト教信仰を促す写本の縁を埋めることもあった。いくつかのノアの方舟《はこぶね》についての著述にもみられるように、怪物たちは洪水からさえも救済されている。

中世は怪物を必要としていた、少なくとも否定神学にとっては必要であった。なぜなら、否定神学では神の絶対的かつ不可知の超越性のため、神を適切な名前でよぶことができないため、熊、虫けら、ヒョウ、怪物など、異名でよばなければならなかったのである。したがって、当時の神秘主義の神学的思想は、神が創造した世界におけるこれらの怪物の存在をなんとか正当化しなければならず、ふたつの道を選ぶ。一方では怪物たちを全世界の象徴主義の広大な伝統のなかに位置づけ、動物、植物、石を含むあらゆる存在には道徳的意味（徳と悪徳について教える）もしくは寓喩《ぐうゆ》的意味があるとした。つまり、怪物たちはそのかたちやふるまいをとおして超自然的な世界を象徴するのである。だから、「道徳的」動物寓話ではたとえば、ユニコーンを捕まえるためには森に乙女を用意しなければならないという。獣は純潔の香りにつられて少女の懐に頭をあずけに行くので、狩人はそこで捕獲することができる。この意味では、ユニコーンは純潔の乙女の胎内に宿った救世主を象徴する。

それゆえ、アウグスティヌス以後の神秘主義者や神学者、哲学者たちは、怪物もなんらかのかたちで神の摂理による自然の秩序に属するのだと、そして全世界の調和というシンフォニーのなかでは、全体美に対置されるものとして（絵画のなかで陰影やキアロスクーロがするように）怪物にも貢献するところがあるのだと主張する。秩序はすべてを内包するからこそ美しいのであり、この観点からすると、怪物の醜さも、そうした秩序の均衡に貢献することで贖《あがな》われていることになる。

だが、修道院や街の大聖堂に入ってこれらの滑稽なものや奇妙なもの、奇形物をみながら、信者はほんとうに全世界の秩序を思っていたのだろうか？　当時のごくふつうの人間にとって、これらの怪物は（神学的な省察は別にして）見て楽しいものだったのか、おぞましいものだったのか、それとも恐怖を抱かせるもの、ぼんやりとした居心地の悪さを感じさせるものだったのだろうか？

間接的にではあるが、ベルナルドゥスがその答えをあたえてくれている。神秘主義者や厳格主義者（ベルナルドゥスのライヴァルにあたるクリュニー派は教会の豪奢《ごうしゃ》な装飾を愛《め》でたが、その愛を敵視する者たちのことだ）というものがいたとすれば、ベルナルドゥスはそのひとりで、修道院の柱頭や回廊に現れる怪物のあまりの多さに憤慨した。そのことばは批判的だが、かれの悪の描写はその魅力に取り憑かれているようだ――まるで、かれ自身その奇妙さの誘惑に打ち克つことができないとでもいうようである。ベルナルドゥスは断罪する対象を、ほとんど官能的ともいえる熱心さと、モラリストの偽善をもって描写する。ストリップショーは危険だと警鐘を鳴らすために、踊り子の動きを詳細たっぷりに説明するようなものだ。

だいたい、回廊にのさばる（……）あの滑稽な怪物は何なのだ。あの奇妙な奇形の豊満さは、そ

「父と子と聖霊」　ビンゲンのヒルデガルト『道を知れ』ルーペルツベルク版ファクシミリより　1150頃　チェコ共和国　ドクサニ修道院

ギュスターヴ・ドレ　ダンテ『天国篇』第12歌の挿画　1885

してあの豊満な奇形物はいったい何なのか。不浄の猿たちは？　獰猛そうな獅子たちは？　気味の悪いケンタウロスは、半人半獣の怪物は？　まだらの虎は？　戦闘中の兵士たちは？　角笛をもった狩人たちは？　頭はひとつだけなのに複数の身体をもつものや、反対にひとつの身体に複数の頭部がついたものもいる。一方で蛇の尾をもった四本足の化け物がみられるかと思えば、他方では四本足の獣の頭をした魚がいる。あちらでは馬のような外観の獣が雌ヤギの下半身を引きずっているかと思えば、こちらでは角の生えた動物が馬のような尻をしている。要するに、ここかしこに異質なかたちの大きく奇妙な怪物がいて、これでは写本を読むより大理石の怪物を見るほうがおもしろくなってしまうし、神の仕業について瞑想するより、これらの偶像のひとつひとつを眺めて一日を過ごすほうがおもしろくなってしまう。

ベルナルドゥスはこのように、〈素晴らしくも背徳的な快楽 mira sed perversa delectatio〉について不満気に語りながら、これらの偶像が見る者の目を楽しませるものであったことを告白している。わたしたちがＳＦ《サイエンスフィクション》映画で友好的なエイリアンを見て喜んだり、恐ろしく身の毛もよだつ壮大な表現に満足したりするのと同じことかもしれない。中世後期やルネサンスの時代には、そうした嗜好《しこう》が芸術における悪魔的表現と定義されたものに対して現れてくる。

　実際のところ、古典の時代も擬古典の時代も、美の基準がプロポーションと光だけだとは心底信じきれないところがあった。だがそれを告白する勇気をもてたのは、理論家と原始および前期ロマン主義の芸術家たち、すなわち美のじつの兄弟である崇高の崇拝者だけだった。崇高の考え方はなによりもまず、芸術ではなく、自然と繋《つな》がりが深い経験に関連づけられる。そしてこの経験においては、不定形のもの、痛み、恐ろしさといったものが特権をあたえられる。シャフツベリー[22]が一八世紀初頭に『道徳試論』（*Saggi morali*）でこう書いている。「険しい絶壁も、苔だらけのほら穴も、不規則なかたちの洞窟や不均一な滝も、野生の恵みに彩られたこれらのものはすべて、わたしにはたいへん魅力的に思える。なぜなら、これらのものはより純粋に自然を体現しているし、豪華な庭園のばかばかしい模倣などよりずっと堂々とした壮麗さをまとっているからだ」

新古典主義に比べると、どうしてもバランスが悪く不規則にみえるゴシック建築への嗜好が生まれる。そして、まさにその不規則と不定形への嗜好が、新しいかたちの廃墟の評価へと繋がるのである。バーク[23]が『崇高と美の観念の起原』（一七五七）でまさに場面を急展開させ、美はプロポーションのうちにあるという考えに反対する立場をとっている。

> 首の太さはふくらはぎと同じでなくてはならず、手首の二倍の太さでなくてはならないと人は言う。この類の意見は無限にあり、書物に記されていたり、人びとが口ぐちに主張したりする。だが、ふくらはぎと首、またそれと手首にいったいどんな関係があるというのか？　これらの比率は美しい者のものであろうが、しかし醜い者でも同じことである。誰もがそうした例を目にした経験があるはずだから納得いただけよう（……）。身体のそこかしこに好き好きに比率をあてはめるがいい。わたしは、画家がその比率を慎重に尊重して描いたとしたら（……）世にも恐ろしい人物像が生まれるだろうと思う。反対に、同じ画家がそれらの比率を無視して描いたら、たいへん美しい人物像ができあがることだろう。

均衡の崩れた幸いなる崇高は、暗闇のなか、夜のなか、あらしのなか、暗黒のなか、虚無のなか、孤独のなか、そして静寂のなかで繁栄する。

美の概念の相対性について考察をつづけたいと思うのならば、崇高という近代的な観念が生まれた同じ世紀に、他方では新古典主義建築様式への嗜好が育まれたことを忘れてはならない。中世の時代も、柱頭の怪物たちに対する嗜好は、教会の側廊に実現された建築上のプロポーション（釣り合い）を伴うものだった。そしてヒエロニムス・ボス（一四五〇頃～一五一六）はアントネッロ・ダ・メッシーナ[24]（一四三〇頃～七九）と同時代の人物であった。しかしながら、それ以前の何世紀かを振り返り、「遠くから」眺めてみると、それぞれの世紀が統一的な特徴を備えているように思われる、あるいは重大な矛盾を抱えていたとしても、それはひとつだけにすぎない、という気がしてくる。

わたしたちの時代を「遠くから」眺めた未来の批評家たちが（あるいはもうお馴染みの、二〇〇〇年後に訪ねてくる火星人が）二〇世紀に特有のなにかを指摘するかもしれない。たとえば、ピカソやモンドリアン[25]などは無視して、ほんの少し前の世紀に登場したサモト

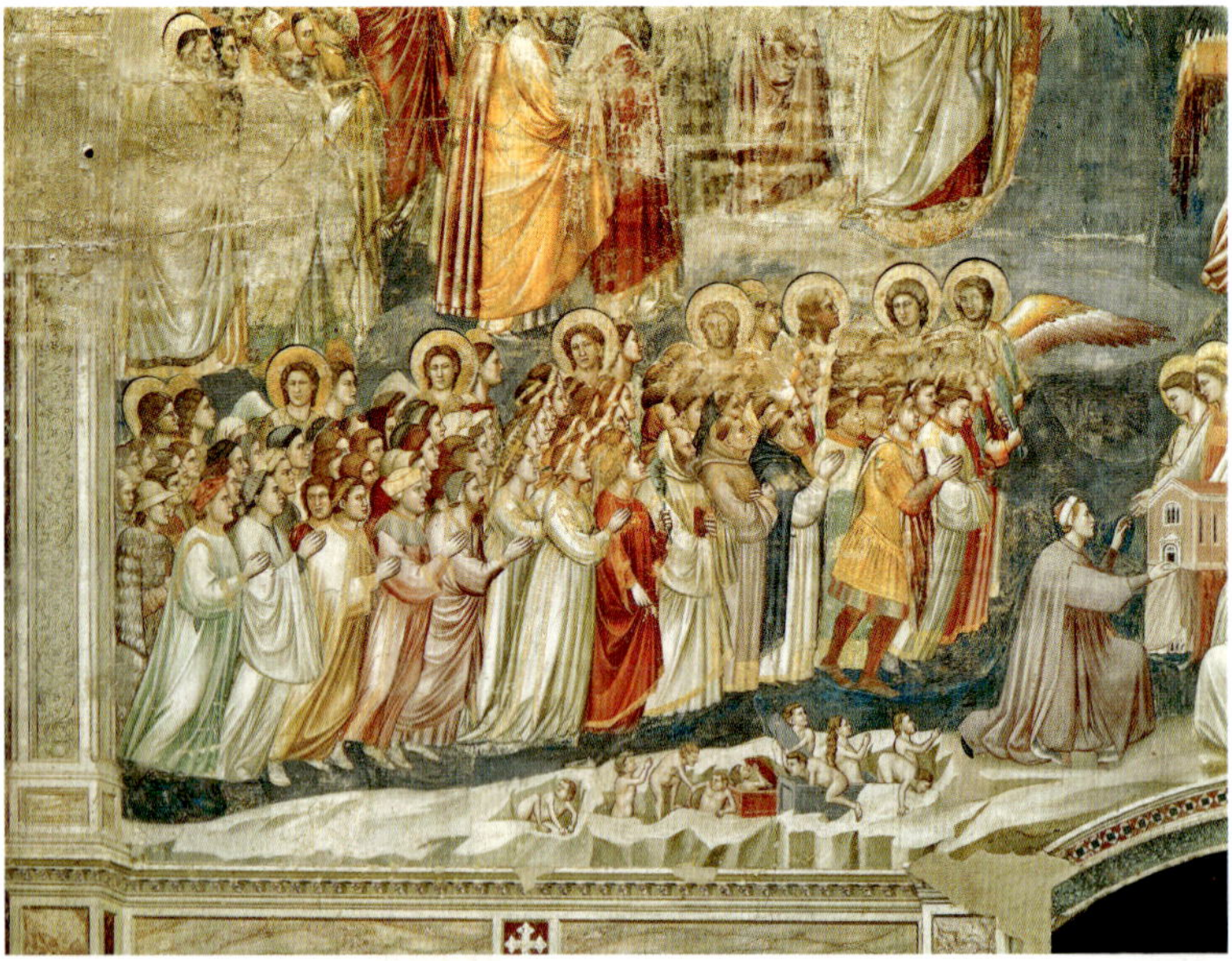

ジョット「神の国に迎え入れられる人びと」『最後の審判』部分　1303-05頃　パドヴァ　スクロヴェーニ礼拝堂

ラケのニケは素晴らしいレーシングカーだったと言ってマリネッティに賛同するかもしれない。わたしたちはそれほど遠くから眺めることはできない。できることといえば、二〇世紀前半は挑発的な美や前衛派芸術の美と、それに対する消費用の美とのドラマティックな闘争の舞台だった、と指摘することくらいである。

前衛派芸術は美を問題にせず、それまで尊重されていた美学的規範を丸ごと破ってしまう。芸術はもはや、自然の美のイメージを提供するのでも、調和的なフォルムを凝視する平和的な喜びをあたえようとするものでもない。むしろ、世界を違った視点で解釈すること、古代やエキゾチックなモデルへの回帰を楽しむこと、夢や幻覚の世界、物質の再発見、日用品をまったく関係のない奇妙な文脈に再配置することなどを教えようとする。比率と数の美学への「新ピタゴラス学派」的回帰を体現しているかのような抽象芸術もまた、一般の人間が美

ウンベルト・ボッチョーニ「笑い I」1911　ニューヨーク近代美術館蔵

についてもっていた考え方に反対するために存在していた。また、現代芸術の多くの傾向（アーティストがみずからの身体に刺青《いれずみ》をしたり、身体の一部を切断したりする、あるいは光や音を使った現象に観客を巻き込む）では、芸術という名のもとで、古代の神秘的な儀式とは似ても似つかない、儀式趣味の祭が行われているような印象を受ける。他方で、ディスコやロックコンサートで大勢の客が集まっている様子には、神秘的な特徴がある。かれらはストロボライトや大音量の音楽のなかで「一緒にいる」というひとつのかたちを実践する。それは部外者には「美しい」（古代ローマの円形競技場の遊びのような、伝統的な意味で）と映るかもしれないが、部外者は内部で現象に浸っている者と同じ感覚を味わうわけではない。

わたしたちの未来の訪問者はまた、もうひとつ興味深い発見をしないわけにはいかない。前衛派の展覧会に足を運び、「理解できない」彫刻を購入する者、あるいは〈ハプニング[26] happening〉の参加者たちは、ファッションの原則にしたがって服を着、ブランドもののジーンズや洋服を身につけ、マスメディアによって提案された美のモデルにしたがって化粧をする。かれらは、前衛派芸術が五〇年以上も闘いつづけた相手である大量消費の世界が提案した美の理想を追いかけているのだ。

ここまで来たら、未来の訪問者はマスメディアが提案した美のモデルとはどんなものだったのかと自問するにちがいない。そして、マスメディアが同じ時期にグレタ・ガルボやリタ・ヘイワースによって象徴されるファム・ファタルというモデルと、またドリス・デイに象徴される「近所にいそうな女の子」のモデルを提案していたことを発見するだろう。男らしい魅力たっぷりのモデルとしてジョン・ウェインが、温和でどことなく女性的なところのあるモデルとしてフレッド・アステアやダスティン・ホフマンが送り出されていたことを知るだろう。マスメディアは完全に民主主義的だったということも発見するだろう。というのは、アニタ・エクバーグになれない人には、ツイッギーのような拒食症的な美しさを見せびらかせばよかったのだから。

これらのモデルのなかで、またほかにもありうるいくつものモデルのなかで、未来の訪問者はいったいどれがわたしたちの時代の典型的な美の理想像だと思うだろうか？

かれは寛容さの乱痴気騒ぎや諸説混合や、絶対的でとどまるところを知らぬ美の多神教を前にして、降参せざるをえないだろう。

だが、ここまでじつにさまざまな美の観念の多様性やときにそれがかかえる矛盾をわたしたちに考えさせてくれた、こうした相対主義的偏重をいったん止めてみよう。はたして本当に、美にかんする経験あるいはある時代に美しいとみなされるものを、なんらかのかたちで（たとえそれがわずかなものであっても）結びつけるものはないのだろうか？

わたしは、美について語るさまざまなテクストのアンソロジーを作成したなら、やはり少なくともひとつは共通する要素が見つかると思う。「美しい」ということばは――「優美な」あるいは「崇高な」、「素晴らしい」もそうだが――、わたしたちが好ましいと思うものを指し示すために使われる形容詞のようだ（トマスが「美しいものとは、それがみられたときに喜びをあたえるもの」であると言っていた）。わたしたちはそれを手に入れたいと思うことはあるかもしれないが、たとえその願いが叶わなくとも、それが喜ばしいものであることをやめたりはしない。当然ながら、日常会話では、わたしたちは善だとみなすものをも美しいとか素晴らしいと定義する。だから、「美しい」エロティックな経験とか、「美しい」森林浴マラソンという表現が可能だ。しかしながら、数世紀を経るあいだに美しいものと良いものの区別ができた。わたしが良いとみなすもの（食べ物、美しい家、自分と同類の人間から認められ称賛されること）がわたしに属さなければ、わたしは自分が貧しくなったように感じる。他方、美にかんしてはそうではない。美しいものに対する喜びは、それを所有することとはまったく関係がないように思われる。わたしはシスティーナ礼拝堂を所有していなくとも、それを美しいと思う。菓子屋のガラスケースのなかに生クリームたっぷりのウェディングケーキをみたら、たとえわたしの主治医がそれを食べることを禁じていても、わたしはその構造を美しいと思う。

美の経験はいつでも、公平無私という要素を呈している。わたしはある人間（女性か男性）をたいへん美しいと判断することができる。たとえ、わたしがその女性あるいは男性と関係をもつことはないだろうとよくよく承知していても。反対に、わたしがある人間（しかも、それは醜い人であるかもしれない）を望んだとして、その男性あるいは女性と関係をもてないとしたら、わたしは苦しむだろう。

むろん、これは西洋の伝統についていえることである。わたしたちはアルタミラ洞窟壁画に描かれたバイソンを美しいと思うが、それがどういった理由で描かれたのかは知らない。おそらく魔術的な、生け贄かなにかの意味合いで描かれたものなのだろうが、当時人びとがそれを称賛するためにそこへ通っていたのか、洞窟の暗闇のなか

アンディ・ウォーホル「ジャッキー」1963　シュトゥットガルト　フローリッヒ・コレクション蔵

でそっとしておかれたのか、作者本人が、上手に描けたものだと自画自賛していたかどうかは分からないのだ。同じことが、わたしたちが原始社会における芸術作品とみなしているものにかんしても起こる。ある物体をテクストと比較できるだけの資料がないのだ。それはたいていい存在しないか、わたしたちには理解不能な代物だ。そして、儀式に使われた仮面――ヨーロッパの前衛派の画家や彫刻家を魅了した――かどうか、中世の細密画のように、人を怖がらせるため、あるいは喜ばせるためにつくられたものかを知るための十分な資料もない。わたしたちに分かっているのは、聖ベルナルドゥスにとって怪物は怖いものではなかったということ、かれは怪物たちを魅力的だと感じ、まさにそのためにそれらを断罪したということだけだ。それに、先史時代の社会や、なんらの著述をもたない社会にかぎらずとも、今日でも専門家たちはインドの言語でいう〈ラサ rasa〉がイタリア語の〈嗜好 gusto〉という単語および概念に翻

見知らぬ人の口にチェロの先端を突きさし、大判のビニールを纏って作曲家ナム・ジュン・パイクの曲を演奏するチェリスト兼パフォーマーのシャーロット・モーマン　ニューヨーク　1966年1月18日

訳できるのか、あるいはそれがわたしたちには理解できないなにか別のもの（もしくは嗜好とわたしたちの知りえないなにかを併せたもの）に言及しているのかを議論している。

マリ共和国のバマコにある民族学博物館で、わたしは、伝統的な衣装をつけた、見事な西洋風の女性のマネキンがいくつか置いてあるのを見た。そのうちのひとつは身軽そうで曲線美豊かであり、もうひとつは驚くほど肥ったつくりだった。フランスで勉強した地元マリの大学教授がガイドをしてくれたのだが、痩せたマネキンは西洋からの観光客のために設置されたのだと言ってわたしたちにウィンクした。かれらにとっては（少なくとも西洋の誘惑からダメージを受けなかったかれらの父親世代にとっては）、美しい女性は肥ったほうのマネキンを意味していた。わたしたちのガイドはふたつの美の概念のあいだを、批判力をもって動くことができる。しかし、このアフリカ出身の同僚が、パリで勉強し、西洋の映画やテレビを観たあとで、まだ肥った女性のほうを美しいと思い、同時に痩せた女性のほうに性的欲求をいだくということが可能なのか、あるいはその逆のことがありうるのか、わたしは自問している。

しかしながら、かれにも、なにを所有したいと思い、なにを公平無私に称賛する用意があるかを言うことはできるはずなのだ。

次のことを思い出して結論としたいと思う。美に対して公平無私であることがもっとも明らかに確認されたのはまさに、崇高の経験によって、恐怖や猛威をふるう自然の厳しさのなかに身を置くことが讃えられた時代のことである。恐怖もまた、あまりに近い距離でわたしたちを脅かさないときにかぎり、愉快なものになりうる。崇高にとっても、美しいものとは〈喜ばせる placent〉ものだが、美しいのはそれが〈見られた visa〉ときであって、体験される場合ではない。崇高の経験をもっとも称賛した画家は間違いなくカスパー・ダーヴィト・フリードリヒ[27]であるが、そのフリードリヒが崇高を表現するときは、だいたいいつも、自然の舞台を前にして崇高を味わう人間が場面に描かれている。

その人間は、劇場での一場面のようにわたしたちに背をむけているが、崇高が舞台ならば、かれがいるのはプロセニアム・アーチ[28]であり、演目のなかに位置している――客席にいるわたしたちからみれば――。しかしかれが演じるのは舞台の外部からものごとを眺める役で、わたしたちは舞台から切り離される。わたしたちはかれの身になって、かれをとおして舞台を見、かれが見るものを見つめ、かれと同じように、自然の偉大な舞台のなかでは自分など取るに足らないちっぽけな存在だと感じ、しかし同時に、わたしたちを凌駕《りょうが》し破壊しうる自然の力から逃れられるとも感じる。

何世紀もの流れのなかで、美の経験とはいつも、わたしたちがその一部をなさないこと、どうしても直接参加したくないようなことを前にして、そこに背をむけながら感じるものだったように思う。美しさの経験とそのほかの情熱のかたちを分けるか細い線は、わたしたちが美とのあいだに取る距離にひかれている。

（ミラネジアーナ[29]　二〇〇五）

（1）一九一四～二〇〇八。イタリアの哲学者・美術評論家。
（2）前六世紀頃のギリシアの哲学者・詩人。擬人的神観に反対し一神論を唱えた。
（3）ヴォルテールの言葉。
（4）一二三〇頃～七六。イタリアの詩人。清新体派の祖とされる。
（5）一八四〇～一九一六。フランスの画家。
（6）一八〇八～八九。フランスの小説家。
（7）『失われた時を求めて』に登場する架空の画家。
（8）一八一五～九一。フランスの画家。写実主義的な歴史画などを描いた。
（9）一八三九～一九一四。アメリカの哲学者。プラグマティズムの創始者。記号論の先駆けとなった。
（10）一八〇四～五七。フランスの大衆小説家。

(11) 四八〇頃〜五二五頃。ローマの哲学者。ギリシア哲学を訳注し、とくに中世論理学に貢献。
(12) 一四四五頃〜一五一七。イタリアの数学者で複式簿記の祖。
(13) 一二二五頃〜五〇頃。フランスの建築家。多くの聖堂建築に携わったと伝えられるが、作品は現存しない。
(14) 前五世紀ギリシアの彫刻家。代表作「槍を担う青年」。
(15) 五、六世紀のシリアの神学者で、「ディオニュシオス文書」(Corpus Dionysiacum)とよばれる神学的文献群の著者とみなされている人物。なかでも「天上位階論」、「教会位階論」、「神名論」、「神秘神学」は中世神秘主義においてきわめて重要な位置を占める。
(16) 八一〇頃〜八七七頃。カロリング・ルネサンスの代表的哲学者・神秘主義者。
(17) 一五九三〜一六五二。フランスの画家。精神性の高い宗教画を描いた。
(18) 一〇九八〜一一七九。ドイツの修道女・神秘家。文学・音楽・自然学・医学などに卓越。
(19) 一八三二〜八三。フランスの版画家・挿絵画家。聖書も含め九〇冊以上の本の挿画を手がけた。
(20) 一一六八頃〜一二五三。中世イギリスの自然哲学者・光学者・神学者。
(21) 二三〜七九。大プリニウス。ローマの将軍・博物学者。
(22) 一六七一〜一七一三。イギリスの倫理学者・美学者。直覚的美的倫理観に立ち、善は美と一致すると主張。
(23) 一七二九〜九七。イギリスの保守主義の代表的思想家。『フランス革命についての省察』など。
(24) ルネサンス期の南イタリアの画家。メッシーナに生まれ、同地で没した。
(25) 一八七二〜一九四四。オランダの画家。幾何学的抽象絵画の代表者。
(26) 偶発的事件の意で、現代芸術の各分野で試みられる表現運動のひとつ。
(27) 一七七四〜一八四〇。ドイツの画家。ロマン主義を代表する。
(28) 劇場の舞台と客席との境界の、額縁状の部分。
(29) 編集者であり映像作家としても知られるエリザベッタ・ズガルビが主催する文化芸術祭。二〇〇〇年にミラノで発足して以来、毎年各国から多彩な論客を招き、文学、映画、科学、芸術、哲学、舞台などの領域を横断するテーマをめぐって開催されている。

醜さ

たいていどの世紀にも、哲学者や芸術家は美についての思考を記述してきたが、ヨハン・カール・ローゼンクランツ[1]の『醜の美学』（一八五三）などの数少ない例をのぞいては、醜さについての思考にかんする重要なテクストは、ほとんど残っていない。醜さはしかし、つねに美との関係において捉えられてきた——美女と野獣のさまざまな変化形だ——つまり、一度美の基準が定められると、ほとんど自動的に、それに対応する醜の基準も定めるのが自然だと考えられてきたのだ。「美だけがシンメトリーに秩序をあたえ、醜は反対にシンメトリーの秩序を崩す」（イアンブリコス『ピュタゴラス伝』）ということになるのである。美しくあるための条件が三つあるとすれば——なによりもまず一体性と完全性が必要だ——不完全なものは、まさに〈不完全であるがために醜い turpia sunt〉のである（トマス・アクィナス）。オーベルニュのギヨーム[2]はこうコメントしている。「われわれは三つ目のものやひとつ目のものを醜悪であるとみなす」

したがって、美と同様、醜も相対的な概念である。マルクスは『経済学・哲学草稿』（一八四四）において、醜について、じつに見事な定義をあたえている。かれは醜を金銭と関連づけているが、これを権力と関連づけたものとして読んでもいいだろう。

マルクスはこう言っている。

わたしは醜いが、女性のなかでももっとも美しい人を買うことができる。金によって、醜さの効果、つまり人の自信をなくさせるような力が帳消しにされるため、わたしは醜くない。わたしは、個体としては身体が不自由であるが、金はわたしに二四本もの義足をあたえてくれる。だからわたしは身体障害者ではない。わたしは意地悪で、卑劣で、道義心をもたず、才能もないが、金は尊敬されるものだから、その金の所有者も尊敬される（……）。わたしは頭が悪いが、金こそあらゆるものの真実の知である。その金の所有者の頭が悪いなどということがありうるだろうか？それに、金は、頭のいい人間を買うことができる〔これは真実ではない。多くの人びとが、頭の悪い輩ばかりを買収してきたではないか。しかし、これはまた別の話である〕し、頭のいい人たちを権力で操れる人間は、頭のいい人より頭がいいことになるのではないか？

このような調子で、数世紀にわたって、美についてと同様、醜の相対性についての多くのテクストが書かれた。ジャック・ド・ヴィトリ[3]は、一三世紀にこう言っていた。「おそらくひとつ目のキュクロプスは、わたしたちのようなふたつ目をもつ者を見て驚くことだろう（……）。わたしたちはエチオピアの黒人を醜いと思うが、かれらのあいだでは、もっとも黒ぐろとした者がもっとも美しいのである」。その何世紀かのちに、ヴォルテールがこう言った。「雄のヒキガエルに、美しさとはなにかと尋ねてごらんなさい。（……）雌のヒキガエルだと答えるでしょう。小さなあたまから突出したまるい両眼、幅広で平らな喉《のど》、黄色い腹、茶色がかった背中。（……）悪魔に尋ねてごらんなさい。美とは、二本の角、猛禽《もうきん》のような爪の生えた四本の足と、一本の尻尾だと答えるでしょう」。ダーウィンにとって、軽蔑や嫌悪感の現れとして記されてきた身体表現は、世界のほとんどの場所で共通しているようだ。「極度の嫌悪感は、人が嘔吐する前に、その口が示すのに似た運動によって表される」。しかし、ティエラ・デル・フエゴ[4]のことを話しながらこうも付けくわえる。「そこの先住民は、わたしが食べようとしていた保存のきく加工肉の一片を指でさわると、その柔らかな感触に、これ以上ないほどの嫌悪感を露わにした。わたしはわたしで、未開人の手が汚れているようには見えなかったにもかかわらず、それがわたしの食物に触れるのを見て、強い嫌悪を感じた」

美しさに対する普遍的な表現というものはあるだろうか？ 答えは否である。なぜなら、美は対象から距離をとることであり、情熱の不在を意味するからだ。他方、醜さは情熱である。この点をよく理解しなくてはならない。これまでも、醜さの審美的評価なるものは存在しえないと言われてきたのだから。つまりだ、審美的評価は、対象と距離をとることを必然的に伴う。わたしはあるものを所有しないが、それを美しいと評価する、すなわち自分の情熱に封印をする。反対に、醜さは情熱を、まさに、嫌悪感や拒絶を必然的に伴うと考えられる。対象と距離をとることができないのだとしたら、醜さの審美学的評価がどうして存在しうるだろうか？

おそらく、醜さには芸術上の醜さと人生における醜さがあるのだろう。たとえば、わたしたちが次頁にある花瓶を醜いと言うときのように、美の理想にふさわしくないものとして醜いという評価をくだすことがある。この花瓶を描いたのが誰か、ご存じだろうか？ ヒトラーである。これは若きヒトラーが残した絵画のひとつなのだ。このように、不快（sgradevole）だと思うものに対しては、情熱的な反作用があるものだ。吐き気を催す（repellente）、ぞっとするような（orribile）、けがらわしい（schifoso）、グロテスクな（grottesco）、戦慄すべき（orrendo）、気味の悪い（ributtante）、むかつく（ripugnante）、恐ろしい（spaventoso）、卑しい（abietto）、怪物のような（mostruoso）、恐怖を催させる（orrido）、身の毛のよだつ（orripilante）、醜悪な（laido）、ひどい（terribile）、ぎょっとさせる（terrificante）、凄まじい（tremendo）、悪夢を促すような（da incubo）、煮えくり返るような（rivoltante)、無様な（sgraziato）、歪《ゆが》んだ（difforme）、外観を損じた（sfigurato）、猿のような（scimmiesco）、獣のような（bestiale）もの、なども同様である（類語辞典では、「美しい」より「醜い」の項目のほうが多い）。

しかしながら、醜いものを表現することを避けるよう勧めていたプラトンとは反対に、アリストテレス以降はどの時代も、生活のなかの醜いものも美しく表現することが可能であり、むしろそれが、美しいものを際立たせたり、ある種のモラルを支える役目を果たしたりするということが認められてきた。そして、ボナヴェントゥーラが言ったように、「悪魔のイメージは、それが悪魔の醜さをよく表現しているものであるならば、美しい（imago diaboli est pulchra, si bene repraesentat foeditatem diaboli）」のである。

というわけで、芸術は悪魔の醜さをじつに巧みに表現してきた。しかし、醜さを巧みに表現しようという競争は、わたしたちにある疑いを抱かせる。つまり、表面下でとはいえ、そこには恐怖（l'orrendo）に対する真の悦びがあった

アドルフ・ヒトラー「花の静物画」1909　個人蔵

のではないか、という疑いである。ある種の地獄が、キリスト教信者を脅かすためだけに考えられたものだ、などとは言わないでいただきたい。いくつかの地獄は、かれらを狂喜させることをも目的にして、考えられてきた。そして、骸骨の美しさでもって人を悦ばせる、さまざまな〈死の勝利 Trionfi della morte〉でも、メル・ギブソンの『パッション』でも、まさに恐怖が悦びの源泉となっているのがみてとれる。それに、シラー[5]はこう書いている（「悲劇芸術について」一七九二）。

> 悲しいこと、むごいこと、戦慄すべきことまでもが、抗いがたい魅力でもってわたしたちの注意を引くというのは、わたしたちの性質にとって、ごく一般的な現象である。痛みや恐怖の場面に出合うと、わたしたちは拒否されたように感じると同時に、

アンドレア・ボナイウーティ（推定 1346–79）「悪魔たち」部分　『煉獄への降下』　フィレンツェ　サンタ・マリア・ノヴェッラ教会

同じだけのちからで惹きつけられる。わたしたちは、もっとも危険に満ちた亡霊たちの物語を、貪欲に繰り返す。そしてその貪欲さは、それがわたしたちの髪の毛を逆立てれば逆立てるほど、増していく。まるで、過酷な体刑の場へむかう罪人に同行する行列のようだ。

数えられないほどの体刑の描写のうち——そもそも、体刑の描写に対する嗜好がなければ、する必要のない叙述なのだ、「罪人は殺された」と言えば済むことなのだから——ニケタス・コニアテスの(6)『年代記』の次の体刑の描写を見てみよう。東ローマ帝国で、十三紀に廃位された皇帝《バシレウス》アンドロニコス一世が受けた刑である。

かくして、皇帝イサキオス二世の前に姿を現すと、かれは侮辱され、人びとから頬に平手打ちをくらい、尻を蹴りつけられ、あごひげをむしられ、歯を引っこ抜かれ、髪の毛をむしり取られ、みなの笑い者にされた。そして、斧で右手を切断されたのちに、前と同じ牢獄に、食べるものも飲むものもあたえられずに、放り込まれた。何日かのちには目玉をひとつくり抜かれ、疥癬《かいせん》のらくだに座らされて、凱旋行列さながらに広場《アゴラ》を連れまわされた。何人かはかれの頭をこん棒で殴り、別の者たちは鼻孔に牛の糞を塗りたくり、またほかの者たちは、海綿で顔面に牛や人間のはらわたをなすりつけていた。幾人かはかれの脇腹に投げ槍を突き刺した。無分別な群衆は、かれを足から逆さ吊りにしたあとでさえも、苦しみに喘ぐアンドロニコスから離れようとはしなかった。かれの肉体を容赦してやるどころか、下着を引き剝がすと、生殖器をめった打ちにした。ある血も涙もない輩は、長い剣を口腔から内臓まで突き通し、ほかの者たちは両手で新月刀を肛門に見舞った。そして、周りに刀を並べ、どれが一番よく切れるか試したり、自分の一撃こそよりよく命中したぞと自慢したりしながら、それらを振り下ろしていた。

何世紀かのちには、マッカーシズムの応援隊長で、ハードボイルド小説の巨匠であるミッキー・スピレイン[7]が、一九五〇年代初頭に発表した『寂しい夜の出来事』で、どうやって共産党系スパイの殺害に至ったかを、こんなふうに語る。

やつらは俺の叫びを、機関銃のものすごい轟音を聞いた。銃弾が自分たちの骨を粉々にし、肉をずたずたに引き裂くのを感じていた。やつらは逃げようとするひまもなく、地面にばたばたと倒れ込んだ。将官の頭が文字どおり散り散りになり、赤い肉の破片の雨となって、汚物だらけの床に落ちていくのを俺は見た。地下壕の友人は、両手で銃弾を止めようとして、青白い穴だらけの悪夢へと姿を変えた。ベレー帽の男だけが、ポケットからリボルバーを取り出そうという馬鹿げた企てをしたから、そこではじめて俺は、狙いを定めてやつの肩から腕をきれいに引きちぎってやった。哀れなその上肢はやつの足元の地面に落ち、俺は時間をかけて、それをよくよく眺めた。やつは、目の前で起こっていることが信じられないって顔をしていた。

だが、元の話に戻ろう。ギリシア人たちは、〈美しさを善と同一視し kalós kai agathós〉、身体的な醜さを、道徳的な醜さと同一視していた。だからこそ、テルシテス[8]は『イリアス』において、「歪んだ身体をして、片方の足を引きずり、肩はいまにも胸につきそうなほど湾曲し、先の尖った頭にまばらな髪があるばかりの、トロイア史上もっとも醜い男」は、邪悪な存在として描かれたというのである。邪悪だったのはセイレンも同じである。当時のセイレンは、ヨーロッパの頽廃主義が見ていたような、世にも美しい女性ではなく、けがらわしく不気味な鳥であった。当時から邪悪であり、ダンテのおかげでいまも変わらないのが、自殺者たちの森のハルピュイアである。世にも恐ろしいミノタウロスも、メドゥーサも、ゴルゴンも、一眼のポリュペモスもしかりである。

　しかし、ギリシアの文化は、プラトンの時代から、あるひとつの問題に直面する。いったいなぜ、あれほど偉大な魂をもったソクラテスは、醜男だったのか？　イソップ[2]はなぜ醜男だったのか？　ヘレニズム時代の『イソップ伝』によれば、かれは「奴隷で、いかにも不快な外見をしており、けがらわしく、大きな腹をして、頭が前方に突出し、低い鼻にはこぶがある。肌はオリーヴのように褐色で、ずんぐりとして、扁平足で、腕は短く、腫れぼったい唇は歪んでいる。自然の業である」といわれているが、いったいなぜか？　しかも、かれは吃音者だったという。ものを書くのが得意で、何よりだった。

　キリスト教にとっては、すべてが美しいことになっている。宇宙の美しさにかんして、宇宙論が、すなわちキリスト教

カタルーニャ派「死の勝利」1446頃　パレルモ　シチリア州立美術館／パラッツォ・アバテリス蔵

神学が普及したため、怪物や醜いものも、光を際立たせるために絵画で明暗法が使われるように、宇宙の秩序のなかに組み込まれた。これについては、聖アウグスティヌスが残したものも含め、膨大な数の著述が存在する。しかし、醜いものが美術史に登場するのは、キリスト教ありきのことであると、ヘーゲルがわたしたちに思い出させてくれる。理由はこうである。「ギリシア的な美の様式では、磔刑《たっけい》のキリストを表現することはできない。茨の冠をかぶり、十字架を背負って、体刑の場所までみずからの身体を引きずり歩くキリスト、長い拷問の末に、断末魔に苦しむ瀕死のキリストを表現することはできないのだ。そこで苦しみに満ちた、醜いキリストが登場するのである」。さらに、ヘーゲルはこうも言っている。「神と対立する敵たちは、かれを断罪し、愚弄し、拷問し、十字架にかける、徹底的に邪悪なものとして表現されている。内的な邪悪さや神に対する敵意の表現は、醜さや、無作法、蛮行、怒り、また外見の歪みとして外部に現れる」。つねづね極端なニーチェは、「キリスト教が世界を醜く、邪悪にしよ

テラコッタ板のゴルゴン像　紀元前6世紀頃　シラクーサ　考古学博物館蔵

うと決断したことで、実際に世界が醜く邪悪になった」とまで言い放った。

なにより、この醜くなった世界では、贖罪のために身体を痛めつけることに、特殊な価値を認めるようになった。中世の贖罪行為のことだけを問題にしているのではないとご理解いただくために、一七世紀のセニェーリ神父[10]が、イグナティウス・デ・ロヨラ[11]の、痛々しい贖罪行為と修行生活について語っているテクストをご紹介しよう。ここでは、クラナッハの「キリストの鞭打ち」（七二頁）をお見せしながら、注釈することにする。

上半身には目の粗い粗衣を、下半身には肌を刺す馬《ば》巣《す》織《おり》の穿《は》き物を身につけ、ざらざらのイラクサや棘のある灌木、もしくは尖った鉄線を胴体に巻きつける。日曜以外は毎日断食し、食事はパンと水だけである。日曜には、そこへ灰か土に苦い草を混ぜたものを加え、ごちそうにする。あるときは三日、あるときは六日、またあるときには八日間、まるっきり食事をとらないこともある。昼夜を問わず、一日に五回、血が出るまで鎖で身体を鞭打つ。また、火打ち石ではだけた胸を激しく打ちつけるのを習慣としていた（……）一日のうち七時間は、ひざまずき、深い瞑想のなかで過ごし、けっして泣かず、けっしてみずからを痛めつけるのをやめない。これが、かれがマンレザの洞窟で過ごした、毎日の変わらぬ暮らしであった。かれはまもなく、ただでさえ致命的な憔悴、身の震え、苦悶、卒倒、高熱を伴う、長く、ひどく苦しい病を患ったが、それでもその厳格な生活を和らげることはなかった。

中世はたしかに怪物だらけだが、美についてわたしが指摘したように、中世の怪物たちを醜いと思わせるのは、わたしたち自身の感受性だ。怪物たちは奇妙だ。足が一本しかなかったり、胸に口があったりして、一般的な規則の外にいる。かれらは驚異《ポルテンタ》だが、超自然的な意味をもたらすものとして、神によって創造された。それぞれの怪物がスピリチュアルな意味をもっていて、そのため中世は、かれらを醜いものとして見ることができない。せいぜい、興味深いものか、寓話的なものとして見るくらいだ。現代の子どもたちが恐竜を見る目と同じである。子どもたちは恐竜をとてもよく知っていて、ティラノサウルスとステゴサウルスを見分けることもできる。かれらを遊び仲間のように思っている。だから、中世のドラゴンも、忠実な仲間として、同じ愛情に満ちた好奇心でもって受け入れられる。かれらをノアの方舟に乗せるのも厭《いと》わない。もちろん、かれら専用の空間が必要だけれど。いずれにせよ、ノアみずからが救った、ほかのすべての怪物らしくない動物たちと一緒に、舟に乗せてやることはできる。

他方、奇形に対する正真正銘の科学的な関心の道は、一六世紀から一七世紀のあいだに開かれた。人びとが奇妙な出生や、部分的な奇形、自然のいたずらといったものに情熱を燃やしはじめた頃で、骨や、記述された証言や、アルコールに浸した遺骸までもが蒐集《しゅうしゅう》された。

このような風潮のなかで、人相学もまた根を下ろしはじめた。人相学では、人間の顔と動物の顔の相似点——ライオンと人間の相似や、そのほかの数少ない例を除いては、ほとんどが醜いものばかりだった——をとおして、動物の世界との類似点を探り、個人の性格を理解しようとした。しかし、数世紀もすると、その人相学からチェーザレ・ロンブローゾ(12)にたどり着く。かれの著書『犯罪人論』(一八七六、第一六章)から、以下の箇所を読んでみよう。

腺病結核や身体の発達障害、くる病が、どの程度、犯罪の傾向を引き起こしたり、それを変えたりするのに影響をあたえたかなど、誰に分かるだろうか?　われわれは、八三二人の犯罪人のうち、一一人のせむしを発見した。これらの犯罪人のほとんどが、泥棒か強姦魔である。ヴィルジリオは、かれが検査した二六六人の有罪の囚人のなかに、三人のくる病患者、一人の骨の発達障

ルーカス・クラナッハ（父）「キリストの鞭打ち」16世紀　第1四半期　木版印刷　ストラスブール　版画素描閲覧室蔵

害者、六人の吃音障害者、一人の兎唇患者、五人の斜視、四五人の腺病結核患者に二四人の虫歯患者を見いだした。かれによれば、二六六人のうち、一四三人が退行性の身体的特徴の痕跡をもつという。ヴィドックは、かれが知るすべての大量殺人犯が、弓なりに歪曲した脚をしていたと指摘した（……）。あらゆる犯罪人は、とりわけ泥棒と殺人犯では、その生殖器の発達が非常に早熟で、とくに女泥棒にかんしては、六歳から八歳で売春に走る傾向が認められた。

ロンブローゾよりかなり前の段階ですでに、数世紀のあいだに、敵の人相学が発展していた。それは神秘主義者という敵であったり、政敵であったり、宗教上の敵であったりした。たとえば、いくつかのプロテスタント派の本の挿絵では、教皇が反キリストとして描かれることもあった。紀元後まもなくの数世紀のテクストでは――わたしのつくったほんの小さな資料のコラージュによれば――反キリストの輪郭は次のようなものだ。「右

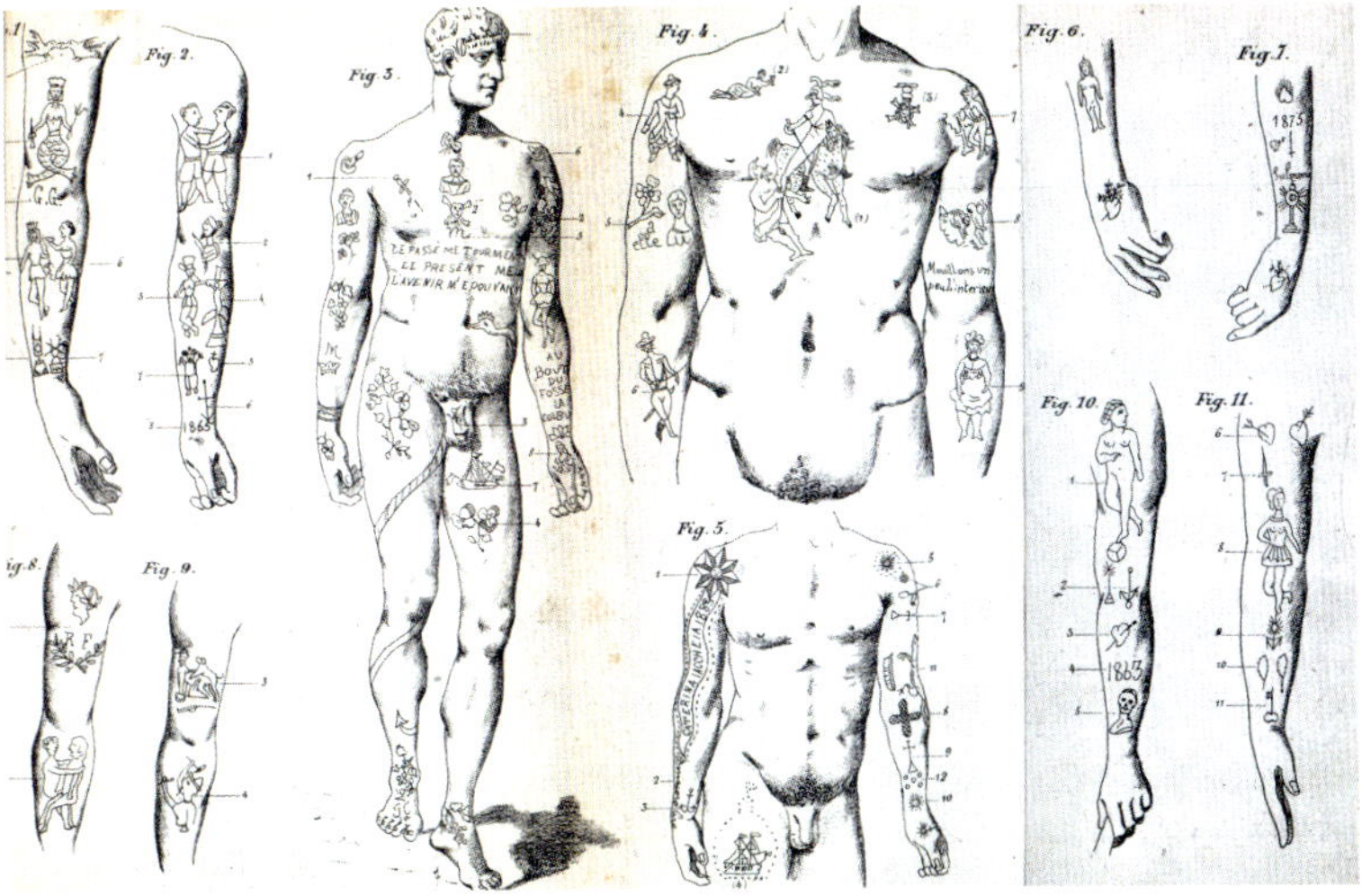

チェーザレ・ロンブローゾ（1835-1909）「犯罪人の刺青」『犯罪人論』図版　個人蔵

半身は焼けつく炎のようで、右目は充血し、左目は猫のような緑色をしているうえ、瞳孔がふたつある。まぶたは真っ白で、下唇が大きく、右大腿骨が弱い。足はごつく、手の親指はつぶれて横に平たく、両手の甲にはハンセン病の兆候が見られる」(著者不詳『聖書外典』、四〜五世紀頃)。また、ビンゲンのヒルデガルト(一二世紀)にとっての反キリストはこうである。「堕落した息子は、火のようなふたつの目、ろばの耳、獅子のような口を持つことでしょう(……)。そして、人をあざ笑うときには、恐ろしい鉄の歯を見せつけながら強迫症のように笑うことでしょう」。そして、人種の異なる敵は醜いものとされ、シチリアの操り人形のサラセン人も、貧乏人も醜いものとされた。彫刻では、あまりわたしたちを満足させるような例がないが、あらゆるもののなかでも、エドモンド・デ・アミーチス[13]の『クオーレ』のフランティの人物像を思い出してもらうのが一番だろう。「ぼくはあいつが大嫌いだ。(……)あのぺちゃんこの額や、防水布の帽子のつばにほとんど隠れてしまっている濁った瞳(……)。それに、あいつのかばんやノート、教科書はみんなしわくちゃで、ぼろきれみたいに汚くて、定規はでこぼこ、ペンは使い古しだ。爪は嚙むもんだからぎざぎざで、服はしみだらけ、おまけにけんかをするから、あちこち破けている」

そして最後は、人種違いの敵だ。第二次世界大戦のファシズムのプロパガンダにおける、アメリカ黒人《ニグロ》の例を考えてみよう。一七九八年の『ブリタニカ百科事典』の記述はこうである。

頰は丸く、頰骨が高く、額が若干盛り上がっている。鼻は短く、幅広でつぶれており、唇が厚く、耳は小さい。通底するこれらの醜さや不規則性が、かれらの外見を特徴づけている。(……)もっともよく知られている悪癖が、この不幸な人種の運命を示しているようである。すなわち、怠惰、裏切り、復讐、残酷さ、横柄、窃盗、偽り、猥談、自堕落、貧乏、不摂生が、自然法の原則を消滅させ、良心の呵責を沈黙させてしまったと言われている。

そして当然、文明化がより進んだ時代では、ユダヤ人についてこう書かれている。

あの、人を蒼白にさせるほど欺瞞《ぎまん》に満ちた、他人をさぐるような目、顔に刻みつけられたいかさまの微笑、上下にめくれて歯を露わにする、あのハイエナのような唇。そして、突然、自制心を失って重くなり、病的に、獣のようになるあの眼差し。黒人の血が流れているのです。やつらの鼻と唇のあいだときたら、いつだって不安そうで、屈曲し、しわが刻まれ、防御的で、憎しみと軽蔑によって溝ができていやがる。さあみなさん！ ご覧ください。家畜同然の、滅ぼすべき、呪われた敵の人種です。やつらの鼻、あの詐欺師や、裏切り者や、ちんぴらみたいな口。あの鼻と口ときたら、いかにも不実そうな、あやしげな組み合わせをしているじゃありませんか。あのいやらしい口の割れ目に忍び込もうとする陰茎のような、腐ったバナナかクロワッサンみたいな鼻、ねちねちしたごろつき風の薄汚れた引きつり笑い、吸血鬼みたいに血をちゅうちゅうやる、できそこないの吻管。（……）呪われたよこしまなやつらめ！ くたばってしまえ、無益な獣めが！

こんなことを言うのは誰だろうか？ ヒトラーか？ いや、ルイ＝フェルディナン・セリーヌ(14)の『虫けらどもをひねりつぶせ』（一九三七）だ。

こんなものもある。ユダヤ人は俳優にも音楽家にもなれないと主張するのだ。

英雄や恋人といった、古代や近代の人物が、ユダヤ人によって表現されるというのは、われわれにとっては考えられないことだ。否が応でも、そのような演目の不適切さ、いや、馬鹿馬鹿しさに驚いてしまう。だが、もっともわれわれをむかつかせるのは、ユダヤ人の話し方を特徴づける、あのアクセントだ（……）。かれらの言語の、いやに甲高い耳ざわりな音と歯擦音は、われわれの耳を特別に害する。（……）この点は、とりわけユダヤ人のオペラ音楽がよび起こす印象を説明するために、非常に重要である。（……）ユダヤ人にも、芸術の才能はいくらか認められるが、歌の才能にかんしては、どうやらかれらのその本性そのものによって否定されているようだ。

これは誰のせりふだろうか？　セリーヌか？　いや、リヒャルト・ワーグナーの『音楽におけるユダヤ性』（一八五〇）である。

他方で、醜さというのは根深いもので、血のなかにあるものだという考えもある。これを聞いてほしい。

われわれの人種差別主義は、肉体と筋肉に根ざしたものでなくてはならない（……）、そ

ジーノ・ボッカシーレ「兵士とミロのヴィーナス」反米ポスター　1944

うでなければ、混血の者やユダヤ人の思惑どおりになってしまう。ユダヤ人はこれまで、あまりに多くの場合、名前を変えてわれわれの内に潜り込んできた。同様に、今度はもっと容易で、金も苦労も要らない方法で、信心を変えたとうそぶくかもしれない（……）。混血とユダヤ主義に歯止めをかけられるのは、証明しかない。そう、血統書しかないのである。

誰だろうか？　ワーグナーか？　いや、ジョルジョ・アルミランテ(15)である。思想上見せかけの人種差別主義の子羊たちを批判したものである。

　しかし、歴史上のある時点において――ヨーロッパの農村などで、すべての時代を通じて存在する、滑稽さや卑猥さにおける醜さはさて措くとして――マニエリスムでは、醜さが興味深いものとして関心を集めるようになり、醜さに理解や愛情を示すテクストが現れはじめる。シェイクスピアの『テンペスト』

反ユダヤ主義の映画『永遠のユダヤ人』宣伝ポスター　このオランダ語版映画はドイツの占領地域で上映された　1940　フリッツ・ヒップラー監督

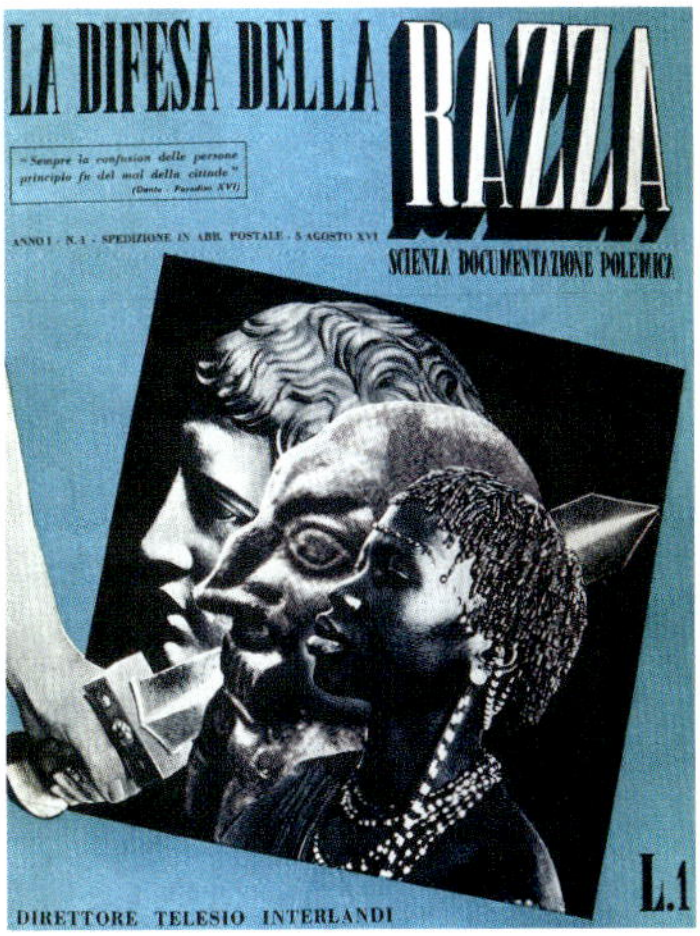

テレシオ・インテルランディ主宰の雑誌「人種の保護」創刊号　1938年8月5日

のキャリバンの人物像を考えてみてほしい。デュ・ベレー[16]では銀色の美しい髪が讃えられるし、マロ[17]ではたるんだ小さな胸が称賛され、モンテーニュにおいては足の不自由な女性が讃えられた。レオナルドのカリカチュアでは老年期について思索がなされるが、それは、どこかミケランジェロに通ずるものがある。ミケランジェロは、年老いた自分のことをこう描写していた。「両目はまるでつぶれて何本にも分かれた藁《わら》のようで、歯は楽器の鍵盤のようだ(……)。わたしの顔は恐ろしいかたちをしている」

そして、同情心からは理解が生まれるが、同時に、死に絶えた美を体現する、腐敗した身体の魅力が出現する。これは、中世の、地獄や、そこでの苦しみの表現にあった教育的意図とはなんの関係もないものである。ここには道徳的教えはなく、文字どおり、腐敗は腐敗を意味する。バロック時代のアンドレアス・グリュフィウス[18]は、「墓から掘り起こされたフィロセットの骨に」で次のように叫んでいる。

恐ろしい光景だ！　あの金色の髪は、
雪のように白い額は、頬の輝きは、
血色がよく、百合の花で彩ったようなあの頬は、いったいどこへいったのか？
薔薇のように紅い口は、歯はどこへいったのだ？
星はどこへいってしまったのか、愛の駆け引きをする
あのひとみはどこだ？　いまは黒い蛇が
大きく開かれた口の上にとぐろを巻き、
あの象牙よりも白かった鼻は失われてしまった。

荒地のようになにもなくなった耳を、ほら穴のような目を、
心を落ち着けて、恐れずに見つめられる者がいようか、
この顔に慄《おのの》かない者が、どこにいようか？

さらに一七世紀には、シラノの醜さが登場する。実際、エドモン・ロスタン(19)はかれを、大きな鼻ではなく、わし鼻の男としてわたしたちに紹介する。しかも、実在のシラノはあまり寛大な男ではなかった。父親を利用したし、同性愛者だったため、ロクサーヌを愛さなかったし、梅毒にもかかった……だからといって、詩人でなかったということではない。しかし、ロスタンのシラノは伝統に則《のっと》ったシラノではない。だから、友人のル・ブレにこう告白する。

ぼくの顔を見てくれよ、このこぶが、ぼくに
どんな希望をあたえてくれるっていうんだ！
ぼくは思い上がったりしない、しないとも。――そりゃあ、時折、
気持ちのいい夜には、ぼくだって気が優しくなることはある、
そして、どこかの庭園に立ち寄り、この哀れな鼻で
五月の空気を吸い込み、銀色の光の下を
どこかの淑女が紳士と腕組み散歩している、
そのあとを追えば、ぼくの心ははずみ、
そして考える、ああ、月の下をゆっくりと
一緒に歩いてくれる女性が、ぼくにもいたらなあ。

そしてぼくは興奮して、われを忘れる……だが、ほら！　突然ぼくを縁取った影が、壁に映っているのに気がつくんだ。

さらに時代が進むと、病の美という頽廃的な美の感覚が生まれる。肺病で命を落とすヴィオレッタ・ヴァレリーから、さまざまな瀕死のオフィーリア、バルベー・ドールヴィイが『レア』に書いたような、詩的な文章など。そして、悪意によって醜くされ、その醜さによって悪者にされた、メアリー・シェリー[20]の『フランケンシュタイン』（一八一八）が登場する。「信じてくれ、フランケンシュタイン、おれだって以前は善良だった。おれの魂は愛と慈悲に燃えていた。だが、おれはひとりじゃないか、悲しいほどひとりぼっちじゃないか？　おれの創造主のあんたでさえ、おれを忌み嫌っている。あんたの同類たちはおれになんの希望もあたえちゃくれない（……）。やつらはおれを軽蔑し、憎むんだ」

美術史において、醜さが中心的存在になったことが改めて認識されるのは、崇高の前期ロマン主義的感性が出現した頃だ。崇高とは、戦慄すべきものや、嵐や、廃墟の偉大さのことである。このロマン主義的感情をもっともよく表現するのは、おそらくヴィクトル・ユーゴーだろう。『クロムウェル』（一八二七）の序文で、かれはこう言っている。「キリスト教とともに、人間はみずからの思索に耽《ふけ》り、あまりに激しい人生の浮沈を前にして、人類に同情を抱くようになり、人生の苦い失望について瞑想するようになった。それまでは、純粋に叙事詩的な古人たちのムーサは、容赦なく芸術からこうしたものを、曖昧な美と調和しないほとんどのものを、排除していたのだった」

醜さの表現にかんして、これよりさらに意義深いのは、かれの書いた『笑う男』（一八六九）である。ここでは、古い映画の演出を参照しよう。

「シラノ・ド・ベルジュラック」 ザカリ・アインスによる絵画をもとにした版画 17世紀

自然はグウィンプレンに対して惜しみない慈愛を示した。耳まで届くほど裂けた口と、目のあたりまで折れ曲がった耳と、たとえしかめ面をして眼鏡がぐらぐらしても、それを支えるよう計算してあつらえたような、歪んだ鼻をあたえたのだ。その顔は、見たらとても笑わずにはいられないようなものだった。だが、これは本当に自然のいたずらだったのだろうか？　かれの外見のあらゆる点が、その顔を造形したのは、著名な子どもの製作者ではないかと思わせるのだった。切開や縫合、ぞんざいな仕事ぶりに長けた技術によって、かれらは口を切り裂き、唇の張りをなくし、歯茎を見せ、耳を引きのばし、軟骨を分離し、眉毛を乱した。頬はといえば、頬骨の上の筋肉をゆるめ、針の痕と傷痕をごまかして、傷の部分に皮膚を移植したが、それでもやはり口は開きっぱなしにした。そして、この力強く奥深い彫刻作品から、ひとつの仮面が生まれた。それがグウィンプレンなのである。

こうしてみると、昨今の多くの男たちを描写しているようにも聞こえる。しかし、まさにこれほど醜いがために、グウィンプレンは、レディ・ジョジアーヌのような、堕落した頽廃的な女性のエロティックな情熱を誘うのだ。この女性は、グウィンプレンがじつはクランチャリー卿であると知ると、かれを自分の愛人にしたいと望む。

「愛しているわ、奇形だからというだけの理由じゃないの、あなたが卑屈だからよ。人から侮辱され、嘲笑される恋人、そしてこの恐ろしい顔。恥ずべき愛人。ああ、楽園ではなく、地獄の林檎に噛みつくと、なんという至高の味がするんでしょう。あたしを誘惑するのはこれなんだわ、これがあたしの欲望であり、渇きであり、あたしはほかでもないこのイヴなのよ。地獄の深淵のイヴ。グウィンプレン、あたしは王座にあって、あなたがいるのは広場のお立ち台。目線を同じ高さにしましょうよ。あなたは醜いのではないわ、奇形なのよ。醜い者はちっぽけだけど、奇形は偉大よ。醜い者は、美しい者の陰に隠れた悪魔のふてくされ顔だけど、奇形は崇高の裏返しなの。あなたはタイタンよ。愛してるわ」女はそう叫ぶと、口づけをしながら、かれに嚙みついた。

一八世紀以降には、醜く呪われた者たちが登場するが、わたしにも生来の羞恥心があるので、サドの『ソドムの一二〇日』（一七八五）のうち、このキュルヴァル氏——キュルヴァルの法院長——の描写を選択せざるをえなかった。

放埓《ほうらつ》な人生を送ってきたために、驚くほどやつれたかれは、背が高く、やせ細って、肉が削ぎ落とされていた。青い両目には生気がなく、青白く不健康そうな口をして、顎は突きでており、鼻が大きかった。サテュロスのように毛深く、背には厚みがなく、わき腹は柔らかく虚弱そうで、二枚の汚れたぼろ雑巾が、足の付け根でぱたぱたとはためいているようだった。そのわき腹の皮膚は、たび重なるむち打ちのおかげですっかり麻痺して硬くなっており、誰かが両手でがっちりつかんで揉みしだいたとしても、本人はなにひとつ感じないほどであった。かれという人間についてのほかのすべてのことが、同じように不潔だった（……）かれの周囲に漂う悪臭は、誰ひとり気にいるようなものではなかった。（……）他方で、ハイド氏もまた、青白い肌をしており、小人ほどの上背しかなかった。はっきりとした奇形というわけではないにせよ、それに近い印象をあたえた。その微笑みは不愉快で、人を混乱させるような、恥じらいと厚かましさをないまぜにしたふるまいをし、不確かな、ささやくようなしゃがれ声で話した。

ジェームズ・ボンドの敵たちは、映画では実際より恰好よくなっているので、かれらのイメージをみなさんにお見せすることはできない。しかし、フレミング[21]の小説では、かれらの描写は、もっとずっと緻密《ちみつ》だ。「ゴールドフィンガーは、ほかの人間から少しずつ身体の部分を取って、組み立てたかのような印象をあたえた」。だが映画ではそうではない。「ローザ・クレッブは、この世でもっとも醜い、年老いた娼婦といった相貌をしていた」。ドクター・ノオは次のとおりである。

> 顔は縦長で、丸い禿頭とはきれいに分かれていた。顎までは細く、雨の雫を逆さまにしたような——雨の雫というよりは油の一滴といったほうが適当だろう、なにせかれの肌ときたら、濃い黄色をして、ほとんど半透明だったのだから——印象をあたえた。野生の白羊《ドールシープ》を思わせる眉は、細く、黒く、ひどく弓なりに曲がっており、手品師のメイクのようだっ

メアリー・フィルビンとコンラート・ファイト　ポール・レニ監督の映画『笑う男』1928

た。その下の目は、真っ黒に光っていて、睫毛《まつげ》は一本もなく、小さな銃口がふたつ並んでいるみたいに、まっすぐ動かず、完全に無表情だった。ドクター・ノオは、かれらから三メートルのところまで来て、足を止めた。「握手しない無礼をお許しください」そう感情のない声で言った。「手がないもので」

ミスター・ビッグの描写はこうである。

かれの頭は大きなサッカー・ボールに似ていた。ふつうの二倍の大きさで、ほとんど完全な球形をしていた。肌の色は浅黒くみえ、顔は、川に一週間浸かっていた死体みたいに、むくんでてかてかしていた。頭は禿げていて、耳の上に少しばかりひとふさの白髪まじりの髪があるだけだった。睫毛もなければ眉毛もなく、ふたつの目が驚くほど離れているので、同時に両目に視点を合わせることができず、どちらかの目をそれぞれ見つめるしかなかった。

子どもたちの幼少期は、少なくとも一七世紀から、そして、一八世紀から一九世紀にかけての初期の童話の語り手のおかげで、悪夢に取り憑かれることになった。「赤ずきん」の狼に、『ピノッキオの冒険』の恐ろしい火喰い親方、あやしく人を惑わす森。それまでは子どものためのものだったのだが、人を惑わせるというアイデアから、大人むけの文学のなかに、やがて当然のなりゆきとして生まれてくるのが、吸血鬼、ゴーレム[22]、幽霊たちだ。

しかし、蒸気機関車と機械の出現によって、文化は近代の街の醜さにも注意をむけはじめる。そのもっとも有名な最初のテクストは、ディケンズのものである。

コークタウンは、事実の勝利そのものであった。街は、赤い、というより、煙と灰が立ち込めていなかったら、赤いはずのレンガ造りだった。（……）未開人の顔化粧のような、不自然な赤と黒の街であった。街は機械と背の高い煙突だらけで、そこからは、長い煙の蛇が、絶え間なく曲がりくねりながら、完全に霧散することはなしに、たち昇っていた。（『ハード・タイムズ』、一八五四）

上述のディケンズにはじまり、ドン・デリーロ[23]や現代作家たちに至るまで、産業化された世界の醜さの描写の豊富さには、舌を巻くものがある。ちょうど、ほとんど同時期に、産業化社会の醜さに対する反動として、また、純粋な耽美主義への逃走として、ある美の宗教が生まれる。だがそれは、恐怖の宗教でもあった。

ボードレールの例をみてみよう（「腐屍」、一八五七）。

思い出してごらん、愛する人、ある夏の柔らかな朝
僕らが見たものを
小道沿いに、石のベッドに横たわった
ぞっとするような腐屍を。
両脚を上げ、どこかの卑しい女が
暑いなか、毒を放っていた。
人目も気にせず、皮肉に、
毒気に満ちた腹をみなに見せびらかしていた。
太陽はその汚れものの上に光を注いでいた。

まるでそれをしっかり焼いて、
かつて自然が己に結びつけたものを
解いてしまおうとするみたいに。

そして、わが国の例を挙げるなら、オリンド・グェッリーニ[24]の「憎しみの歌」（一八七七）がある。

おまえが肥沃な土の下で
世に忘れられたまま眠り、
神の十字架がおまえの棺の上に
まっすぐ据え置かれたとき、
おまえの頬が溶けゆき
ぐらつく歯や
悪臭を放つ空っぽの眼窩《がんか》に
蛆虫《うじむし》がうごめきだすとき、
ほかの者たちには安らぎであるその眠りは
おまえにとって新たな責め苦となろう
そして後悔は冷たく、執拗に、
おまえの脳を喰らうだろう。
刺すように鋭く、残忍な後悔が
おまえの墓穴を訪れるだろう
それがおまえの骨を少しずつ蝕むのを

ルイジ・カヴァリエーリとマリア・アウグスタ・カヴァリエーリ「ピノッキオと火喰い親方」 カルロ・コッローディ『ピノッキオの冒険』挿画 1924

神も、その十字架も、止められはしない
(……)
おお、おまえの恥知らずの腹に
かぎ爪を突き刺す喜びはなんと大きいことか！
おまえの腐った腹のうえに
わたしは永遠にうずくまろう。
復讐と罪業の亡霊。
地獄の恐怖。

前衛主義の作品は、弔意の賛美によって特徴づけられるが、そこでは、たとえば、未来派とピカソ、シュルレアリストたちとアンフォルメル派を比較することは、重要性をもたない。ただ、古典性そのものに反対しようとする決意が生まれるのだ。ロートレアモン(25)の『マルドロールの歌』(一八六八)から、それははじまる。

おれは汚い。シラミがおれを蝕《むしば》む。豚どもは、
おれを見ると嘔吐する。唇の硬くなった皮と
ひび割れが、黄色い膿《うみ》で覆われた
おれの皮膚を剝がしてしまった。
おれは川の水も、雲から落ちる露も知らぬ。
堆肥場の上みたいに、おれのうなじには
散形花序の茎をした、巨大なきのこが生える。

つづいて、「未来派文学技法宣言」（一九一二）である。

われわれは、これまでとは違い、われらを取り巻く、荒々しい人生の叫びや、野蛮な音をすべて用いるのだ。われわれは勇敢に、文学のなかの「醜い者」の役を買ってでようというのである。（……）毎日、芸術の祭壇に唾を吐き捨てねばならない！

そして、アルド・パラッツェスキ(26)の「反苦悩」（一九一三）はこうである。

われわれは、息子たちに笑いを、節度を越えた、横柄な笑いを教えなくてはならない（……）。かれらに、教育的な玩具を、せむしのかかしをあたえよう。盲目のかかし、壊疽《えそ》性のかかし、足の悪いかかし、肺病のかかし、梅毒のかかし、どの人形も、機械的に、泣き、叫び、不平を言い、てんかんの発作や、ペストやコレラ、痔、膿漏、精神錯乱を発症し、失神し、苦悶し、死にいく。（……）

たくさんの小さなせむしや、盲目の子どもや、小人や、びっことといった、素晴らしい喜びの探求者が周りで育つのを眺める幸福を、考えてみてほしい。（……）

われわれ未来派は、ラテン人種を、とりわけわれらの人種を、病から立ち直らせたい。精神的苦痛、慢性のロマン主義によって重篤化した、伝統主義者の光から。世にも恐ろしい情緒性や、あらゆるイタリア人を意気消沈させる、哀れな感傷主義から、立ち直らせたい。（……）子どもたちに、あらゆるかたちのしかめ面や、あかんべえ、うなり声、泣き声、金切り声を教え、香水の代わりに、悪臭を身につけることを教えなくてはならない。

当然ながら、没個性化した世界は、前衛主義のこの挑発に、キッチュをとおして立ちむかうことしかできない。キッチュとはすなわち、見せかけの芸術である。こうしてわたしたちには、童話的キッチュ、聖なるキッチュのほか、ファシズム期に出現した、キッチュと前衛主義の合いの子が残された。キッチュは多種多様だ。キッチュを悪趣味ととらえることもできる。小人の庭飾りや、なかでオロパの聖母像に雪が降る、半円状のガラスの置物などがいい例だ。だが、グイド・ゴッツァーノ[27]の、悪趣味のいいものもまたキッチュである（「スペランツァばあさんの女友達」、一九一一）。

オウムの剝製と、アルフィエーリ[28]とナポレオンの胸像
額縁に入った花々（悪趣味のいいもの！）

陰気な暖炉、砂糖菓子の入っていない空箱、
ガラスの覆いに守られた、大理石の果実、

どこかの珍しい玩具、貝殻でできた宝石箱、
訓戒の書かれた飾り物、まがい物、土産品、ココナツの実、
モザイクで表されたヴェネツィア、どこか生気のない水彩画、
雑誌、長持ち、古めかしいアネモネが描かれた書籍、
マッシモ・ダゼッリオ[29]の肖像画、細密画、

ルネ・マグリット　ロートレアモン『マルドロールの歌』挿画　1945-46
個人蔵

ダゲレオタイプのなかの、おぼつかない夢想家、
（……）
ダマスク織の布を張った椅子
えんじ色（……）

しかし、効果の追究としてのキッチュもある。つまり、「わたしがひとりの女を表現するならば、それは、わたしに一緒に寝たいと思わせるような女でなくてはならない」というような。キッチュの真髄は、倫理的カテゴリーと美学的カテゴリーの取り違えにあるのである。

ヘルマン・ブロッホ[30]（『キッチュ』、一九三三）が言うように、キッチュは、「芸術家に『よい』仕事を課すのではなく、『美しい』仕事をするよう課す。キッチュにとって重要なのは、美しい効果である」。

舞台芸術では、効果は必要不可欠な構成要素、すなわち美的要素にまで格上げされる。他方で、芸術的ジャンル、ある明確なブルジョワジーのジャンルが存在する。つまりオペラのことだが、そこでは、効果がもっとも基礎的な構成要素となっている。

だが、芸術をつくり上げる条件のひとつであるふりをして、実際には芸術のレベルに到達しないものとしてのキッチュがありうる。キッチュという言葉が意味をもつとすれば、それは効果を生み出す傾向のある芸術だけを指すからではない。なぜなら多くの場合、偉大な芸術も同じ目的を志したからだ。キッチュはまた、フォルムの均衡がくずれた作品そのものを指すわけではない。それならば、その作品はただの醜い作品ということになるはずだ。ほかのコンテクストで登場したスタイルを踏襲している作品、という特徴をもっているわけでもない。それだけなら、なにも悪趣味に陥らなくともできることだ。キッチュは効果を促進するみずからの機能を正当化させるために、他人の経験という抜

け殻を着て気取って歩き、それを芸術として売る作品を指すのだ。わたしの意見では、キッチュの真正なモデルはボルディーニ[31]である。かれは、挑発的な効果の最良の規則にのっとり、胴体から上の肖像画を描いている。顔と両肩、つまりはだけた部分は、あらゆる洗練された自然主義の原則にしたがっている。かれの描く女性たちの唇は腫《は》れぼったく湿っていて、その肌はいまにも触れられそうな印象をあたえる。目つきは優しく挑発的で、いたずらっぽく夢を見ているようだ。だが、対象が衣服にうつるや否や、コルセットからスカートの襞《ひだ》にかけて描くとき、ボルディーニは「食道楽《ガストロノミー》」の技術を棄て、輪郭は正確であろうとするのをやめ、素材は明るすぎる筆使いに重厚さを失い、事物は色のかたまりになって、物体は光の爆発のなかに溶けてしまう。ボルディーニの絵画の下部は、もはや印象派の文化を思わせる。もちろん、ボルディーニは、前衛主義的なことをやっていて、現代絵画のレパートリーを援用している。上部では効果を探究するので、かれの女性たちは、特定の流派の様式を取り入れたセイレンそのものである。彼女たちの顔は、絵の発注者が女性に求める態度を満足させるものでなくてはならないし、同時に、かれの芸術に対する姿勢をも満足させるものでなくてはならないのだ。

やがて、キッチュがこれほどまでに曖昧ならば、過去にキッチュだったものが、現在では芸術にもなりうるのではないか、という考えが生まれる。スーザン・ソンタグ[32]は、みずからの〈キャンプ camp〉」[*1]理論に取り組んでいるとき、このことを考えていた。〈キャンプ〉は、なにかの美しさによって測られるのではなく、その人工性や定型化の度合いによって測られる。そのもっともよい例が、アール・ヌーヴォーである。なぜなら、アール・ヌーヴォーのオブジェは、部屋の照明を花飾りに仕立て上げたり、その逆をしてみせたり、建築家ギマール[33]によるパリの地下鉄の入口のように、蘭の茎を銑鉄に変身させたりするからだ。ティファニーランプからビアズリーまで、『白鳥の湖』からベッリーニ[34]の作品、ヴィスコンティが演出した『サロメ』、一九世紀のいくつかの繊細な葉書、『キング・

コング』、ひと昔前の漫画『フラッシュ・ゴードン』、一九二〇年代の女性用ドレス、ダチョウの羽毛襟巻き、フリンジやパールつきの洋服まで、「キャンプ」の規範に入るものはじつにさまざまだ。キャンプの美的センスが歓迎しないのは、あまりにできすぎている登場人物であり、とりわけ、人物の成長は、まったく関心をそそらない。そのため、オペラやバレエは、「キャンプ」の無尽蔵の予備軍とみなされている。なぜなら、これらの表現形式はいずれも、人間の性質の複雑さに、完全に正当な権利をあたえることができないからである。登場人物の進化がみられる場所では、「キャンプ」の要素は減退する。たとえば、オペラのなかでも、『椿姫』のように人物のちょっとした進化がみられる作品は、それがまったくない『トロヴァトーレ』ほど「キャンプ」ではない。ものごとが「キャンプ」ではなく、単純に醜いだけなのは、それがあまりに平凡な野望しか持ち合わせていないからである。その作品をつくったアーティストは、なにひとつ、真に奇抜なことをしようとしなかったことになる。「やりすぎだ、奇想天外すぎる、信じられない」。これらが、「キャンプ」的熱狂の典型的な表現である。マチステ[35]を中心とした、スケールの大きい、カラー版イタリア映画シリーズには「キャンプ」がある。そして、実現するのに何世代をも必要とする代物を、たったひとりで行おうとした男の野望を体現する、ガウディのサグラダ・ファミリアは「キャンプ」である。事物が「キャンプ」であるのは、それが古くなったときではない。わたしたちが、そのものとあまりかかわりをもたず、その成果の恩恵にあずかる代わりに、実現の企てが失敗するのをみて、おもしろがることができるときである。「キャンプ」の美的センスは、規範の審美学に典型的な、美と醜の区別を拒否する。ふたつのことを逆さまにするわけではない。美しいものを醜いと言ったり、その逆を主張したりするのではない。ただ、芸術や人生に対し、さまざまに異なる、補完的な判断基準を提供するだけにとどめるのである。二〇世紀芸術の、重要な作品のほとんどについて考えてほしい。その目的は、調和を生むことではなく、ますます乱暴で不可解になっていく時代に先駆けていくために、表現手段である媒体を最大限に活かすことであった。「キャンプ」は、趣味のよさは趣味のよさだけにあらず、むしろ、悪趣味のよさも存在する、ということを肯定している。「キャンプ」は、恐ろしく醜いから美しいのである。

この時点で、芸術からは多くのアイデアが姿を消すが、生活からは消えなかった。宇宙からきた魅力的な登場人物が、醜いのか美しいのか、フラゼッタ[36]の登場人物が醜いのか、それとも恐ろしいのか、わたしたちには分からない。生きる死人《リビング・デッド》――ロメロ[37]へのオマージュとしての――が恐ろしいだけなのか、そうでないのか、もしくはかれが示唆するように、政治的なメッセージの伝達者なのか、わたしたちは知らない。スプラッターは醜いのか、それとも美しいのか？　ピエロ・マンゾーニ[38]の「アーティストの糞」（一九六一）は、美しいものであることを意図していたのか？　インターネット上には、芸術の傑作を醜悪化したものが多くみられるが、それらは、こう言ってよければだが、それぞれに美しい。芸術のなかにも醜悪なものが存在するが、醜いものが美しく、美しいものが醜いかどうかを見定めるのは、マクベスの魔女たちが言っていたように、非常に難しいことがお分かりいただけるだろう。

人生においてはどうか？　人生においては、モデルがよりはっきりしているように感じられる。マスメディアや映画やテレビが、誰が美しくて誰が醜いのかを決める。しかし、わたしたちは、偶然それとはひと味ちがった、美しくはない人びとに出会い、ときとしては、わたしたちの同類が、そういった男性や女性と結婚したり、ベッドを共にしたりする。これを、一部のフェミニスト作家たちは、ジェンダー、性差を乗り越えるひとつの方法だと主張する。

ある短編――フレドリック・ブラウン[39]の「歩哨」だ――を紹介して話を終えよう。みなさんもよく知っている話かもしれないが、要所を押さえておくだけの価値はある。

かれはびしょ濡れの泥だらけで、空腹のうえ冷え切っており、家から五万光年離れたところにいた。よそ者の太陽が冷たい青い光を放ち、いつもの二倍もある重力が、なにをするのも、死ぬほど困難にしていた（……）。そしていま、敵がやってきたことで、そこは聖地となった。敵は、かれら以外に唯一知能を持つ種族だったが、残忍で汚らしい、虫酸の走る怪物だった……かれはびしょ濡れの泥だらけで、空腹のうえ冷え切っており、日の光は鉛色で、目が痛むくらいの暴風に吹かれていた。（……）祖国から五万光年離れた場所。（……）そのとき、敵が一匹、かれのほうにむかって這ってくるのが見えた。かれは狙いをつけて発砲した。敵は、やつらがみんなやる、あの凍りつくような奇声をあげ、それから動かなくなった。その鳴き声と、死骸の光景に、悪寒が走った。多くの仲間は、時間が経つにつれ、それにも慣れて気にしなくなったが、かれは違った。敵はあまりにも汚らしい生物だった、二本の腕と二本の脚しか持たず、あの吐き気のするような、白い、うろこのない皮膚に覆われていた……

ブラウンの感性は、わたしたちを、醜さの相対性という最初のテーマに舞い戻らせる。わたしたちはみな、未来のこの惑星の征服者たちにとって、恐ろしいものと映るかもしれない。しかし、ここまでみてきた醜さの議論は、醜もまた、認められ、理解され、弁護される必要があることを、わたしたちに教えてくれた。したがって、クェンティン・マセイス[40]作の肖像画に添えて、一七世紀のこの素晴らしいテクストをご紹介しよう。ロバート・バートン[41]の『メランコリーの解剖』（一六二四）からの抜粋である。

恋は盲目だ、（……）
恋い焦がれる男は恋人に

熱烈な愛を抱く
たとえそれが醜さそのものだとしても
(……)
しわしわ、にきび顔、色白、
赤、黄色、黒、蠟のように青白い顔、
道化師のように
平らでまるい大きな顔、
もしくは、子どものように
憔悴し、やせこけた、繊細な顔
身体は汚れ、
歪み、皮と骨だけで、
毛は抜け落ち、白目をむき、
目やにのたまった目をぎょろつかせ、ときに大きく見開く
追いつめられた猫のような目つきで、
重そうに、難儀そうに
頭をうなだれ、目の下には
黄色や黒の隈をつくり、斜視で、
雀のように口を大きく開き、
ペルシア人のような鷲鼻をしているか、
狐のように長くとがった鼻をしているか、
赤く、巨大で、

堂々として、中国人のように
ぺしゃんこの鼻をしているか、
平らなしし鼻、突起のような鼻、
黒く、腐っていて、
重なり、はめ込まれた、
まばらででこぼこの歯、
ごきぶりの触覚のような眉毛、
魔女みたいなちょびひげ、
部屋中に悪臭を放つ息、
夏も冬も鼻水の絶えない鼻、
ババリア女のような喉ぼとけ、
（……）
鶴のような
長くぶかっこうな首、
ペンドゥリス・マンミス、垂れ下がった乳房、
（……）
しもやけのために
ソーセージのようになった指、伸びた、
ぎざぎざで汚れて黒くなった爪、
疥癬に侵された手や指、
浅黒い肌、腐敗した骸骨、

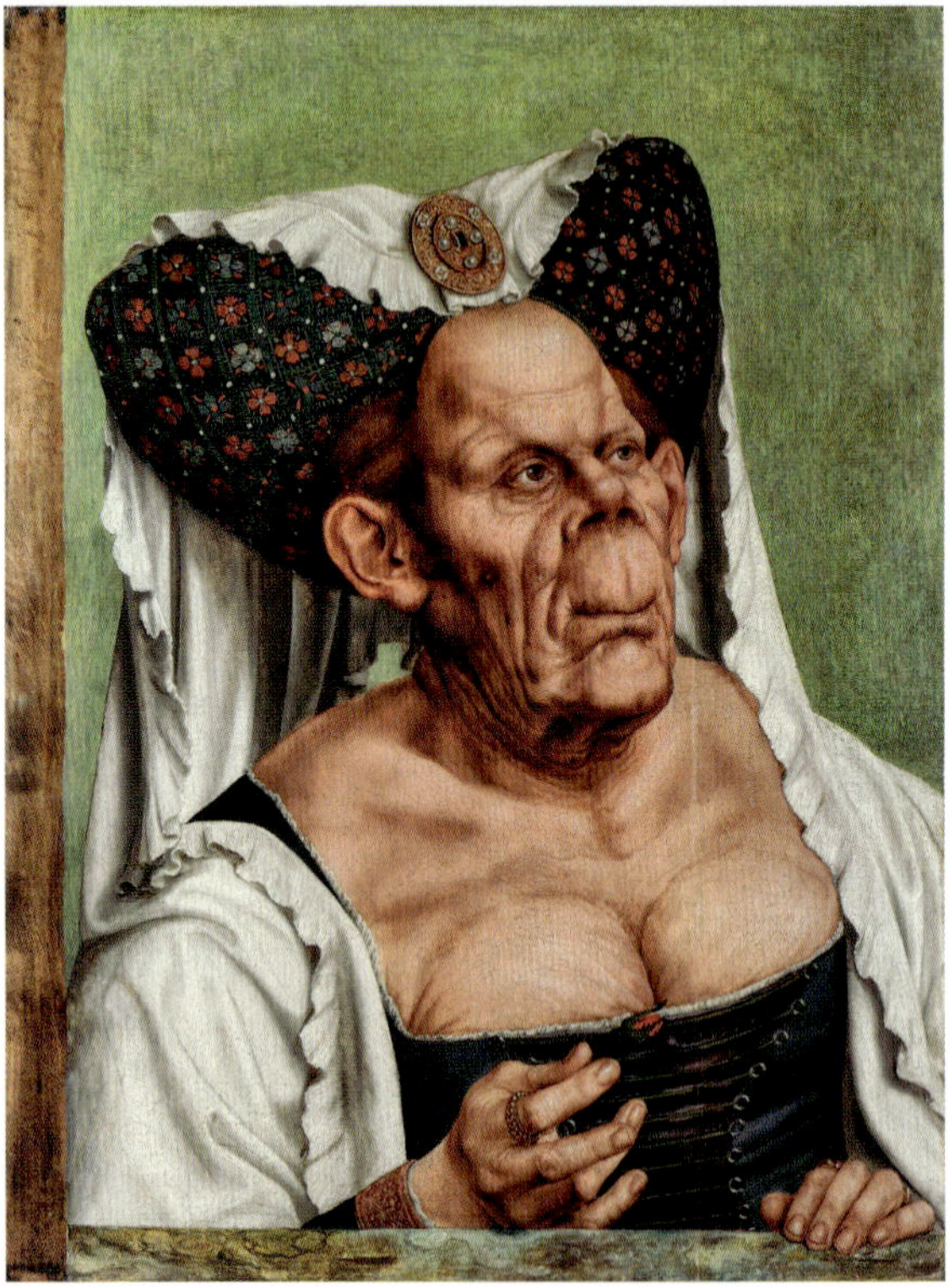

クェンティン・マセイス「グロテスクな女」1525-30頃　ロンドン　ナショナル・ギャラリー蔵

曲がった背、せむし、
びっこ、扁平足、「雌牛の
胃袋ほどしかない
細い腰」、痛風にかかった脚、
靴からたっぷりはみ出す足首の肉、
悪臭を放つ足、
シラミの巣窟、
かたちのない生き物、怪物、
自然のいたずら、鼻をつく
汗の臭い、しゃがれた声、
丸々ふとった大女、
むかつくような小女、ふとって
薄汚れた下働きの女、
糸玉みたいなまんまるの女、
長くやせ細ったクジラみたいな女、
骸骨、ただの影（……）街灯の下の
糞にも似ている
（……）
その女をおまえは憎み、嫌い、
その顔に唾をはきかけてやりたいと、
その胸で鼻汁を

ふいてやりたいと思う、
（……）
なりふり構わぬ売春婦、
気難し屋で、うんざりするような、不潔な女、
悪臭を放ち、獣のようで、必要とあれば
身も売る女、卑猥で、下品で、
野蛮で、だらしない、乞食女、
無知で噂好きの女
（……）もしかれが
その女に恋をするなら、その足もとにひれ伏し
永遠に彼女を賛美する。

（ミラネジアーナ　二〇〇六）

（1）一八〇五～七九。ドイツの哲学者。
（2）一一八〇頃～一二四九。フランスの哲学者・神学者。一二二八年パリ司教。
（3）一一七〇頃～一二四〇。中世フランスの説教師・神学者。
（4）アルゼンチン最南部の准州。大フエゴ島の東半を占める。
（5）一七五九～一八〇五。ドイツの詩人・劇作家。『群盗』など。
（6）一一五五頃～一二一七頃。ビザンチンの政治家・歴史家。
（7）一九一八～二〇〇六。アメリカの作家。
（8）ホメロス『イリアス』で、滑稽かつ傲岸不遜な人物として描かれるギリシア軍の下士官兵。
（9）「イソップ寓話」の作者と考えられる前六世紀頃の古代ギリシア人。アイソポス。

(10) 一六二四〜九四。イタリアのイエズス会士。
(11) 一四九一〜一五五六。イエズス会創始者。スペインのバスク地方生まれ。
(12) 一八三五〜一九〇九。イタリアの精神病学者。犯罪人類学を創始。
(13) 一八四六〜一九〇八。イタリアの国家統一運動（リソルジメント）後期の代表的作家。
(14) 一八九四〜一九六一。フランスの小説家。隠語の使用や特異な文体によって知られ、第二次大戦後は反ユダヤ主義の作家として批判された。『夜の果ての旅』など。
(15) 一九一四〜八八。イタリアの政治家。右派政党「イタリア社会運動」の創設者のひとり。
(16) 一五二二?〜六〇。フランスの詩人。プレイアード詩派の一員。
(17) 一四九六〜一五四四。フランスの詩人。「クピドの神殿」など。
(18) 一六一六〜六四。ドイツの詩人・劇作家。市井の人を主人公にした優れた喜劇を残した。
(19) 一八六八〜一九一八。フランスの詩人・劇作家。戯曲『シラノ＝ド＝ベルジュラック』など。
(20) 一七九七〜一八五一。イギリスの女流作家。
(21) 一九〇八〜六四。イギリスの作家。英国秘密諜報部員のスパイ小説「００７」シリーズで有名。
(22) ユダヤ教神秘主義伝統の泥人形。ヘブライ語で「胎児」を意味する。
(23) 一九三六〜。アメリカの小説家・劇作家。
(24) 一八四五〜一九一六。イタリアの詩人。長年ボローニャ大学図書館長を務めた。
(25) 一八四六〜七〇。フランスの詩人。伯爵と自称。
(26) 一八八五〜一九七四。イタリアの詩人・小説家。黄昏派の詩人として出発したが、のちに未来派に接近した。
(27) 一八八三〜一九一六。イタリアの詩人。黄昏派を代表する詩人。
(28) ヴィットーリオ・アルフィエーリ。一七四九〜一八〇三。イタリアの貴族・劇作家。
(29) 一七九八〜一八三六。イタリアの小説家・政治家。作家マンゾーニは岳父。
(30) 一八八六〜一九五一。オーストリアの小説家。実験性の高い長編『ウェルギリウスの死』など。
(31) 一八四二〜一九三一。イタリアの画家。多くの肖像画を描いた。
(32) 一九三三〜二〇〇四。アメリカの批評家・作家。文化・芸術・社会など多方面で批評を行った。
(33) 一八七二〜九八。イギリスの挿絵画家。曲線を多用した黒白画の新形式を創始。
(34) 一八〇一〜三五。イタリアの歌劇作曲家。『ノルマ』など。
(35) 映画『カビリア』（一九一四）の登場人物。その後、強力で英雄的な登場人物の典型としてさまざまな映画に登場。

(36) 一九二八〜二〇一〇。アメリカのイラストレーター。英雄「コナン」シリーズなど。

(37) 一九四〇〜二〇一七。アメリカの映画監督。ゾンビ映画の第一人者。

(38) 一九三三〜六三。イタリアの芸術家。みずからの排泄物を九〇もの缶に詰めてラベルを貼った「アーティストの糞」が有名。

(39) 一九〇六〜七二。アメリカのSF・推理小説作家。

(40) 一四六五／六六〜一五三〇。フランドルの画家。イタリアふうの古典建築の要素を構図に取り入れた。

(41) 一五七七〜一六四〇。イギリスの聖職者。憂鬱症とその治療法を中心的に取り上げた『メランコリーの解剖』の著者。

＊1 ［編集者注］著者は、ここで、スーザン・ソンタグ『反解釈』（イタリア語版、ミラノ、モンダドーリ社、一九九八）における考察に強いインスピレーションを受けている（Susan Sontag, *Contro l'interpretazione*, Milano, Mondadori, 1998）。

絶対と相対

一〇八頁の絵はマグリットの「絶対の認識」。こうしてお目に掛ければ元気が出るかもしれない。ともあれ、心の準備はすっかり整っておいでのはず。絶対と相対の概念について真剣に講義するなら、実際に議論されてきたのと同じだけの、二五〇〇年の時間が必要になるはずだ。そこで「絶対」という言葉がなにを意図するのか自問してみた。これは、哲学者がまず取り組むべき、もっとも初歩的な問題なのだ。

絶対を引き合いに出している芸術家のイメージを探してみたが――この、美しいが哲学的にはあまり多くを語らないマグリットの作品をのぞいて――これだけのものが見つかった。「絶対の絵画」、「絶対の探究」、「絶対を求めて」、「絶対のマーチ」。ヴァレンティノの香水「アブソリュ」、アブソルートという名の挽肉、アブソルートウォッカのイメージをみれば一目瞭然のように、広告がこの言葉にしている投機は言わずもがなである。どうやら絶対はよく売れるらしい。

絶対の観念は、さらにその反対にある概念をひとつ思い起こさせた。つまり相対の観念である。これは、最高水準の聖職者たち、のちには世俗の思想家たちが、いわゆる「相対主義」に対して反対運動をはじめたころからなかなかの流行になった。「相対主義」という言葉は、ほとんどテロリストを指す中傷的な意味で使われるようになり、ベルルスコーニにとっての「共産主義」という言葉と同等に化した。とりあえずここでは、その概念を明確にするのではなく混乱を生じさせることを狙って、こうした用語がそれぞれ——状況や文脈によって——さまざまに異なることを意味し、だからこそ、それらを野球のバットみたいに使うべきでないと忠告するにとどめたい。

　哲学事典によれば、絶対とは、〈完全 absolutus〉であるすべてのもの、繋がりや制限から解放され、ほかに依存しないものごと、それ自体が理《ことわり》、原因、理由をもつものだそうである。ということは、神に非常に近いなにかということになるが、それは神自身がみずからを「わたしはあるという者だ」(ego sum qui sum) と定義したような意味においてである。そのほかのすべてのものごとは偶発的なものであって、それ自体に原因をもたず——偶然に存在してはいるが——存在しないこともありうる。もしくは、太陽系や、わたしたちの誰にでも起こりうるように、いまは存在していても、明日には存在しないかもしれない。

　偶発的な存在であり、したがっていつかは死ぬ運命にあるがために、わたしたちは不滅のもの、すなわち絶対的ななにかに絶望的にすがろうとする。この絶対的なものは、聖書の神のように、超越的なもの、もしくは内在的なものでも構わない。スピノザ[1]やジョルダーノ・ブルーノ[2]については言うまでもないが、観念論の哲学者たちとともに、わたしたちも絶対の仲間入りをする。というのは絶対というのは（たとえばシェリング[3]では）、自然や世界のように、以前は主観の外部にあると考えられていたものをも内包する、分解不可能な単体であるからだ。絶対性のうちにおいては、わたしたちは神と一体化し、未完成のなにか——プロセス、発展、終わることのない成長と、終わることのない自己規定——の一部を構成する。しかし、そうだとすれば、わたしたちは絶対の一部なのだから、けっして絶対を定義することも、それをよく知ることもできないだろう。絶対を理解しようとするなんて、自分の髪を引っ張って沼から出ようとしたというミュンヒハウゼン[4]（ほら吹き）男爵を真似るようなものではないか。

するとわたしたちに残されたもうひとつの選択肢は、絶対を、わたしたちに依存せず、わたしたちとは異なり、どこかほかの場所にあるものと考えることだ。思考する自分について思考するアリストテレスの神のように、またジョイスが『若い芸術家の肖像』で望んだような「自分の作品のなかか後ろ、そのむこうか、その上にいて、目には見えず、消え入りそうなほどか細く無関心で爪のそうじに忙しい」神のように。実際、一五世紀にはすでに、ニコラウス・クザーヌスが、『知ある無知』[5]のなかで「神は絶対である」(Deus est absolutus) と言っていた。

しかしクザーヌスにとっては、神は絶対であるからして完全に到達できる存在ではない。わたしたちの知識と神のあいだの関係は、円に内接した多角形と、その円の円周とのあいだに成立する関係と同じである。多角形の角が増えれば増えるほど、そのかたちは円周に近づいていくが、多角形と円周はけっして一致はしない。クザーヌスは、神とは中心がそこかしこにあり、かつ円周がどこにもない円のようなものだと言った。

中心がそこかしこにあり、かつ円周がどこにもない円について「考える」ことはできるだろうか？無論、否である。それでも、わたしたちはそれを「名づける」ことはできる。そしてそれが、わたしがいまこの瞬間にしていることであり、みなさんのうちの誰もが、わたしがなにか幾何学にかんすることを、同時に、幾何学的に不可能でばかげたことを話している、と理解している。つまり、なにかを理解できるか否かということと、そのなにかに名前をつけ、なにがしかの意味を付与する、というふたつのことには違いがあるのだ。

ある言葉を使い、そこにある意味を付与するとはどういうことなのだろうか？　答えはさまざまありうる。

A　あるひとつの対象や状況、出来事を認識するために知識を身につけること。たとえば、「犬」

や「つまずく」という言葉の意味には、犬を認識し、猫と区別するための、また「つまずく」と「跳ねる」を区別するためのイメージを含む一連の描写が付随する。

B　定義と（または）分類を思いのままにすること。わたしは犬の定義と分類を把握しているが、そのうえ「過失致死」のような出来事や状況についても把握している。定義上、「過失致死」は「傷害致死」と異なることを、わたしは区別することができる。

C　あるひとつのあたえられた実体について、「事実的」とか「博学的」とよばれる属性を知っていること。たとえば犬にかんして、わたしはそれが忠実であること、狩猟犬や番犬として有用であることを知っている。過失致死にかんしては、法律によって、それがある一定の刑罰などに繋がりうることを知っている。

D　可能であれば、対象またはそれに関連する出来事をどのように生産すればよいかというノウハウを知っていること。わたしは

ルネ・マグリット「絶対の認識」1965　個人蔵

「花瓶」という言葉をよく知っているが、それは、わたしが花びん屋でなくとも、どうやって花びんをつくるのかを知っているからである。「斬首」とか「硫酸」という言葉にしても同じである。他方、「脳」ということばにかんして、わたしは上述の意味A・Bを知っており、Cの属性のうちいくつかを知っているが、どうすれば脳を生産できるのかは知らない。

わたしがA、B、C、Dすべての特質を知っている、たいへんおもしろいケースがC・S・パースのリチウムの定義によって示されている（CP二・三三〇）。

あなた方がリチウムの定義を探して化学の教科書を調べたなら、原子量約七の元素だということが分かるでしょう。しかし、著者がより論理的な人ならばこう言うでしょう。あなた方がガラス質で半透明で、グレーか白の、とても硬くて砕けやすい不溶性の物質――明

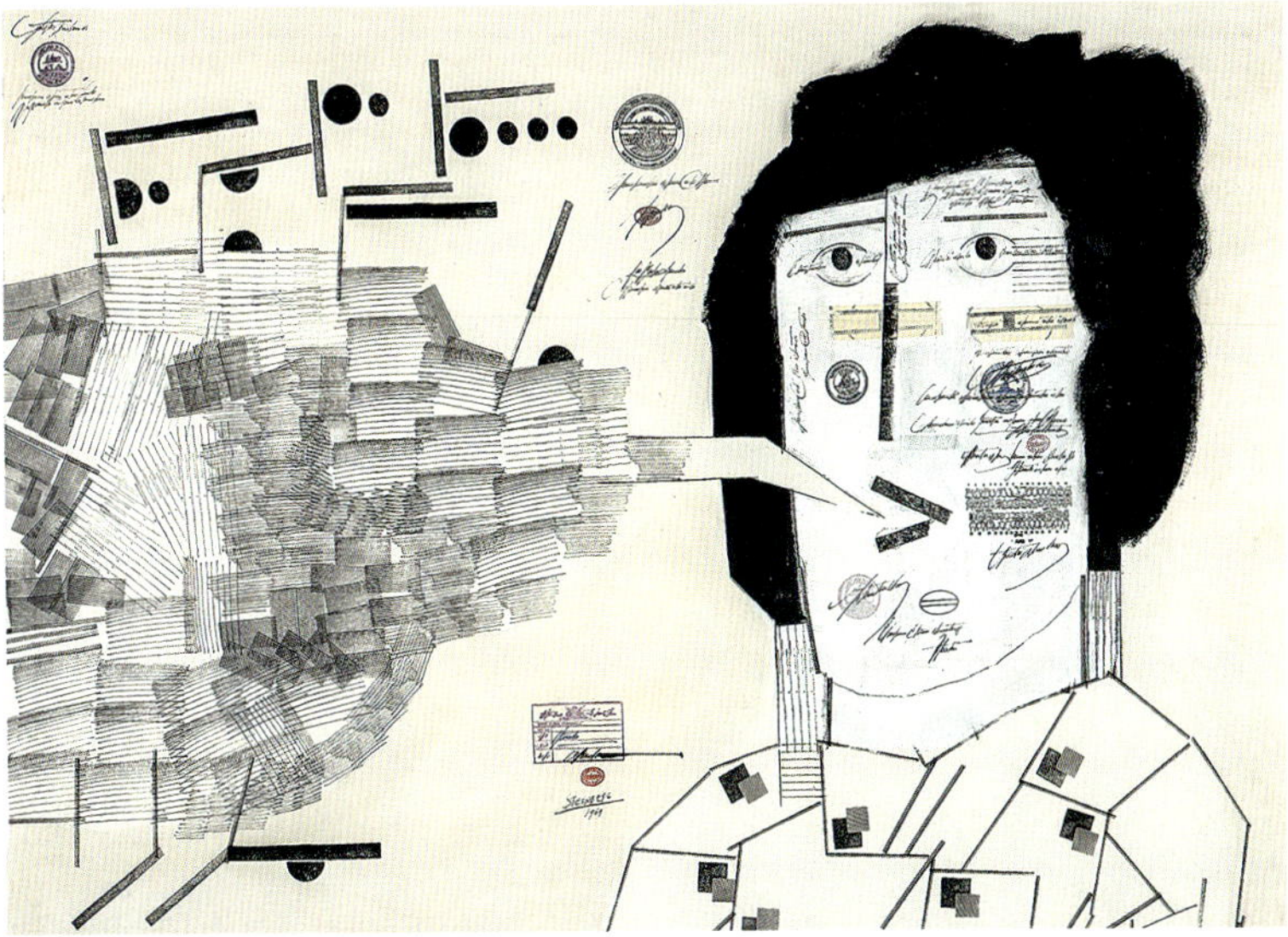

ソウル・スタインバーグ「スピーチ 2」1969 ブルームフィールド・ヒルズ（ミシガン州） クランブルック美術館蔵

るすぎない炎に紫の色合いをあたえることが可能な――を探しているとしましょう。この鉱物を、石灰かネズミ用の毒と一緒に粉状にすりつぶし溶解させ、これを部分的に塩酸に溶かすとします。この溶液を蒸発させてできた残留物を硫酸と処理し、正確に不純物を取り除くことができれば、ごくふつうの方法でこれを塩化物に変換することができます。この固体の状態になった塩化物を溶解し、六つほどの強力な電解セルで電気分解すると、ガソリンの上にも浮かぶ金属の小球を形成します。この物質がリチウムの標本といえるのです。この定義の――または、定義よりも有用な規則の、と言ったほうがいいかもしれません――特異性は、外的対象の知覚経験を達成するにはどうすればいいかを規定することで、「リチウム」ということばが表す内容を示しているところです。

ひとつのことばの意味の説明として、完璧で申し分のない素晴らしい例ではないか。それに対し、この例を除いたそのほかの表現は、深い霧のようにぼんやりして曖昧な意味を抱えている――そのうえ、明瞭さの度合いは減退していくばかりだ。たとえば、「最大偶数」という表現には意味がある。実際わたしたちはすでに、これが二で割ることができるという特性をもつこと（したがって、最大奇数と区別できるということ）を知っている。さらにその所産についても、わたしたちは、ぼんやりとした知識をもっている。つまり奇数と偶数を分離しながら、どこまでもより大きな数を数えるのを想像することができる……夢のなかで、なにかをつかめそうだと感じながらも実行できないのと同様、一番大きな数にはけっしてたどり着くことがないと気づきはするが。他方、「中心がそこかしこにあり、かつ円周がどこにもない円」といった表現は、それに対応する対象を生み出すための、どのような規則をも示唆しない。いかなる定義も許容しないばかりか、わたしたちがいくらその対象を想像しようと努力してもそれをくじいてしまい、めまいを起こさせるだけだ。「絶対」のような表現は、総括的にみて、同語反復的《トートロジー》な定義をもっているが（偶発的でないものは絶対であるが、絶対でないものは偶発的である）、描写、定義、分類を示唆しない。わたしたちは対応するなにかを生産するための知識について考えることもできないし、絶対の属性も知らない。推測できるとすれば、すべての属性をもっているということと、おそらく、アオスタの聖アンセルムスが言うところの、「それ以上のものは考えられないほど偉大なもの」（id cuius nihil maius cogitari possit）だということくらいである（ルービンシュタイン(6)が言ったとされる句が思い出される。「神を信じるかって？　いや、わたしはなにかを信じている……もっと、ずっと大きいなにかを」）。絶対を理解しようとするなかで、わたしたちに想像できるのは、せいぜいすべての牛が真っ黒になる典型的な夜(7)くらいのものだ。

もちろんわたしたちは、理解できないものに名前をつけるだけではなく、視覚的に表現することだってできる。しかしこうしたイメージは、不可解なものを「表象する」わけではない。ただたんに、わたしたちに不可解ななにかを想像するよう促し、そのあとでわたしたちの期待を裏切るだけだ。そのイメージを理解しようとするときにわたしたちが感じるのは、ちょうどダンテが『天国篇』の最後の歌（第三三歌、八二〜九六行）で表現した無力感と同じだ。神性に視線をむけるに至ったときなにを見たのかを言おうとするが、かれが言うことができるのはそれを言い表すことができないということだけで、無限の頁数の本という魅力的な隠喩に訴えるしかないのだ。

おお、豊かな神の恵みよ、わたしは
畏れおおくもその永遠の光をとくと見つめたのだ、
わたしの視力がすっかりすり減ってしまうほどに！

その光の奥では、

宇宙に散り散りになったものが
愛で一巻の書にまとめられているのが見えた。

実体も偶有性も、そのそれぞれの様態も、
みな、ほとんどえも言われぬさまに混ざり合っているので、
わたしのことばは、ほんのちいさな灯にすぎない。

だが、このように結ばれた宇宙のすがたを
わたしはたしかに目にしたのだ、というのは、
こうしてこのことを話しているだけで、大きな歓びを感ずるからだ。

ほんの一瞬のことであったが、わたしのその忘却は
海神ポセイドンをその影で驚かせた、アルゴの
二五世紀前の冒険の忘却よりも大きいものであった。

まさにレオパルディが、無限について、わたしたちに語りかけようとするときに表現する無力感も、これとなんら異なるものではない（「そしてこの／無限の広がりに　わたしの思いは　溺れる／この海の　忘却の淵に沈むことのいとしさ」）。そしてこれは、崇高の経験を表現しようとしたロマン主義のカスパー・ダーヴィト・フリードリヒを思い出させる。崇高は、地上で絶対の経験を呼び起こすことのできるもののうち、最良のものであった。
すでに偽ディオニュシオス・アレオパギテスが、聖なる一者はあまりにもわたしたちから遠い存在

カスパー・ダーヴィト・フリードリヒ「雲海の上の旅人」1817頃　ハンブルク美術館蔵

で、わたしたちには理解することも到達することも叶わないのだから、それについては隠喩や暗示によって話さなくてはならないと言っていた。とりわけわたしたちの議論のつまらなさを明確にするために、否定的な象徴、異類の表現を使って話さなくてはならぬというのだ。「最終的に、人びとはそれを香りの良い軟膏や角ばった石といった、もっとも低俗なものの名でよぶようになり、それを豹や獰猛化した牝熊のようなものだろうと言って、獅子やクロヒョウなどの特徴をあてはめ、野獣のようなものを想像する」（偽ディオニュシオス・アレオパギテス「天上位階論」第二章、第五節）。

幾人かの無邪気な哲学者が、詩人だけが、存在や絶対とはなにか説明できるのだという提言を推し進めたが、かれらが表現するのはじつは〈曖昧なもの〉だけである。曖昧は、「地上世界のオルフェウス的解明」を表現しようとして生涯を費やしたステファヌ・マラルメの詩学だった。「わたしが『花』と言う。すると、わたしの声がどんな輪郭をも退けてしまう忘却のむこう側で、よく知られた花とは異なるなにか別のものとして、甘美な花の観念そのもの、あらゆる花束や香りの不在が音楽さながらに立ちのぼるのだ」。たしかにこのテクストをほかのことばに翻訳するのは不可能だが、つまりこう言っているだけなのだ。あることばをそれを包む真っ白な空間のなかで孤立させて口にすると、そこから、語られないものの総体が不在というかたちでほとばしる、と。「あるものを名指しにすることは、詩の四分の三の潜在力を抹殺することを意味する。詩は少しずつ推測することの幸福から成っているのだ、そう、夢を暗示するものなのだ」。マラルメの一生涯は、この夢の旗印のもとで過ぎたが、それは同時に敗北の徴でもあった。ダンテは、無限を完璧に表現できると錯覚することは悪魔的な高慢のなせる業《わざ》だと理解し、最初から敗北を認めていた。そして口では言えないことを意味する詩ではなく、言うことの不可能性を表す詩を、つまり敗北の詩を書くことで、詩の敗北を回避したのだった。

ダンテがキリスト教信者だった事実（偽ディオニュシオスも、ニコラウス・クザーヌスもそうだったわけだが）について考えていただきたい。絶対を信じ、同時にそれが考えられないものであり、ことばで言い表せないものである、と断言することはできるのだろうか。できてしまう。絶対性について思索することの不可能性と、絶対性の〈感情〉が入れ替わるのを受け入れれば。この感情こそ「望むものの本質であり、いまだ顕れていないものの証明」としての信仰である。エリ・ヴィーゼル[8]はある学会の最中に、神と話すことは可能だが神について話すことは不可能であるとする、カフカのことばを挙げた。絶対が、哲学的にみて、すべての牛が真っ黒になってしまう夜ならば、十字架のヨハネ[9]（一六世紀）のように、それを〈暗　夜《ノチェ・オスクラ》 noche oscura〉と受け取る神秘主義者にとっては〈あなたがわたしを導いた夜、／曙《あけぼの》より好ましい夜〉、それはえも言われぬ感情の源泉である。十字架のヨハネはみずからの神秘主義的経験を詩で表現する。絶対を表現することの不可能性を前にすることで、この満たされない張りつめた思いが物理的に完成したひとつのかたちにおさまりうるということは、わたしたちにはひとつの保証のようにみえる。このことが、キーツ[10]が「ギリシアの壺によせる頌歌」（一八一九）で、美を絶対の経験の代替物とみることを可能にしたのだ。「美は真実であり、真実は美である。これがこの地上であなたたちが知っていることのすべてであり、知らなくてはならないことのすべてだ」

　これは美学的な宗教を実践することに決めた人にとっては結構である。しかし十字架のヨハネは、実際のところ、かれに唯一無二の真理を保証してくれるものは、みずからの絶対の神秘主義的経験だけだと言ったことだろう。そのため多くの信仰者はこう確信している。絶対を知ることの可能性を否定する哲学は自動的にあらゆる真理の根拠を否定する、または、真理の根拠の存在を否定すれば絶対を経験する可能性をも否定することになる、と。しかし、ある哲学が絶対を知る可能性を否定するというのと、その哲学があらゆる真理の根拠を否定するというのは、それぞれ別の問題であるし、それは、偶発的な世界にかんしてもいえることだ。そもそも真実と絶対の経験は、それほど不可分なもの

Tomb of Keats.

フレデリック・ウィリアム・フェアホルト「ジョン・キーツの墓」『ヴァーチュー』挿画　1873

なのだろうか？

　真実のものが存在するという信頼は、人間の生存のために必要不可欠なものだ。誰かが自分に話しかけているとき、かれらの言うことが真実か虚偽であるかについて考えないとしたら、人間関係は成り立たないだろう。ある箱に「アスピリン」と書かれていたとしても、それが猛毒のストリキニーネではないという事実さえ、あやしくなってしまう。

　真理についての鏡のような理論にとっては、真理は〈現実と知能の符合 adaequatio rei et intellectus〉である。わたしたちの頭脳を鏡のようなものとしてとらえ、それがうまく機能していて変形したり曇ったりしていなければ、忠実に〈ものごとをあるがままに le cose come stanno〉写すはずだ。この理論を主張した人のなかにはたとえばトマス・アクィナスがいるが、レーニンもまた、『唯物論と経験批判論』（一九〇九）でこれを主張している。トマス・アクィナスがレーニン主義者だったはずはないので、レーニンのほうが哲学面では新スコラ哲学主義者だったということになろう。しかし恍惚状態にあるときは別として、わたしたちはみずからの知能がなにを考えているか、口に出し「話すことを義務づけ」られる。したがってわたしたちは、ものごとがどうなっているかではなく、ものごとがどうなっているかにかんする主義主張について、それが真実か（または虚偽か）を判断する。アルフレッド・タルスキー[11]の著名なことばがある。「雪は白い」という発言は雪が白い場合にのみ真実である、というものである。アメリカ合衆国がこのまま京都議定書を支持しないことを決定すれば、雪の白さの度合いについてもかなり不確かになるだろうから、ここではそれには触れないでおくことにして、もうひとつ別の例を挙げよう。「雨が降っている」（括弧つき）という発言は真実である、外で雨が降っている（括弧なし）場合にかぎって。

　この叙述の前半（括弧つきの部分）は陳述動詞の文であって、それ自体しか表現しないが、後半部分はものごとが実際どのような状態にあるかを表しているはずだ。だがものごとの状態を示すべきところが、あくまでことばで表現されている。このような言語的な媒介を避けるためには、わたしたちは「雨が降っている」(括弧つき)というのは真実である、もし「あれがああ」なら(なにも言わずに降り注ぐ雨を指差すとして)と言わねばならない。しかし感覚で理解できる明白な事実を指差すというこのやり方は雨では可能にみえるが、「地球は太陽の周りを回っている」という発言について同じやり方は難しいだろう(感覚上は、実際とは反対のことが起こっているように受け止められるかもしれないから)。

発言がものごとの状態に符合しているかどうかを確定するには、〈雨が降る〉ということばを理解し、その定義を規定しておかなくてはならない。雨について話すには以下のことが規定されていなくてはならない。バルコニーで花に水をやっている人がいるのかもしれないから、高いところから落ちてくる水滴を感じるだけでは不十分だということ。水滴はある程度の量を含んだものでなくてはならないということ。さもなければわたしたちは露や霜の話をすることになるだろう。また雨を感じる感覚は、継続的なものでなくてはならないということ(さもなければ、雨が降りかけたがすぐに止んだと言わねばならない)。こんな調子である。こうした規定は、つづいて経験主義的な検査に合格しなくてはならない。雨の場合には誰にでもできる検査である(手を伸ばし、みずからの感覚を信じればいいだけだ)。

しかし「地球は太陽の周りを回っている」という発言では、検査の過程はより複雑だ。以下のそれぞれの発言にかんして、〈真実〉ということばはどんな意味をもつだろうか?

一　お腹が痛い。
二　昨晩、聖ピオ神父がわたしの前に現れる夢をみた。
三　明日はきっと雨が降るだろう。

四　世界は二五三六年に終わる。
五　死後の世界は存在する。

発言一、二は、主観的にみて明確なことを述べているが、腹痛は明白かつ抑制できない感覚であるのに対し、前の晩にみた夢を思い出す際にはその記憶が正しいかどうかはっきりしない可能性がある。そのうえこのふたつの発言について、他人はすぐに検証することができない。もちろんわたしが本当に大腸炎を起こしているのか、心気症なのかを医者が理解しようと思えば、いくつか検証の方法はあるだろうが、精神科医に聖ピオ神父の夢をみたと言ってもわたしが嘘をついているだけかもしれないから、医者にとってはより難しい問題だろう。

三、四、五の主張についてはただちに検証することはできない。それでも、明日雨が降るだろうということについては明日になれば検証されるが、世界が二五三六年に終わるということについては若干の問題がある（だからわたしたちは、空軍の大佐の信頼性と、預言者のそれとを区別するわけだ）。四と五の違いは、四のほうは、少なくとも二五三六年には真実と虚偽のどちらかに落ち着くが、五のほうは〈永遠に saecula saeculorum〉経験主義的観点からなんとも言えないままにとどまるということだ。

六　すべての直角はつねに九〇度である。
七　水はつねに一〇〇度で沸騰する。
八　りんごは被子植物である。
九　ナポレオンは、一八二一年五月五日に死んだ。
一〇　黄道をたどっていくと海岸に着く。

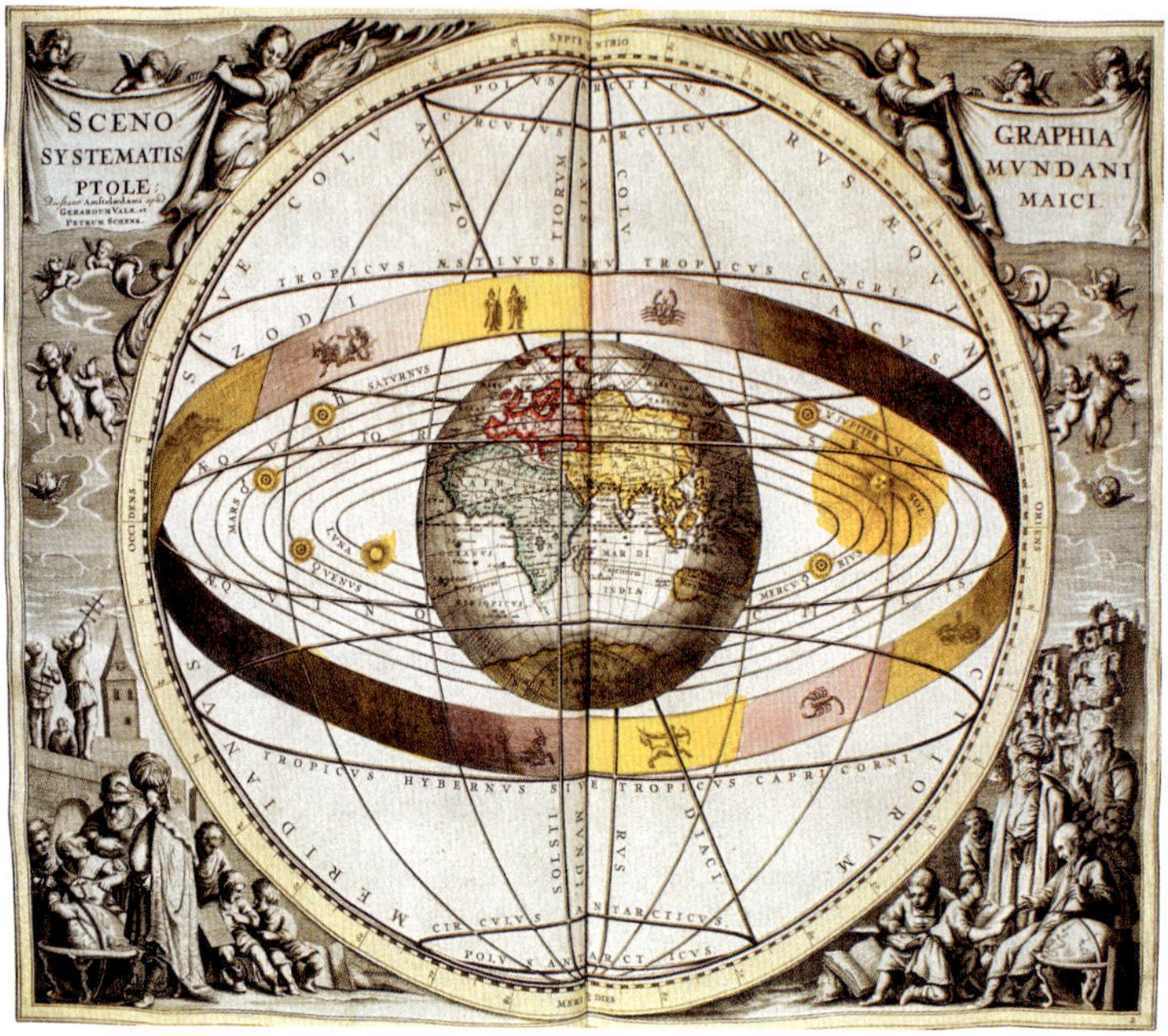

アンドレアス・セラリウス「プトレマイオスの天動説」『大宇宙の調和』より　アムステルダム
1708

一一　キリストは神の子である。
一二　聖典の正確な解釈は、カトリック教会の教導部《マジステリウム》によって定められる。
一三　胚はすでに人間であり、魂を持つ。

わたしたちがあらかじめ定めた規則に照らすと、これらの発言のうちのいくつかは真実か虚偽である。つまり直角は九〇度であるということは、ユークリッドの公理体系においてのみ真実である。水が一〇〇度で沸騰するということは、帰納法の普遍化によって練られた物理の法則をわたしたちが信頼するというだけでは不十分で、摂氏度の定義という土台があってはじめて真実となる。りんごは、植物の分類のいくつかの規則のもとでのみ被子植物である。

一部の人たちは、わたしたちよりも前に他人が行った検証に信頼を置こうとする。わたしたちは歴史の本がいうことを受け入れ、ナポレオンが一八二一年五月五日に死んだということを真実だと信じている。しかしイギリス海軍本部のアーカイヴで、かれが別の日に死んだということを証明する、未発見の書類が明日にも見つかる可能性があることも、つねに認めなければならない。そうした場合には利便性のために、わたしたちは虚偽であるとわかっている考えをあたかも真実であるかのように採り入れる。たとえば砂漠で方向を定めるために、わたしたちは太陽が東から西にむかって動くというのが真実であるかのように行動する。

上記の宗教的性格の主張については、論証不能とは言うまい。福音書の証言を歴史的なものとして受け入れれば、キリストの神性の証《あかし》はプロテスタントの信者をも同意させるだろう。しかし教会の教導部《マジステリウム》にかんしては同じことは起こらない。他方、胚の魂についての主張は、〈生命〉、〈人間〉、〈魂〉といった表現の意味の規定にのみ依存する。たとえば、聖トマス・アクィナスは、胚は動物のように感覚的な魂しかもっていないと考えていた。したがっていまだ理性的な魂をもった人間ではないため、肉体の復活にはかかわらないとした。今日なら異端だと非難されたことだろうが、当時の文明の非常に高い時代にあってかれは聖人化された。

つまりわたしたち自身が使用している真実の基準をどのように条件づけるかは、そのつど決定しなくてはならないということだ。

わたしたちの寛容性はまさに、それぞれの真実の検証可能性および受容可能性の、さまざまな度合いの認識に根ざしているのだ。直角の話と同じように、水が九〇度で沸騰すると主張する学生——ある試験で言われたのだと思う——を不合格にする学術的・教育的義務が、わたしにはあるかもしれない。だがキリスト教徒もまた他人にとっては、アッラーのほかに神は存在せずムハンマドが預言者なのだということを認めなくてはならない（そして、イスラム教徒がその逆を実行してくれるよう願いたい）。

他方で昨今のいくつかの論争をみていると、近代思想とりわけ論理学＝科学思想の特徴である異なる真実の基準を区別することが、あらゆる真理という考えを否定する相対主義に場所を譲ろうとしているようだ。この相対主義は、現代文化に蔓延する病のようにとらえられている。それにしても相対主義というとき、反相対主義者たちはなにを意図しているのだろうか？

いくつかの哲学事典によれば認識論的相対性理論というものがあり、そこでは、物体は人間の能力によって定められた条件のもとでしか認識されない。しかしこの意味ではカントですら相対主義者だったということになるだろう。かれは普遍的価値の法則をうちたてられるということを、まったく否定しなかった——そのうえ道徳的立場からではあるが神を信じていた。

また別の哲学百科事典では、相対主義とは「認識の分野と行動の分野において、絶対的な原則を認めない考え方」だとある。だが認識の分野で絶対的な原則を否定するのと、行動の分野で絶対的原則を否定するのは別のことである。小児愛が、いくつかの文化においては認められているか許容されているために、〈小児愛は悪である〉というのは、ある種の価値体系においてのみ有効な相対的な真実であると主張しようとする人びとがいる。しかしながらかれらは、ピタゴラスの定理はいつの時代にもどの文化でも通用すると主張する用意があるのだ。

真面目な人なら誰しも、アインシュタインの相対性理論に相対主義のレッテルを貼ろうとはしないだろう。判断は見る人の気分に委《ゆだ》ねられる、と言うことは、あらゆる人間にとっていつでもどこでも有効な原則に映る。

哲学的学説としての相対主義は、一九世紀の実証主義とともに生まれる。実証主義は絶対の不可知性を説き、絶対はせいぜい継続的な科学研究にとっての可変的な限界であるととらえられた。しかし客観的にテストでき、誰にとっても有効な科学的真理が到達不可能であると主張した実証主義者はいまだかつていない。

その教義を急いで読んだだけだと、相対主義的であると定義されそうな哲学的立場をとるのが、〈全体論《ホーリズム》〉である。全体論では、あらゆる発言は複数の前提の有機的体系の内部、ある概念の図式、もしくはほかの人たちが言ったように、一定の科学的パラダイムの内部でのみ真実または虚偽となる（そして意味を獲得する）。

全体論の支持者は（当然のことながら）こう主張する。空間の概念はアリストテレスの体系とニュートンの体系で異なる意味をもつので、このふたつの体系は同じ単位では計測不可能である。そしてどちらの科学的体系も、複数の現象の総体を意味のあるものとして成立させられる場合にかぎり有効である。だが全体論の支持者自身が誰より先に、複数の現象の総体がまったく意味をなさない体系があるとし、いくつかの体系は意味をなすことに優れているため、長い目でみるとほかの体系より優勢であると認めている。つまり全体論者も表面上は寛容そうにみえるが、意味を成立させる必要のある「なにか」と対決し、そうとはっきり言わないときにも最低限の現実主義と定義できそうなもの――

〈ものごとがある状況にあるとか、ものごとが進むということには、なんらかの法があるはずだ〉という考え——にしがみついているのだ。その「なにか」を知ることはできないかもしれないが、それがあると信じなければわたしたちの探究には意味がなくなってしまうし、世界を解明する新しい体系を次つぎと試しつづける意味もなくなってしまうだろう。

全体論者はたいていみずからを〈プラグマティスト〉だというが、ここでも哲学の入門書を急いで読むべきではない。本当のプラグマティストというのは、パースがそうだったように、概念はそれが効果的であるときにのみ真理だと主張したのではなく、概念はそれが真実であるときその効果を示すと主張していたのだ。そして〈可謬《かびゅう》主義〉、つまりわたしたちのあらゆる知識が疑問に付される可能性がつねにあることを主張していたときにも、同時にこう断言していた。みずからの知識を継続的に訂正し

ウィリアム・ブレイク「ニュートン」1795-1805頃　ロンドン　テート・ギャラリー蔵

ていけば、人間の社会は「真実のたいまつ」をもって歩めると。

これらの理論のうちにある相対主義に疑いをもたらすのは、これらの異なる体系が互いに〈計測しえない〉という事実だ。当然、プトレマイオスの天動説の体系をコペルニクスの地動説の体系と同じ単位で測ることはできないし、従円と周転円の概念の正確な意味を踏襲するのは前者だけだ。しかしふたつの体系が同じ単位で計測不可能であるということは、互いに〈比較できない〉ことを意味するわけではない。まさにこのふたつを比較することで、わたしたちはプトレマイオスが従円と周転円の概念を使って説明した天の現象がどういうものだったのかを理解し、またそれが、コペルニクスが異なる概念の図式にしたがって明らかにしようとした現象と同じものであることを理解できるのだ。

哲学者たちの全体論は、言語学の全体論と似ている。そこではひとつのあたえられた言語は、その意味的・統語的構造をとおして世界のある一定のヴィジョンを義務づけるため、発話者はいってみればその牢の囚人ということになる。ベンジャミン・リー・ウォーフ[12]（一八九七～一九四一）は、たとえば西洋の言語では多くの出来事を物体として分析する傾向があると言い、「三日間」のような表現は文法的に「三つのりんご」に相当するのに対し、アメリカ先住民のいくつかの言語においては〈過程〉に重きが置かれる傾向にあり、わたしたちが物体をみるところにかれらは出来事をみる――だから、ホピ語は、近代物理学によって研究されるある種の現象を定義するには、英語より語彙《ごい》が豊富だ――と言った。ウォーフはまた、エスキモーは〈雪〉という言葉に相当するものとして、雪の性質によってそれぞれ異なる四つの言葉をもっており、したがってかれらは、わたしたちがひとつのものしか見ないところにより多くの異なるものを見いだしているにちがいないとも言った。この認識に対しては異論もある。西洋人のスキーヤーであっても、それぞれ性質も種類も異なる雪を区別することはできる。それに、エスキモーもわたしたちと触れあえば、次のことを容易に理解するはずである。かれらが異なる名でよぶ四つの〈もの〉をわたしたちが〈雪〉というとき、わたしたちは、氷、つらら、ジェラート、鏡、ショーウィンドウのガラスを〈グラス glace〉という一つのことばでよぶフランス人と同じふるまいをしているということを。そして、だからといってフランス人はなにもジェラートを覗きこみながら髭を剃るほど、みずからの言語の囚人となっているわけではないということも。

つまるところ現代のすべての思想が全体論的な視点を受け入れるわけではないという事実は別にしても、全体論的視点はあらゆる知識の遠近法的理論の溝に隠れている。これらの理論は、現実はさまざまに異なる視点からみることができ、それぞれの視点が現実全体の計り知れない豊かさを考慮することはなくとも、おのおのがある側面を考慮するのだと主張している。現実はつねにひとつの特定の視点によって定義される（これは主観的および個人的という意味ではない）という主張には、相対主義的なところは少しもない。また、わたしたちがつねに〈ある一定の描写〉だけにしたがって現実をみていると確言したからといって、わたしたちが互いに示し合うものをいつも〈同じもの〉だと信じたり望んだりすることをやめるわけではない。

百科事典は、認識論的相対性理論の傍らに〈文化相対主義〉についても記録している。異なる文化には異なる言語や神話だけではなく、異なる道徳概念（いずれも、かれらの領土では合理的なもの）があるということを、ヨーロッパがほかの複数の文化と複雑に交わるようになったときにまず理解したのはモンテーニュ[13]であり、そのあとにロック[14]がつづいた。ニューギニアの未開人が今日でもまだカニバリズムを正当かつ推薦すべきものと考え、イギリス人がそれを否定するということは、議論の余地のない観察結果のように思える。またいくつかの国ぐにでは、姦通をした女性が、わたしたちのところとは異なる種類の強い非難を受けるということもしかりである。だが文化の多種多様性を認識することは、第一に、いくつかのより普遍的なふるまいがあるということを否定しない（たとえば自分の子どもに対する母親の愛情や、嫌悪や上機嫌を表現するときの顔の表情が、概して同じであるという事実）。第二に、すべての文化で同じ倫理的価値が存在しないからといって、わたしたちのふるまいを、みずからの願望や損得に好き勝手に適応させてもいいという道徳的な相対主義を必ずしも伴わない。〈他者の〉文化がみずからの文化とは異なり、その違いもひっくるめて尊重しなくてはならないと認識することは、自分たちの文化的アイデンティティを放棄することを意味するわけではない。

ならばいったいどのような経緯で、均一のイデオロギーとか現代文明の癌などとみなされる相対主義の亡霊ができあがってしまったのか？

相対主義に対する聖職者以外の人たちからの批判が存在するが、それはおもに文化相対主義の過剰を集中的に批判している。マルチェッロ・ペーラ[15]は、ヨゼフ・ラッツィンガーとの共著『根無し』（二〇〇四）でみずからの論理を展開している。かれは複数の文化間に違いがあることはよく承知しているが、いくつかの西洋的価値（民主主義や、政教分離、自由主義《リベラリズム》）はほかの文化の価値にくらべて優勢であると主張する。さて、これらの点で西洋文化がほかの文化より進んでいると考える正当な理由はいくつもある。しかしこの優越を普遍的なものとして明らかにしようとするにあたって、ペーラは議論の余地のありそうな論拠を用いる。かれの言い分はこうである。「文化Ｂの構成員が自由意志で文化Ａのほうを好み、その逆が起こらないとしたら――たとえば、イスラム系移民は西洋に流入するが、その逆は起こらないとしたら――ＡがＢより優れていると考えられる理由があることになる」。この論拠は薄弱である。というのは、一九世紀、アイルランド人がアメリカ合衆国に集団移住したが、それはかれらが愛するカトリック国アイルランドよりプロテスタントの国を好んだからではなく、故郷に残ればジャガイモのべと病による飢饉で飢え死にしそうだったからである。ペーラの文化相対主義の拒否は、ほかの文化に対する寛容が悪化して従順さに変わり、西洋が移民流入の圧力のもとで、よそ者の文化の強大な権力に屈服してしまうのではないかという懸念に後押しされている。ペーラにとっての問題は絶対性の擁護ではなく、西洋の擁護である。

ジョヴァンニ・イエルヴィス[16]は、著書『反相対主義』（二〇〇五）で、都合のいい相対主義者としての自身の像を示した。後期ロマン派、ニーチェを起源とするポストモダン思想家、ニューエイジ支持者の合いの子といったところで、かれにとって、相対主義は、科学と敵対する非合理主義のようなものであった。イエルヴィスはあらゆるかたちの社会が理想化されるとまではいかなくとも、尊重され正当化されなくてはならないとしたら、それぞれの人民の孤立化を推進することになるとして、文化相対主義の反動的性質を指摘した。それどころか、一部の文化人類学者たちは、さまざまな国の人間の生物学的特徴や習慣的行動を認識しようとするのではなく、文化による違いだけを強調し——文化に過剰な重要性をあたえ、生物学的要因を軽視して——間接的にではあるが、またもや物質に対する魂の優越を主張し、したがって宗教思想の要求に連帯を示したとも指摘した。

この主張は、ふたつのことを心配するキリスト教信者をはげしく当惑させるに違いない。その心配とは、次のようなものである。（一）文化相対

テオドール・ド・ブリ「南米でのクリストファー・コロンブス」 ジャスティン・ウィンザー監修『アメリカ大陸の歴史』ロンドン 1886

主義が、必然的に道徳的相対主義をもたらすということ――パプア島の住民が鼻に釘を打ちこむ権利を認めるのならば、アイルランドで、七歳の子ども、それも男の子に乱暴する権利を認めなくてはならなくなるとでもいうように。（二）ある命題の真実を検証するために、さまざまな方法があるという主張は、ひとつの絶対的な真理を認識する可能性を問題視することになる。当然これは真実ではなく、聖母マリアがほんとうにルルドに現れたと信じながら、同時に、ニュージーランドの鵜が、分類上の慣例だけを理由に〈川鵜 Phalacrocorax carbo〉の仲間だと考える人がいることは、すでに証明済みである。

文化相対主義にかんしては、当時枢機卿だったラッツィンガーが――わたしが異論を唱えたい相手は枢機卿であって、教皇庁の最高位聖職者ではないと言っておこう、今日の時点ではなんとも言えないから[17]――教理聖省の教条（二〇〇二）のいくつかにおいて、文化相対主義と倫理的相対主義とを緊密に関連づけて書いていた。

文化相対主義は（……）倫理的多元論の論理化・擁護においてその明らかな兆候を示しているが、この多元論は、道理と、自然の道徳法原則の衰退および解体を承認するものである。このような傾向の結果として残念なことに、しばしば公の場でこうした倫理的多元論こそ民主主義の条件であるという主張が見受けられる。

すでに、教皇ヨハネ・パウロ二世が、回勅『信仰と理性』（一九九八年九月一四日）で、こう断言していた。

近代哲学はその探究を存在にむけることを忘れ、みずからの研究を人間の知識に集中した。人間の真理を知る能力に働きかけるのではなく、限界や条件づけを強調することのほうを好んだのだ。そこからさまざまなかたちの不可知論や相対主義が生まれ、哲学的探究を、総体的な懐疑主義の流砂のなかで迷子にしてしまった。

さらに、ラッツィンガーは、二〇〇三年の説法でこう話した。「なにひとつ確固としたものを認めず、各人の自我と欲求だけを唯一の尺度とする相対主義の専制政治ができあがろうとしている。しかし、わたしたちにはもうひとつの尺度がある。それは、神の子、すなわち真実のひとである」

ここでは真理のふたつの概念が矛盾し合っている。ひとつは、発言の意味論的属性であり、もうひとつは、神性の属性である。これはカトリックの聖典（少なくとも、わたしたちが翻訳をとおして知っているもの）においてすでに、どちらも真理（真実）の概念として現れているという事実による。真実を〈そういわれている〉なにかと、ものごとの状態のあり方のあいだの一致として用いるとき（「本当に言う」という意味で「あなたたちに真実《ほんとう》のことを言う」）と、真理を神性に固有のものの意味で用いるとき（「わたしは道であり、真理であり、いのちである」）があるのである。これがもとで多くのカトリック教会の神父たちは、今日ラッツィンガーが相対主義と定義するところの立場をとった。なぜならそれは、救済のメッセージという、この名にふさわしい唯一の真実にさえ関心をはらっていれば、世界に対する主張が実際の状況と一致していなくても心配することはないという立場だったからである。聖アウグスティヌスは、地球が球形か平らかという議論に際し球形のほうに傾いていたようだが、それが事実かどうか知ることは魂を救うのに役立たないことを思い出し、したがって実際どの理論も同じことだと判断した。

他方、ラッツィンガー枢機卿の多くの著述のなかでは、キリストによって明らかにされ体現された真実のほかに、真理の定義をみつけることは難しい。しかし、信仰の真理こそが啓示された真理ならば、なぜそれを目的や性質の異なる哲学者や科学者の真理に対置するのか？　聖トマス・アクィナスの例にしたがえばいいだけのように思われるのだが。トマスは、世界の永遠性についてのアウェロエス主義的論理[18]を支持することは恐ろしい異端行為だとよく知りながらも、『世界の永遠性について』において、信仰心から世界が創造されたということは受け入れても、宇宙学的観点からは世界が神によって創造されたとも永遠につづくものだとも、合理的に示すことはできないと認めていた。ところがラッツィンガーにとっては、かれの著書『一神論』（二〇〇二）によると、近代哲学と近代科学の思想の本質は、以下のとおりだそうである。

真理の全体像は――一般に信じられていることには――知ることができないのだが、一歩ずつ真実か虚偽かの検証をしていくと前進することができる。そうして同意の概念が真理の概念と入れ替わろうとする傾向を後押しする。しかしそれは人間が真理から離れることを意味し、多数派の原則に完全に降伏して善悪の区別からも遠ざかることを意味する（……）。人間は計画し、あらかじめ定められた基準もなしに世界を「組み立」て、必然として人間の尊厳という概念も乗り越える。だから人権までもが問題になるのだ。このような道理と合理性の概念のなかでは、神の概念のための空間は少しも残りはしない。

真理の検証・訂正の対象としての慎重な科学的真理の概念を、あらゆる人間の尊厳の破壊に転換するこのような都合のいい推論は、とても支持できるものではない。あとで示すように、すべての近代思想について〈事実は存在せず、あるのはたんなる解釈だけ〉だと断言する立場になければ、とうてい無理である。そしてそこから、存在の根拠はないと飛躍し、したがって神は死んだ、そして神が存在しないのならば、すべてのことが可能だと断言できる立場でなければ。

さて、ラッツィンガーも反相対主義者も概して夢想家であり、謀反家である。単純にいって、わたしが穏健とか批判的と定義する反相対主義者たちは、事実は存在せず、あるのはたんなる解釈だけという明確な相対主義の過激派だけを敵とみなしている。他方、わたしが急進的だという反相対主義者たちは、事実は存在せず、あるのはたんなる解釈だけだという主張を、近代思想全体にまで広げている。かれらは、哲学史の試験に合格することを許されないほどの——少なくともわたしが学生だった時分の大学においては——誤りを犯している。

事実は存在せず、あるのはたんなる解釈だけという考え方はニーチェとともに生まれ、「道徳外の意味における真理と虚偽について」（一八七三）できわめて明確に説明されている。自然が鍵を捨ててしまったため、知識人はみずからが真理とよぶ嘘の概念と戯れている。わたしたちは、木とか、色とか雪や花について話しているつもりでいるが、それは、それらのものの元来の本質とは一致しない暗喩にすぎない。複数の個々の葉っぱに対して、たった一枚の原始の「葉っぱ」は存在しない。「その原始の葉っぱをモデルにして、すべての葉が構想され、輪郭が決められ、色づけされ、模様が刻まれ、化粧がされたわけではない。それらは不器用な手によってつくられたのである」。鳥や虫は、わたしたちとは異なる方法で世界を知覚しているのであって、「完全に正確な知覚」の基準など存在しないのだから、どの知覚の仕方がもっとも正しいかなどと言っても意味がない。自然は「どのような形式も概念も知らない。したがっていかなる種属も知らず、あるのはXだけである。それは、わたしたちには到達も定義もできないものである」。そうすると、真理は「暗喩、換喩、擬人法という可変的な一群」、のちに知性によってこわばってしまった詩的想像力の一群、「錯覚という性質が忘れさられてしまった錯覚」ということになるのである。ニーチェはしかし、ふたつの現象について考慮することを避ける。そのひとつは、わたしたちの議論の余地のある知に限界があっても、それを適用すればなんとか自然とつきあっていくことはできるということだ。誰かが犬に噛まれたら、医者はたとえその噛んだ犬の個体そのものの経験はなくとも、かれにどんな注射をすればいいか分かる。もうひとつは、ときに自然は、わたしたちの知がどれだけ錯覚的なものかを告発し、ほかの形式の選択肢を選ぶよう仕向ける（これは、いうなれば認識の範例の革新の問題である）。ニーチェは、わたしたちの「科学的」真理に反して継続的にわたしたちを脅かす、かれに「恐ろしい力」と映る自然の圧迫が存在するのを感じとっている。だがそれを概念化するのを拒否する。自然の圧迫から逃れるために、わたしたちは防御として概念という武器を身につけたのだから。変化は可能だが、再構築するのではなく恒久的な詩的変革のようでなくてはならない。「もしもわたしたちのひとりひとりが、それぞれ異なる感覚をもっていたら、わたしたち自身が、鳥やいも虫や植物と同じように知覚したとしたら、もしくは、わたしたちのひとりが、同じ刺激を前にして赤を見、もうひとりは青を見、さらにまた別の者が、今度はその刺激を音として聞いたとしたら、もう誰も自然の掟などについて話すことはできないだろう」

したがって、芸術（とともに、神話も）は「絶え間なく、新しい転義や暗喩や換喩を提示して、概念の項目見出しや仕切りを混乱させる。そして、醒めた人間の現存の世界に、夢の世界の、色とりどりで不規則で帰結に欠け脈絡がなく刺激的で永久に新しいかたちをあたえたいという願望を、やすみなく示している」。

これが前提ならば、第一の可能性は、現実逃避のために夢のなかに避難することだろう。しかし、ニーチェ自身が、人生に対するこのような芸術の支配は最高に愉快ではあるが、欺瞞であると認めている。もしくは、ニーチェの後継者たちがこれを本当の教訓として承認したように、存在自体が根拠をもたずあらゆる定義を受け入れるのだから、芸術はなにを言ってもいいということになろう。この、存在の消失が、ニーチェにとっては神の死と一致していたのである。つまりこのことが、一部の信者がこのような死の宣言から間違ったドストエフスキー的結果（神がいない、または、もういないのなら、なにもかも許される）を引き出すことを許したのである。しかし必要に迫られれば、信者ではない者も、地獄も天国もないのなら、善行し他人を理解し道徳律を守って、地上でみずからを救済するしかないと知るだろう。二〇〇六年に、エウジェニオ・レカルダーノ[19]の『神なしの倫理』という本が出たが、そこでは人類学の幅広い資料をもとに、神を脇によけてはじめて本当に道徳的な人生が送れると主張されている。もちろん、わたしはここでレカルダーノやかれが選出してアンソロジーを組んだ著者たちの言うことが正しいかどうかを決めたいのではない。ただ、神の不在が倫理の問題を取りのぞくわけではないと主張する人がいることに言及したいだけである。ミラノで、信者ではない人たちの前で教壇に立ったマルティーニ枢機卿[20]は、そのことによく気がついていた。そのマルティーニが教皇にならなかったという事実が、教皇選挙会議《コンクラーヴェ》の神的な霊感を疑わせることにもなりそうだが、これはわたしの能力ではおよばない議論だ。エリ・ヴィーゼルの、なにもかも許されると考えていたのは、神が死んだと信じている者たちではなく、自分たちが神だと信じている者たちだった（大物の、そして小物の独裁者たちに共通する欠点だ）という言葉を思い出すだけにしておこう。

　それにしても事実は存在せず、あるのはたんなる解釈だけだとする考えは、現代思想全体からはちっとも共有されていない。現代思想の大半は、ニーチェとその後継者たちに言及し、以下のような異論を唱えている。（一）仮に、事実はなく解釈があるだけだとするならば、その解釈とはいったいなにに対する解釈なのか？　（二）そして、もし解釈同士が解釈し合うのなら、わたしたちを解釈へと至らしめた対象か出来事があったはずではないだろうか。（三）さらに、たとえ存在が定義できないとしても、それについて比喩的に話すわたしたちは存在していると言わなければならないわけで、なにか真実のことを言うという問題は、知の客観から主観へと移動する。神は死んだかもしれないがニーチェは死んでいない。ニーチェの実在をなにを根拠に正当化するのか？　その実在はただの比喩にすぎないというのか？　もしそうだとして誰がそれを宣言するのか？　それだけではない。現実について比喩を使って話すことが多いとしても、その比喩を推敲するには、字義どおりの意味をもつことば、わたしたちが経験上知っているものを指すことばが存在している必要がある。人間の脚のかたちと機能を知り、その非比喩的な概念を知らなければ、テーブルの支えを「脚」とよぶことはできない。(四)最後に、複数の主題にかかわる検証の基準がもはや存在しないと主張するとき、ときにわたしたちの外部にあるもの(ニーチェが「ものすごい力」とよんだもの)が、わたしたちがそれを表現しようとするのを、比喩的にも応用的にも妨げるということを忘れがちである。たとえば、フロギストン(燃素)の理論を炎症に応用しても炎症は治らないが、抗生物質を使えば治る。したがって医学理論には、ほかの医学理論より優れたものが存在することになる。

ということは、もしかすると絶対は存在しないのかもしれない。もしくは存在するとして、それについて考えることも到達することもできないのだろうが、わたしたちの解釈を支持したり、挑戦してきたりする自然の力が存在する。「だまし絵」に描かれた開かれた扉をわたしが本当の扉だと解釈し、そこを通り抜けようとまっすぐに進んだとしたら、貫通できない壁という事実がわたしの解釈を非合法化するだろう。

「ものごとがある状況にあるとか、ものごとが進むということには、なんらかの法があるはずだ」――その証拠には、すべての人間はいつか死ぬというだけではなく、わたしが壁を通り抜けようとすれば鼻中隔をけがするはずである。死とその壁だけが、わたしたちが疑うことのできない唯一の絶対のかたちである。

わたしたちが、そこに壁が存在しないかのように解釈したがるとき「no」をつきつけてくるこの壁の明白さこそ、おそらく、絶対の門番にとってのきわめて控えめな真理の基準なのだろう。しかしキーツのことばを敷衍《ふえん》するとすれば、「これがこの地上であなたたちが知っていることのすべてであり、知らなくてはならないことのすべてなのだ」。

アンドレア・マンテーニャ「夫婦の間」円窓のだまし絵　1465-74　マントヴァ　サン・ジョルジョ城

絶対について言うべきことはまだあるのかもしれないが、いまのところは思いつかない。

（ミラネジアーナ　二〇〇七）

（1）一六三二～七七。オランダのユダヤ系哲学者。『エチカ』、『神学・政治論』など。

（2）一五四八～一六〇〇。イタリアの哲学者。唯物論的自然観・汎神論に立ってスコラ主義・キリスト教を鋭く批判し、異端者として火刑に処せられた。

（3）一七七五～一八五四。ドイツの哲学者。ドイツ観念論、ロマン派の代表者。

（4）嘘物語の古典的名著『ほら吹き男爵』（一七八六）の主人公。

（5）一四〇一～六四。ドイツの哲学者・宗教家。『神の幻視』など。

（6）一八八七～一九八二。ポーランド生まれのアメリカのピアノ奏者。

（7）ヘーゲルがシェリングの同一哲学を揶揄した際に使用した表現。

（8）一九二八～二〇一六。アメリカの小説家。ルーマニア生まれ。小説『夜』で自身のホロコースト体験を語った。

（9）一五四二～九一。スペインのキリスト教神秘家。カルメル会改革運動に参加。『暗夜』など。

（10）一七九五～一八二一。イギリスのロマン主義の詩人。

（11）一九〇二～八三。アメリカの数学者・論理学者。ポーランド生まれ。記号論理学における意味論の開拓者。

（12）一八九七～一九四一。アメリカの文化人類学者。アメリカ・インディアン諸語、とくにユト・アステカ語族のホピ語について研究。

（13）一五三三～九二。フランス、ルネサンス期の代表的思想家・モラリスト。

（14）一六三二～一七〇四。イギリスの哲学者・政治思想家。イギリス経験論の代表者。

（15）一九四三～。イタリアの政治家。ピサ大学などで科学哲学を教えた。

（16）一九三三～二〇〇九。イタリアの精神科医。

（17）本草稿は二〇〇七年のもので、ラッツィンガーは二〇〇二年に教皇に就任、一三年に退任している。一九二七～。ベネディクト一六世。ドイツ出身。

（18）イスラムの哲学者イブン・ルシュド（ラテン名アウェロエス）にもとづく論理。理性の真理と信仰の真理の「二重真理説」などを主張。

(19) 一九四〇〜。イタリアの哲学者。生命倫理学を専門とする。
(20) 一九二七〜二〇一二。イタリアの枢機卿・聖書学者。

炎は美しい

四元素のうち、火について考えてみることにする。

なぜかといえば、すべての元素のうち、わたしたちの日々の暮らしに変わらず欠かせないものでありながら、いま忘れられつつあるものが火だからだ。空気なら、わたしたちは毎日吸っているし、水は日々使用している。大地はつねに足で踏んでいる。けれど火の経験は減りつづける一方だ。これまで火の役目だったものは、徐々に目に見えないエネルギーのかたちにとってかわられている。わたしたちは光の概念を炎の概念から切り離し、火についてはガス（そこに火はほとんど見ることができない）による経験しかもたない。あるいはいまも煙草を吸う者にかぎればマッチやライターによる経験、いまも教会へ行く者にかぎればろうそくの炎による経験があるだけだ。

残されたのは、といっても恵まれた者にのみ残されたのだが、暖炉である。ここから話をはじめよう。七〇年代のことだがわたしは田舎に暖炉付きの家を購入した。当時一〇歳から一二歳だった息子たちにとって、火、燃える薪、炎の体験はまったく新しい現象だった。一方わたしは、暖炉がついていると息子たちがテレビを求めないことに気づいた。どんな番組よりも炎のほうが美しく変化に富んでいるうえ、終わらない物語を語ってくれ、どんどん更新され、テレビのショーのように筋立てどお

ガエターノ・プレヴィアーティ「光の創造」1913　ローマ　国立近代美術館蔵

りではないのだから。

おそらく、現代人で火にかんする詩や神話、心理学、心理分析についてもっとも熟考した人物といえば、ガストン・バシュラール[1]だろう。バシュラールが火と出遭うのは必然だった。かれは太古から人間の想像力に付き添ってきた元型イメージを研究していたのだ。

火の熱は太陽の熱を想起させ、太陽は火の玉のようにみられるものだ。火は催眠状態を引き起こすので最大の夢想の対象になり、同時に一番の夢想の動機にもなる。火は人類普遍のはじめての禁制（火に触ってはいけない）であり、ゆえに法の顕現《エピファニー》である。火はみずからが誕生するため、成長するために、生みだしてくれたふたつの木片を食い尽くしてしまう第一被造物だ――こうした火の誕生には強い性的意義がある。なぜなら火種は摩擦により燃え上がるのだから――一方で、精神分析的解読を進めるなら、フロイトによれば、火を支配する条件とは放尿して消火する喜びを放棄することであり、すなわち衝動的生の放棄を意味したことを思い起こしておこう。

そうはいっても、火はさまざまな衝動を表すメタファーにもなっている。烈火のごとく怒る、恋の炎といったぐあいに。火は情熱にかんするあらゆる話題にメタファーとして現れ、また血と同じ色をしていることからメタファーとして生命と結びつけられる。熱となる火は、栄養素をやわらかくする機能すなわち消化をつかさどる。火と栄養吸収のプロセスは、生きるために栄養を絶えずあたえられていなければならない点で共通しているのだ。

火はあらゆる変身の装置としてただちに姿を現し、何がしかの変化を求めるときには火を必要とする。たとえば消えてしまわないように、火は新生児にするのと同じくらいのケアを必要とする。火にはわたしたちの生にかんする根本的な矛盾がすぐさま見てとれる。火は生をもたらす元素でありながら、死、破壊、苦悩をもたらす元素でもある。火は純粋さや浄化の象徴でありながら、汚物の象徴でもある。灰という排泄物を生むのだから。

火は直視できないほどの眩しい光にもなりうる。それは太陽を直視できないのと同じことだ。一方、適正に手懐《てなず》けられることもある。ろうそくの明かりになるときがそうだ。それは光と影の効果をもたらし、しずかな炎は夜通し闇のなかにぼんやりとちらちら輝いて、わたしたちを〈夢想〉に導く。ろうそくは生まれ出づる生命を思わせると同時に、消えゆく太陽をも思わせる。火は物質から生まれ、さらに軽い気体へと実質的に変成していく。根元の赤や青白い炎から先端の白い炎に変わり、そして煙となって消えてしまう……。この意味で火の本質は上昇にあり、超越を想起させる。しかし一方で、おそらく火が地球の中心にあり火山の覚醒によってのみそこから噴き出すものと教わるために、火は冥界の深淵をも象徴する。火とは命であり、しかし命の消滅と儚《はかな》さの経験でもある。

さてここでガストン・バシュラールを引用してひと区切りとするにあたり、『火の精神分析』から以下の箇所を読みたい。

黒い鍋が自在鉤の歯につりさがっていた。三つ脚のついた鍋が熱い灰のなかに突き立てられていた。祖母は頬をふくらませて鉄管に息を吹き、まどろんだ焔をかきたてていた。いっさいが同時に煮えていた。豚用の馬鈴薯《ばれいしょ》も、家族用のもっと上質な馬鈴薯も。わたし用には新鮮な卵がひとつ灰の下で焼かれていた。火加減は砂時計で測られるのではない。たとえば卵は一滴の水か唾が殻の上で蒸気をあげれば火が通っているのだ。わたしはドニ・パパンが鍋の番をするのに、祖母とまったく同じやり方をしていたということを最近知り、たいへん驚いたものだ。卵の前に、わたしはパンコットを食べなければならなかった。(……)でもわたしがおりこうにしているときには、ワッフルの焼き型が持って来られた。その長方形の鉄型はグラジオラスの先のような真っ赤に燃えるいばらの火を押し潰した。そしてワッフルはもうわたしの前掛けのなかに入れられ、唇によりも指にずっと熱く感じられた。そのときたしかにわたしは火を食べていたのだ。その黄金色と香りと、あつあつのワッフルが歯に砕かれてパリパリと鳴る音までも食べていたのだ。デザートのような一種の贅沢の喜びには、いつもこんなふうに火はその人間性を証す。

要するに火はあまりにもたくさんのものでありうるため、物理的現象を超え象徴にもなる。そしてあらゆる象徴がそうであるように、火も両義的、多義的であり、コンテクストによっていくつもの意味をよび起こす。そういうわけでこの講義では、火の精神分析ではなく素朴な記号論を試みようと思う。わたしたちの目に映る火がかつて請け負っていた、またいまなお請け負っているさまざまな意味を追っていこう。そのわたしたちは火で身を暖めることもするが、ときに火で命を落とすこともあるのだ。

神聖な元素としての火

はじめて火を体験するのは、間接的には太陽の光、直接的には稲妻や制御不能な火災をとおしてである。それゆえ必然的に原始から火が神性と結びつけられていたことについては論をまたない。あらゆる原始宗教には、何がしかのかたちでの火炎崇拝がみられるものだ。たとえば昇る太陽を崇める太陽礼拝や、聖火を絶対に消さないよう神殿の内陣に灯しつづける例などがある。

聖書には、火がつねに神の顕現《エピファニー》のイメージとして現れる。預言者エリヤは火の戦車で天に上げられ、正しい人たちは火の稲妻に歓喜する（「このように、主よ、あなたの敵がことごとく滅び、主を愛する者が日の出の勢いを得ますように」『士師記』第五章三一節、「目覚めた人々は大空の光のように輝き／多くの者の救いとなった人々は／とこしえに星と輝く」『ダニエル書』第一二章三節、「主の

「預言者エリヤと火の戦車」ロシア正教のイコン　1570頃　ソリヴィチェゴドスク　宗教美術館蔵

訪れのとき、彼らは輝き渡り、／わらを焼く火のように燃え広がる」『知恵の書』第三章七節）。一方教父たちはキリストについて、ともしび、ルシファー、光、薄明かり、東方、正義の光、新しい光、星などと著述する。

古代の哲学者たちは、火を宇宙の起源とみなし考察した。アリストテレスによれば、ヘラクレイトスは万物のはじまりであるアルケーが火であると考えたという。たしかにいくつかの断片にこの理論が主張されているようだ。ヘラクレイトスは、世界は時代ごとに火を介して再生し、ちょうど品物が金に、金が品物に交換されるのと同様に、万物が火に交換され、火が万物に交換されると断言しているのだ。また、ディオゲネス・ラエルティオス(2)によれば、ヘラクレイトスは、すべては火から形成されて火へ分解され、さらに万物が濃化あるいは稀化による火の交換物だと主張したという（火は濃縮されて水に変化し、水は凝固し土へ変化し、土は液体化して水になり、水は明るく輝く蒸発物を生成し、それが新たな火の糧となる）。しかし困ったことに、周知のとおりヘラクレイトスは曖昧な定義を好んだし、デルフォイに神託をもつ神はといえば、語りもせず隠しもせず、ただしるしを見せるだけだ。それに多くの人が、ヘラクレイトスの火にかんする言及は万物の究極の不定性を表すメタファーにすぎないとみなしている。すなわち、すべては移り変わり流れ行く、万物流転のことだ。ヘラクレイトスは同じ川に二度入ることはできないと言ったが、さらにいえば（わたしがひとつ補足しよう）、同じ炎に二度焼かれることはできない。

おそらく火と神のもっとも美しい同一化といえば、それはプロティノスの作品にみられるだろう。火は神の権化である。それは逆説的に、すべてが流出する源であり、言い当てることのできないその「一者」とは、創造の行為のさなかであっても変成することがなく、それ自身消費されてしまうこともないものだからだ。あるいはその「最初の者」をそこから発散される放射であるとだけ考えることもできるだろう。太陽の周囲に輝く光のようなものだ。太陽はつねに新たな光を発しているが、太陽そのものはもとのままであり、消費されることはない（『エンネアデス』Ⅴ、一六）。

そして事物が放射から生じるのだとすれば、地球上には神聖な放射の表象そのものほど美しいものはほかにない。それが火だ。ひとつの色の美しさとはいわばシンプルなもので、それは物質の闇を支配するひとつのかたちから生じる。また、無形の光の色にある存在から生じる。無形のその光が、色の形成される動機である。よって、ほかのどんな実体よりも火そのものがもっとも美しく、それは非物質的なかたちをしているためだ。つまり、あらゆる実体のうち、火はほとんど非物質的である点でもっとも軽い。火はつねに純粋なままである。物質を構成するほかの元素を内に取り入れることがないからであり、一方、ほかのあらゆる元素は火をみずからの内に取り入れるのだ。事実、そうすることでほかの元素は加熱されうるが、火が冷却されることはない。火だけが本質的に色彩を有しており、そのほかのものは火からかたちと色を受容する。だからそれらが火の明かりから遠ざかれば、美しさは消滅してしまうのだ。

新プラトン主義について、あらゆる中世美学に影響をあたえた偽ディオニュシオス・アレオパギテス（五〜六世紀）の言葉がある。「天上位階論」（XV）をみてみよう。


まさしく火こそが天上の知性のなかにあるもっとも神聖なものを表しているとわたしは考える。たしかに、聖なる書き手たちは、存在を超えた存在、どんなかたちももたない存在についてしばしば火の象徴を用いて叙述している。火は目に見える事物に見いだされるかぎりは、もしこのような言い方が許されるならば、いくつもの神聖なる特徴をみせるのだ。実際、感覚的な火はいわばすべてのものに存在していて、混じり合うことなしにすべてのものを通過する。さらにすべてのものからは隔絶しており、全体が輝くがために、同時にそれ自体隠された未知のものとして残りつづけるのだ——何がしかの物質が火に加えられて火がその物質に反応を起こすようなことがないかぎりは――火はそれ自体としてとらえられることもなければ見られることもないが、火はすべてを捕えてしまうのだ。

中世の美の観念といえば、プロポーションの概念と同時に、明瞭さや明るさの概念に支配されていた。映画やロールプレイングゲームは、比喩表現どころではなくむしろ闇夜の暗い色や暗黒の影といった表現によって「闇の」世紀としての中世イメージを助長しているが、これほどの誤りはない。たしかに、中世の人びとは森や、城の通廊や、せいぜい暖炉の明かりがあるだけの狭苦しい部屋などの暗い環境に暮らしていた。しかし人びとが早く眠りにつき、夜(ロマン主義者たちにはお好みの)より昼に暮らし慣れていたことは別にしてもなお、中世とはきらびやかな時代なのだ。

詩人たちの表現には、こうしたきらめく色彩の感覚がみられるものだ。たとえば、草は緑色、赤い血、純白の乳。あるいはグイド・グイニツェッリに言わせれば美しい女性は「洋紅色した雪のおもて」をしている(さらに、のちのペトラルカに言わせれば「明るく、さわやかな、あまい水」)。なにより、ダンテの『神曲 天国篇』に煌々ときらめく光のイメージを忘れてはなるまい。興味深いことに、その光のイメージは一九世紀の芸術家ギュスターヴ・ドレによって至高の輝きに表現されたのだ。あの光輝や炎の渦、明かりや太陽を、「光がさしそめた地平線のように」(『天国篇』第一四歌、六九行)きらめきはじめた光明を、純白の薔薇を『天国篇』にきらめくあの真っ赤な花を、ドレは視覚化しようと試みたのだ(試みたところで、とうてい不可能なことだったが)。天国篇では、神のイメージすらも火の恍惚状態として描き出される(『天国篇』第三三歌、一一五〜一二〇行)。

至高の光の深く明るい実体のなかに
三色で同じ幅の

ポール・ド・ランブール（推定）「リオンの伯宮からのぞむ音楽家と貴族たちの騎馬行進　八月」『ベリー公の豪華時禱書』所収　15世紀　シャンティイ　コンデ美術館蔵

三つの環《わ》が現れた。
虹《にじ》のふたつの輪のように、第一の環は第二の環に
映って見え、第三の環はそのふたつからひとしく
発する火のように見えた。

中世に優勢だったのは光の宇宙論だ。九世紀にはすでにヨハネス・スコトゥス・エリウゲナの著作(『天上位階論への注釈I』)に以下のように言われている。

この世の世界製造所は、ひとつの壮大な光である。光は無数の部分、つまり無数の明かりから成り、それにより観念的な事物の純粋な姿をあらわにし、またそれらを精神の眼で明察する。神の恩寵と理性の助けにより敬虔な賢人たちの中心で協同するのだ。それゆえ神学者が神を光の父とよぶのはもっともだ。なぜなら神は万物の源であり、万物のために万物のうちに姿を現す。そして神はみずからの英知の光のうちに、万物を融合し万物を創造する。

一二世紀から一三世紀をまたいでロバート・グロステストが提唱した光の宇宙論にまとめられた宇宙イメージでは、宇宙は光るエネルギーの唯一の流出により形成されたもので、光るエネルギーは美と実在の源であるという。まさにビッグ・バンを思わせるものだ。その唯一の光から段階的な稀化や濃化を経て、天体や各元素の自然領域が派生し、その結果色彩の無限のグラデーションとものの体積が生まれる。ボナヴェントゥーラ・ダ・バニョレージョ(「命題集註解」II、一二‐一/一三‐二)に言わせれば、光とは天空のものであれ地上のものであれ、個々の実体のうちに見いだされる共通の

本質だ。その光は実体の本質的な形態でもあり、実体はより現実的で確たる存在であればあるほど、ますます光となるという。

地獄の火

火は空にあって光り輝きわたしたちを照らすものだとしても、しかし同時に大地の奥底から流出し、死の種を蒔くものでもある。それゆえ原始から火は冥界と結びつけられてきた。

たとえば『ヨブ記』では、レビヤタンの口から「火炎が噴き出し／火の粉が飛び散る」(第四一章一一節)、「喉は燃える炭火／口からは炎が吹き出る」(第四一章一三節)。『ヨハネの黙示録』では、第七の封印が開かれると、突然雹《ひょう》と火が地上を荒らし、底なしの淵の穴が開かれ、そこから煙といなごの群れが現れ、ユーフラテス川につながれていた四人の天使が解き放たれると、火の胸当てをつけた無数の騎兵たちとともに動きだす。それから大天使が再来し、白い雲の上に鎮座した神が現れ、太陽は生き残っていた人間たちを火で焼いた。そしてハルマゲドンののち、獣は偽預言者とともに硫黄の燃える火の池に投げ込まれる。

福音書では、罪人たちはゲヘナの火に焼かれ裁きを受ける(『マタイによる福音書』第一三章四〇〜四二節)。

毒麦が集められて火で焼かれるように、世の終わりにもそうなるのだ。人の子は天使たちを遣わし、つまずきとなるものすべてと不法を行う者どもを自分の国から集めさせ、燃え盛る炉のなかに投げ込ませるのである。かれらは、そこで泣きわめいて歯ぎしりするだろう。

意外なことに、ダンテの地獄には想像されるほどには火が描かれていない。詩人ダンテがいく種もの処刑方法を想像することに心血を注いでいるからだ。それでもこれだけ例を挙げることはできる。火を吐く墓に横たわる異端者たち、煮えたぎる血の川での熱湯責め、火の雨に打たれる神を罵倒した者、男色者、高利貸し、上下逆さまに杙《くい》のように差し込まれ両足に火を点けられた聖職売買の徒、煮えたぎる瀝青《れきせい》のなかに漬けられている汚職収賄の徒たち……。

地獄の火はむしろバロック時代のテキストにこそ浸透している。ダンテの残酷さをも凌駕する、地獄を見るような拷問描写だ。というのも、芸術の霊感にあがなわれることがないわけだから。たとえば聖アルフォンソ・デ・リゴリの書にそれはみられる（『死への装置』一七五八、第二六）。

地獄に堕ちた者の意識をいっそう苦しめるのは地獄の火である（……）。地上においても焚刑《ふんけい》は最高刑にあたるが、われわれの知る火と地獄の火には大きな隔たりがある。聖アウグスティヌスが、われわれの火は絵に描かれたようなものだと述べているとおりだ（……）。ゆえに哀れな者は炉のなかの木片のごとく火に取り囲まれる。地獄に堕ちた者は足元の無尽蔵の火、頭上の無尽蔵の火、周囲の無尽蔵の火に取り囲まれるだろう。手を触れ、目を開き、呼吸をしようものなら、かれが触れ、目にし、吸い込むのは火ばかりだ。火のなかのかれは水のなかの魚同然だろう。しかしこの火はかれを周囲から苛むばかりでなく、臓腑に入り込みかれを苦しめるだろう。かれの身体は火に包まれ、腹のうちにある臓腑、胸のうちにある心臓、頭のうちにある脳、血管のうちにある血、はては骨の髄まですべて焼き尽くされるだろう。地獄に堕ちた者はひとりひとりが炎を上げる炉と化すことだろう。

カトリーヌ・ド・クレーヴの親方「地獄、口からの魂の解放」部分　『カトリーヌ・ド・クレーヴの時禱書』MS M. 917/945 f. 107r　1440頃　ニューヨーク　モルガン図書館蔵

あるいはエルコレ・マッティオリの『挿絵入祈禱書』（一六九四）をみてみよう。

最たる奇跡といえるのは、火のみが巧妙に含有するものがあることだろう。偉大な神学者たち曰く、それは氷の冷たさ、茨の刺、鉄の刺、毒蛇の胆汁、蝮《まむし》の毒、あらゆる獣の残忍さ、あらゆる元素と星々の悪事だという（……）。しかし大いなる奇跡、火の美徳といえるのは、かの火には、ひとつの種でありながら、もっとも深い罪を犯した者をもっとも苦しめるよう見分ける能力のあることだ。テルトゥリアヌスが「知恵ある火」とよび、エウゼビオ・エミゼノが「主である火」とよんだのも、火は処刑の程度と種類を、犯した過ちの程度と種類に等しくさせなければならないからだ（……）、火には罪人たちひとりひとりを見極めるに十分な分別の才と十分な認識があるようなもので、非情なまでの残忍さ加減を見せつけるだろう。

さらには、ファティマ第三の秘密の啓示について、羊飼いの少女だった修道女ルシア(3)の証言をみてみよう。

秘密は三つあります。そのうちふたつをお話ししましょう。ひとつ目は地獄の光景です。マリア様はわたしたちに広大な火の海をお見せになりました。それは地の底にあるようでした。サタンたちと魂たちが火のなかに沈められていました。まるで、透きとおるほどに燃えて黒や青銅色の人のかたちをした炭火が、燃える火のなかに漂っているかのようでした。たくさんの煙の塊と一緒にかれら自身の内側から放たれた炎に吹き上げられていました。炎はあちこちから降り注ぎ、まるで大火災で四方八方から降り注ぐ火の粉みたいでした。重さも平衡感覚もありませんでした。苦しみと絶望の阿鼻叫喚は恐怖に戦慄させるのに十分なほどでした。サタンたちははっきりそれと見分けられました。透きとおっていて黒く、見たことのないほど恐ろしいけだものの、おぞましく気持ちの悪いかたちをしていたからです。

錬金術の火

神聖な火と地獄の火の道の半ばにあるのは、錬金術により生じる火だ。火と坩堝《るつぼ》は錬金術の作業に不可欠であるようだ。錬金術が目的とするのは、第一質料をもとにそこからしかるべき調合を経て賢者の石をつくり出すことであり、賢者の石は変成をもたらす。つまり卑金属を金属に変えることができるのだ。

第一質料の調合は三段階を経て行われ、段階的に物質が帯びる色ごとに、黒の作業、白の作業、赤の作業と区分されている。黒の作業には物質の煆焼《かしょう》（すなわち火が介入する）と腐敗が想定され、白の作業は昇華と蒸留の過程であり、赤の作業は最終段階だ（赤は太陽の色であり、太陽はしばしば金を表し、その逆もまたしかり）。調合に必要となる装置は、アタノールとよばれる密閉された炉であり、あるいは蒸留器、鉢、乳鉢や、そのほか象徴的な名をもつ、哲学者の卵、母胎、婚礼の間、ペリカン、球、墓などといった道具も用いられた。基本的な元素は硫黄、水銀、塩である。しかし、これまでに工程が明らかになったことはない。錬金術師たちの言語は、以下の三原則に準拠しているためだ。

一　技術の対象は言うに言われぬ機密事項であり、奥義のなかの奥義である。よって、どんな表現もそのまま読み取れることはまったく述べておらず、どんな記号解釈も決定的解釈にはなりえない。奥義はそこにはないのだから。「哀れな愚か者よ！　もっとも偉大でもっとも重要な奥義を公然と教えてもらえると思い込んでいるとはなんとお目出度いこと。忠告しておこう。ヘルメス哲学者たちが書くことを、時計回り、字義どおりに言葉を追って説明しようと試みる者は、複雑に入り組んだ迷宮に閉じ込められ、出口へ導く解決の糸口を見つけられはしないだろう」(『古代哲学者アルテフィウスの秘伝書』一一五〇頃)。

二　たとえば金、銀、水銀といった一般的な物質について述べている場合は、違うものを指している。それは哲学者たちの金や水銀であって一般的なそれとは無関係のものである。

三　いかなる弁論も言われているとおりのことを言っていないとすれば、反対にあらゆる弁論がつねにその奥義について言っていることになる。『哲学者の群れ』(一三世紀)に曰く、「われわれはみな述べることについてはすべて同意していることを心得ておくように。(……)ある者は別の者が隠したものに光を照らし、真に探す者はすべてを得る」。

さて錬金術の工程において、いつ火が介入するのだろうか。錬金術の火が消化や培養をつかさどる火に類似するのならば、黒の作業に介入することになるだろう。つまり、熱が、油性で粘着性がある金属の大元となる液体に接して、あるいはその上から伝わり、その素材に対して「〈黒化 nigredo〉」を起こす段階だ。ドン・ペルネティによる『ヘルメス神話辞典』(一七八七)を信頼するとすれば、以下のような記述がある。

これらの素材に熱が伝わると、素材はまず灰と、油性で粘着性のある水に変質する。水は鉢の先端で蒸発し、やがて露と雨となり底へふたたび降りてくる。そこに黒く油性のほとんどスープのようなものができる。それゆえ昇華と揮発、上昇と下降と説明された。水が凝固するとまず黒い瀝青のようになり、それゆえ悪臭の土とよばれた。かび臭や墓場や安置所の臭気を発するからでもある。

アタノールを描いた写本「錬金術師の炉」 17世紀 ドゥフツォフ チェコ共和国 ヴァルトシュタイン邸

ダフィット・テニールス（子）「錬金術師」17 世紀　バイヨンヌ　ボナ美術館蔵

しかし、これらの書物には、蒸留、昇華、石灰化、消化、あるいは煆焼、反射、溶解、降下、そして凝固といった用語が、同じ鉢のなかで、つまり物質の煆焼のうちに行われたひとつの同じ「作業」にすぎないという断言をみつけることができる。ペルネティは以下のように結論づける。

この「作業」を、いくつもの用語で表現された唯一のものだと考え認める必要がある。そうすれば以下の表現がつねに同じものを意味していることが理解されるだろう。蒸留器で蒸留する、身体から魂を分離させる、焼く、石灰化する、複数の元素を結合し、変成させる、それぞれに交換させる、変質させる、溶解する、生成する、受胎する、出産する、触れる、湿らせる、火で洗う、槌で叩く、黒化する、腐敗する、赤化する、昇華する、砕く、粉々にする、乳鉢で押しつぶす、大理石上で粉にする。そのほか多くの類似表現のすべてが、ひとえに同様の原理を介して暗赤色まで煆焼することを意味している。それゆえ鉢を動かして火からあげてしまわないように用心しなければいけない。もし物質が冷却されてしまえばすべてが水の泡になってしまうからだ。(「一般原則」二〇二〜二〇六頁)

それならば、いったいどの火が問題となっているのだろうか。なにしろ書物を記した著者たちが口ぐちに話す火とは、ペルシアの火、エジプトの火、インドの火、元素としての火、自然の火、人工の火、灰の火、砂の火、鑢《やすり》の火、溶解の火、炎の火、自然の猛威となる火、アルジルの火、窒素の火、天の火、腐食する火、物質の火、獅子の火、浄化の火、ドラゴンの火、堆肥の火など、際限がないのだ。

火は、はじまりから赤の作業まで絶えず炉を熱しつづける。それならば、錬金術の工程に現れる赤い物質を指す、メタファーとしての「火」という言い方はないのだろうか。ふたたびペルネティによれば、たしかに赤い石を指すよび名はいくつかあるという。赤ゴム、赤油、紅玉、硫酸塩、地獄の灰、赤体、果実、赤石、赤マグネシア、赤油、赤鋼玉、赤塩、赤硫黄、血、芥子、赤葡萄酒、赤硫酸塩、コチニール、それからやはり「火、自然の火」がある(「しるし」一八七~一八九頁)。

このように、錬金術師たちは火を研究しつづけていたのだ。そして、火は錬金術の根本にあるにもかかわらず、火こそ謎にみちた錬金術の神秘のひとつをなしている。さてわたしは火を生成したことがないし、この問題に答えを出すことはできないので、別の種類の火に話を移そう。もうひとつの錬金術である芸術の錬金術の火だ。そこでは火が新たな創造の道具となり、芸術家は神々の模倣者となる。

芸術の源としての火

プラトンは『プロタゴラス』にて、こう語る。

むかしむかし、神々だけがいて、死すべき者どもの種族はいなかった時代があった。(……)そしていよいよ、かれらを日の光のもとへつれ出そうとするとき、神々はプロメテウスとエピメテウスをよんで、これらの種族のそれぞれにふさわしい整備をととのえ、能力を分かちあたえてやるように命じた。しかしエピメテウスはプロメテウスにむかって、この能力分配の仕事を自分ひとりにまかせてくれるようにたのみ、「わたしが分配を終えたら、あなたがそれを検査してください」と言った。そして、このたのみを承知してもらったうえで、かれは分配をはじめたのである。

さて、分配にあたってエピメテウスは、ある種族には速さをあたえない代わりに強さを授け、他方力の弱いものたちには、速さを装備させた。また、あるものには武器をあたえ、あるものには生まれつき武器をもたない種族とした代わりに、身の保全のためにまた別の能力を工夫してやることにした。すなわち、そのなかで小さい姿をまとわせたものたちには、翼を使って逃げることができるようにしたり、地下のすみかをあたえたりしてやった。丈たかく姿を増大させたものたちには、この大きさそれ自体をかれらの保全の手段とすることにした。そして同じように公平を期しながら、ほかにもいろいろとこういう能力を分配したのである。(……)こうしてかれらのために、お互いどうしが滅ぼし合うことを避けるための手段をあたえると、今度は、かれらがゼウスのつかさどるもろもろの季節に容易に順応できるような工夫をしてやることにして、冬の寒さを十分に防ぐとともに、夏の暑さからも身を守ることのできる手段として、厚い毛とかたい皮とをかれらにまとわせ、またねぐらに入ったとき、同じこれらのものが、それぞれの身にそなわった自然の夜具ともなるように考慮してやった。さらに、履きものとしては、あるものには蹄《ひづめ》をあたえ、あるものには血の通わぬかたい皮膚をあたえた。それから今度は身を養う糧《かて》として、それぞれの種族にそれぞれ異なった食物を用意した。あるものには地から生ずる草をあたえ、あるものには樹々の果実を、あるものにはその根をあたえた。ほかの動物の肉を食物とすることをゆるされた種族もある。そしてこの種族に対しては、少しの子どもしか産むことをゆるさず、他方これらの餌食となって減っていくものたちには、多産の能力を賦与して種族保存の途《みち》をはかったのである。

さて、このエピメテウスはあまり賢明ではなかったので、うっかりしているうちに、もろもろの能力を動物たちのためにすっかり使い果たしてしまった。かれにはまだ人間の種族が、何の装備もあたえられないまま残されていたのである。かれはどうしたらよいかと、はたと当惑した。困っているところへプロメテウスが、分配を検査するためにやってきた。見ると、ほかの動物たちは万事がぐあいよくいっているのに、人間だけははだかのままで、履くものもなく、敷くものもなく武器もないままでいるではないか。(……)

　そこでプロメテウスは、人間のためにどのような保全の手段を見いだしてやったものか困りぬいたあげく、ついにヘパイストスとアテナのところから、技術的な知恵を火とともに盗み出して――というのは、火がなければ誰も技術知を獲得したり有効に使用したりできないからである――そのうえでこれを人間に贈った。

芸術は、火の獲得により誕生した。少なくともギリシア語の「技」の意味においてはそうであり、すなわち人間による自然支配を意味する。プラトンがレヴィ＝ストロースを読んでおらず、火を生成することで食物を加熱しはじめたとは言ってくれていないのが惜しいものだ。もとをただせば料理法とは芸術以外の何ものでもないわけで、料理はプラトンの言うテクネの概念のうちに含まれるのである。

火が芸術とどれほどかかわりが深いか、ベンヴェヌート・チェッリーニが『チェッリーニ自伝』(一五六七)に見事に語ってくれている。かれの作品「ペルセウス」を鋳造する手法を説明するのだが、ペルセウスを粘土で上張りし、弱火で蠟《ろう》を取りだすと、

　やがて蠟がわたしのつくった多くの通り孔から流れ出てきた。孔の数が多ければ多い程鋳型が隅ずみまで上手に仕上がる。そして蠟の取りだしを終えたあと、次にわたしのペルセウスの周りに一本の吹き流しをこさえた。すなわち袖のかたちになるようにレンガを互い違いに積み重ねて、

ヤン・コシエルス「火をはこぶプロメテウス」1637　マドリッド　プラド美術館蔵

火が楽に昇るように隙間をたくさんもうけた。次いで少しずつ薪をいれ、二昼夜のあいだ火をたやさなかった。その結果、鑞を残らず取りだし鋳型は申し分なく焼きあがったので、ただちにわたしの鋳型をそこに埋める穴掘りにかかった。すべて芸術の命じるままに良い方策にしたがった（……）。穴のまん真ん中にぶらさがるようにちょうどよく直立させたあと、静かに静かに穴の底までおろした（……）。鋳型を万全に固定し、各箇所に管を正しく配置することで鋳型を立てる方法を確認すると（……）わたしは窯に取り組んだ。わたしは窯にたくさんの銅の塊やら青銅のかけらやらを詰めこんでおいた。そして芸術が手本となるその手法どおりに、その金属類が互い違いに積み重なるように按配した。つまり、そうして持ち上げて重ねることで炎の通り道をつくった。こうすることで金属類が早く熱を帯びて溶けだし、液状に変化するようにした。そうしてわたしは威勢よく、その窯に火をつけるようにと言った。そしてさきの松の薪をくべると、松脂の油とわたしの窯が上出来なために、あまりに燃えすぎて（……）工房に飛び火したものだから、いつ上から屋根が落ちてくるかと気が気でならなかった。かたや菜園に直面した側からは空から雨と風が吹きつけられ、窯を冷やしてしまっていた。こうした無情な出来事と奮戦すること数時間、さしものわたしの筋金入りの肉体ももはやもちこたえられぬほどに疲労困憊《こんぱい》して、そのためおよそ考えられないようなひどい一日熱にかかり、床に臥せるのを余儀なくされた。

こうして、偶発的な火、人為的な火、身体の熱など、さまざまな概念を介してその彫刻はすがたを現したのだ。

火が神聖な元素であるにもかかわらず、同時に人が火を熾《おこ》す術を学び、それまでは神々の特権であったひとつの権限を掌握するにいたったのならば、祭殿を照らす火ですらも高慢な行為のひとつの結果だといえる。ギリシア文明は、高慢の含意をすぐさま火の征服に結びつけている。そして、興味深いことには、古典悲劇においてのみならず、その後の芸術においても、あらゆるプロメテウスの祝祭には、火の恩恵については火による懲罰ほどのこだわりがみられない。

顕現《エピファニー》の経験としての火

芸術家が自尊心と傲慢《ヒュブリス》をもって自分を神々と同等だと認め自覚し、そして芸術作品が神聖な創造の代替であるとみなすようになると、そのとき道が切り開かれる。退廃的感性をともなう美的経験と火との、また火と顕現《エピファニー》との同等化の道が開かれるのだ。

顕現《エピファニー》の概念（用語ではなく）は、ウォルター・ペイター『ルネサンス』の「結論」にはじめて現れた。その著名な「結論」がヘラクレイトスの引用からはじまるのも偶然ではない。事物とは力と諸元素の結合であり、生じてはやがて解体していく。そして外面的な経験のみが、力と諸元素を堅固で実質をあたえられた姿で遅れて存在するもののうちに示すのだ。「ただし思考が事物の側面にはたらきはじめるとき、それらは思考の影響を受けて分散し、結合力はまるで魔法にかかったように中断しているようにみえる」。すなわちわたしたちは、不安定でちらちらと揺れる矛盾した印象の世界にいる。習慣は途絶え、ありきたりの生活は無用になり、生活については、それを超えて個々の認識しうる瞬間が一瞬だけ残され、そして消えていく。

一瞬一瞬、なにがしかのかたちが手や顔に完璧に現れる。丘や海の色調はほかのものより洗練されている。われわれにとって、情熱あるいは洞察あるいは知的興奮を感じる状態は——その瞬間には——抗いようのないほど現実的で魅力的だ。

この恍惚状態を維持することが、「人生における成功」だろう。
万物がわれわれの足元で消滅していく一方で、われわれはさまざまなことを把握しうる。あらゆる洗練された情熱、水平線に光が昇ると同時にほんの一瞬精神を自由な状態にしてくれるような認識をもたらすあらゆるもの、あるいは感覚へのあらゆる刺戟、風変わりな色調、奇妙な色彩、そして変わった匂い、あるいは芸術家の手仕事あるいは親しい友の顔などだ。

美的恍惚や官能的恍惚は、デカダンス派の作家たちには光輝の意味として感受されている。しかし美的恍惚と火の観念をはじめに結びつけたのは、おそらくガブリエーレ・ダヌンツィオだろう。とはいえ、炎は美しいというもはや使い古された観念をただ凡庸にダヌンツィオと関係づけるつもりはもちろんない。火の経験としての美的恍惚は、まさしく『火』と題された小説に現れる。ヴェネツィアの美しさを前にステリオ・エッフレーナが火の経験をする場面だ。

その刹那、かれはあらゆることに身体を震わせた。眩しすぎる稲光などにも。祈りに満たされ膨らんだいくつものクーポラの頂に立つ十字架も、橋のアーチにうっすらと垂れ下がる塩の結晶も、すべてが崇高なる光の歓喜のうちに輝いた。歩哨が胸の奥から鋭い叫び声を発し不安のために嵐にうたれたかのように震えていると、もっとも高い塔から金色の天使が炎のように光輝きながらついに知らせをもたらした。そしてかれは現れた。まるで火の車に乗っているかのようにしつらえられた雲の上に現れ、背には緋色の衣をひいていた。

ダヌンツィオの『火』（一九〇〇）を愛読し影響を受けた人物はといえば、顕現《エピファニー》に関する至高の理論家ジェイムズ・ジョイスだ。「スティーヴンにとって顕現《エピファニー》とは、会話の最中やあるいはしぐさにおいて、あるいは記憶されるに値するような思いをめぐらすときの突然の精神的顕示であった」(『スティーヴン・ヒーロー』一九四四)。この経験は、炎のように輝く体験として繰り返しジョイスに現れてくる。『若い芸術家の肖像』(一九一六)には、「火」という単語が五九回、「炎」や「炎のように輝く」という単語は三五回現れる。ひいては、連想されるそのほかの「光輝」や「光彩」といった単語も多く繰り返されている。『火』では、フォスカリーナがステリオの言葉に耳を傾け「まるで鍛冶場のような熱気に惹き付けられた」ように感じる。スティーヴン・ディーダラスにとっては美的恍惚はつねに輝きの顕示として現れ、太陽の隠喩として表現される。ステリオ・エッフレーナにとっても同様だ。ふたつの断片を少々比較してみよう。

ダヌンツィオ『火』より。

船は全力で方向転換した。不意に奇跡が起きた。朝陽がはためく帆を突き抜け、サン・マルコ大聖堂やサン・ジョルジョ・マッジョーレ聖堂の鐘楼の先端に高々と聳える天使たちを煌々と照らし、幸運の女神の球体を燃え上がらせ、サン・マルコ大聖堂にはその輝きで五つの司教冠を授けた。(……)奇跡を讃えよ! 権力と自由の人智を超えた感覚に若者は胸をふくらませた。まるで風が帆をふくらませ姿を変えたように。かれは帆の緋色の光彩につつまれて、まるで自分の血が放つ緋色の光彩につつまれているかのように佇んだ。

ジョイス『若い芸術家の肖像』より。

かれの思索は懐疑と自己不信の辺獄《リンボ》そのものだった。あちこちに直観のひらめきが光ることはあるが、そのひらめきはあまりにあざやかな輝きを放ち、その瞬間、世界は火に呑み込まれるかのようにかれの足元に消滅していった。するとかれの舌は重くなり、目は誰かの目と合うことがあってもなにも反応しなかった。美の精神がマントのようにかれを包んでくれているように感じられたからだ。

再生の火

ヘラクレイトスによれば世界が時代ごとに火を介して再生することは、すでに確認した。火にかんしては、どうやらエンペドクレスのほうが精通していたようだ。みずからを神格化するためか、あるいは神格化したと弟子たちに見せつけるためか、かれはエトナ山に投身した（といわれている）。この最期の浄化すなわち火のなかに消滅するという選択は、いつの時代も詩人たちを魅了してきた。ヘルダーリンを思い起こせば十分だろう（『エンペドクレスの死』一七九八）。

ウィリアム・ターナー「ホテル・ヨーロッパからのぞむ夜明けのヴェネツィアとサン・マルコ大聖堂の鐘楼」 1840頃　ロンドン　テート・ギャラリー蔵

おまえには分からないのか？　わたしの人生の
輝かしいときが今日ふたたび訪れる
そしてもっと美しいことが
いま起ころうとしている。さあいこう、息子よ、
古くて聖なるエトナの山頂へ登ろう
神々は高みにこそ姿を現されるのだから。
今日こそわたしはこの眼で
そこから川や島々や海を眺めたい。
日没には太陽の光がわたしを祝福するだろう
金色の海にたゆたいながら
まばゆく力を湛え、かつてわたしが
まっさきに愛したままに。そして永遠の星々が
わたしたちの周りに静かに輝くだろう。かたや大地の灼熱は
山々の底から高みへと立ち昇り、
すべてを動かす霊であるエーテルがやさしく
わたしたちを撫でるだろう。おお、そのときには……

いずれにせよヘラクレイトスとエンペドクレスのあいだには、火のもうひとつの姿が描き出される。創造者となる元素としてだけでなく、同時に破壊者と再生者にもなる元素としての火だ。歴史家たちはエクピロシスを宇宙の大火（または火事や世界の終わり）として説いた。あらゆるものは火から生

まれたがゆえに、エクピロシスによってそれぞれの生活史の最後には火に還るという。エクピロシスの概念それ自体は、火による浄化が人間の計画と所業により達成されうるとまでは暗示していない。しかし当然ながら火に起因する多くの犠牲の背景には、ある概念が見つけられる。火は破壊という行為とともに、浄化し再生するという概念である。まさにここから焚刑の神聖化が生じるのだ。

何世紀も前には焚刑が多く行われていた。中世の異端裁判だけでなく、少なくとも一八世紀までつづいた近代の魔女狩りの焚刑にまで及ぶ。ダヌンツィオ流の耽美主義だけが、ミラ・ディ・コドラ[4]に炎は美しいと言わしめたのだ。多くの異端者を罰した火刑はそれは恐ろしいものだった。そのほかの拷問も加えられたのだから。ドルチーノ修道士に対する処刑描写（『異端派指導者ドルチーノ修道士の物語』一三世紀）が十分にそれを物語る。ドルチーノ修道士は妻マルゲリータとともに「世俗の腕」へ引き渡された。街の鐘がそこかしこで打ち鳴らされるなか、ドルチーノ修道士と妻は台車に乗せられ刑吏に取り囲まれた。それに付きしたがう兵たちは街中に割拠し、区画ごとに、赤く燃える鋏《やっとこ》で罪人たちの身が切り裂かれていた。マルゲリータが先に、ドルチーノの目の前で焼かれた。そのときドルチーノは顔の筋肉ひとつ動かさず、鋏で手足を挟まれているときすらうめき声ひとつ発することはなかった。台車はなおも引き回され、刑吏たちが燃えさかる松明でいっぱいになった甕に鉄を突き刺しつづけた。ドルチーノはさらに別の拷問にも耐え、それでもけっして言葉を発することはなかった。ただ、鼻を切断されてわずかに肩に力が入ったときと、性器を引きちぎられてその瞬間ウウウと長く息を吐いたときを除いては。最後の言葉は悔悛の意志がないことを伝え、三日後には甦ると予告した。そしてドルチーノは焼かれ、灰は風に飛ばされ消えていった。

あらゆる時代、民族、宗教の異端審問官にとって、火が浄化するのは人間の罪ばかりではなく、書物の罪もまたその対象となった。あまたの焚書の歴史のなかでは、怠慢によって行われたものもあれば無学によるものもあり、さらにはナチスによる焚書の例のように、退廃芸術の証拠となるものを浄

ヴァンサン・ド・ボーヴェによる細密画「アルビ派の書物を焼く聖ドミニコ」 写本『歴史の鑑』所収 15世紀 シャンティイ コンデ美術館蔵

化し排除する目的によるものもある。

あるいは、余計な気遣いをした友人たちは、道徳的精神衛生的理由からドン・キホーテの騎士道物語の蔵書を燃やしてしまう。エリアス・カネッティの『眩暈《めまい》』(一九三五)でも蔵書が燃えるが、それはエンペドクレスの献身を思わせる焚刑だ(「ついに炎がかれに達すると力強く笑った、まるで生涯一度も笑ったことがなかったかのように」)。レイ・ブラッドベリの『華氏451度』(一九五三)でも禁書が焼かれる。そして、宿命とはいえ独自の検閲がもとで燃えてしまうわたしの『薔薇の名前』(一九八〇)の修道院の文書館もある。

フェルナンド・バエスは『書物破棄の世界史』(二〇〇四)のなかで、どのような理由から火が書物を破壊する主要素となりえたかを問う。そして以下のように答える。


火は救済的な元素であり、そのため、ほとんどすべての宗教がそれぞれの神の栄光を讃えるために火を利用している。生命を庇護するこの力は同時に、破壊者としての力でもあることを思い起こしておかなければなるまい。火を使い破壊することで人間は神を演じる。火を介して生と死の主なる神を演じるのだ。そうすることで清めの太陽崇拝と同一化し、ほぼ必ず炎上により引き起こされる破壊神話とも同一化する。火を利用する理由は明確だ。火はひとつの業の精神を、たんなる物質へと転換してしまえるからだ。

現代のエクピロシス

あらゆる戦争のエピソードにおいて、火は破壊者となる。たとえば伝説的なまた伝説化された、ビザンチン帝国のギリシア火（いうならば軍事機密であろう。この点について扱ったルイジ・マレルバの小説『ギリシア火』一九九〇がある）。あるいは、ベルトルト・シュヴァルツ（黒のベルトルト）による偶然の火薬の発見。かれは自分自身の処罰となるエクピロシスのさなかに絶命する。火は、戦中では二重スパイをはたらく者への刑罰であり、さらには「ファイアー」とは銃殺を命じるかけ声なのだから、まるで生命の源を祈願すると同時に死のエピローグを加速させるかのようだ。しかしおそらく人類をもっとも震撼させた戦争の火とは、――それも全人類だ、地球の一部に起きていることをはじめて地球全体に知らしめたのだから――原子爆弾の爆発だった。

長崎上空に原爆を投下したパイロットのひとりは、こう書き残している。「突如、幾千もの太陽の光が操縦席を照らした。サングラスをかけていたのに、二秒間は目を開くことができなかった」。『バガヴァッド・ギーター』にうたわれるところでは「幾千の太陽の光が突然空に輝くならば、それは偉大なる神の光彩であろう（……）。われは死神となった。世界の破壊者となった」。この一節は、ひとつ目の原爆投下後、物理学者ロバート・オッペンハイマーの心に浮かんだのだった。

これらのことを踏まえ、わたしたちはいよいよこの話の幕切れへ近づきつつある。あるいはより理性的な時空間でいうなら、地球上に生きる人類の冒険物語の幕切れへと、さもなくば宇宙空間での地球の冒険物語の幕切れへと近づきつつある。というのもいま、かつてないほどに三つの元素が危険に晒されているのだ。空気は大気汚染と二酸化炭素に殺され、水はかたや悪臭に悩まされ、他方で不足する一方だ。火だけが勝利を収めつつある。熱となって大地を乾かし、四季を壊し、氷を溶かし、そして海が大地を呑み込むだろう。自覚もないままにわたしたちははじめて本物のエクピロシスへと歩みを進めている。ブッシュと中国が京都議定書を拒絶しているあいだに、わたしたちは火による死へと歩みを進めている。そして、わたしたちのホロコーストが済んだのち、世界が再生するかどうかなど、わたしたちは気にかけてなどいないのだ。なぜなら、それはもうわたしたちの世界ではないのだから。

仏陀が「燃火の教え」に説いていた。

比丘《びく》たちよ！　すべてが燃えている！　何が燃えているのだ。視力が燃えている、ああ比丘たちよ、かたちも色も燃えている。視覚意識が燃えている。視覚に触れるものが、ありとあらゆる感覚が目でものに触れることによって湧きいでる――その知覚が心地よかろうが、不快なものであろうが、あるいは中庸であろうが――それもまた燃えている。何によって燃えているのだ？　執着の火によって燃えている（……）。すなわち、誕生、老齢、死、苦悩、不平、不快、不安、失意のために燃えているのだ。聴覚が燃えている。音が燃えている。（……）嗅覚が燃えている。匂いが燃えている。（……）味覚が、ああ比丘たちよ、燃えている。味が燃えている。（……）触覚が、ああ比丘たちよ、燃えている（……）。意識が、ああ比丘たちよ、燃えている。（……）ああ比丘たちよ、これらすべてを目撃し、教えを体得した優れた弟子は無事に意識を取り戻すのだ。視界、かたち、色の（……）聴覚、音の意識を。かれは無事に嗅覚の意識を取り戻した（……）、舌でものに触れることによって湧きいでるありとあらゆる感覚も取り戻した。それが心地よかろうが、不快なものであろうが、あるいは中庸であろうが。

けれど人類は、匂い、味、音、触れる悦びへの執着を放棄することはなかった（部分的にはあったとしても）。そして、摩擦から火を熾すことへの執着も。おそらく人類は、火の生成を神々に任せてしまうべきだったのだ。神々ならば、わたしたちに火を輝きのかたちで適切なときにだけあたえてくれただろうから。

（ミラネジアーナ　二〇〇八、四大《しだい》）

（1）一八八四〜一九六二。フランスの哲学者・科学哲学者。

（2）三世紀前半頃のギリシアの哲学史家。

（3）一九〇七〜二〇〇五。ポルトガルのファティマで一九一七年に起きた聖母出現の目撃者のひとり、のちにカルメル会の修道女となる。聖母が三人の子どもたちに残した予言のうち、第一の予言は第一次世界大戦の終結を、第二の予言は帝政ロシアの崩壊と共産主義の台頭を告げており、第三の予言は教皇庁によって長年封印されてきたが、二〇〇〇年五月、ヨハネ・パウロ二世の意向により正式に公開された。

（4）ダヌンツィオ『イオリオの娘』（一九〇四）の登場人物。

見えないもの

アンナ・カレーニナがベーカー街に住んでいたというのはなぜ偽りなのか

ここまでさまざまなメディア、そして多くの画像《イメージ》を用いて設定されたテーマ——絶対、醜さ、火など——について話してきたが、今回のテーマは「見えないもの」である。さてどうすれば見えないものを見せることができるだろうか。

そこで、ある不思議な実体をわたしたちがどう見ているかについて話すこととしよう。その実体は、この表現が木や人間のように文字どおり自然からつくられたものを指すかぎりは、「自然の」ものではない。しかしそれはわたしたちのなかで生きていて、わたしたちはその実体について話すときに、さも実在するかのように話す。小説の登場人物、あるいはフィクションの存在、架空の存在とよばれる者たちのことだ。

小説の登場人物は創作されたものであり、常識的に考えれば実在しないばかりか（存在しないものは見られることがない）、目に見えない。イメージではなく言葉で表現されるうえに、身体的な詳細までは描写されないこともしばしばあるからだ。

にもかかわらず小説の登場人物は存在している。自分たちを世に出した小説の外になにがしかの方法で存在し、さらには生き返ることもある。あらゆるジャンルの無数のイメージを介して生き返るのだ。そういうわけで、多くの見えない者たちのイメージを頼りにしていこうと思うが、単純なレトリックの策略では済まないだろう。架空の登場人物のなかには、はっきりと見える者になった人物もいるのだ。生まれた場所であるテクストの外で、わたしたち読者に授けられたさまざまな表象を介して見える者になったのだ。テクストから生まれた登場人物にとって、テクストから離れて生きるとはいかなる意味をもつのだろう。この考察はなかなか大変な問題だ。

トルストイは、アンナ・カレーニナの容姿について、美しく魅力的であること以外に多くを語らない。注意して読んでみよう。

ヴロンスキーは（……）どうしてももう一度その女性に目をやりたくなった。彼女のとくべつな美しさのためでもなければ、その姿の醸《かも》し出《だ》す優美さや控えめな品の良さのためでもなく、自分の脇を通りぬけたときの魅力的な表情にどこかやさしい愛情のようなものをみてとったからだった（……）。彼女のきらきらとした灰色の瞳は濃い睫毛の下で黒っぽく見えた。その瞳はまるでかれを前から知っているかのようにふっとかれの顔にそそがれ、親しげな雰囲気をたたえた（……）。

アンナには毎日会っていて憧れていたキティは、アンナといえばいつも藤色のドレス姿を想像していた。ところがこのとき黒のドレス姿のアンナを見て、自分が彼女の美しさを分かりきっていなかったことを思い知った。まったく新しく予想だにしない姿に見えたのだ。このときになってはじめて、キティはアンナが藤色のドレスなど着て来るはずはなかったことを理解した。アンナの魅力はドレスから溢れ出すほどで、彼女が身にまとうドレスには目がいかなくなってしまう。だから高級レースに飾られた黒いドレスも目につかないほどで、ドレスはただの額縁にすぎず、アンナはそこから躍り出てくるようだった。その姿はただ自然で、優美で、また華やかで活き活きとしていた。
（……）そのシンプルな黒いドレス姿のアンナは魅惑的で、ブレスレットをはめた豊満な腕も、真珠のネックレスをつけたしっかりとした首もまた魅惑的なら、おだんごに結った髪のほどけた様子も魅惑的で、小ぶりで上品な足と手の軽やかな仕草も、生気に溢れた素敵な顔も魅惑的だった。しかし、その魅力にはどこか恐ろしく冷たいものも含まれていた。

この描写は、ソフィア・ローレンにも、ニコール・キッドマンにも、ミシェル・オバマにも、カーラ・ブルーニにもあてはめられるだろう。これまでにいったい何人のカレーニナを伝統は授けてくれたことだろうか。

見えないもののはずが、これはたいした事実の証言である。

一八六〇年、アレクサンドル・デュマはガリバルディのシチリア遠征に加わる航海の途中で、マルセイユに立ち寄り、イフ城を訪れた。かれの小説のエドモン・ダンテスがモンテ・クリスト伯爵になる前に一四年間、囚人として過ごし、またファリア神父が独房にかれを訪ねて来た場所だ。デュマは滞在中にあることに気づいた。観光客はモンテ・クリスト伯の独房を見物していたが、ガイドはモンテ・クリスト伯やファリア神父のことを歴史上の人物として語り、この城にオノーレ・ミラボーのような実在の人物が投獄されていたことにはまるで触れていなかった。

デュマは回想録のなかでこう述べている。「歴史上の登場人物を殺してしまうような登場人物を生み出すことは、小説家の特権である。歴史家はたんに幽霊をよび出すだけなのに対して、小説家は血と肉でできた人間をつくりだすのだ」

ローマン・インガルデン(1)によれば、存在論的観点からみて、架空の登場人物は〈未確定な〉存在である。つまりわたしたちは登場人物の特性をわずかしか知らない。一方で実在の人物は〈完全に確定

ジョルジョ・デ・キリコ「不安をあたえるミューズたち」1916　個人蔵

ベイジル・ラスボーン、グレタ・ガルボ、フレドリック・マーチ　クラレンス・ブラウン監督の映画『アンナ・カレニナ』1935

された存在〉であるという。わたしたちは実在の人物について個々の違いを説明できるというわけだ。インガルデンは謬《あやま》っている。実際には特定の人間のすべての特性を並べ立てることなど誰にもできない。特性は潜在的に無限にあるものだ。一方、架空の人物の特性はその人物について語るテクストにより厳密に制限される。そしてテクストに言及される特性のみがその人物を認識するために信用できるものとなる。

実際、わたしはレンツォ・トラマリーノ[2]のことを自分の父親よりもはるかによく知っている。父のこととなると気づけないことがあるし、これからもずっと気づかずにいるだろう。父の人生には、わたしの知らないエピソードがどれだけあっただろう。一度も明かされることなく秘められていた考えがいくつあっただろう。隠されていた心配事、ことばにはならなかった不安や喜びがいくつあっただろう。こうして、デュマが述べていた歴史家と同じく、わたしもこの親愛なる亡霊について想像を巡らせつづけるばかりだ。それとは反対に、レンツォ・トラマリーノについてならわたしは知るべきことはすべて知っていて、マンゾーニがとくに書いてくれていないことは、わたしにとってもマンゾーニにとっても小説の登場人物としてのレンツォにとっても、取るに足らないことなのだ。

本当にそのとおりだろうか。想像したことが語られているのであって、現実世界でそれらのことが確認されることはないために小説の言説とはつねに虚偽だといえる。にもかかわらずわたしたちは小説の言説を嘘だとは思わないし、ホメロスのこともセルバンテスのことも嘘つきだと咎めたりはしない。わたしたちのよく心得ているように、物語テクストを読むときわたしたちは作者と暗黙の協定を結ぶ。作者は真実を語っているふりをし、わたしたちもそれを真面目に受け取るふりをしなければいけないという協定だ。まさしく、子どもたちが遊びながら「ぼくが泥棒できみが警察ね」と言うときに使うあの便利な虚偽の半過去と同じことだ。このとき、小説の言説ひとつひとつが可能世界を描きかたちづくる。そして真偽に関するわたしたちの判断は、現実世界ではなくその虚構の可能世界に依拠するようになる。したがってアーサー・コナン・ドイルの可能世界では、シャーロック・ホームズがスプーン・リバーという町に住んでいたというのは偽りになるし、トルストイの可能世界では、アンナ・カレーニナがベーカー街に住んでいたというのもやはり偽りになるだろう。

可能世界はひとつとはかぎらない。たとえば、わたし自身の願望の可能世界がある。もしも船が難破し、シャロン・ストーンと一緒にポリネシアにある無人島に漂着したらどうなるだろうと想像してみる。どの可能世界も本質的に〈不完全〉なものなので、舞台をつくる多くの要素を現実世界から選びとっている。つまりわたしのファンタジーの世界では、シャロン・ストーンとポリネシアにある無人島に漂着するなら、その島はまるで王冠のようにヤシの木が白い砂浜を囲っているだとか、わたしが現実世界に見つけられそうな島の姿になるだろう。

物語の可能世界も同じく、わたしたちの住む世界からかけ離れた世界を舞台にすることはない。おとぎ話でさえ、たとえ森の動物たちがおしゃべりをするとしても、森はやはりわたしたちの現実世界の森と同じだ。シャーロック・ホームズの物語はいまのロンドンあるいはかつてのロンドンを舞台に展開するのであって、もしワトスンが出し抜けにセント・ジェームズ・パークを横切り、ネフスキー大通りを曲がった先のドナウ川沿いにそびえるエッフェル塔へむかったら、わたしたちは困惑してしまうだろう。このような可能世界に語り手がわたしたちを引き入れることもできるだろうが、それならばわたしたちがそうと受け入れられるように物語に細工を仕込まなければならないだろう（たとえば時空間移動の現象などについて切り出すことで）。いずれにせよ、物語におもしろ味をあたえるには、エッフェル塔はやはりあのパリのエッフェル塔でなければならないだろう。

虚構世界は現実世界に対してときに明らかな矛盾をみせることがある。たとえばシェイクスピアは『冬物語』において、第三幕第三場はボヘミアの海に近い荒野が舞台になっているというが、現実世界ではスイスに海水浴場がないのと同じようにボヘミアに海岸はない。しかしわたしたちは、その可能世界にあるボヘミアは海に面しているとたやすく納得できる（あるいは信じるふりをする）。虚構の協定に署名する者とは、たいてい出されたものなら喜んでいただく人か、情報に通じていないかのいずれかだ。

物語の可能世界と現実世界の違いが明確になると、通常わたしたちは「アンナ・カレーニナは線路に身を投げ自殺した」という命題が真実ではないことを認める。同様に「アドルフ・ヒトラーはベルリンの地下壕で自殺した」という歴史的命題は真実であると認めている。

しかし、このような状況はどう説明できるだろう。歴史の試験で学生がヒトラーはコモ湖で銃殺されたと答えたら不合格にするだろうし、文学の試験で学生がアンナ・カレーニナはアレクセイ・カラマーゾフとシベリアに逃れたと答えても不合格にするだろう。

この問題は、記号論的な論理的用語をもとに容易に解決される。以下のように認識すればよい。〈アンナ・カレーニナは線路に身を投げ自殺した〉が真実だというのは、〈アンナ・カレーニナは線

ピーター・モーガン　デュマ『モンテ・クリスト伯』挿画　20世紀　個人蔵

映画『シャーロック・ホームズ』撮影のためにクリクルウッド（ロンドン）のストル・スタジオで行われたベーカー街復元作業記録写真 「イラストレイテッド・ロンドン・ニュース」（1921 年 8 月 6 日）掲載

路に身を投げ自殺したと現実世界でトルストイが書いたのは真実である〉ということを、手っ取り早く述べるための慣例的な言い方であるにすぎない。よって、トルストイとヒトラーが同じ世界に属しているのであって、ヒトラーとアンナ・カレーニナは同じ世界に属してはいない。

このように論理的説明をするなら、アンナ・カレーニナが自殺するというのは真実の〈言表 de dicto〉であり、ヒトラーが自殺したというのは真実の〈事象 de re〉だ。さらにいえば、アンナ・カレーニナの場合は表現の〈シニフィエ〉(記号内容)とは関係なく、〈シニフィアン〉(記号表現)にかかわる。より詳しく解説するなら、わたしたちは小説の登場人物について真実だと断言することができるが、それはベートーヴェンの交響曲第五番はハ短調であり(交響曲第六番のようなヘ長調ではない)、「ソ、ソ、ソ、ミのフラット」ではじまるのは真実だと言うのと同じことだ。楽譜にもとづく判断である。『アンナ・カレーニナ』の書き出しでは格言が述べられるが(「幸せな家族はどれもみな似たものだが、不幸な家族にはそれぞれの不幸のかたちがある」)、これは意見内容である。しかしそのすぐあとに事柄の叙述がつづく(「オブロンスキー家ではなにもかもがめちゃくちゃだった」)。この叙述に対して、わたしたちはオブロンスキー家ではなにもかもがめちゃくちゃだったというのが真実だろうかと問うことはしない。むしろ『アンナ・カレーニナ』と題された楽譜に本当に「オブロンスキー家ではなにもかもがめちゃくちゃだった」と書いてあるのだろうか、または同等のロシア語でそう書いてあるのかどうかと問わなければならない。

しかしこの解説も十分ではない。音楽の楽譜とは(無限にある解釈の問題は別として)、基礎的な説明書のようなもので、そこから特定の音の連なりが生みだされる。そして愉しみや美的評価といった真の問題や、交響曲第五番を聴き味わった感情などはあと付けにすぎない。同じように、『アンナ・カレーニナ』と題された小説の一ページ目に書かれていることは、オブロンスキー家のものごとの様子をわたしたちに想像させる。そしてまさにそのものごとの様子にもとづいて、わたしたちは真偽を判断しようとするのだ。なお厳密にはっきりさせるなら、たとえ『アンナ・カレーニナ』の冒頭に「オブロンスキー家ではなにもかもがめちゃくちゃだった」と書いてあるのが真実だとするとしても、オブロンスキー家ではなにもかもがめちゃくちゃだったのかどうかはまだ解決していない。それにトルストイの可能世界ではそれが真実である以上に、このような混乱がわたしたちにとっても、日々のこの現実世界において少なからず真実であるかについてもまだ解決していないのだ。

『聖書』と題された楽譜が〈Bereshit〉という言葉ではじまるのは真実だ。しかし、アブラハムが息子を生け贄にしようとしたと述べるとき（しばしばわたしたちはこの場面を寓意的、神秘的、道徳的に解釈しようとするものだ）、わたしたちはヘブライ語で書かれた原典の楽譜に言及しているわけではない（カインやアブラハムについて話している人の九九パーセントは知らないのだから）。またそのときわたしたちはこの書物のシニフィエについて話しているのであって、シニフィアンについて話しているのではない。シニフィエはほかの言葉やフレスコ画、映画など、原典の楽譜には記されていないものでも表現されうるのだ。

架空の人物について真に断言することが可能だとするなら、この問題は人物を表すのに使われた言葉の問題とはかかわりがない。みなさんの多くは子どものころにあのすばらしい「金の梯子」シリーズをお読みになったことだろう。文学の名作を短くした双書で、たいへん優れた作家たちが若者むけに書いたものだ。『アンナ・カレーニナ』はもちろん含まれていなかったが、この作品を子どもや若者むけに要約するのは難しいからだ。一方、『レ・ミゼラブル』や『キャピテン・フラカス』が含まれていた。このシリーズのおかげで、多くのイタリア人が、原典テクストである楽譜を一度も見たことがなくともジャン・バルジャンやシゴニャック男爵が誰かを知っているのだ。これらの人物は、いったいどのようにして、自分たちをつくった楽譜の外でもなおこれほど見事に生き延びられたのだろうか。

ヒトラーとアンナ・カレーニナが存在論的に異なる状態にあるふたつの異なる実体であることを合理的に否定できる者はいない。一方で、歴史についての命題もまたしばしば〈言表〉であると認めざるをえない。小説の登場人物についての命題と同じことだ。たとえば、現代史にかんして、学生がヒトラーはベルリンの地下壕で自殺したと書いても、それは直接の経験によって知っていることを述べているのではなく、自分たちの歴史の教科書にはそう書いてあるとただ認めているだけだ。

言い換えれば、自分の直接の経験による判断（いま雨が降っているなど）は別として、わたしのあらゆる判断はわたし自身の文化的知識を根拠になされるのであり、百科事典に記載されている情報にもとづいているのだ。その百科事典から、わたしは地球から太陽までの距離や、ヒトラーがベルリンの地下壕で死んだという事実を学んでいる。それが真実かどうかを量るにはわた

ジョセフ・ライト・オブ・ダービー「嵐」 ウィリアム・シェイクスピア『冬物語』第３幕第３場「熊に追われたアンティゴナス」より 1790 個人蔵

エミール・バヤール「パリの路地でマリウスを背負って運ぶジャン・バルジャン」 ヴィクトル・ユーゴー『レ・ミゼラブル』挿画　1862

しはその場に居合わせなかったので、百科事典の情報を信頼する。太陽についての情報にしても、ヒトラーについての情報にしても、わたしがそれらを専門とする研究者に委任したからだ。

　さらには百科事典にあるあらゆる真実は、どれも再検討の可能性に開かれている。わたしたちが学術的に開かれた意識をもっているなら、新たな資料がいつか発見されることへの心構えが必要だ。新たな資料によれば、ヒトラーは地下壕で死んでおらず、アルゼンチンに逃亡し、地下壕で発見された焼死体はかれのものではなく、自殺説はプロパガンダを目的としたロシア人の創作であると、あるいはそもそも地下壕など存在していないと明らかにされるかもしれない。事実、地下壕のあった場所にチャーチルが腰を下ろした写真があっても、その場所には疑いの余地があると主張する者もいるのだ。その一方で、アンナ・カレーニナが線路に身を投げ自殺したことに疑いの余地は絶対にない。

　架空の人物は、歴史上の人物に対してもうひとつ特権をもっている。史実としては、鉄仮面(3)やカスパー・ハウザー(4)の正体についてわたしたちはいまだに確信をもっていないし、アナスタシア・ニコラエヴナ・ロマノヴァがロシアの皇族一家もろとも殺されたのか、あるいは生き延びて魅力的な婚約者としてイングリッド・バーグマン（『追想』一九五六）に演じられるに至ったのかもたしかではない。それとは対照的に、アーサー・コナン・ドイルを読んでいるとき、シャーロック・ホームズがワトスンについて言及すれば、それはいつでもひとりの人物を指しているとわたしたちは確信しているし、ロンドンに同じ名前で同じ特性の人はひとりだけであることも、どの作品中でもその言及されている人物があの『緋色の研究』でスタンフォードという名の人からはじめてワトスンとよばれた人物であることも確信している。ドイルの未発表作品があり、そこには、ワトスンがアフガン戦争のさなかマイワンドの戦いで負傷しただとか医学の学士号をもっているなどと言っていたのは嘘だった、とドイルが書いている可能性だってある。しかし、たとえそうだとしても詐欺師として正体を暴かれる人物は、やはり『緋色の研究』でスタンフォードからワトスンとよばれたその人であることに変わりない。

架空の人物の強固なアイデンティティにまつわるこうした問題は非常に重要だ。二〇〇七年に出版されたフィリップ・ドゥマンクの小説『エマ・ボヴァリーの死にかんする再捜査』は、警察の捜査によって、ボヴァリー夫人がヒ素で自殺したのではなく殺害されたことが明かされていく物語である。愉快なゲームなのだが、おもしろ味があるのは、あくまでも読者がエマ・ボヴァリーは事実服毒自殺したと知っているからだ。覆しようのないこの事実を読者が知らなければ、反事実を愉しめやしないだろう。ユークロニア（歴史改変）とよばれる物語を読むときも、たとえばナポレオンがワーテルローの戦いに勝利したという物語を楽しむには、百科事典的に承認されている真実では反対に敗れていることを知っておかなければならない。

さて、だからこそいよいよ以下のことを強調することができる。ヒトラーとアンナ・カレーニナのあいだには疑いようのない存在論的差異があることはたしかに違いない。しかし、わたしたちが小説の命題に信頼を寄せ、それを引用し、日々の生活に結びつけて言及するさまを考えてみれば、わたしたちにとって反証されようのない絶対的真実が何であるかを明らかにするために、小説の命題はじつに必要不可欠なものだ。

ある命題が真実であるとはどういう意味かと尋ねられたら、アルフレッド・タルスキーによる定義「雪は白い」を用いて回答することができるだろう。「雪は白い」（言葉のシニフィアンとして、または対応命題として括弧つきで記される）という命題は、雪が白い場合、その場合にだけ、真実となる。雪がそうであるなら、わたしたちが雪をどう定義するかとは関係なくただそうであるのだ。しかし、この定義は論理学者を満足させられるとしても、一般の人たちを満足させることはできない。わたしなら、ひとつの命題は「スーパーマンはクラーク・ケントである（その逆もしかり）」という命題と同じくらい疑いようもないときに疑いなく真実である、と言うだろう。

ローマ教皇とダライ・ラマが、〈イエス・キリストは本当に神の子かどうか〉といった命題の真偽を長年かけて議論することは可能だが、良識あるおふたりならば（またこの話題に通じているとすれば）スーパーマンがクラーク・ケントと同一人物であるという事実には同意するだろう。よって、〈ヒトラーはベルリンの地下壕で自殺した〉ことが疑いようのない真実なのかどうかを知るには、〈スーパーマンはクラーク・ケントである〉のと同じだけ疑いようのない真実かどうかたしかめなければならない。

このように、小説の命題の認識論的機能は、あらゆる命題が反証不可能であることの検証に使用されるリトマス試験紙になりうる。

しかしながら、アンナ・カレーニナが自殺したのは真実である、と言って、トルストイの小説にはアンナ・カレーニナが自殺したと書いてある、と率直に言わないのは、どんな意味があるのだろう。明らかに、アンナ・カレーニナが自殺してしまうことに胸を痛めた人は、トルストイがアンナ・カレーニナが自殺してしまうと書いたことに胸を痛めた！　とは絶対に言わないからだろう。

さて、いよいよわたしがこうした問題に関心を抱きはじめた動機にかかわるところまでやって来た。以前、なぜわたしたちは小説の人物に起きる出来事に涙するのか（あるいは心を揺さぶられるのか）をテーマとするシンポジウムを開くよう、ある同僚から提案があった。わたしは、この件には心理学者が適任であり、かれらが投影と自己同一化のメカニズムにかんする研究をしているからと即答した。そしてこう付け加えた。結局のところ、誰か愛する人が死んでしまう夢を見たり、あるいは死んでしまったらと想像したりして、胸を痛め涙まで流してしまうことだってあるだろう。だとしたら、ラブ・ストーリーの主人公に起こる出来事を本当のことと捉えて胸を痛めたとしても不思議はないだろう。

さらにわたしは考えた。誰か愛する人が死んでしまったらと考えて胸を痛めた人が、しばらくしてそれが真実ではなかったと気づいたなら、もう涙は流さないし逆にほっとするものだ。一方、大勢の夢見る若者たちが、ウェルテルの自殺に涙したあと、自分たちも命を絶ってしまった。読む前であっても読んだあとであっても、ウェルテルが小説の登場人物であると理解していてもだ。このことは、若き読者たちがどこかの世界でウェルテルは本当に自殺したと考えつづけていることを表している。

　読者のみなさんは、スカーレット・オハラの不運に涙したことはないかもしれないが、王女メディアの不運に心を震わせることはなかったとはおっしゃらないだろう。わたしは、洗練された知識人たちが『シラノ・ド・ベルジュラック』[5]の最終場で人目を忍んで涙をぬぐうのを見たことがある。かれらは、なにもはじめてこの作品を観たわけではなかったし、結末を知らなかったわけでもない。なんならジェラール・ドパルデュー扮するシラノ[6]と、ジャン＝ポール・ベルモンド扮するシラノ[7]をただ比較するために劇場に来たのだった。ある感受性の強い友人が言っていたことが思い出される。「スクリーンに旗がひらめいているのを見ると、それだけで泣けるの。どこの国の旗かなんて関係ないのよ」

　すなわち、愛する人が亡くなったふりをすることと、アンナ・カレーニナやボヴァリー夫人が亡くなったふりをすることとのあいだには違いがある。前者の場合は、錯覚状態からすぐに抜け出ることができるが、後者の場合は、わたしたちはこの女性たちの不運についていつまでも真剣に話しつづけ、本に書き加えていくのだ。

　それはともかく、ここで数名のボヴァリー夫人をお見せしよう。少なくともこのふたりのうちひとりは小説と直接的な関係性がない。小説から飛び出し、ほかの表現媒体の住人となったようだ。この例では映画だが、本や漫画の表紙でもよかっただろう。さらには、プチブルジョワのボヴァリー夫人もいれば、なんというか大胆なボヴァリー夫人もいるし、はては料理本の広告塔を務めるボヴァリー夫人までいる。

　なぜみなさんにこれらのイメージをお見せするのか。議論を軽くするためだろうか。そうではない。

たくさんのボヴァリー夫人がフローベールのテクストから抜け出してそれぞれに異なるあり方で動いている（はじめての映画化でグレタ・ガルボが演じたあのアンナ・カレーニナは死ななかったことを思い出しておこう）という事実は、わたしたちがもはやフローベールの世界の登場人物について話しているのではなく、揺れ動く登場人物について話していることを意味する。

　小説の登場人物には、原作のテクストの外で生き延び、範囲を特定することも区切ることも難しい世界のどこかで動いているという特徴をもつ登場人物がたくさんいる。ときには、テクストからテクストへ移住してみせる者すらいる。小説や映画にみられる例では『ダルタニャンの息子』や『ピノッキオの冒険』がある。これらの登場人物はもはや原作のテクストには属していないのだ。また、芸術的名作の登場人物でなければ揺れ動く登場人物にはなれないというわけではない。この点については、別の場を設けて検証する必要があるだろう。たとえば、揺れ動く登場人物になった人物といえば、ハムレットやロビン・フッドもいれば、ガルガンチュワやタンタンもいるし、ヒースクリフ[8]、ミレディー[9]、リアポウルド・ブルーム[10]、スーパーマン、ファウスト、ポパイが挙げられる。しかし、シャルリュス男爵[11]や、グラン・モーヌ[12]、ステリオ・エッフレーナ[13]、アンドレア・スペレッリ[14]などは揺れ動く登場人物になっていないのだ。

　ある調査によれば、イギリス人の二五パーセントがウィンストン・チャーチルやガンジーやチャールズ・ディケンズがファンタジーの登場人物だと信じているらしい。おまけに、何パーセントだったか覚えていないがシャーロック・ホームズやエリナー・リグビー[15]が本当に存在したと信じているそうだ。揺れ動く登場人物になりうる理由は無限にあるものなのだ。ベンジャミン・ディズレーリは揺れ動かず、ウィンストン・チャーチルは揺れ動く。スカーレット・オハラは揺れ動くが、クレーヴの奥方は揺れ動かない（ニコラ・サルコジなぞは、これまでにラファイエット夫人の作品を読めたためしがないとたびたび明言している。ところが、わたしのフランス人の友人たちから聞いたところでは、

イーヴリン・ド・モーガン「メディア」1889　バーケンヘッド　ウィリアムソン・アート・ギャラリー蔵

そのおかげであの不幸せなクレーヴの奥方の運命も少々救われたのだとか。ならばと腹いせに『クレーヴの奥方』を読んだ人がたくさんいたというのだから)。

たくさんの登場人物が揺れ動く登場人物になると、多くの人びとがその人物のことを送り込んだものとのテクストを介してではなく、テクスト外部のアバターを介して知るようになる。「赤ずきん」を例に取ってみよう。ペロー版とグリム版には違いがある(ペロー版では、赤ずきんとおばあさんをよみがえらせる狩人が登場しない)。でも母親たちが子どもに語るときの揺れ動く物語は、グリム版の結末を取り入れてはいるもののふたつの混ぜ合わせであり、あるいはどちらとも違う物語にさえなっている。

三銃士も、もはやデュマの三銃士そのものではない。

ネロ・ウルフとアーチー・グッドウィンの物語の読者はみな、ウルフがマンハッタン西三五丁目の何番地かにある砂岩づくりの家に暮らしていることを知っている。実際には、著者レックス・スタウトは三五丁目のなかで地番を少なくとも一〇回は変えている。そもそも三五丁目に砂岩づくりの家は存在すらしない。ところが、あるときウルフのファンのあいだの暗黙の協定めいたものにより、正確な地番は四五四であるとみなを納得させた。そして一九九六年六月二二日、ニューヨーク市とウルフ・パックというクラブが西三五丁目四五四番に銘板を付け、そこにかの有名な砂岩づくりの家が建っていたと記念した。

王女メディア、ディド、ドン・キホーテ、モンテ・クリスト、またギャッツビーなどもまた、オリジナルの楽譜の外で生きる個人となった。そして楽譜を一度も読んだことのない人たちもかれらを知っているつもりになり、かれらについて正しい陳述ができると信じている。原作テクストから離れて彷徨《さまよ》っているうちに、混乱して誰が誰か分からなくなってしまった者もいる。フィリップ・マーロウ、(16)サム・スペード、(17)あるいは『カサブランカ』のリック・ブレインなどがいる(『カサブランカ』でいえば、当初はコメディー作品でタイトルは『みんながリックの店にやってくる』だった）。これらの人物は原作のテクストから独立した存在になり、ある意味ではわたしたちのあいだを動き回っている。したがって、しばしばわたしたちの立ち居ふるまいがかれらから影響を受けていることがあるし、ときにわたしたちがかれらを判断基準に使うこともある。たとえば誰か人のことをオイディプス・コンプレックスを抱えていると言ったり、ガルガンチュワのような大食いだ、オセロのように嫉妬深い、ハムレットのように疑い深い、臆病なドン・アッボンディオ[18]だなどと言ったりする。

したがって、アンナ・カレーニナが自殺したのは真実だと主張するとき、あるいはホームズはベーカー街に住んでいたと主張するとき、わたしたちはあるひとつの楽譜（あるひとりの作家が書いたもの）にもとづいて断言しているのではなく、ひとりの揺れ動く者について断言している。その人物の存在論的規定はいささか奇妙だ。というのもその人物は存在するはずがないのに、それにもかかわらずなにがしかの方法でわたしたちのあいだを動き回るうえに、わたしたちの思考を占領してしまうことすらできるのだ。

物理的なかたちとして存在せずに揺れ動くことはできるだろうか。必然的に物理的なかたちでは存在しないものなどあるだろうか。もちろんありうる。ひとつの実体について、思考がそこへむけられ立ち止まり、その実体の特性をいくつか断言できるときに、その実体を対象として定義すればよい。たとえばとある夫婦の例を考えてみよう。夫は歴史学の教授、妻は数学の教授だ。ユリウス・カエサルや直角三角形についてよく会話するのだが、ふたりとも女の子が欲しいと思っていた。

それゆえ毎日ユリウス・カエサルや直角三角形について話しはじめるのだが、子どもについても話していて、よくあるように名前はジェシカと、もちろんGで書きはじめるジェシカ（Gessica）と名付けたいと考えている。その子をどのように躾《しつ》けるか、なんのスポーツをさせるか、テレビの人気タレントになったらすごいなあなどとも話している。つまり夫婦が話の対象としているのは、以下のこ

マリア・カラス　ピエル・パオロ・パゾリーニ監督の映画『王女メディア』1969

とだ。(一)かつて物理的に存在したがもはや物理的には存在しない誰か(たとえばカエサル)、(二)概念上の対象ともいわれるなにか、また、プラトン的に概念の世界があると仮定するのでなければどこに存在しているのか釈然としないなにか、(三)物理的に存在することが期待されているが、まだ存在していない誰か(ジェシカ)。では、夫婦がこれらに加えてさらに自由だとか正義だとかについても話しはじめたらどうなるだろうか。

自由や正義は当然ながら思考の対象だが、カエサルともジェシカとも異なる。まず第一に、カエサルやジェシカほどには明確に定義されないからだ。文化や場所、時代、信仰などによって、人びとは相反する概念を抱いてきたものだ。そして第二に、自由や正義は概念であって個人ではないからだ。直角三角形のような概念もあるが、ただしこの場合は正義の概念よりも明確に定義されうる。

イザベル・ユペール　クロード・シャブロル監督の映画『ボヴァリー夫人』1991

ウンベルト・ブルネッレスキ　フローベール『ボヴァリー夫人』挿画　ジベール・ジューヌ書店出版　1953

小説の登場人物とは、カエサルのような、ジェシカ、直角三角形、あるいは自由と同様の実体を指すのだろうか。

小説の登場人物は、カエサル、ジェシカ、直角三角形、そして自由と共通点をもっている。これらすべてが、「記号対象」なのだ。「記号対象」とは、ある用語で表現される性質の総体といえる。あるいはひとつの文化においてみずからの百科事典に記録することで、相互合意によって認識されるもののことだ。記号対象にはさまざまなものがある。直角三角形、女性、猫、椅子、ミラノ、エベレスト山、イタリア共和国憲法第七条、馬そのもの。そしてこれら記号対象のなかには、固有名詞によって表されるものも含まれる。この意味では、記号対象となりうるのはユリウス・カエサル（もはやわたしたちにとって特性の総体としてのみ存在する）だけでなく、どこかに存在すると認められるかぎり、某マリオ・ロッシや某ジュゼッペ・ビアンキまでも含まれる。この場合は、事実とは関係なく物理的実体であり、また名前でよばれるときには特性の総体でもあるのだ（ジュゼッペ・ビアンキという人に一度も会ったことがなくても、人物像を明らかにすることは可能だ。かれがトンマーゾの息子でバルレッタに生まれ、いまは某銀行の出納係を務めていて某通りに暮らしている、などなど）。そして、固有名詞で示された特性のうちには、かつて存在した、または現在存在する特性があり、あるいは良質の百科事典には収録されている神話の人物か寓話の登場人物としての存在の特性も含まれる。ということはつまり、小説の登場人物もまた記号対象だといえるのだ。

そして多くの記号対象には、いわば未来永劫に定められた境界がある（たとえば、四角が四角であると認識されうるその特性は変化を被らないし、大摑みな概算も通用しない）。それ以外の記号対象は、定められた境界はあるが（たとえばふたつの国家の国境）、特性が失われたり加えられたりすることに耐えうる（イタリアはザダルやニースを取り上げられたが、やはりイタリアとして存続した）。これらにも当てはまらない多くの記号対象は、ひとつひとつ消滅していく。

たとえば、わたしたちはシェパードもチワワも犬として認識しうるが、それぞれいくつかの目立った特性を共有しているにすぎない。ここでは判断基準となる特性とだけ定義しておこう。ただし、同じことがたとえばミラノといった個体にもあてはめられる。でなければ、わたしのように一九四六年に、まだピレッリ・タワーもヴェラスカ・タワーもない半壊した姿ではじめてミラノを見た者にとっては、いまわたしたちの暮らすこのミラノを同じ街だと認識することは難しくなってしまう。同じことが歴史上の人物にもあてはまる。でなければ、「もしクレオパトラの鼻が低かったらローマの歴史は変わっていただろう」という主張が不可能になる（言い換えれば、わたしたちがイメージするクレオパトラから少しの特性を取り去ってしまっても、そのイメージのままにクレオパトラを本人だと認識することは可能だ。あるいは、ほかの反事実的状況を想像することもできる。たとえば、もしカエサルが三月一五日に暗殺されていなかったらどうなっていたか）。

　あるものを同一の種類や階層に属していると認め、したがってそのものだと同一視するために維持されるべき判断基準となる特性とは、いったい何を指すのか。この問題には議論の余地がある。いずれにせよひとつの特性が判断材料となりうるか、あるいは判断材料でありつづけるかどうかは、議論全体のコンテクストに左右されることを考慮しなければならないだろう。

　小説の登場人物は、揺れ動く記号対象である。なぜならいくつかの特性を失ったとしても、その人自身のアイデンティティは失わずにいられるからだ。事実、ダルタニャンといえば大衆的なイメージでは銃士だが、もちろん『三銃士』では護衛士にすぎない。もしボヴァリー夫人がフランスではなくイタリアに暮らしていたとしても、彼女をめぐる出来事にそう多くの違いはなかっただろう。ならば、ボヴァリー夫人を決定づける判断基準となる特性とはいったい何を指すのだろうか。それは、心の問題のためにみずから命を絶ったことだといえるかもしれない。ならば、ウディ・アレンの「クーゲルマスのお話」（邦訳題は「ボヴァリー夫人の恋人」）のようなパロディをなぜわたしたちは読めるのだろう。主人公がとあるタイムマシーンを使ってヨンヴィルからボヴァリー夫人をニューヨークに連れてきて、夫人がずっと夢見ていたすてきな暮らしをさせる話なのだから。ボヴァリー夫人が田舎のプチブルジョワでキッチュなものを好むことが、判断基準となる特性としてコンテクストのなかで強調されるからだろうか。実際のところこのパロディが機能するのは、主人公が、ボヴァリー夫人が自殺してしまう前に迎えに行くためだ。こうして自殺は、逆説的に否定されているにもかかわらず、やはりボヴァリー夫人だと認識されるためには不可欠で根本的な判断材料となる特性となる。さて、この点は強調しておきたい。のちほど、わたしたちが小説の登場人物に惹かれるのは、かれらの運命は変えようがないからだと確認しよう。もしナポレオンがワーテルローの戦いに勝利していたらどうなっていただろうと想像してみることはできるし、それはもちろん興味をひく反事実的演習になるだろう。ボヴァリー夫人が自殺せずいまもどこかでつつがなく幸せに暮らしています、なんて物語を想像してみることもできるが、それではおもしろ味に欠けるだろう。

　わたしたちはなぜ、小説の登場人物に心を動かされるのと同じように、記号対象にも心を揺さぶられることがあるのだろう。このように答えられるかもしれない。多くの人が正義や自由のために命を落とすこともあるのと同じ理由だと。しかし、アンナ・カレーニナに心を揺さぶられるのと、直角に心を揺さぶられるのとは違う（そんなことがありうるのはピタゴラスくらいだろう）。

　わたしたちがアンナ・カレーニナに心を揺さぶられるのは、あの物語の協定に署名したうえで、自分の世界であるかのようにしてその世界に生きているふりをしたからだ。そしてしばらくのあいだ（神秘的な忘我の域に入ってしまい、もちろんそうなるかどうかは物語の質次第なのだが）ふりをしていたことすら忘れてしまっていたのだ。それだけにとどまらず、いわばわたしたちはその世界には属していないために、すなわちとりわけ目立つ人物ではないために、権利を有している住人たちのなかからもっとも自分に共通しうる特徴をもっている誰かと自分自身を、とっさに置き換えようとしてみたのだ。

　小説の登場人物についてのこうした定義を受け入れてみれば、以下のことが分かってくる。神話に登場するあらゆる神や、小人、妖精、サンタクロース、さまざまな宗教にみられる実体、これらは記号対象である。宗教的な実体と妖精の比較など無神論を表明するにすぎないと考える人もいるだろう。しかし、どの宗教の信者にも、ここでひとつ頭のなかでの実験を提案したい。自分はカトリック信者であり、イエス・キリストは本当に神さまの息子であると信じていると想像してみよう。よいだろう。この場合、シヴァや大草原のグレートスピリット、ブラジルの民間信仰の神エシュはたんなる架空の人物である。では今度は、自分がヒンズー教徒であると信じてみよう。シヴァがどこかに本当に存在すると信じたなら、当然ながらグレートスピリットも、エシュも、ヤハウェも架空の人物になる。この要領でつづけていくと、わたしたちがどの宗教を信仰していようが、あらゆる宗教的な実体からひとつだけ引いたもの以外はすべて架空の人物になってしまうことを認めざるをえなくなるだろう。ではどれが共通ルールから逃れうるそのひとつなのかを決めるのは避けたところで、宗教的実体のうち九九パーセントは確実に架空の人物であり、それらもまたボヴァリー夫人やオセロと同じように書物（あるいは聖なる書物）から生まれている。唯一の違いといえば、シヴァにかんする意見や信仰を共有する人の数のほうが、ボヴァリー夫人を知っている人の数より多いことだが、ここでは統計や量にかんする問題は措いておこう。

　フィクションの揺れ動く登場人物は、神話上の人物と本質的に変わりない。オイディプスにしてもアキレウスにしても揺れ動く実体であり、アンナ・カレーニナにしてもピノッキオにしても同じことだ。違うのは、前者は太古に創られ、後者はいわば世俗の神話的人物として生まれた点にすぎない。だからわたしたちは、アテナがユピテルの頭部から生まれたのは真実だと言うことが正当だと感じるのと同じように、ピノッキオが木片から生まれたのは真実だと言うことが正当だと感じるのだ。

古代の人びとはユピテルやアテナが現実に存在したと考えていた。一方、ピノッキオを揺れ動く実体として思い浮かべるときには、誰もがピノッキオは実在しなかったと知っている。しかしこの点を確認してもなお不十分だ。加えていうなら、こうしたことは心理的な偶発的出来事である。また、じつに多くの信者が、自分の信仰する神々の存在の程度についてかなり漠然とした考えをもっている。あるいは、聖母マリアと会話をしたという羊飼いの少女がいれば、ヤコポ・オルティス[19]のために命を絶った夢見がちな少女たちもいた。シチリアの人形劇団ではかつて観衆はガヌロン[20]を冒瀆していた。映画の俳優ではなく登場人物に夢中になって恋をするティーンネイジャーがいる。カエサルがユピテルの存在を信じていたかどうかは分からない。キリスト教の詩人は女神に祈願することをやめはしなかった。つまり、わたしたちは個人的な感情、空想、情熱の世界に入り込もうとしているのであって、そこでは明確な線引きをすることが難しいのだ。

揺れ動く登場人物に認めた存在のかたちは、こうした人物たちの道徳的役割についても説明してくれる。このテーマはすでにわたしが書いたことだし、話してもきたが、この章をまとめるにあたって触れないわけにはいかない。

これらの人物は揺れ動くとはいえ、覆すことのできない運命に縛られているように思われる。だからわたしたちは、登場人物のさまざまな浮き沈みに涙するとき、違う成り行きがあればいいのになどと願ったりする。たとえば、オイディプスがテーベにむかう道中、別の道を選んで父親に出くわさなければいいのに。オイディプスがアテネに行き着いてフリュネと結ばれたらいいのに。または、ハムレットがオフィーリアと結婚しデンマークの王位に即《つ》いてつつがなく幸せに暮らせたらいいのに。あるいは、ヒースクリフがあともう少し屈辱に耐えて嵐が丘に残り、愛するキャサリンと結婚し立派な田舎の紳士として暮らせたらいいのに。アンドレイ・ニコラーエヴィチ・ボルコンスキー公爵が回復したらいいのに。ラスコーリニコフが老女を殺めるなどというおかしな考えをもたずに勉学を修め立派な官僚になったらいいのに。グレゴール・ザムザが醜い虫に変身してしまったとき、眉《み》目《め》麗《うるわ》しいお姫様が部屋に入ってきて、ザムザに口づけ、ザムザをプラハでもっとも豊かな男性に変身させてくれたらいいのに……。

いまや、コンピュータがわたしたちの好みに合わせてこれらの物語を書き直すプログラムすら提供してくれるだろう。しかし、わたしたちは本当に書き直してしまうことを望むだろうか。

小説を読むとは、登場人物の運命を前にしては何ひとつ変えることができないと知ることだ。もし仮にボヴァリー夫人の運命を変えられるとしたら、わたしたちは安心感を失うだろう。「ボヴァリー夫人は自殺した」という命題があらゆる絶対的な真実のモデルになっているという安心感をもてなくなるのだ。小説の可能世界に入り込むとは、ものごとはすでにそうなってしまったのであって永遠に変わることはなく、ほとんどわたしたちの願いの届かないところにあるのだと受け入れる

ジャン＝アドルフ・ボーセ「ラスコーリニコフ、赤く染まった馬から殺人への経過」1835　個人蔵

ことだ。わたしたちはこの挫折を受け入れるほかなく、だからこそ運命というものに戦慄を覚える。

この宿命の教えは、小説の重要な機能のひとつだ。そして、架空の登場人物、つまり世俗世界の聖人であり、さらにはたくさんの信者にとっての聖人である人物たちの象徴的真価を築くものである。

アンナ・カレーニナは死ぬという事実、無慈悲な死を遂げるという事実だけが、アンナ・カレーニナを存在させる。その姿は優しく尊大に執拗に現れては、わたしたちの人生の憂鬱な道連れとなる。それでもやはり、アンナ・カレーニナが肉体として存在したことは一度もない。


（ミラネジアーナ　二〇〇九、見えないもの）

（1）一八九三〜一九七〇。ポーランドの哲学者。おもな邦訳に『文学的芸術作品』（一九八二）ほか。
（2）マンゾーニ『いいなづけ』の主人公。
（3）一七世紀末フランスで投獄されていた人物。仮面をつけており正体には諸説ある。
（4）一八二八年、ドイツで孤児として発見されたが、生い立ちは謎に包まれている。
（5）エドモン・ロスタンによる戯曲。
（6）同名のジャン＝ポール・ラプノー監督による映画作品（一九九〇）。
（7）一九九〇年にパリで初演された同名の演劇作品。
（8）エミリー・ブロンテ『嵐が丘』の登場人物。
（9）デュマ『三銃士』の登場人物。
（10）ジョイス『ユリシーズ』の主人公。
（11）プルースト『失われた時を求めて』の登場人物。
（12）アラン＝フルニエ『グラン・モーヌ』の登場人物。
（13）ダヌンツィオ『火』の主人公。
（14）ダヌンツィオ『快楽』の主人公。
（15）ビートルズの曲名（一九六六）。架空の人物である同名の老女を歌った曲。

（16）レイモンド・チャンドラー作品に登場する私立探偵。
（17）ダシール・ハメット作品に登場する私立探偵。
（18）マンゾーニ『いいなづけ』の登場人物。
（19）フォスコロ『ヤコポ・オルティスの最後の手紙』の主人公。
（20）フランスの武勲詩『ローランの歌』の登場人物。

パラドックスとアフォリズム

こんなフレーズを耳にするのはよくあることだ。「車に撥ねられたのはこっちのほうなのに、相手から弁償金を要求されるなんて、逆説的だよ《パラドクサル》」とか、「ほかでもない結婚式の日にラファエッロの奥さんが亡くなるなんて、逆説的だな」などというフレーズである。

最初の事例は逆説的ではない。たんに不快なだけである。あるいは、不条理なだけといってもよいだろう。二番目の事例は稀で異様な出来事である。通常の予想に反することであり、たとえてみれば、頭がふたつある牛が生まれるのと同じような出来事である。

どちらの事例も、本当の意味でのパラドックス（逆説）ではない。一般的には、期待や予想に反することの組み合わせをパラドックスとよぶこともよくあるが、それは厳密にはパラドックスではない。「興味深い」あるいは「奇妙だ」という意味で、これらの事例は逆説的だと感じられるかもしれない。「パラドックス（逆説）」という言葉には、大きく異なるふたつの意味がある。ひとつ目は論理学や哲学における用法であり、ふたつ目は修辞学における用法である。

論理学におけるパラドックスとは、正確には二律背反とよばれるものである。パラドックスは古代ギリシアでは背理とよばれていたとインターネット上に誰かが書いていたが、パラドックスと背理は別のものである。背理とは誤謬推理であり、簡単に間違いを指摘することができるものである。たとえば「すべてのアテネ人はギリシア人である。すべてのスパルタ人はギリシア人である。したがってすべてのアテネ人はスパルタ人である」と述べるのは背理の事例にあたる。このような結論は、ふつうに考えてみるだけでも明らかにおかしいが、次の図式によって背理であることをはっきりと示すことができる。

すべてのA（アテネ人）はG（ギリシア人）である。
すべてのS（スパルタ人）はGである。
したがって、すべてのAはSである。

この三段論法が背理になるのは、中名辞（G）の量が定められていないからである。中名辞の量化が欠けているゆえ、推論は間違っている。

一方、中世の時代に〈解決困難な命題 insolubilia〉とよばれていたものは、二律背反に相当する。それは、真実であるとも虚偽であるともいうことができない表現や推論である。つまり、互いに矛盾するふたつの解釈を許すような表現や推論である。

もっとも古典的な二律背反は、嘘つきの二律背反である。「わたしは嘘をついている」という言葉については、真実だともいえないし、虚偽だともいえない。この言葉が真実だと仮定してみよう。その場合、話者は真実を述べていることになる。すると「わたしは嘘をついている」という言葉が虚偽になってしまう。逆に、「わたしは嘘をついている」というフレーズが虚偽だと仮定してみよう。その場合、話者は嘘をついているのではなく真実を述べているということになる。すると、「わたしは嘘をついている」という言葉は真実だということとなってしまう。

もっとも有名な二律背反の例は、エピメニデス[1]のパラドックスである。クレタ人であるエピメニデスは「クレタ人はみな嘘つきである」と述べた。優れたところはたくさんあったもののユーモアのセ

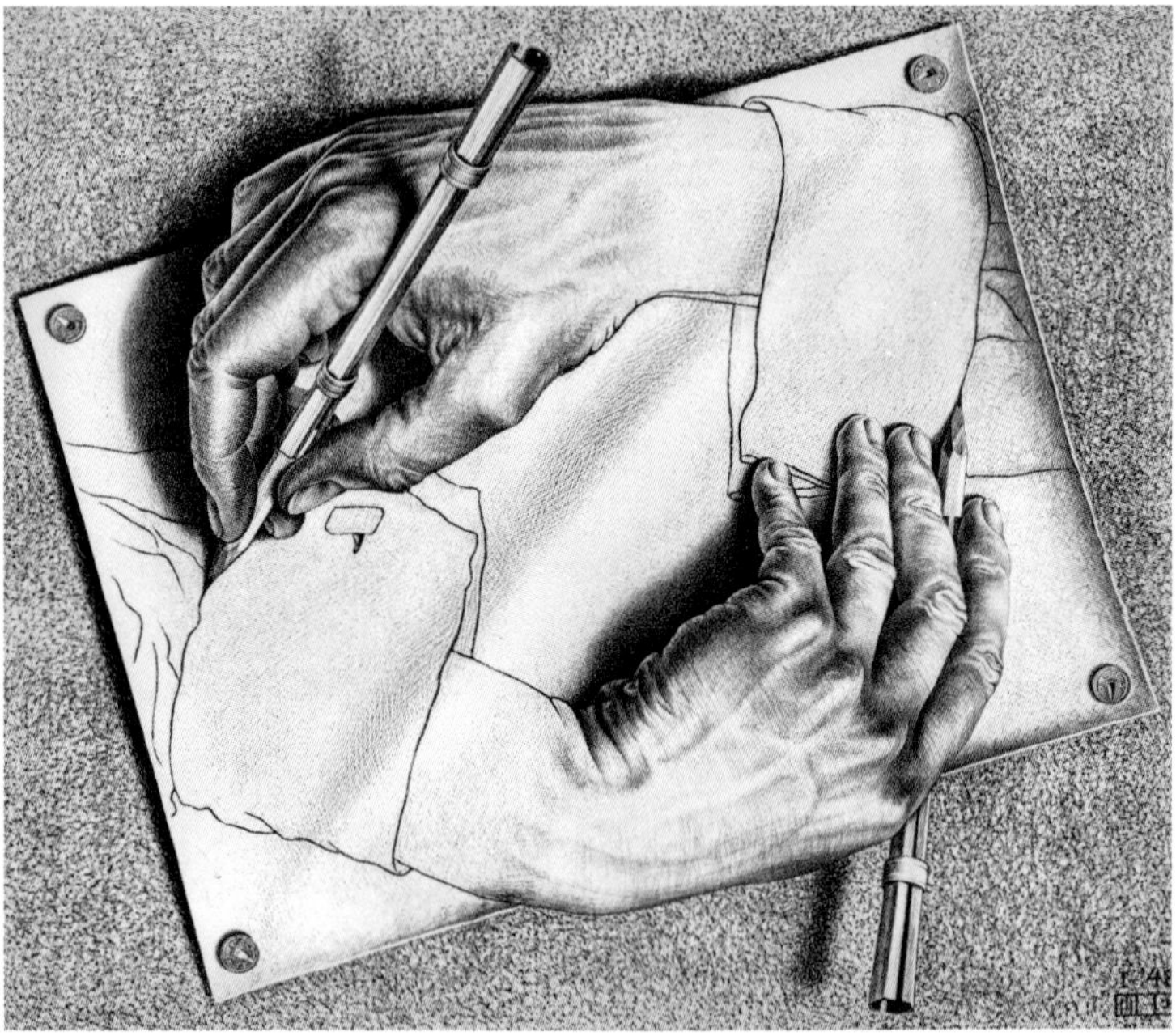

マウリッツ・コルネリス・エッシャー「描く手」1948　個人蔵

ンスだけは欠けていた聖パウロは、エピメニデスのことばを大真面目にそのまま受け取った。そして、クレタ人のことをよく知っているクレタ人自身が「クレタ人はみな嘘つきだ」と言っているのだからクレタ人は本当に嘘つきなのだと『テトスへの手紙』のなかで述べた。しかしエピメニデスはクレタ人なのだから、当然ながらかれも嘘をついているということになる。エピメニデスが嘘をついているのなら、「クレタ人はみな嘘つき」というのは嘘になり、なかには真実を述べるクレタ人もいるということになる。エピメニデスは真実を述べるクレタ人のなかのひとりなのだろうか。そうだとすれば、「クレタ人はみな嘘つき」というのが真実であり、エピメニデスを含める何人かのクレタ人が真実を述べるのは真実でないということになってしまう。逆にエピメニデスが嘘をつくクレタ人のなかのひとりなのだとすれば、議論はふりだしに戻ってしまう。

しかし、エピメニデスのパラドックスは、本当の二律背反ではない。なぜなら、「エピメニ

トマス・ブリコット『パラドックス論考』 パリ 1498

デスはすべてのクレタ人のなかのただひとりの嘘つきである」と考えてみればよいからである。そう考えれば、エピメニデスは真実を述べていないのだということになり、矛盾は生まれない。

ゼノン(2)によるアキレスと亀の話もよくパラドックスの例として引き合いに出される。亀がアキレスよりも一メートル先にいたとしたら、亀に追いつくためアキレスはまず半メートル移動しなければいけない。しかし、追いつくには、さらに四分の一メートル移動しなければいけないし、そのためには、まずそのさらに半分の距離を移動しなければいけない。と、こんなふうに永遠につづけられるので、アキレスは亀にけっして追いつかない。

あるいは、出発点からゴールまで一キロの長さの道があると仮定してみる。そしてアキレスという走者が出発点からゴールにむかって走るとする。アキレスはまず出発点からゴールまでの半分の距離を走り、中間地点に辿りつかなければいけない。その後、アキレスは中間地点とゴールまでの半分の距離を走り、そのあいだの中間地点にたどりつかなければならない。このように距離を半分に割るプロセスは永遠につづきうる。残りの距離がどんなに小さくても、つねに半分に割ることができるのである。

このアキレスの例はパラドックスではない。その解決法はアリストテレスによって示されている。アリストテレスは、可能無限と実無限を区別した(『自然学』第三巻第八章、二〇六)。それによれば、大きさの無限性というのは「加える」ことによって生じるものであり(たとえば、ある偶数よりもさらに大きい偶数を見つけることはつねに可能である)、「割る」ことによって生じるものではない。一定の距離のものを無限に割っていくことによって生じるものは、つねに制限された範囲にとどまるからである(一という数字を超えることはない)。

分割のプロセス(全体の半分、半分の半分、半分の半分の半分など)を無限につづけることはできるが、そこから生まれるものはけっして一以上にはならないのである。それは、無理数の場合と同じである。三・一四のあとの数字を無限につづけていくことはできるが、どんなにつづけても、四にはけっしてならない。

この考え方を海岸の長さの分割についてあてはめてみよう。分割のプロセスは、可能性としては無限につづきうる（どんどん小さくなる細菌のような距離を思い浮かべればよい）。しかしだからといって、アキレスが実際にはこの距離をたったの一歩で移動するという可能性が消えるわけではない。アキレスは自身の一定の時間で一定の距離を移動するからである。

位相幾何学についてもパラドックスという言葉が使われることがある。たとえば、メビウスの輪がパラドックス的だと言われたりする。わたしはメビウスの輪がパラドックス的だとはまったく思わない。ふたつの側面のあるものを一箇所ねじるだけで、ひとつの側面だけのものに変えることができるというのは、たしかに驚くようなことではある。しかし、それは実際に起こることなのだし、自分の目で見ることもできる。つまり、位相幾何学がユークリッド幾何学より少し複雑であるというだけなのである。それよりも深いパラドックスは、もっとほかにある。なかでも一番有名なのはバートランド・ラッセルの示した床屋のパラドックスだろう。

このパラドックスには単純な言い方と複雑な言い方がある。単純な言い方とは次のようなものである。「村の床屋は、自分で髭を剃らない人全員の髭を剃る。村の床屋の髭を剃るのは誰か」。当然ながら床屋は自分で髭を剃ることはできない。かれが髭を剃るのは「自分で髭を剃らない人全員」なのだから。付け加えておくと、村には髭剃りの仕事をする人はほかに誰もいないという設定である。四歳と五歳になるわたしの子どもたちにこのパラドックスを投げかけてみたところ、子どもたちは三つの解決法を挙げてくれた。（一）村の床屋は女性である。（二）床屋は自分の髭剃りをしておらず、髭がぼうぼうに生えている。（三）床屋は自分の髭剃りをしていないが、髭を燃やしているので、顔にひどい火傷の跡がたくさんある。

したがって、このパラドックスは次のように述べたほうがよいだろう。「村の住人のなかにひとりだけ床屋がいる。床屋は男性であり、髭を生やしていない。床屋の店の看板には、『自分で髭を剃らない人全員の髭を剃る床屋』と書かれている。ならば、床屋自身の髭を剃るのはいったい誰なのか？」

現代の論理学と数学は、複雑な問題を解決するために多くの二律背反を提示した。そうした問題についてはここでは触れないが、もう少しだけほかの有名な二律背反の例も挙げておこう。たとえば、アウルス・ゲッリウス[3]が言及した二律背反である。プロタゴラスがエウアトルスという優秀な若者に弁論術を教えた。プロタゴラスは、授業料の半額だけをユーアトルスに要求し、残額はエウアトルスがはじめて勝訴したときに支払えばよいということにした。

しかしエウアトルスは、弁護士としての仕事をはじめず、政治の世界に身を投じた。

ルネ・マグリット「イメージの裏切り（これはパイプではない）」1929　ロサンゼルス・カウンティ美術館蔵

裁判にかかわることは一度もなかったので、勝訴することも一度もなかった。そのため授業料の残額は支払われなかった。その後プロタゴラスはエウアトルスに授業料の残額を支払うよう要求した。エウアトルスはみずからの弁護を務めることにした。つまり、自分自身の弁護士になることを決意したわけである。その結果、判断の難しい状況が生じることになった。プロタゴラスの主張はこうである。

「エウアトルスが勝訴したら、最初の約束どおり、授業料の残額を払うべきである。はじめての勝訴にあたるからである。逆にエウアトルスが敗訴した場合も、やはり判決にしたがい、授業料を支払うべきである」。エウアトルスの主張はこうである。「わたしが勝訴した場合は、その判決にしたがい、プロタゴラスに授業料を支払う必要はない。そしてわたしが敗訴した場合も、プロタゴラスに授業料を支払う必要はない。約束にあったはじめての勝訴が実現していないからだ」

長いあいだこのパラドックスは弁護士や政

マウリッツ・コルネリス・エッシャー「メビウスの輪II」1963　個人蔵

治家がいかに信頼できない人間であるかを示すのに役立ってきた。

　もうひとつ別のパラドックスも紹介しよう。ディオゲネス・ラエルティオスによって言及されたもので、ワニの謎にかんするものである。あるワニがナイル川の岸で遊んでいた子どもをつかまえた。母親は子どもを返してくれとワニに哀願した。「もちろん」とワニは言った「もしこれから俺がすることを正確に予想して言えたら、子どもを返してやるよ。でも予想できなかったら子どもは昼飯に食べるぞ」。絶望した母親は泣きながらこう言った。「わたしの子を食べるのでしょう」

　賢いワニは、こう言い張った。「子どもを返してやるわけにはいかない。もし子どもを返したら、俺の行動についてお前が間違った予想を言ったことになる。予想が間違っていたら、子どもは食べてしまうとさっき言っておいたはずだ」。すると賢い母親はこう答えた。「わたしの子を食べることはできません。もし食べたら、さっきわたしは正しい予想を言ったということになります。さっきの約束では、わたしが正しい予想を言えたら、子どもを返してくれるはずでした。あなたは名誉あるワニなのだから、一度口にした約束は必ず守ってくれるはずです」

　最後にレイモンド・スマリヤン[4]によって集められた論理学のパラドックスの傑作をいくつか紹介しよう。


わたしは唯我論者だ。ほかのみなと同じように。

わたしは唯我論が正しい哲学だと思うが、それはあくまでもわたしの個人的な意見にすぎない。

許可された駐車は禁止する。

この種はつねに絶滅してきた。

きみはいつもと同じように特別だった。

神は存在しているはずだ。存在していると信じさせておいて、本当は存在しないなんて卑劣なことをするはずがないからだ。

いま立てている誓いを破ることを誓う。

迷信は不運を招く。


修辞学のパラドックスとはどのようなものなのだろうか。

パラドックスの語源は、〈パラ・テン・ドクサン　parà ten doxan〉（一般的な意見を超えたもの）である。つまりパラドックスとはもともと、一般的な考えからはほど遠い見解、人を驚かせるような奇妙で風変わりな見解のことを示すことばだったのである。だからこそ、セビーリャのイシドルス[5]は、思いがけないことが起こったと言うときにパラドックスということばを使っている（『語源』第二巻第二一章、二九）。たとえば、フラックス[6]を弁護しているときにフラックスのことを称賛するはずだったキケロ[7]が逆にフラックスを批判したことなどである。

しかし、修辞学におけるパラドックスの概念は、さまざまなイタリア語の辞書ではだいたい次のように説明されている。


一般的な意見（あるいは広く受け入れられている意見や、広く共有されている常識や経験、一般的に信じられていること、当然のことと思われている原則や知識など）とは反対の論・概念・見解・意見・発言。一見すると非論理的で奇妙に思われるが、よく考えると正しいところのあるもの。そのため、一般的な意見を無批判に受け入れている人びとの無知や軽率さに対抗する力をもつもの。

つまり、修辞学や文学におけるパラドックスとは、一見間違っているように思われるが、じつは思いがけない真実を示しているような格言や金言のことである。

したがって、パラドックスはだいたいいつも格言やアフォリズムのかたちをとっている。

アフォリズムほど定義しにくいものはない。語源的にはギリシア語で、「献納のために別にとっておいてあるもの」、「奉納物」という意味がもともとあり、それが時間を経るとともに、「定義、金言、簡潔な見解」などの意味をもつようになっていった。たとえばヒポクラテスのアフォリズムとはそのようなものである。そして現在ジンガレッリ(8)では、「人生の法則や哲学的な見解を表す短い格言」と定義されている。

アフォリズムにおいてはかたちが短いことだけでなく、機知《ウィット》のきいた内容であることも重要だといわれてきた。主張が真実として受け入れられるものかどうかということよりも、優美さやおもしろさ

ジャン＝シモン・ベルテルミ「ゴルディオスの結び目を断ち切るアレクサンドロス大王」1767　パリ　エコール・デ・ボザール蔵

ルネ・マグリット「複製禁止」1937　ロッテルダム　ボイマンス・ファン・ベーニンゲン美術館蔵

が優先される傾向がある。当然ながら、格言やアフォリズムにおいて、真実の概念は作者の意図とかかわる。つまり、あるアフォリズムについて「真実を表している」と述べるとき、それが意味するのは、「そのアフォリズムを作者が真実だと考えており、読者にも真実だと思わせたがっている」ということである。しかし、一般的に格言やアフォリズムは、必ずしもつねに機知のきいたものであることを目指しているわけではないし、主流の意見に背くことをつねに目指しているわけでもない。格言やアフォリズムが目指しているのはむしろ、主流の意見の表面的な点や不十分な点を掘り下げることである。

シャンフォール(9)の格言をみてみよう。「世のなかでもっとも豊かなのは倹約家であり、もっとも貧しいのは守銭奴である」(『箴言と省察』第一章、一四五)。この格言の機知がきいているのはなぜかというと、ふつう「倹約家」とは「わずかな財産を無駄に使わず、倹約によって自分に必要なものをなんとかまかなう人間」であり、「守銭奴」とは「自分に必要なものを買っても余りある財産をためこむ人間」であると考えられているからである。したがって、この格言は一般的な意見に逆らっているといえるかもしれない。ただし、「豊か」という言葉が財産のことを示しているのに対して、「貧しい」という言葉が道徳的な意味や欲求満足度の意味も含んでいるのだと考えれば、一般的な意見には反さない。レトリックの遊びが分かれば、この格言は、一般的な意見に逆らっているものではなく、むしろ一般的な意見を確証するものだと分かる。

アフォリズムが一般的な意見に激しく逆らっている場合もある。最初は間違っていて受け入れがたいものにみえるが、その誇張的な表現を差し引いてよく考えてみると、なんらかの真実を含んでいるようにみえ、簡単にではないにしろ受け入れられるように思えてくる。このような場合はパラドックスにあたる。

アフォリズムは、機知のきいた表現を目指しながら、真実として共感されることも目指す格言である。それに対してパラドックスは、一見間違った格言にみえるが、それについて深く考えてみると、作者にとっての真実を表していることが分かる格言である。パラドックスの場合は、その挑発的な表現と一般的な意見とのあいだに大きな距離があるから、結果として機知が生まれるのである。

文学の歴史にはアフォリズムが豊富にある。パラドックスも豊富にあるがアフォリズムほどではない。アフォリズムの技法は簡単である（「母はつねに母である」とか「吠える犬は噛まない」などのことわざも一種のアフォリズムである）。それに対してパラドックスの技法は難しい。

以前に、わたしはアフォリズムの名手である作家のピティグリッリ[10]について書いたことがある。ピティグリッリのアフォリズムの傑作をいくつか紹介しよう。まずは機知がきいた表現であるものの、一般的な意見にはまったく逆らわない真実を述べているものを紹介する。

グルメシェフとは、文系高校を出た料理人のことである。

文法とは、言語を教えるが話すのは妨げる複雑な道具である。

断章とは、一冊のまとまりある本を書く能力のない作家に神が授けた思いがけない手段である。

アルコール中毒とは、飲みたいという欲望を引き起こさせるほどに甘美な医学用語である。

真実を表現しているというよりも、道徳的な立場や行動のルールを表明しているようなアフォリズムもある。

ハンセン病患者への口づけは理解できるが、愚か者との握手は理解できない。

自分に対する相手の過ちには寛大でありなさい。今後、ほかの人から何を されるか分からないのだから。

しかし、まさに自分や他人の格言や金言、アフォリズムを収録した『反ほら吹きの辞書』（一九六二）のなかで、ピティグリッリは、アフォリズムの遊びがどんなに油断のならないものかについて警告している。皮肉屋だとみなされることをつねに望んでいたピティグリッリは、この作品のなかでも皮肉を言うために自分の悪事を正直に告白している。

わたしたちはもはや信頼関係を築きつつあるのだから、わたしがこれまでに読者のよからぬ行いを手助けしてきたことを認めよう。よからぬ行いとは何か。たとえば道で口論が起こったときや交通事故が起こったとき、地の奥底から急に何者かが飛びだしてきて、喧嘩の最中のふたりのうちのどちらか（たいていは自動車を運転していた者のほう）を傘で叩いてやろうとする。飛入りのならず者はこのように他人の喧嘩を利用して、自分のなかにたまっていた怒りをすっきりさせるわけである。書物においてもこれと同じようなことが起こる。自分の考えをもたない読者や自分の考えがかたちになっていない読者が、魅力的なフレーズや、輝かしいフレーズ、強力なフレーズなどを目にすると恋に落ちてしまい、それを採用し、感嘆符をつけてコメントする。「そう！」とか「そのとおり！」などと。まるで、自分がつねにそう考えてきたかのように。そして、そのフレーズが自分の考え方や哲学体系の真髄であるかのように。その読者はムッソリーニが言っていたように「立場を示す」わけである。さまざまな本のジャングルにみずから入っていかなくても「立場を示す」ことができるように、わたしはそうした読者に「立場を示す」方法を差し出してしまっているのである。

このような意味において、アフォリズムとは、決まり文句を魅力的な（あるいは新鮮な）言葉で表現するものである。

リードオルガンについて「人生にうんざりし宗教に逃避したピアノ」であると述べることは、わたしたちがすでにもっている知識や考え（リードオルガンは教会の楽器であるということ）を、鮮やかな言葉で新たに言い換えているにすぎない。アルコールについて、「生きている者を殺し死んだ者を保存する液体である」と述べることは、過剰な飲酒の危険性や解剖学博物館での習慣についてのわたしたちの知識に何ら新しいことを付け加えていない。

ピティグリッリの『ポットの実験』（一九二九）のなかに次のような台詞がある。「女性における知性とは、めったに見かけない異常なものであり、色素欠乏症や左利きや雌雄同体性や多指症のようなものである」。それはまさしく、機知のきいた言い方ではあるにしろ、一九二九年の男性読者が（そしておそらく女性読者も）聞きたがっていたようなことでしかない。

しかし、ピティグリッリはみずからのアフォリズムの力を批判するなかで、次のようなことも述べている。それは、多くの優れたアフォリズムは、逆転させても力を失わないということである。ピティグリッリ自身が『反ほら吹きの辞書』のなかで試みている逆転の例をいくつかみてみよう。

富を軽蔑する者は多いが、富を他人に分けあたえる者は少ない。
富を他人に分けあたえる者は多いが、富を軽蔑する者は少ない。

わたしたちは恐れによって約束し、希望によって約束を守る。
わたしたちは希望によって約束し、恐れによって約束を守る

歴史とは、自由の冒険にしかすぎない。

自由とは、歴史の冒険にしかすぎない。

幸福とは、もののなかに存在するのであって、わたしたちの感覚のなかに存在するのではない。
幸福とは、わたしたちの感覚のなかに存在するのであって、もののなかに存在するのではない。

ピティグリッリはさらに、異なる複数の作者の格言を並べている。それらは、互いに矛盾するにもかかわらず、どちらもたしかな真実を表しているように思える。

人間が間違うのは、楽観主義のせいにほかならない。（エルヴィユー）
人間が間違うのは、たいてい信頼ではなく不信のせいである。（リヴァロル）
王が哲学を行い哲学者が統治を行えば、民は幸福になるだろう。（プルタルコス）
ある地方に罰をあたえるとしたら、哲学者にその地方の統治を任せるだろう。（フリードリヒ二世）

このように言葉をひっくり返せるアフォリズムのことを転移可能なアフォリズムとよぶことにしよう。転移可能なアフォリズムとは、機知を追い求める病である。言い換えれば、機知に富んでいるように思われることばかりを目指し、逆も同じように真であるということを気にかけない格言である。パラドックスは、それとは対照的に、一般的なものの見方を本当の意味で逆転させているものである。パラドックスは、受け入れがたい世界を提示し、抵抗感や拒否感を引き起こすが、よく理解しようと努めると、知的発見をもたらしてくれるものである。その結果、それが真実であることを認めざるをえないので、機知に富んだものであるように思えるのだ。転移可能なアフォリズムに含まれているのは部分的な真実でしかない。だから、言葉を入れかえてみると、どちらの見方も本当は真実でないことが分かってしまう。つまり、機知がきいているから真実らしくみえていただけだということが分かってしまうのである。

パラドックスは、「さかさまの世界」という古典的なトポスの一種ではない。「さかさまの世界」というのは、機械的につくれるものである。たとえば、動物が話し人間が唸り、魚が飛び鳥が泳ぎ、猿がミサを行い司教が木のあいだを飛び跳ねる世界である。それは、現実に起こりえないことを論理性抜きに付け足していくことによって膨らませることができるものである。カーニバル的な遊びなのである。

パラドックスであるためには、その逆転が論理性にもとづいていて、世界の一部に属していなければならない。パリに来たペルシア人が、まるでパリ人がペルシアを描写しているかのようにフランスを描写する。これをパラドックスのように感じるのは、見慣れたものを通常の見方を超えたかたちで見させるからである。

パラドックスなのかあるいは転移可能なアフォリズムなのかを見分ける方法としては、フレーズを逆転させてみるという方法がある。

皮肉で無頓着な態度でパラドックスとアフォリズムとのあいだを揺れ動いていた作家として、オスカー・ワイルドを挙げることができる。ワイルドの作品に撒き散らされた無数のアフォリズムを検討してみると、そこからみえてくるのは軽薄な作家の姿だと認めざるをえない。それはブルジョワを動揺させるためなら、アフォリズム、転移可能なアフォリズム、パラドックスの三つを区別しないダンディである。もっと言うなら、ワイルドはひどい常套句を機知に富んだアフォリズムのようにみせかける勇気をもっている。機知を取り去ってみれば、ひどい常套句（少なくともヴィクトリア朝時代のブルジョワや貴族にとっての常套句）でしかないと分かるような見解を、おもしろいアフォリズムであるかのようにみせているのである。

しかし先ほどの逆転の実験を行ってみれば、次のことを理解できる。挑発的なアフォリズムによって小説・喜劇・評論を機知に富んだものにしていた作家ワイルドは、はたして衝撃的なパラドックスの真の名手だったのか。あるいはたんなる粋な名文句の収集家だったのか。どの程度そうだったのか。

まずは正真正銘のパラドックスからみていこう。これらを逆転させてみても、うまくいかないはずだ（せいぜい、常識的な人間にとっては意味不明なフレーズや正しくない格言が出てくるだけだろう）。


人生とは、すばらしい瞬間によってできている悪しき一五分（mauvais quart d'heure）である。

エゴイズムとは、自分の思いどおりに生きることではない。他人を自分の思いどおりに生きさせようとすることである。

繊細な人とは、自分の足に魚の目がある

ピーテル・ブリューゲル（父）「謝肉祭と四旬節の喧嘩」1559　ウィーン　美術史美術館蔵

サルバドール・ダリ「三つのイチジクを載せた果物鉢の姿で海辺に出現したガルシア・ロルカの顔と、見えないアフガン・ハウンド」1938　個人蔵

のでいつも他人の足を踏みつける人のことである。

学ぶ能力のない人間たちがみな教職についている。

噂になる人間はつねにどこか魅力的なところがある。結局、かれのなかになにかがあるにちがいない。

誘惑以外ならどんなものにでも抵抗できる。

偽りとは他人の真実である。

歴史に対してわれわれが負う唯一の義務は、それを書き直すことである。

誰かが命を落としてまでそれを実現しようとしたからといって、それが真実であるとはかぎらない。

親戚とはたんなる退屈な人間の集まりでしかない。どのように生きるべきかもまったく分かっていないし、いつ死ぬべきかもまったく分かっていない。

人びとがわたしに同意するといつも自分が間違っているような気がしてならない。


しかし、ワイルドのアフォリズムのなかには、簡単にひっくり返せるものも無数にある。

生きるというのは、この世でもっとも稀有なことだ。大半の人はただ存在しているにすぎない。

存在するというのは、この世でもっとも稀有なことだ。大半の人はただ生きているにすぎない。

魂と肉体とを区別する人は、どちらももちあわせていない。

魂と肉体とを区別しない人は、どちらももちあわせていない。

生きるとはあまりに重要なことだから、それについて真面目に話すことができない。

生きるとはあまりに重要なことではないから、それについて冗談を言うことができない。


世のなかには二種類の人間がいる。一般人のようにありえないことを信じる人間と、わたしのようにありそうもないことをする人間である。

世のなかには二種類の人間がいる。一般人のようにありそうもないことを信じる人間と、わたしのようにありえないことをする人間である。

世のなかには二種類の人間がいる。一般人のようにありそうもないことをする人間と、わたしのようにありえないことを信じる人間である。


あらゆるよい決意にはひとつの宿命がある。決意するのがつねに早すぎるという宿命だ。

あらゆるよい決意にはひとつの宿命がある。決意するのがつねに遅すぎるという宿命だ。


時期が早すぎたということは、完璧だということだ。

正しい時期だったということは、完璧でないということだ。

完璧であるということは、時期が早すぎたということである。

完璧でないとは、正しい時期だったということである。


無知とは、繊細な異国の果実のようである。わずかに触れるだけですぐに萎《しな》びる。

知とは、繊細な異国の果実のようである。わずかに触れるだけですぐに萎びる。

芸術について学べば学ぶほど、自然についての興味を失っていく。

自然について学べば学ぶほど、芸術についての興味を失っていく。


夕日はすでに時代遅れである。ターナーが画壇の最先端だった時代に属すものだ。夕日を賛美することは、もはやみずからの田舎くささを告白することに等しい。

夕日はふたたびモダンなものになった。なぜなら、ターナーが画壇の最先端だった時代に属すものだからである。夕日を賛美することは、アップ・トゥー・デートであることに等しい。


美はあらゆるものを明らかにする。なぜなら、何も表現しないからだ。

美は何も明らかにしない。なぜなら、あらゆるものを表現するからだ。


既婚の男というものは自分の妻にとってしか魅力的でありえない。しかも、多くの人の話によれば、妻にとっても魅力的ではないらしい。

既婚の男というものは自分の妻以外にとっては魅力的である。しかも、多くの人の話によれば、妻にとっても魅力的であるらしい。


ダンディズムとは、美の絶対的な現代性を表す試みのひとつであると言える。

ダンディズムとは、美の絶対的な非現代性を表す試みのひとつであると言える。


会話とは、あらゆることに触れつつ、何事にも焦点を当てないものであるべきだ。

会話とは、あらゆることに焦点を当てつつ、何事にも触れないものであるべきだ。

なんでもない話をするのが好きだ。それはわたしがすべてを知っている唯一のことだ。
すべての話をするのが好きだ。それはわたしが何も知らない唯一のことだ。

スタイルの巨匠だけが、明瞭であることに成功する。
スタイルの巨匠だけが、不明瞭であることに成功する。

歴史に参加することは誰にでもできる。歴史を書くことができるのは偉大な人間だけだ。
歴史を書くことは誰にでもできる。歴史に参加することができるのは偉大な人間だけだ。

イギリス人はアメリカ人とすべてにおいて同じである。言語をのぞけば。
イギリス人はアメリカ人とすべてにおいて異なっている。言語をのぞけば。

モダンなものだけが時代遅れなものになりうる。
時代遅れなものだけがモダンになりうる。

もしワイルドについての評価をこの時点で下さなければならないとしたら、それはかなり厳しい評価になるだろう。ワイルドはダンディの化身そのものだが、ブランメル卿[11]に後れをとっているし、かれが愛したデゼッサントにも後れをとっている。ワイルドは「パラドックス」（一般的な見解に背くような真実を含むもの）と「アフォリズム」（受け入れやすい真実を含むもの）、「転移可能なアフォリズム」（真実かどうかは気にしない機知の戯れ）の三つをまったく区別しようとしていない。しかし、芸術についてのワイルドの考えをふまえれば、かれのふるまいは正当なものだとも言えるだろう。かれのアフォリズムは実用性や真実性を目指すものではなく、むしろ優美で洗練されたスタイルだけを目指しているものなのである。

しかしかれの美のルールにしたがうのなら、ワイルドは監獄に送られるべきである。それは、ダグラス卿[12]を愛したからではなく、ダグラス卿に次のような手紙を送ったからである。「薔薇の花びらのような君の赤い唇が、狂おしい口づけのためだけでなく、歌を奏でるためにもつくられているのは奇跡だ」。しかもワイルドは、裁判でその手紙が文章のスタイルを磨く練習であり、散文のかたちをとったソネットであると主張したのである。[13]

しかし、作者が軽薄な登場人物の口から言わせているアフォリズムを軽薄であると評価してよいのだろうか。次の台詞は、ワイルドの『真面目が肝心』(一八九五)のなかでブラックネル夫人の口から述べられるものだが、これはアフォリズムなのだろうか。「ワージングさん、両親のうちのひとりを亡くすのは不運と思われますが、両方を亡くすのは不注意なことと思われますよ」。ワイルドは自作のなかのアフォリズムや優れたパラドックスのどれも、本気で信じていなかったのではないだろうか。それらのアフォリズムやパラドックスを高く評価するような社会を作品のなかで描こうとしただけなのではないか。そんな疑いが当然のことながら浮かびあがってくる。

その答えはワイルド自身が述べている。『真面目が肝心』の会話のなかの台詞をみてみよう。

アルジャーノン――女はみな自分の母親に似てくる。それが女性の悲劇だ。男はけっしてそうならない。それが男の悲劇だ。

ジャック――それは知的な見解というわけかい?

アルジャーノン――言い回しとしては完璧だ! 文明人のあいだで交わされる見解に必要とされ

る程度には真実味もある。

したがって、ワイルドのことを不道徳なアフォリズムの作者として捉えるべきではない。諷刺的・批判的に風俗を描く作家として捉えるべきなのである。ワイルド自身がその風俗に浸って生きていたことは、別の問題であり、それはかれの不運である。

『ドリアン・グレイの肖像』（一八九〇）を読み返してみよう。もっとも心に残るアフォリズムは、いくつかの例外を除けば、ほとんどがウォットン卿のような軽薄な人物の台詞である。ワイルドは自身が内容を保証する人生の格言としてそれらのアフォリズムを差し出しているわけではないのである。

ウォットン卿は、機知のきいた言い方でではあるが、当時の社会の聞くに耐えない一連の常套句を口にしている（だからこそ、ワイルドの読者は、その似非《えせ》パラドックスを楽しんでいたわけである）。「司教というのは、一八の青年だった頃に教えられたことを八〇歳になっても繰り返している」、「ごく平凡なものも、隠された瞬間には楽しいものに変わる」、「結婚の唯一の魅力は、ごまかしの嘘にあふれた生活が互いに必要になることである」、「失恋の痛手はすぐさまベストセラーに化ける」、「若者は忠実に憧れるが、実際はそうなれない。年寄りは不実に憧れるが、実際はそうなれない」、「ぼくには金は必要ない。金を必要とするのは勘定を払う者だけで、ぼくは自分の勘定を払うことなどない」、「英国のもので変えたいと思うのは、気候ぐらいだ」、「青春を取り戻したいなら、過去の愚行をまた繰り返せばよいだけだ」、「男は疲れから結婚する。女は好奇心から結婚する」、「女性は素晴らしい実務能力をもっている。われわれ男たちはしばしば結婚について話すのを忘れてしまうが、彼女たちはいつもわれわれに結婚のことを思い出させる」、「人間は幸福なときは善良だ。しかし、善良だからといって幸福であるとはかぎらない」、「貧乏人の真の悲劇とは、みずからを犠牲にすること以外には何もできないということだ」（ウォットン卿は『共産主義者宣言』を読んで、プロレタリアはみずから

イヴァン・オルブライト「ドリアン・グレイの肖像」
1943-44　シカゴ美術館蔵

の鎖以外に失うものがないことを学んだのかもしれない）、「愛されるよりも愛するほうがいい。愛されるのはわずらわしいことだ」、「人をあっと言わせるような効果を挙げるたびに敵が生まれる。人気者でいるためには、凡人でいる必要がある」、「田舎では誰でも良い人になれる」、「結婚生活というのは習慣でしかない」、「犯罪とは下層階級にのみ属すものだ。かれらにとって犯罪とは、われわれにとっての芸術のようなものであり、特別な感覚を得るための方法なのだ」、「殺人はつねに過ちだ。食後の話題にできないようなことはしないほうがいい」

　これらの決まりきった見解は、立てつづけに放たれるからこそ、光り輝くのである（それは、列挙のテクニックによって、ごく平凡な言葉が別の平凡な言葉と結びつき、その奇妙な関係性ゆえに美しくみえるのと同じである）。その一方でまた、ウォットン卿は、チョコレートの紙切れ[14]にも使ってもらえないような常套句を逆転させることによっておもしろいものにするという才能もみせている。


自然でいるとは、ポーズでしかない。わたしが知るなかでもっとも苛だたしいポーズだ。

単純な楽しみは大好きだ。それは複雑な人間の最後の逃げ場なのだから。

わたしが欲しいのは情報だ。有益な情報ではなくて、無益な情報だ。

アメリカ人はナンセンスというものがまったくない。なげかわしいことだ。

あらゆるものに同情できるが、苦しみにだけは同情できない。

生涯に一度しか恋をしない人間こそ軽薄だ。

他人の悲劇には、いつもきまってひどく安っぽいところがある。

人がとくに愚かなことをするのは、いつもとても高貴な理由からだ（しかし、このフレーズは次のように転移可能である。人がとくに高貴なことをするのは、つねにとても愚かな理由からだ）。

男はどんな女とでも幸せになれる。その女を愛してさえいなければ。

善良であるよりも美しいほうがよい。しかし、醜いよりも善良であるほうがよい（「醜く貧しく病気であるよりも美しく豊かで健康的であるほうがよい」というこれ以上ないくらいの決まりきった常套句――テレビで普及したような種の常套句――がひねられている）。

ものごとを見かけで判断しないのは、軽薄な人間だけだ。

まったくひどいことだ。昨今の人びとは、本人のいないところでこそこそと嘘いつわりのないほんとうのことを話し回るのだから。

気まぐれと生涯の情熱との唯一の違いとは、気まぐれのほうがもう少し長つづきするということだ。

ウォットン卿のフレーズのなかには説得力あるパラドックスもないことはない。

友人は容姿の良さで選ぶ。知り合いは性格の良さで選ぶ。敵は頭の良さで選ぶ。

アメリカ人の若い女性は自分の両親を隠すのが上手い。イギリス人の若い女性がみずからの過去を隠す技と同じくらい見事だ。

慈善家は人間味を失っていく。人間味のなさこそが慈善家の特徴だ。

肉体的な暴力なら耐えられるが、理性の暴力には耐えられない。

ワーグナーの音楽がほかの誰の音楽よりも好きだ。とても賑やかで、演奏中にずっと話していてもほかの人に聞かれる心配がないから。

大恋愛とは、何もすることがない人間だけにあたえられた特権だ。

女性は傑作を創作したいという願望を男のなかに引き起こし、その後、その創作の実現を妨げる。

鋤《すき》のことを平気で鋤とよぶような者には、鋤でも使わせておくにかぎる。

しかし、ウォットン卿のパラドックスは、転移可能なアフォリズムであることのほうが多い。

罪とは現代の生活に残された唯一の色彩要素だ。
徳とは現代の生活に残された唯一の色彩要素だ。

つまり、『ドリアン・グレイ』は、ウォットン卿の軽薄さを描きつつ、それを告発しているのである。ウォットン卿について述べられた台詞にこんなものがある。「あの人の言うことを真に受けるのはおやめなさい。あの人が真面目に何かを言うことなどないのだから」。ウォットン卿について作者は次のように述べている。

ヘンリー・ウォットン卿はその考えで戯れ、気ままになっていった。それを空中に放り投げては変化させ、手放してはまたつかむ。空想によってさまざまな色にきらめかせ、パラドックスによって羽ばたかせる……ドリアン・グレイの眼差しが自分に注がれているのをかれは感じていた。その空気を惹きたい人間が聞き手のなかにいるという意識によって、その機知はより鋭くなり、その空想はより鮮やかになっていった。

ワイルドのパラドックスの傑作のいくつかは、「青年のための成句と哲学」のなかに現れる。この著作は、ワイルドが人生の格言集としてオックスフォード大学の雑誌に発表したものである。

育ちの良い人は他人に反論する。賢い人は自分自身に反論する。

野心とは敗北者の最後の逃げ場である。

試験では、賢い人間が答えられないような質問を愚かな人間がする。

偉大なるスタイルの巨匠だけが、人の目にとまらずにいることができる。

人生の第一の義務とは、できるだけ不自然でいることである。第二の義務が何かはまだ誰も知らない。

現実に起こることには、何の重要性もない。

退屈とは真面目さが大人になった姿である。

真実を言うときというのは、遅かれ早かれそれが明らかになってしまうと確信しているものだ。

深みのない人間だけが自分のことをよく知っている。


しかし、ワイルドがこれらの格言を本当の教えと思っていたかどうかは、裁判でのかれの発言を見れば分かる。裁判でこれらの言葉について批判されたときワイルドは、「自分が書くものが真実であるなどと考えることはほとんどない」と述べたのである。「(本当の)パラドックス」と「(決まりきった)アフォリズム」と「転移可能なアフォリズム(偽りのもの、あるいは真実性がまったくないもの)」の厳密な区別をワイルドに求めるべきではない。ワイルドが示しているのは、制御できないレトリックの快楽なのであって、哲学的な情熱ではない。

ならば、偽パラドックスや偽アフォリズムの新たなかたちを考案するのがよいだろう。それは、日々の生活のなかで自分自身が囚われているさまざまな常套句の存在に気づくために役立つものである。

インターネットで普及していた五〇〇の逆転常套句を集めた素晴らしい本が出版された。ここでは五〇〇のフレーズのなかのいくつかだけを引用するにとどめたい。まずは本の題名から紹介しよう。

本の題名自体も逆転された常套句である。『早く着いてごめん、でも信号がみんな青だったんだ』という題名である。

ときに空想は現実を超える。

神は信じないが、教会は信じる。

まずは自分の命を絶ち、その後、同じ凶器で妻と子を殺した。

最近ずっと側にいないでくれてありがとう。

わたしは学業を途中でやめなかったことを強く後悔している。

子どもなど存在しないということをそろそろサンタクロースも理解する頃だ。

耄碌《もうろく》はしているが、年はとっていない。

市役所での結婚式にはかなわない。[15]

財布を盗まれたが、目的は身分証や鍵じゃなくて、金だった。

コカ・コーラを飲めなくなるから、眠るのはやめなさい。

湿度の問題じゃなくて、気温の問題だ。

バンクシー「グラフィティは犯罪です」2013　ニューヨーク

カリウムはバナナを多く含んでいる。

アルベルト・ソルディ[16]はヴェルドーネ[17]の後継者だと言ってよい。

古代芸術はよく分からない。

mediaはもともとラテン語なのだからメディアではなくミディアと発音するべきだ。[18]

友達の付き添いでオーディションに行っただけなのだが、実際、その友達が受かった。

経済危機だ経済危機だと騒いでいるが、みな夜は家にいる。

ムッソリーニはひどいこともたくさんした。

デモの参加者は、主催者によれば一万人、警察によれば一〇万人。

ヴェネツィアは南のアムステルダムだ。

アルビノの人は生まれながらに音楽の才能がある。

昔はこの辺り一帯が街だった。

中国人の顔はみな違う。[19]

寝るときは枕を使ったほうがいいらしい。

リナックス[20]を使ってもよいのだが、簡単すぎる。


次に、カール・クラウス[21]の有名なパラドックスをいくつか紹介しよう。ここでは逆転は試みない。なぜなら、少し考えてみれば、逆転は不可能だとすぐに分かるからである。これらのパラドックスは、一般的な意見には背くような、ありきたりでない真実を含んでいる。これらの言葉を入れかえて逆の真実を示すことは不可能である。

警察が捜査を終わりにしたときに不祥事ははじまる。

欠点さえあれば、彼女は完璧だった。

処女性の理想というのは、それを奪いたがっている者たちの理想である。

罰というものは、罪を犯したくない者たちを怖がらせるのに役立つ。

地球には世界に探検家を送り出す暗黒の地域がある。

子どもたちは兵隊のふりをして遊ぶ。しかし、なぜ兵隊は子どものふりをして遊ぶのだろうか。

もちろん、クラウスもまた転移可能なアフォリズムの罪を犯すことはある。逆転させて正反対のことを言えるフレーズもいくつか紹介しよう。

女性の軽薄さほど深遠なものはない。
女性の深遠さほど軽薄なものはない。

醜い足よりも醜い靴下のほうが許しがたい。
醜い靴下よりも醜い足のほうが許しがたい。

美人でないのに、美人であるかのようにふるまう女性がいる。
美人なのに、美人であるかのようにふるまわない女性がいる。

超人とは、人間の存在を前提とする未熟な理想である。
人間とは、超人の存在を前提とする未熟な理想である。

どれも転移不可能に思えるのは、スタニスワフ・J・レツ[22]のパラドックスだけである。『乱れた思考』（一九五七／イタリア語版一九八四）のなかからいくつかのパラドックスを紹介しよう。


分割して眠ることによって死を完済できるならよいのに！

現実の夢を見た。目覚めたときの何という安堵感。

ひらけゴマ！　ここから出たい！

アメリカによって道をふさがれていなければ、コロンブスはいったい何を発見したことだろう！

恐ろしいのは、蜜を塗った猿ぐつわ。

海老は死後に身体を赤らめる。犠牲者として何と優美な繊細さだろう！

記念碑を倒すなら、礎だけは残しておけ。あとからつねに役立つのだから。

学問をものにはしたが、身ごもらせることはできなかった。

謙遜して自分のことをつねに何か書かずにはいられないただの書字中毒だと言っていたが、じつは密告者だった。

焚刑の炎は闇を照らさない。

ナポレオンでなくてもセントヘレナ島で死ぬことはできる。

互いの感情のための隙間がなくなるほど強く抱き合った。

みずからの犠牲者の灰を頭にちりばめていた。

フロイトの夢を見た。どんな意味があるのだろう。

小人と付き合うと、背骨が曲がる。

まったく汚れのない良心を持っていた。一度も使われたことのない良心だった。

かれの沈黙にさえ言語的な間違いがあった。

ローラン・トポール「開かれた空」リトグラフ　1945以後

わたしがレッツに弱いことは認めるが、最後はかれのパラドックスで話を締めくくりたい。ときにはこのパラドックスにしたがえないこともあるが、このパラドックスはわたしの人生の指針でありつづけている。そして、みなにとってもこれが人生の指針となることを願っている。

考えるまえに熟考せよ。

（ミラネジアーナ　二〇一〇、パラドックス）

(1) 前六世紀前半頃の古代ギリシアの詩人・哲学者。
(2) 古代ギリシアの哲学者エレアのゼノン（前四九〇頃〜前四三〇頃）のこと。
(3) 一二三頃〜一七〇頃。帝政期ローマの著述家。
(4) 一九一九〜二〇一七。アメリカの数学者・論理学者。
(5) 五六〇頃〜六三六。スペインの学者・著述家・セビーリャ大司教。
(6) ガイウス・ウァレリウス・フラックス。生年不明〜九〇頃没。古代ローマ帝国の詩人。
(7) マルクス・トゥッリウス・キケロ。前一〇六〜前四三。共和政ローマ末期の政治家・文筆家・哲学者。
(8) イタリア語の代表的な辞書。
(9) 一七四〇頃〜九四。フランスの詩人・作家。
(10) 一八九三〜一九七五。イタリアの作家。とくに両大戦間期に人気を博した。
(11) 一七七八〜一八四〇。ボー・ブランメルとも。ダンディズムを体現していた人物。
(12) 一八七〇〜一九四五。イギリスの詩人・作家・翻訳家。ワイルドの同性の恋人。
(13) ワイルドは裁判で同性愛について追及された。
(14) イタリアのチョコレート「バーチ」の包み紙のなかに入っている名言が書かれた紙切れのこと。
(15) 「教会での結婚式にはかなわない」という決まり文句を逆転させている。

(16)一九二〇~二〇〇三。イタリアの喜劇俳優・脚本家・映画監督。
(17)一九五〇年生まれのイタリアの喜劇俳優・脚本家・映画監督カルロ・ヴェルドーネのこと。
(18)「media はもともとラテン語なのだから、ミディアではなくメディアと発音すべきだ」という決まり文句の「ミディア」と「メディア」を入れ換えている。
(19)「中国人の顔はみな同じに見える」という決まり文句を逆転させている。
(20)OSの Linux のこと。
(21)一八七四~一九三六。オーストリアの作家・ジャーナリスト。
(22)一九〇九~六六。ポーランドの詩人。

間違いを言うこと、嘘をつくこと、偽造すること

「嘘」というテーマは、倫理学や政治学はもちろん、論理学や言語哲学の歴史においても盛んに議論されてきたテーマである。このテーマについての膨大な議論に興味がある人は、まずはマリア・ベッテティーニ[1]『嘘の小歴史』という読みやすい簡潔な本から読んでみるとよいだろう。それより数百ページほど分厚い本を読みたいという人には、アンドレア・タリアピエトラ[2]の『嘘の哲学』をお薦めする。わたしがこのテーマに鼻を突っ込んだのは（偶然だが、鼻という言葉からはピノッキオが連想される）、偽物や偽造についての小説や評論を書いたからというだけではない。わたしの著書『記号論』（一九七五）のある一節を引用する人があとを絶たないからという理由もある。その一節とは、「嘘をつくために使えるものはすべて記号《しるし》とみなすべきである」という内容のものである。いまここにある火から立ち昇る煙は、記号ではない。すでにわたしたちが知っていること以外の何も伝えないからだ。しかし丘の頂上から立ち昇る煙は、わたしたちの見えないところに火があるしるしであり、何かを伝えるためにアメリカ先住民によって使われているかもしれない。ほかの可能性だってある。誰かがその煙を化学的につくり出し、本当は火が存在しないのに、火があるとわたしに思い込ませ、その丘にアメリカ先住民が（本当はいないのに）いるのだと信じこませようとしているのかもしれな

フランソワ・ルモワーヌ「虚偽と嫉妬から真実を救い出す時」1737　ロンドン　ウォレス・コレクション蔵

い。

だが例のわたしの記号の定義は狭きにすぎた。〈真実でない何かを述べるために使えるものはすべて記号だ〉と言うべきだった。言い換えれば、〈現実の世界で起こってはいないものごとはすべて記号だ〉ということだ。物語とは可能世界で起こっていることを述べるものである。それと同じように、嘘とは現実世界で起こってはいないことを述べるさまざまな方法のひとつでしかない。

もう少し分かりやすく説明しよう。太陽は地球の周りを回っているのだとプトレマイオスが述べたとき、プトレマイオスはもちろん事実と異なることを述べていた。そして、そのようにプトレマイオスが述べたのは、かれが間違っていたからであって、嘘をついていたわけではない。嘘をつくとは、自分が事実だと思っていることと反対のことを述べることである。プトレマイオスは本当に太陽が動いていると信じきっていた。しかし仮にプトレマイオスがアリスタルコス[3]の信奉者のセクトに潜入しようとしていると想像してみよう。アリスタルコスの信奉者たちは、地球が太陽の周りを回っていると主張していた。だから、プトレマイオスはかれらに受け入れてもらうため、「もちろん地球は太陽の周りを回っている」とみなに言わなければならないだろう。この場合、プトレマイオスはわたしたちにとっての真実を述べていることになる。しかし、自分が信じているのとは反対のことを述べているわけなので、嘘をついていることになる。つまり、間違いを述べるとは、真実にかんする問題であり、アレティア（ギリシア語で「真理」の意味）の概念と関係することであるのに対し、嘘をつくというのは、倫理的・道徳的な問題である。真実を述べているかどうかとは無関係に、嘘つきにはなれるわけだ。無実のデズデモーナを非難するときのイアーゴ[4]は、もちろん嘘つきである。けれど万が一、デズデモーナがキャシオーにその身を許していたとしても、イアーゴがそのことを知らなければ、オセロにその真実を伝えるイアーゴが嘘つきであることに変わりはないのだ。

世のなかには愚かな人がいるものだ。たとえばわたしが小説『プラハの墓地』のなかで行ったように、嘘やさまざまな偽造について大きく取り上げたりすると、愚か者はすぐにこんなことを言う――「世界を偽造だらけのものとして描き、歴史さえも嘘に満ち満ちていると描くのですから、この世に真実は何ひとつないとお考えなのですね。つまりあなたは相対主義者というわけだ」。これは途轍もなく愚かなもの言いだ。高校や神学校で哲学を学んだことがなくても許されない愚かな発言である。

　何かが誤りであるとか間違っているとか偽造の結果であるとか口にするためには、正しいものや本当のもの、真正なものという概念をもっている必要がある。当然のことながら、真実にはさまざまなレベルがあるし、何かが事実かどうかを検証する方法にもさまざまなレベルがある。もしわたしが「外は雨が降っている」と述べたとしたら、わたしの主張の真実性は、個人的経験にもとづいて検証が可能だ。外に出て、手を広げてみればよい。もしわたしが硫酸はH_2SO_4であると述べたら、みなは教科書的な知識にもとづいてそれを真実だとみなすだろう。しかし、もし望むなら実験室に特別に入らせてもらい（さほど楽しい体験にはならないだろうが）、硫酸がどのように生成されるか見せてもらうことだってできる。もし誰かが「ナポレオンはセントヘレナ島で一八二一年の五月五日に死んだ」と述べたとしたら、それは歴史的な真実である。それをみなが信じているのは、百科事典にそう書いてあるからであり、百科事典にそう書いてあるのは、この世のどこか（イギリス海軍本部でもいい）にそれを証明する書類があるからだ。[5] しかし、それらの書類が間違っている可能性もつねに存在する（たとえばハドソン・ローがカレンダーを見間違えたかもしれない）。また、それらの書類が偽物という可能性もある（アルゼンチンにナポレオンを逃したのを隠すため、ハドソン・ローが嘘をついてナポレオンの死を報告したかもしれない）。あるいは、ロンドンの何者かがハドソン・ローのもともとの報告書を偽造して、ここでは詮索しない謎の理由によって、死の日付を変えたかもしれない。

　だからこそ、わたしは今回の講義のタイトルを「間違いを言うこと、嘘をつくこと、偽造すること」にした。つまり、「間違いを言うこと」と「嘘をつくこと」と「偽造すること」の三つには違いがある。ただし三つはさまざまな現象を幅広く含んでいる。たとえば、聖霊が父と子よりも先に存在するというのは本当だろうか。教皇はそれを真実だととらえているから、そう述べるとしても嘘をついていることにはならない。しかし、教皇を非難したコンスタンティノープルの総主教にとって、それは間違いなのだ。コンスタンティノープルの総主教は教皇が（少なくとも）間違っていると非難し、それによって東西教会の分裂が起こったのだから。聖母マリアがルルドに現れたというのは、どのような意味において真実なのだろうか。ベルナデッタ・スビルー[6]の証言しかないというのに。もし真実なのだとすれば、なぜ教会は六人も証言者がいるメジュゴリエ[7]での聖母顕現を疑問視するのだろうか。この手の真実を検証するには、硫酸の真実性を検証するときに用いられる基準とはかなり異なる基準が用いられる。

嘘の倫理学

しかし、真実でないものと真実であるものとについて真剣に論じるのは、困難を極める大仕事だから、ここでは嘘の倫理的な問題だけに話をとどめるとしよう。嘘は十戒のひとつによって禁止されているが、十戒の項目については、そのほとんどに「小ささ」の概念がある。つまり、大きな罪か小さな罪かという違いがある。たとえば「父母を敬うこと」という項目についていえば、母親にむかって「うるせえ、だまれ」などと言い放つケースと、母親をハンマーで殴り殺してしまうケースとのあいだには、違いがある。しかし、「姦淫をしてはいけない」という教えについては、（少なくともわたしが若いときに教わったかぎりでは）罪の小ささの概念が存在しない。つまり、自分の祖母を強姦した者も、モニカ・ベルッチ[8]の写真を前にして鼠径《そけい》部のかすかな動揺を感じた思春期の青年も、同じように地獄に堕ちるというわけだ。では、「偽証してはいけない」という項目についてはどうだろうか。

歴史上には、政治の分野では容認主義者が大勢いた。プラトンは、若者に徳を教えるために神話（明らかに現実にありえない物語）を語ることは許されるべきだと考えていた。また、マキャベッリは次のように述べている（『君主論』第一八章）。

> 君主が信義を守ること（……）がいかに称賛に値することであるかはみな知っている。しかし、現代においては、信義を重視せずに狡猾に人びとの頭脳を欺いてきた君主こそが、偉業を成し遂げたということがみえてくる。そして、結局はそのような君主が、誠実さを重視する君主に打ち勝ったのである。（……）信義を守ることが不利になるとき、思慮深い君主は信義を守ることはで

サルヴァトール・ローザ「嘘の寓意」1651
フィレンツェ　パラティーナ美術館蔵

きないし、守るべきでもない。（……）人間がみな善良だとしたら、この教えはよいものではないだろう。しかし、人間は邪悪であり、信義を裏切るものなのだから、そうした相手に対して自分も信義を守る必要はないのである。（……）君主は運の風むきや事態の変化に合わせて柔軟にふるまいを変える心構えをもっていなければならない。そして先に述べたように、できることなら善から離れるべきではないが、必要なときは悪にも足を踏み入れなければならない。

フランシス・ベーコン（『随想集』第六章）はこう述べている。「真実を覆い隠すことは、劣った種の政略や知恵にほかならない。いつ真実を語るべきかを知り、実際に真実を語るには、切れる頭と強い心が必要である。したがって、おおいに隠蔽する人というのは、弱い部類の政治家である」。バルタサール・グラシアン(9)はこう書いている。「真実を隠す能力は、民を治める者にとって重要な才能である」。現代においても、たとえばどこかの国の将軍が敵に尋問されたときに自分たちの攻撃の計画を簡単に明かしてしまったとしたら、その将軍は頭がおかしいとみな思うだろう。カエサルの暗号からトリテミウスの暗号、そしてさらにはエニグマ暗号機まで、軍隊は真実を隠しながらメッセージを伝えるためにさまざまな方法を用いてきた。

たしかに外交において真実を述べることは危険であり、勧められない。そして、わたしたち自身も日常のささやかな外交的やりとりのなかで、よく嘘を使う。たとえば、出会いたくもなかった人に「お会いできて嬉しいです」と言ったりするし、手料理がまずいことで有名な人の家に招かれたときは、体調が悪いからと言って断ったりする。

しかし、厳格主義者たちは、どんな理由であってもけっして嘘をついてはいけないのだと主張してきた。たとえ人の命を救うためであってもである。聖アウグスティヌスはそれについて次のような極端な例を挙げた。ある人を家に匿《かくま》っているときに、その人を殺してやろうと探しまわっている残忍な殺人犯がやってきて、その人が家にいるのかどうか尋ねる。このような場合、良識からでなくとも良心から、嘘をつくべきだと感じるはずである。しかし、聖アウグスティヌスは、このような場合であっても慈悲深い嘘をついてはいけないのだと言う。

この話は、後年イマヌエル・カントによってふたたび取り上げられる(「他者に対する道徳的義務」、「人間愛によるなら嘘をつく権利があると思うことについて」、「嘘について」)。バンジャマン・コンスタン[10]は、真実を述べることは義務であるが、「他者を傷つける真実に対する権利は誰ももたない」と主張した(『政治的反動について』)。わたしたちが知っていることは自分の財産のようなものであり、それを他者に譲るかどうかの決定はわたしたちの意思にしたがってよいという主張である。カントは、これとは対照的に、真実性はあらゆる場合において義務であると主張した。「人が偽りの情報を用いる場合、それは特定の誰かひとりに対して害をもたらすのではなく、人類に対して害をもたらす。なぜなら、そのようなふるまいが一般化すれば、知を求める人間の自然な欲求が満たされないからである」

探している相手が在宅か否かを尋ねる殺人犯を例に採れば、カントの議論は、かれのような偉大な人間もときには馬鹿げたことを言うこともあると教えてくれる(そのばかばかしさ加減は、音楽をめぐる議論に匹敵する。絵画は見たくなければ目を背ければよいが、音楽は聴きたくなくても聴かざるをえないゆえ、音楽は芸術として劣っているとカントは主張した)。カントはこう述べている。嘘をついて探す相手は留守だと言った場合、殺人犯はほかの場所を探しにいくだろう。その場合、もしかしたら、その匿っていた人物は、自分の知らないうちに家を出ていったかもしれないから、殺人犯に出くわして殺されてしまうかもしれない。しかし、その人物が家にいると言えば、殺人犯は家に入ってくるだろう。そのあいだに近所の人が家にやって来て、殺人が起こるまえにその悪党をつかまえてくれるかもしれない――これがカントの主張である。自分自身が悪党をつかまえるべきであるという考えは、どうやらカントには思い浮かばなかったらしい。温和なカント教授は、ひたすら近所の人が来てくれるのを待つだけなのだ。

　嘘の問題について、トマス・アクィナスはもう少しバランスのとれた考え方をしている。『神学大全』（第二部、第二章、問一一〇）のなかでアクィナスはある種の嘘を大した過ちではないとして許している。それは、遊びのために述べられる「遊びの嘘」と、何かの役に立つから述べられる「親切な嘘」（たとえば、誰にも害をもたらすことなく誰かの命や貞潔を救う嘘）である。それとは対照的に、アクィナスは「有害な嘘」を大罪であると非難した。「有害な嘘」とは、「誰の役に立つこともなく、誰かに害をもたらす」ものや、「誰かひとりの役に立ち、ほかの人に害をもたらす」ものや、「ただ嘘をついたり騙したりすること自体を楽しむために述べられる」ものである。つまり、アクィナスをはじめとする多くの著述家が明らかにしているように、嘘を定義するためには、自分が真実でないと思っていることを述べているとい

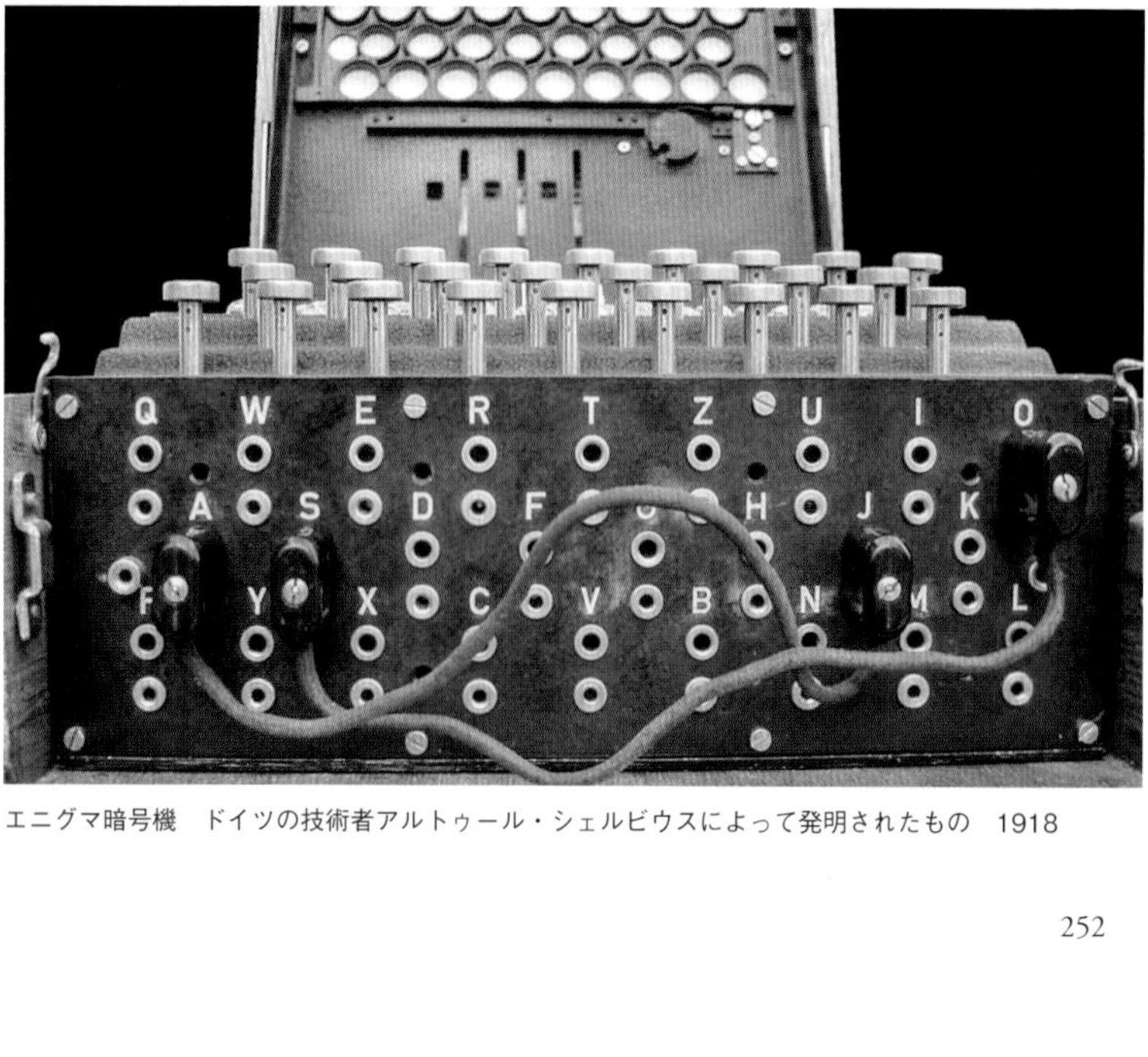

エニグマ暗号機　ドイツの技術者アルトゥール・シェルビウスによって発明されたもの　1918

う意識に加え、害をもたらそうという意図が必要なのである。

善意の嘘については、その後イエズス会士たちが〈哲学的な罪 peccatum philosophicum〉や〈小さな罪 peccatillum〉であると語っている。この言葉から〈とるに足らないこと bagatelle〉という言葉が生まれたのではないかとカントは示唆している。

しかし、この問題は「とるに足らないこと」などではない。現在でもわたしたちは、大切な人に本人が重病であると知らせないことが、慈愛の行為なのか不誠実な行為なのか問いつづけている。自分を実際よりもよくみせるための「虚栄」や「ほら話」とアクィナス（『神学大全』第二部、第二章、問一一二）がよんでいたものが非難すべきものなのだとしたら、才能の劣った人を傷つけないためにみせられる謙遜の嘘をカントが非難していたことはどう考えればよいのか。自分よりも知識が劣る人を打ち負かすために、ソクラテスが「わたしは何も知らない」と述べることは、国税庁に対して「わたしは何も持っていない」と述べることと同じだろうか。

バロックの偽り

こうした問題に人びとがことさら思いをめぐらせた時代はいつかというと、バロックの世紀だ。絶対王政や国家的理由の誕生した世紀であり、マザランの世紀である。[11]マザランは、嘘を見破るために他人の顔を注意深く観察していただけではない。自分が読んでいるものや書いているものも隠していた。そしてマザランが開くパーティーでは、魚のように見える肉や、肉のようにみえる魚、野菜のように見える果物や、果物のように見える野菜などが並べられた。嘘の見かけが、驚嘆を引き起こすものとして好まれていたからである。それはイアーゴやドン・ファン、タルチュフ[12]などの嘘つきの演劇の世紀である。さらにボッロミーニなどの建築家が、紛らわしく曖昧な遠近法で嘘をついていた世紀である。ものごとの中身よりも見かけが重視されていた世紀である（なぜなら、目と視覚が宇宙を知るための道具となっていたからだ）。そして、それはジュゼッペ・バッティスタが、[13]『嘘の弁明』（一六七三）を書いた世紀であり、この作品には詐欺や偽りの象徴的な描写が登場する。

トルクアート・アッチェット[14]は『誠実な偽り』（一六四一）のなかで、自分を本来の自分と異なる人間に見せようとする偽装については奨励していないが、自分を隠す秘匿については奨励している。カントが非難した謙遜の嘘をアッチェットは実践しているのである。（罠や騙し、脅しや策略に満ちた世紀を生きた）アッチェットは次のように述べている。

> 慎重に生きることは魂の清らかさと調和する（……）障害にあふれた道では、ゆっくりと歩みを進める必要がある（……）福音書は蛇のように慎重であれ、鳩のように純粋であれとわたしたちに説いている（……）偽ることのできない者は生きていくこともできない（……）自分を隠すことはものごとをあらわに見せない才能にほかならない。それは誠実な闇でできたヴェールなのである（……）そこから生まれるのは嘘ではなく、真実の束の間の休息である（……）。誰かが毎日、仮面をかぶって生活していたら、誰よりも有名になるだろう（……）しかし、（過去に存在した、あるいはいま現在に存在する）自分を隠すことに秀でた者たちについては何の情報もない。

まさに真の格言である。アッチェットは、自著を目立たないように出版したとある箇所で告白している。「なぜならば、自分を隠すことについて書いてきた者として、わたしは自分自身を隠さなければならなかったから」というのだ。アッチェットはこの目標を見事に達成した。誰もアッチェットに注目しなかったのである。アッチェットはクローチェに再発見されるまで、埃をかぶった書架の奥でずっと忘れられていた。

　またデカルトはガリレオが断罪されたあと、一六三〇年から執筆していた『宇宙論』を出版するのを断念した。そして名声からは逃れられなかったものの、〈賢者はひっそりと生きる bene qui latuit, bene vixit〉というモットーを守って生きた。

　アッチェットが秘匿を称賛したのに対し、バルタサール・グラシアンは著書『処世の智恵』のなかで偽装を称賛した、と言うことは容易《たやす》い。けれどことはそう単純ではない（とくにバロック期のイエズス会士の場合は）。グラシアンは、政治と欺瞞とを混同してはいけないと繰り返し述べている。そして「真実だけが、本当の名声をあたえてくれる」と述べている。さらにマキャベッリのことを、〈勇敢な嘘つき valiente embustero〉であり、「純粋な唇と純真な舌をもっているようにみえるが、地獄の炎を吐いて品行を燃やし、共和国に火事を起こしている」と述べる。一見すると、みずからの時代を生き抜くためにグラシアンが推奨しているのは、慎重さや自制や慎み深さであるように思える。「真実を言う際も思慮深い注意」が必要であり、「嘘はつかないとしても、真実は一度に言うべきものではない」とグラシアンは述べている。さらに次のようにも述べている。「真実ほど注意を要するものはない。真実を言うことは、心臓から瀉血するようなものだ。真実を上手に言うためには、真実を上手に隠すのと同じくらいの優れた能力が必要である」

　しかし極端な謙虚さから、謙虚な偽装までの距離は短い。グラシアンは〈マキャベッリが説いていたような〉嘘の必要性を理解しており、次のようなことも述べている。「獅子の毛皮よりも狐の毛皮を身にまとうべきである。実用的な賢さはものごとを隠す能力にある。狡猾さは強さよりも重要なのだ。「ものごとは実態よりもどう見えるかが重要だ。価値があるだけでなく、価値があるように見せる能力をもっている人間は、倍の価値をもつことになる。見えないなら存在しないのと同じようなものだ」。「手の内をみせてしまうことは、役にも立たなければ楽しくもない」。「巧みな人の手の入っていない完璧さは粗野に見えてしまう危険がつねにある」。「いつも誠実に行動すべきではない。他人がその単調さに気づき、こちらの行動を予期したり邪魔したりするかもしれないからだ」。自分が望むものを手に入れるために他人の望みを満たすべきである。みずからの弱さは見せず、みずからの過ちは他人になすりつけるべきである。自分の価値を落とす人間とはつきあうべきでない。「芳香剤を口に入れれば、口から良い香りが出る。そして、空気を売ることができれば、それは生きていくうえで重要な知恵になる。なぜなら、世のなかの大半のものは言葉で支払うことができるのだから」

最後に「人生は他人の邪悪さとの戦いである。抜け目のない人間はよく練られた戦略で戦う。けっして予想どおりに行動しない。自分の動きをわずかに見せるが、それは相手を欺くためでしかない。わずかな動きを巧妙に示してから、まったく異なる思いがけないことをする。自分が示した意図と異なることをつねにするよう心がけているのである。何かの決意を示したら（……）そのすぐ

フランチェスコ・ボッロミーニ「遠近法の間」1652-53　ローマ　スパーダ美術館

あとで逆のことをする。そして、その行動が引き起こす驚きによって勝者になることができる」グラシアンはアッチェットとは違う。だから、グラシアンの格言は何世紀にもわたって注目されつづけたのだ。

物語の虚構

嘘に関する現象学のなかで、物語の虚構は、重要性の低い許される嘘として言及されることがある。しかし、〈物語の虚構〉は嘘ではない。コモ湖の近くで、村の司祭がふたりのならず者に脅迫されたと小説に書いたとき、マンゾーニは嘘をつこうとしたのではない。語っていることが本当に起こったことであるというふりをしていいるのだ。そしてその虚構に参加するようわたしたちに要請している。そのとき、わたしたちは、コールリッジ[15]が述べたように、不信を一時停止することになる。それはたとえば、棒を握って銃を持っているようなふりをする子どもが、「銃弾に倒れるライオンのふりをして」とこちらに頼んでいるのと同じことだ。

物語の虚構においては、真実と異なることを述べて、誰かにほんとうにそれを信じさせようとしているわけではないし、誰かに害をもたらそうとしているわけでもない。ある〈可能世界〉をつくりあげ、仲間である読者や観客にその世界のなかで生きることを要求しているのである。そのとき読者や観客は、その世界が現実の世界であるようなふりをして、その世界のルールを受け入れることも要求される（たとえば、言葉を話す動物とか、魔法とか、ふつうの人間には不可能な行為などを信じて受け入れなければいけない）。

物語の虚構は、もちろん「虚構のサイン」を発する必要がある。これらのサインはときには「パラテクスト」から発せられる。たとえば、本のタイトルや、表紙に書かれた「小説」という言葉、あるいは本の袖に書かれた紹介文などである。虚構のサインがテクストのなかから発せられる場合、もっとも分かりやすいのは、「むかしむかし……」のような冒頭の決まり文句である。しかし、もっと別の虚構のサインもある。たとえば、物語を出来事の時系列に沿わず途中から語りはじめたり、会話文からはじめたり、一般的な人びとの物語ではなく特定の個人の物語に繰り返し焦点を当てたりするなど。しかし、虚構でしかありえない絶対的な「虚構のサイン」というのは存在しない。

虚構の物語が、まるで真実であるかのようなサインを出しつつはじまることもある。その例をひとつ挙げよう。

この旅行記の著者であるレミュエル・ガリヴァー氏は、わたしの古くからの親しい友人であり、母方の遠い親戚でもある。レッドリフの家を好奇心から訪れる人びとに疲れていたガリヴァー氏は、故郷ノッティンガムシャーのニューアークの近くに小さな土地と手頃な家を三年前に購入し、そこでひっそりと暮らすようになった（……）。レッドリフを去るまえに、ガリヴァー氏はわたしにこの原稿を託した（……）。わたしは三度ほど注意深く読んだが（……）どの頁も真実味にあふれているように思われた。実際、ガリヴァー氏は正直な人柄で有名であった。レッドリフ近辺では、何かを確言するときに「ガリヴァーの言葉のように真実だ」というのが諺《ことわざ》のようになっていたほどである。

『ガリヴァー旅行記』初版（一七二六）の見返しと扉の部分を見てみよう。この虚構の物語の作者であるスウィフトの名前はなく、ガリヴァーの名前が現実の自伝作家の名として載せられている。このようなケースは奇抜ではあるが、珍しくはない。虚構のサインがあたえられれば、すべては「……のふりをする」というカテゴリーに入ることになる。虚構であることを否定しているこの表紙は、嘘のケースにあたると言えるかもしれない。当時の読者は、「ユートピア旅行記」のジャンルの虚構性にすぐに気がつくことができたと言うこともできる。さらに、ルキアノス(16)の『本当の話』(二世紀)以来、真実性を極度に強調する言葉は、虚構性のサインであるように見えるということも言える。しかし、物語のなかでは、現実世界にかんする言及が物語の虚構と非常に密接に絡まり合うことが多い。すると、小説のなかに少しのあいだ滞在していた読者は、想像の部分と現実への言及部分をごたまぜにしてしまい、もう自分がどこにいるのか分からなくなってしまったりする。

そのため、読者が小説を真面目にとりすぎて、小説が本当に起きたことを語っているかのように感じたり、登場人物の意見を作者の意見だと思い込んだりする現象が起こる。このことをわたしは自分自身の経験からも断言

ガリヴァーがブレフスキュの軍艦を奪う　ジョナサン・スウィフト『ガリヴァー旅行記』挿画　19世紀

できる。一万部以上を売り上げたわたしの小説は、小説に慣れた読者の手から不慣れな読者の手に渡った。そして、かれら不慣れな読者は小説を本当のことを書いたものであるように読んでしまったのである。それは、昔の人形劇の最後によく観客が、ガヌロンの人形を袋叩きにしようとしたのと同じようなものである。

不誠実

ここまでの議論では、嘘とはふたりの人間（騙す者と騙される者）のあいだの関係であるように思われる。しかし、ひとりの人間のなかの嘘や三人のあいだの嘘というものも存在する。

ひとりの人間のなかの嘘とは、不誠実である。つまり、真実を知っているにもかかわらず自分に対して嘘をつくケースである。このようなケースでは、結局その自分がつ

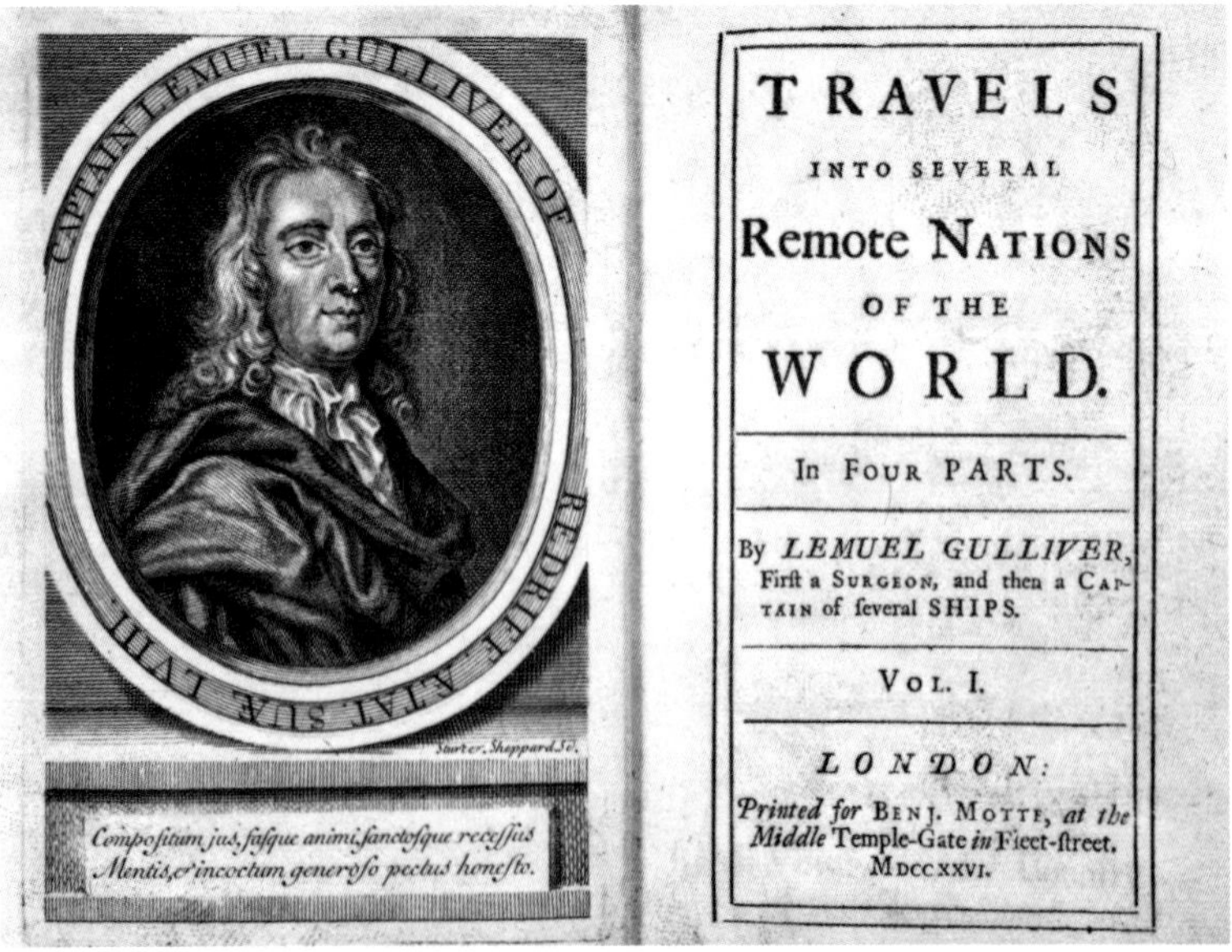

『ガリヴァー旅行記』の扉　1726

いた嘘を自分で信じるようになってしまうことが多い。このような不誠実のケースにおいては、嘘をつく人と嘘をつかれる人は同じ人間である。つまり、騙されている側の自分自身に対して隠されている真実を（騙している側の人間として）自分自身が知っているということになる。

不誠実のもっとも素晴らしい描写は、ジャン＝ポール・サルトルの『存在と無』（一九四三）のなかにある。ある女性が男性の家に行く場面で、女性は男性が自分を手に入れたいと望んでいることを知っている。男性のアパートに入った時点で自分の運命は決まることを彼女は理解しているはずである。しかし彼女はその事実をみずからに対して否定する。男性が女性に対して言った言葉（彼女を愛しているがそれは魂の愛であり肉体の愛ではない、という主張）を文字どおりに信じようとするのである。彼女はその男性の本当の願望を感知することを拒み、その願望を彼女に対する敬愛としてしかとらえようとしない。しかし、ある時点で男性が女性の手をとる。女性が自分の手を相手にゆだねれば、女性は男性の願望を受け入れたことになり、ふたりの関係は新たな展開を迎える。もし女性が手を引っ込めれば、「ひとときの魅惑をつくっている不明瞭で不安定な調和」を壊すことになる。

決断のときを可能なかぎり先延ばしにすることが肝心である。そのあと何が起こるかはお分かりだろう。女性は手を相手にゆだねるが、そのことに自分では気がつかない。なぜ気がつかないのかというと、たまたまそのとき彼女は精神そのものになっているからである（……）。そしてこのとき、彼女の肉体と魂は完全に切り離されている。彼女の手は男性の暖かい手のなかでじっと動かない。合意しているのでもないし、抵抗しているのでもない。ひとつのものになっているのだ。

この一節は、少し男性主義的なところがあるかもしれない。しかし、サルトルの外見を思い出してみると、むしろサルトルが哀れにも思えてくる。相手のほうはいったいどんな女性だったのだろうか。

アイロニー

三人のあいだの嘘の例としてはアイロニーが挙げられる。ただし、アイロニーがつねに三人のあいだの嘘であるとはかぎらない。真実と反対のことを言うのがアイロニーである（たとえば、「とても賢い君は……」とか「ブルータスは名誉ある男だ」など）。そしてアイロニーは、何が真実かを相手が知っている場合にアイロニーとして機能する。アイロニーであることを分からせるために、何らかのサインを出すこともよくある（ハラルト・ヴァインリヒ『隠喩と嘘』を参照）。たとえば、ウィンクするとか、咳払いするとか、独特のイントネーションで言うとかである。文章の場合は、引用符を付けて書いたり、斜体で書いたりすることで、アイロニーのサインを出すこともできる。なかには三点リーダーまで使ってアイロニーのサインを出す人もいる（なんと恥知らずなことだろう）。このように相手に気づかせることによって、アイロニーは虚構になる。しかし、相手が愚鈍でアイロニーのサインにまったく気がつかない場合もある。そのような場合は、その相手をからかうことになる。アイロニーが三人のあいだの嘘になるのはこのようなときである。からかいの犠牲者は、嘘を言う人間のアイロニーを理解できない（したがって、嘘を信じることになる）。そして会話を聞いている第三者だけがそのアイロニーの意味を理解する。このようにして、アイロニーを言う人とそれを聞いている第三者は愚鈍な人間をからかうのである。

パオレッタ・サラヴァル「ドブネズミを抱く貴婦人」2016　個人蔵

三人のあいだの嘘のケースにあたるものは、ほかにあるだろうか。原則的には偽造や捏造もそれにあたる。

あるものにそっくりなものを偽造することによって、そのふたつのものが同一のものであるという間違った認識が生まれうる。それは、本物の作者が特定の時代にあるものをつくり、別の人間が別の時期にそれとそっくりなものをつくるときに起こることである。しかし、本物に似せてつくられたものが、必ずしもつねに人を欺くための偽造品だとはかぎらない。自分の練習や遊びのためだけにそれをつくっただけかもしれないからである。おそらく、コンスタンティヌスの寄進状も、最初はたんなる文章の練習としてつくられていたものが、そのあとの時代になってから、本物だと言われるようになっていったのだろう（本物だと言いはじめた人びとが本気でそう信じていたのか嘘だったのかは分からない）。重要なのは、あとからつくられたものが本物とまったく同じであると述べ、本当は同じでないものを同じであると述べる人間（同一性を主張する人間）の意図である。そのような同一性の主張があるときにのみ、それは偽物になる。本当は同じでないものを同じであると主張する行為においては、三者間の関係が問題になる（似たものをつくった人間と同一性の主張を行った人間は同じ人かもしれない。その場合は、明らかな嘘のケースにあたる。しかし、同一性の主張を行った人間が、それをつくった人間とは別人であるケースもある。その人は本当にそれが本物だと信じて主張したのかもしれない。その場合は、間違ったことを言っていても嘘をついていることにはならない）。

偽造が成功するためには、ふたつのものや人が同一だという認識がなければならない。ライプニッツの同一性の概念によって議論が複雑化するのを避けるため、ここではアリストテレスの同一性の概念（『形而上学』第五巻、第九章、一〇一八a）に依拠しよう。異なると推定されていたふたつのものは、空間の同じ部分を同時に占めていれば、同一であると認識される、という概念である。
偽造のケースで難しいのは何か。いまここにある何かがオリジナルのものとして展示されていて、本当のオリジナルかもしれないものが（もし存在するとすれば）、別の場所にあるということである。つまり、同じ時間に別々の空間にふたつのものがあることを証明することができないということである。

偽造が成功するのは、当然のことながら、コピー品がオリジナル品に似ているとき、あるいは大勢の人がオリジナルについてもっているイメージと似ているときである。ラファエッロの絵画「エゼキエルの幻視」は多くの議論の的になってきたが、二枚の絵が似ていなければ、偽物かどうかという問題も存在しなかっただろう。しかし、当然ながら、一部の専門家を除けば、人びとは二枚の絵画を見るとき戸惑ってしまう。二枚のうちのどちらが偽物なのか分からなくなってしまうのだ。

わたしたちの日常生活において、類似性による間違いのよくあるケースは、同じ種類のふたつのものを見分けるのが難しいというケースである。たとえば、パーティーの最中に別のグラスの隣に自分のグラスを置いて、どちらが自分のグラスだったか分からなくなってしまう。しかし、そのようなケースは、「ふたつの同じもの」が起こす混乱のケースにあたる。

〈ふたつの同じもの（ダブル）〉とは、同じ性質をすべて備えているものだ。より正確に言い換えると、ある抽象的な類型に決まって存在する特徴をすべて備えているものである。そのような意味で、同じモデルの二脚の椅子や、Ａ４の二枚の印刷用紙は、「ふたつの同じもの」である。「ふたつの同じもの」は、欺くための偽造とは無関係である。それらふたつのものを別のものとして認識することは可能だが、ふたつのものは交換可能なのである。顕微鏡で詳しく分析すれば二枚のＡ４印刷用紙のあいだに大きな違いがあることを証明できるかもしれないが、ふつうわたしたちがそれを使うときは、どちらも同じで交換可能なものとみなされる。

同じタイプのふたつのもののうちのひとつだけが、ひとりあるいは何人かにとって特別な価値をもつ場合は、「同じように見えるが本当は同じでないふたつのもの（偽ダブル）」のケースにあたる。蒐集においては、ある特定のものに特別な価値を見いだすということがよくある。たとえば、現在は一枚あるいは数枚しか存在しない切手や、作者の署名入りの古書などがそれにあたる。このようなケースにおいては、そっくりなものを偽造することに意味が出てくる。たとえば、珍しい切手を偽造するということが起こる。日常生活の金銭のやり取りにおいては、同じ金額の二枚の紙幣は、「ふたつの同じもの」とみなすことができ、交換可能である。しかし、法律的な観点からいえば、二枚の紙幣は異なるふたつのものである。なぜならその二枚の紙幣には異なる番号が記されているからである（ただし、この番号の違いが意味を持つのは、紙幣が身代金の支払いに使われたり、銀行強盗で盗まれたりした場合などにかぎられる）。

このテーマについてはさまざまな興味深い問い

ラファエッロ（推定）「エゼキエルの幻視」1518頃　個人蔵

ラファエッロ「エゼキエルの幻視」1518頃
フィレンツェ　パラティーナ美術館蔵

が投げかけられてきた。たとえば、次のような問いがある。造幣局の局長が、自分の造幣局の機械と本物の透かし模様の紙を使って、（不正な目的のために）紙幣を印刷したとする。局長は、数分前に合法的に印刷した別の紙幣と同じ番号をその紙幣に付けた。このような場合、局長が不正な目的のために印刷した紙幣を、本物の紙幣だとみなすことができるのだろうか。紙幣がつくられた順番によって、どちらが本物かを決めるのなら、先に印刷された紙幣のほうだけが本物だということになるだろう（双子が生まれたときにも、先にお腹から出てきた子どもが最初に宿った子どもだとみなされる。ただし、じつはあとから出てくるのが最初に宿った子どもなのだとほのめかされることもある。あるいは、二枚の紙幣のどちらかを破棄し、残ったほうをオリジナルだとみなすこともできる。鉄仮面にはこの方法が用いられた）。

いま論じたケースが〈（誤った）強い同一視〉にあたるとすれば、〈（誤った）弱い同一

ミケランジェロ「ダヴィデ像」の複製　カリフォルニア州グレンデール　フォレスト・ローン記念墓地

ミケランジェロ「ダヴィデ像」1501-04　フィレンツェ　アカデミア美術館蔵

視〉にあたるケースも存在する。それは言い換えると、〈交換可能というみなし〉のケースである。あとからつくられたそっくりなものが、最初のものと同一ではないことをよく分かっているが、ふたつのものを価値や機能の面で同じとみなす場合である。創作者に属す厳密な「オリジナル」の概念をもたない人びとがふたつのものを同等のものと見なすときに、このようなケースが起こる。たとえば、古代ローマの貴族たちは、ギリシアの彫像の複製について美的に十分満足できるものだと考えており、その彫像の複製に「フェイディアス」[17]あるいは「プラクシテレス」[18]など名前のサインを入れさせていた。フィレンツェに来る観光客がヴェッキオ宮殿の前でミケランジェロのダヴィデ像の複製をうっとり眺め、オリジナルがアカデミア美術館に保管されていることを気にしないのも同じである。カリフォルニアの人びとは、フォレスト・ローン記念墓地にあるダヴィデ像の複製をオリジナルであるかのように鑑賞しているかもしれない。そこを訪れる人びとはオリジナルが何かもよく分かっていないかもしれない。同じくカリフォルニアでわたしはブエナパークの蠟人形館を訪れたことがあるが、そこにあるダヴィデ像の蠟人形を見学者はオリジナルと同じように喜んで鑑賞しているようだった。

ときに手を加えることによって本物が偽物に変わってしまうということも起こりうる。たとえば絵や彫像に不正確な修復を行い作品が変わってしまうときや、身体の一部を隠したり、多翼祭壇画をばらばらにしてしまうときなどである。厳密にいえば、わたしたちがオリジナルだと考えている古い芸術作品も時間の経過や人間の手によって変化し、切断や修復、変色や色褪せなどをこうむっている。新古典主義においてはギリシア的な「白さ」が理想とされたが、古代ギリシアの神殿にはもともとさまざまな色が使われていた。

しかしあらゆるものは、つくられた習慣から物理的・化学的な変化をこうむる可能性が高いのだから、あらゆるものは自分自身の永続的な偽造品なのだとみなせる。オリジナルの概念について極度に神経質になってしまうのを避けるため、わたしたちの文化は、ものがもとの状態のままかどうかを判断するための柔軟な判断基準をつくり上げてきた。たとえば、美的な観点では、芸術作品のどこかが部分的に欠けてしまった場合、オリジナルの状態でなくなったと考えられることが多い。しかし考古学的な観点では、ある芸術作品のいくつかの部分が欠けてしまっても、いままでどおりにオリジナルの本物であるとみなされる。たとえばアテネのパルテノン神殿の場合、もともとの色がなくなり、もともとの建築的特徴や石の多くもなくなっているが、いまそこに残っているものは、つくられたときと同じものであるとみなされている。テネシー州のナッシュビルにあるパルテノン神殿は、古代ギリシア時代のパルテノン神殿のもともとの姿をモデルにつくられた。ギリシアのパルテノンがナッシュビルのパルテノンの変形あるいは偽造品だと考えるべきかもしれないくらい、ナッシュビルのパルテノンの姿は完璧である。しかしながら、アクロポリスの丘にある不完全なパルテノンは、アメリカのパルテノンよりも「より本物」で、「より美しい」と考えられている。それは、ギリシアのパルテノンがもともとの場所に立っているからでもある。実際のところ、ナッシュビルのパルテノンは、アクロポリスの丘の上ではなく平野に立っているという欠点を抱えている。

本物なるものが存在しなくなった場合や、もとから存在しなかった場合、誰も本物を見たことがない場合はどうなるのだろうか。偽造文書などがそうしたケースにあたる。ある偽物について本物だという主張がなされるが、本物は最初から存在しない、というケースである。たとえば、偉大な贋作者ハン・ファン・メーヘレンの作品が例として挙げられる。ハン・ファン・メーヘレンが一九三七年に描いた「エマオの食事」は、フェルメールの作品だとみなされ、二五〇万ドル（現在のレート）で売られた。フランドル絵画やオランダ絵画をゲーリングに売った罪で戦後に起訴されたとき、ファン・メーヘレンはそれらがみずからの手による贋作だったことを告白したのだが、誰もそれを信じてくれなかった。かれは嫌疑を晴らすために、刑務所のなかで同じ贋作をもう一枚描き、みずからの偽造能力を証明しなければならなかった。

こうした偽造品がつねに犯意をもってつくられるものなのかどうかは、簡単に答えの出ない問題である。理屈からいえば、水の流れに何世紀もさらされた大理石は、ブランクーシ[19]の作品のようにみえるかもしれない。誰かを騙そうという意図をもつ人間がまったく存在しなくても偽造品が生まれることはありうる。おそらく、最初に描かれはじめたモディリアーニの贋作のケースも、こうした犯意のないケースにあたるのだろう。ただの遊びで真似して描いてみて、すぐに捨ててしまったのである。しかし、ヒトラーの偽の日記は、明らかな偽造文書である。これは、もとから本物が存在しないものを偽造するケースにあたる。

本物は存在しないとよく分かっているにもかかわらず、偽造品が本物の機能を代わりに担ってくれるのだと心から信じて偽造を行い、その偽造品を本物としてみせるケースも存在する。信念にもとづく偽文書のケースである。中世の修道士には、自分の修道院の所有権の歴史を主張したり、所有権の範囲を広げたりするために、偽の文書を作成する者がいた。伝統にもとづき、かれらは本当にそのような特権があるのだと信じていて、それを公に証明するために文書を偽造してい

パルテノン神殿の復元　テネシー州ナッシュビル　センテニアル・パーク　1921-31

たのである。逆説的なことだが、『シオン賢者の議定書《プロトコル》』さえも、（強い偏見に満ちた人間にとっては）このようなタイプの偽造文書にあたる。『シオン賢者の議定書』の偽造者たちは、文書が偽物であることをよく分かっていたが、正当な偽造文書であると考えていた。なぜなら、ユダヤ人の本当の計画だと自分たちが信じていることを書いていたからである。一九二四年に有名な反ユダヤ主義者のネスタ・ウェブスターが書いていたことをみてみよう。

> わたしが唯一確信をもって言えるのは次のことだ。本物かどうかにかかわらず、あの議定書には世界革命の計画が書かれている。それは、予言的な性質をもっており、過去のほかの秘密組織の計画とも非常によく似ている。議定書はどこかの秘密結社がつくったもの、あるいは秘密結社の伝統をよく知りかれらの考えや文体を再現する能力をもつ人間がつくったものであろう。

ハン・ファン・メーヘレン「最後の晩餐」部分
1940-41　個人蔵（ファン・メーヘレンがフェルメールのスタイルを真似て描いた数多くの絵画のひとつ）

無からの偽造

Aという作者によってつくられた一連のものが存在し、その名声が何世紀もつづいている場合について考えてみよう（たとえば、ピカソの一連の有名作品など）。Aの一連の作品群からひとつの抽象的なタイプというものが生まれる。それは、Aのあらゆる作品のすべての特徴を含めたものではなく、むしろ、一種の生成規則のようなものである（作品のスタイルや材料の種類などが例として挙げられる）。ある偽造品がつくられ、Aの作であると主張されるとしよう。二〇一〇年にロサンゼルスの古物商によって二〇〇万ドルで売られたピカソの贋作が例として挙げられる。その古物商は一〇〇〇ドルを贋作者に支払ってその絵を手に入れていた。正直に言って、その作品をよく見てみれば、それほどの価値がないことは明らかであり、詐欺の被害者たちに同情する必要はないだろう。一方、あるものの性質を模倣してつくったことを公に認めている場合は、（オマージュやパロディとしてつくられた）「誰々ふう」の作品であると言える。

ふたつのものが同一ではなく、そのうちのひとつが偽物であると確信をもって言えるのは、次のような場合だけである。たとえば、ルーヴル美術館に展示されているオリジナルの「モナリザ」のまえに立ちながら、わたしたちに「モナリザ」の複製を見せ、ふたつのものがまったく同じものなのだと主張する人がいる。それは実際には起きないようなことだが、こうしたケースにおいてすら、偽物だと思われているほうがじつは本物で、ルーヴル美術館の所蔵品のほうがじつは偽物で、誰かの悪意（あるいは間違い）によってその壁に掛けられているだけかもしれないという疑いが残るだろう（たとえば、一九一一年の有名な盗難のあとに作品がふたたび見つかったときに偽物にすり替わってしまったのかもしれない）。

したがって、偽物が偽物であることを証明するには、オリジナルだとされるものの真正性を証明する必要がある。

真正性の証明

現代の科学には、当然のことながら、オリジナルの真正性をたしかめるための数多くの基準がある。しかし、これらの証明は、何かが本物であるかどうかよりも、何かが偽物であるかどうかをたしかめるのに役立つように思われる。ある文書について考えてみると、その文章に使われている物質（たとえば羊皮紙）がその作品が生まれたはずの時代のものではないとなれば、偽物である。そして現代の科学では物質の属する時代をかなり正確に知ることができる。聖骸布《シンドン》とされる布が中世のものであると証明された場合、それにイエスの身体が包まれたという説は信用できないものになる。しかし、仮にその布が一世紀頃のものだと分かったとしても、その布がイエスを包むのに使われていたことの証明にはならない。ヘルメス文書の『アスクレピオス』は長いあいだマリオ・ヴィットリーノによって翻訳されたものだと考えられていたが、現代の文献学者はそうでないことを証明した。その証拠は、マリオ・ヴィットリーノがつねに文章の最初に「etenim」と書いていたのに対し、『アスクレピオス』においてこの言葉は、二五箇所中二一箇所、二番目の位置に現れていることである。しかし、仮に別の文書で「etenim」という言葉がつねに文章の最初に書かれていたとしても、マリオ・ヴィットリーノの訳であることとの証明にはならない。[20]

概念や論の立て方、図像などを検証し、それらが作者であるはずの人物の生きた文化的環境と一致しているかどうかを判断するという方法もある。たとえばプラトンの作とされる文書に『ヨハネによる福音書』についての言及があれば、その文書は偽物だと推定することができる。しかし、福音書についての言及がないからというだけで、その文書が紀元前に書かれたという証明にはまったくならない。

そのものがつくられた時代に知られていなかったはずのことについて言及している場合、その文書は偽物である。ロレンツォ・ヴァッラ(21)はコンスタンティヌスの寄進状の真正性を否定した。なぜなら、寄進状には総主教座としてのコンスタンティノープルについての言及があるが、この寄進状が作成されたはずの時代にはコンスタンティノープルはそのような名前でまだよばれておらず、まだ総主教座でもなかったからだ。チャーチルとムッソリーニのあいだの書簡とされるものについて、最近の研究は、使われている紙はたしかに当時のものであるが、この書簡は偽物であるはずだと証明した。なぜなら、たとえば一通の手紙は、チャーチルがすでに何年もまえから住んでいなかった家で書かれているように思われ、また、別の手紙では、その手紙の日付よりもあとで起こった出来事についての言及があるからだ。

しかし、コンスタンティヌスの寄進状がコンスタンティノープルについて言及していなかったとして、それは、本物だという証明になっただろうか。三十年戦争について言及していたら、プラトンの文書でないことはたしかだが、三十年戦争について言及しているからといって、それがデカルトの文書だという証明になるだろうか。

一般的に流布している偽造の概念は、偽物と比較すべき「本当」のオリジナルというものを前提としている。しかし、ここまでみてきたように、真正性を決定するための基準は非常に弱い。しかも、これまでみてきた基準はすべて、「不完全」な偽物が目の前にあるときにのみ役立つように思われる。あらゆる文献学的鑑定基準に耐えうるような「完璧な偽物」というのは存在するのだろうか。もしも、今日の世界にファン・メーヘレンのような贋作の天才がいて、一五〇〇年頃かそれ以前の時代のポプラの木板を入手し、レオナルドの使っていたのと同じ油と顔料を手に入れ、ルーヴル美術館の「モナリザ」を完璧な複製品と差し替えたとしたら。そのスタイルの点でも技術の点でも完璧な複製品が、化学的な検証すべてに肯定的な結果しか出さなかったとしたら。そのような場合、わたしたちは偽造品を発見することができるのだろうか。このようなことはすでに起こっているかもしれない。

楽観的な展望

ここまでみてきたように、一〇〇パーセント満足のいく確実な鑑定基準というのは存在しないが、わたしたちは通常、さまざまな検証方法によってバランスよく鑑定された結果にもとづく論理的な推測を信用する。それはたとえば裁判において、ひとりの人間の証言があまり信用できないように思われても、三人の証言者が同じことを言っていれば、その証言が信用されるのと似ている。ひとつの証拠だけでは頼りないかもしれないが、証拠が三つあればそれらはまとまった体系になる。どのケースでも、解釈の効率の基準を人は信用する。真正性の判断は、(反論の余地がまったくないとは言えなくても)かなり信憑性のある証拠にもとづいた説得力ある推論の産物である。わたしたちがこれらの証拠を受け入れるのは、それらひとつひとつを疑うことに時間を費やすよりも、それらの証拠を受け入れたほうが論理的に効率がよいからである。

社会的に受け入れられているものや文書の真正性をわたしたちが疑うのは、その真正性を否定する何らかの証拠がわたしたちのこれまでの思い込みに混乱を引き起こすときのみである。でなければ、ルーヴル美術館に行くたびに「モナリザ」の真正性を検証しなければいけないことになってしまう。なぜなら、今日見る「モナリザ」が昨日見た「モナリザ」と同じで、夜のあいだにすり替えられていないという証拠はどこにもないからだ。

しかし、そのような検証は同一性にかかわるあらゆる判断に必要なものだ。実際のところ、今日会うピンコという友人が、昨日会ったピンコと同じだという保証はどこにもない。なぜなら、ピンコは絵画や彫像などよりも物理的（生物学的）な変化をこうむりやすいからである。それに、わたしがピンコだと思っている人間は、じつは、巧妙にピンコの変装をしているパッリーノという人物かもしれない（『ディアボリック』（イタリアの人気漫画）に出てくるプラスチック製のマスクを思い出してほしい）。ピンコは、「モナリザ」に比べて偽造が難しくはない。絵の贋造に成功するよりもむしろ、誰かの変装に成功することのほうが簡単である（ただし、ふつうは紙幣や彫像を偽造したほうが経済的なメリットがあるだろう）。

しかし、毎日ピンコをピンコであると認識できるように、そして自分の両親や夫や妻や子どもを毎日認識できるように、わたしたちは社会的な習慣にもとづいた直感的な認識の仕方を信じている（それは今日見る聖堂が去年見た聖堂と同じ聖堂だと認識するときも同じである）。こうした直感的な認識法は信用できるものだと証明されている。なぜなら、こうした方法を使ってわたしたち人類は何百万年も生き残ってきたからである。そしてこの環境適応性にもとづいた証拠だけで十分なのだ。

わたしたちはいろいろなものを本物であると認め、（ときに間違うことはあるものの）確信をもってこの世界のなかを動きまわることができる。しかも、それだけではない。嘘をつく人間や偽造する人間は、ほとんどいつも見破られる。わたしたちの美術館や博物館のなかにまだ発見されていない偽造品がたくさん紛れ込んでいる可能性はある。あるいは、ユリウス・カエサルがアレシアの戦いの展開について嘘をついた可能性もある。ネロ皇帝が本当に狂っていてローマに火を放ったのか、悪意ある歴史家の犠牲者だったのか、いまだに分かっていない。しかし、文献学の研究成果によって、コンスタンティヌスが何の寄進もしていなかったことは確実に分かっている。そして、もしもある政治家が減税をすると言っておいて、実際には減税がされなかったとしたら、政治家が嘘をついたことを証明する事実が大量に残る。ハンナ・アーレントは次のように書いている（「政治における嘘」一九七一）。

> 秘密（外交においては「裁量」や「国家機密」とよばれる）と欺瞞、すなわち政治的な目的を達成するための正当な手段として使われる意図的な偽りやまったくの嘘は、有史以来つねに存在した。誠実さが政治的な美徳に含められたことはなく、嘘はつねに政治的な駆け引きにおいて正当化できる手段とみなされてきた。

しかし、悪名高い国防総省秘密報告書《ペンタゴン・ペーパーズ》について書かれたこの論考のなかでアーレントは、結局、嘘とは持続できないものなのだという判断を下している。ベトナム戦争を行う際にアメリカ政府がさまざまな嘘をついていたことを証明した国防総省秘密報告書が、事実に対して抵抗できなかったことをアーレントは指摘している。そして、そうした組織的な嘘は事実性に対する冒瀆であり、それがこれほどまでに広まると政治の病理を生み出すのだと述べている。サダム・フセインが核兵器を開発していたというＣＩＡの主張が嘘だと認めざるをえなかったのも、ありのままのむきだしの事実と照らし合わせることによってであった。

事実をまえにして前言撤回せざるをえないケースもあれば、みずからの嘘から生まれた矛盾をまえに前言撤回せざるをえないケースもある。だからこそ、「嘘は足が短い」（「嘘はすぐばれる」という意味の諺）とよく言われるのだ。

ジョナサン・スウィフトは、小冊子『政治的な嘘の技術』において、同時代（現代ではない）の状況について次のように述べている（この小冊子の作者がほんとうにスウィフトかどうかはまだはっきりしていないため、実際はほかの人がスウィフトのために書いたものかもしれない）。

アルベルト・サヴィニオ「自画像」1936　トリノ　市立近現代美術館蔵

政治家の嘘つきはほかの職業の嘘つきと異なる点がある。劣った記憶力をもっていなければならないということだ。それは、あらゆるときにあらゆる状況で必要とされることだ。かかわった人の意見に合わせて、自分が矛盾したことを言ったことや、正反対のことを誓ったことを覚えていてはならないのである（……）。かれの優れた才能は、政治的な嘘の無尽蔵の蓄えである。かれは誰かと話すたびにその蓄えを惜しみなく分けあたえる。そしてその三〇分後には同じような気前のよさで、先ほどの発言と矛盾することを言うのだ。かれはある発言が真実か嘘かということを考えることがない。考えるのは、その瞬間に目の前にいる人間に対してそれを肯定しておいたほうが得になるか、あるいは否定したほうが得になるかということだけである。したがって、夢を解釈するように、かれが言うことをすべて解釈し、反対のことを想像したとしても、何が本当なのかまだ分からないし、かれの言うことを信じても信じなくても、どちらにしても騙されてしまうことになる（……）。このことを知れば、あらゆる主張のあとにつづくかれの誓いを聞いても、恐怖を覚えなくてすむだろう。ただし、かれが神やキリストにかけて誓いを行う場合、偽証であるとは言えないとわたしは思う。なぜなら、神もキリストも信じていないことをかれは世界にむけて何度も公表しているからである。

このときのスウィフトの言葉こそ、真実の言葉である。

（ミラネジアーナ　二〇一一、嘘と真実）

（1）一九六二〜。イタリアの哲学研究者。

(2) 一九六二～。イタリアの哲学研究者。
(3) 前三一〇～前二三〇。古代ギリシアの天文学者・数学者。サモスのアリスタルコスともよぶ。
(4) シェイクスピアの悲劇『オセロ』の登場人物。オセロの妻デズデモーナとオセロの副官キャシオーが密通しているという嘘をオセロに述べる。
(5) セントヘレナの総督としてナポレオンの監視役を務めた人物。
(6) 一八四四～七九。フランスの聖女。一四歳のときに南仏ルルドの洞窟で聖母の出現を体験、ヌヴェール愛徳修道会の修道女となる。写真に撮られたカトリック教会の最初の聖人としても知られる。
(7) ボスニア・ヘルツェゴビナ南部の小さな町。聖母マリアが出現したとうわささされる。
(8) 一九六四～。イタリアの女優・モデル。
(9) 一六〇一～五八。スペインの哲学者・著述家・イエズス会士。
(10) 一七六七～一八三〇。スイス出身のフランスの作家・政治家。
(11) 一六〇二～六一。イタリア生まれのフランスの枢機卿・政治家。イタリア名はマッツァリーノ。
(12) モリエールの戯曲『タルチュフ』の登場人物。
(13) 一六一〇～七五。イタリアの詩人・著述家。
(14) 一五九八?～一六四〇?。イタリアの詩人・著述家。
(15) 一七七二～一八三四。イギリスのロマン派詩人・批評家。
(16) 一二〇頃～一八〇頃。ローマ帝国時代のギリシアの作家。シリア生まれ。
(17) 紀元前五世紀に活躍した古代ギリシアの彫刻家。
(18) 紀元前四世紀に活躍した古代ギリシアの彫刻家。
(19) 一八七六～一九五七。パリで活躍したルーマニア出身の彫刻家。
(20) 四世紀のローマで活躍した学者。
(21) 一四〇七頃～五七。イタリアの人文主義者。

芸術における不完全のかたちについて

不完全が話題にのぼることは多いが、その概念については不完全なままにされがちである。たとえばグレマス[1]の興味深い小著『不完全について』（一九八七）は、不完全の語をタイトルに冠していても、不完全については語っていない。一方、同じく不完全に捧げられたリタ・レーヴィ＝モンタルチーニ[2]の著作『不完全礼賛』（一九八八）は、わたしたちの脳をかくも見事に創造的に仕立ててくれる脳の限界へむけた讃辞となっている。完全な生物であるゴキブリは数億年前の祖先と瓜ふたつの姿をしている。ゴキブリの脳機能が進化しなかったのは、それが完全だからだ。それに対し、人間の脳機能は不完全である。人の脳は不完全であり、ゆえに進化が可能なのだ。

神学的な観点に立つなら、神に比して人間が不完全なことは疑いがない。しかし、レーヴィ＝モンタルチーニに倣うなら、それは人間がいついつまでも創造的であるようにと神もしくは自然が望んだ結果かもしれないのだ。

より低空を飛行してみよう。ふつう不完全は、あるジャンル、規範、法則に照らして定義される。トマス・アクィナスは美の基準として、「比例性」と「明瞭性」（この二点は明白だ）に加え、「充全性」を挙げた。「充全性」とは無欠さを指し、それゆえ、「損なわれたものはそれ自体醜い」。平たくいえば、あるべき背丈をもちあわせていない小人と身体の一部を欠いた不具者は不完全ということだ。同様に、一三世紀、オーヴェルニュのギヨームは、その『善と悪についての書』で、三つ目あるいはひとつ目の者は醜いとした。前者は取り去るべきものをもつため、後者は必要なものを備えていないためという……すなわち、規定に照らして多すぎるか少なすぎるものは不完全というわけだ。

無欠さとしての完全の問題は、最後の審判の日に死者の身体がどう甦るか定義するに際し、キリスト教思想につきまとってきた。生前同様の完全な姿というのはいいが、生前のどの時期の姿を指すのかということだ。二〇歳の姿か、六〇歳の姿か。仮に死に臨んだときの姿として、臨終時に片腕を失くしていたりすっかり禿げあがっていたりした場合はその状態で甦るというのか。

トマス・アクィナスは「補遺」第八〇問題で、腸は甦るか問うている。腸もまた人体の一部だが、もちろん汚物をたっぷり溜めこんだ状態で甦ることはないだろうし、さりとてすっからかんでもあるまい。自然は真空を嫌悪するためだ。では、もっともな理由で切り落とされた泥棒の腕はどうか。泥棒が後に悔悛し救われた場合、悔悛者の救済に協働しなかった腕は元に戻されるのだろうか。だが欠損したままでもないだろう。すでに至福にある者を罰することになりかねないからだ。この問いに対するトマス・アクィナスの解答はこうだ。必要な要素を欠いた芸術作品が完全になりえないのと同様、人間が完全な状態で甦らねばならないとすれば、復活の際には現に存在するすべての部位が元どおりになっていなければならない、と。

したがって、腸は卑しい廃物でなく貴い体液に満たされた状態で甦ることになる。泥棒にかんしていえば、後に浴する栄光に達するのに協働しなかったくだんの部位にもかかわらず、なおもその者は身体のすみずみに至るまで祝福に値する。

では、髪と爪は甦るのか。これらは、身体とともにけっして甦らないであろう汗や尿、そのほかの排泄物同様、余分な食物エネルギーの産物とされる。しかし神は「あなたがたの髪の毛の一本もけっ

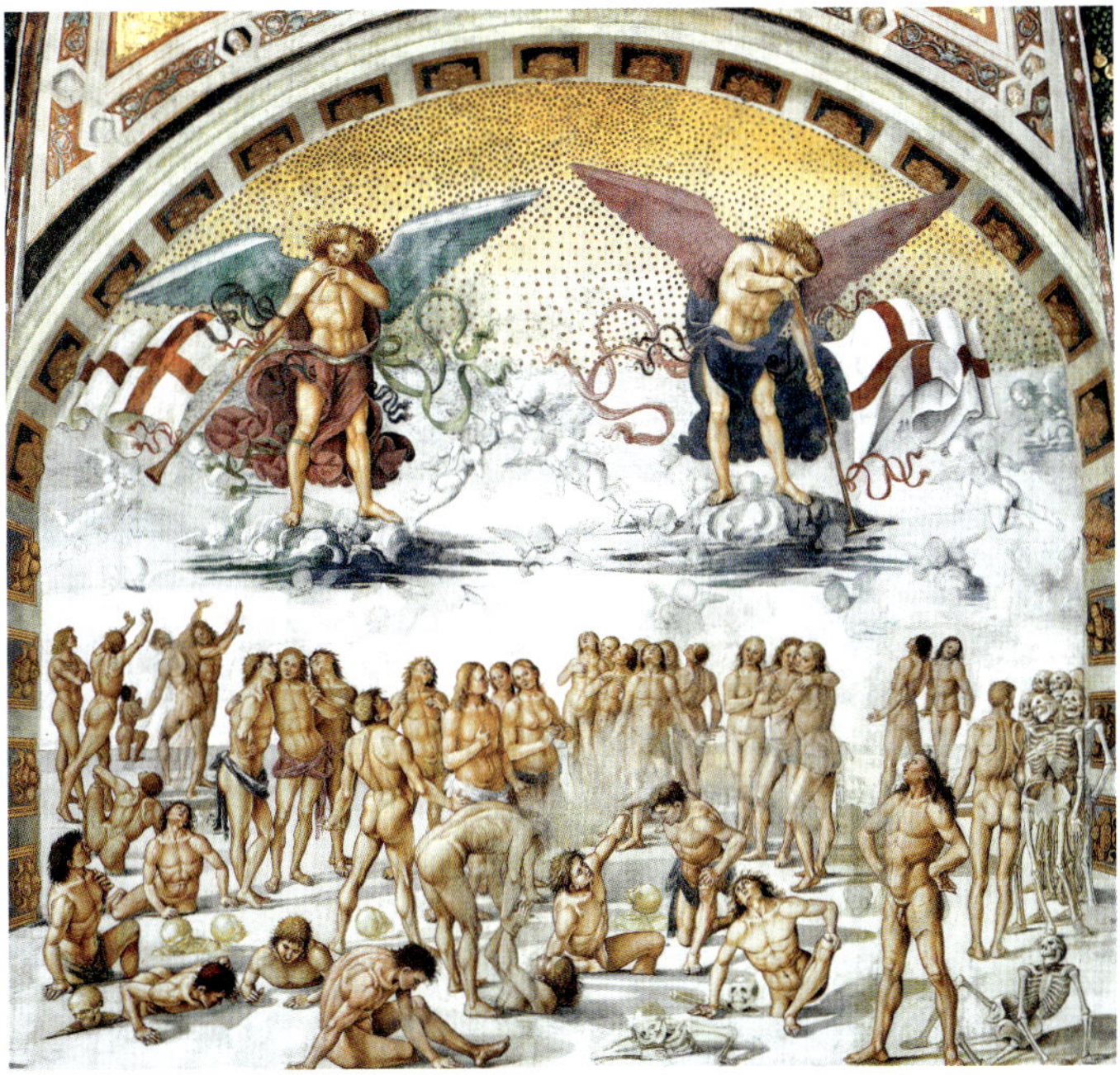

ルカ・シニョレッリ「肉体の復活」サン・ブリツィオ礼拝堂フレスコ画の部分　1499-1502　オルヴィエート大聖堂

してならない」と言われた。髪と爪は装飾として人間にあたえられている。そして人体は、ことに選ばれし者の身体は、全き美しさを備えて甦らねばならない。ゆえに髪と爪を備えた姿で甦らねばならないのだ。

一方、天国で至福の者は「めとることも嫁ぐことも」ないのだから、生殖器は甦らないだろうし、精液もまた甦らない。髪のように個人を完成させる役には立たず、それが益するのは種の完成であるためだ。言ってみるなら、天国でパーマをあてることはできても、性交はできないというわけだ。

アウグスティヌスによりすでに検討された(『神の国』第二二巻、二〇章)もうひとつの問題は、何者かに身体を貪り食われた死者には何が起こるかというものだ。アウグスティヌスによれば、人食いを満たした肉はその後分解されるが、万能の神は消え失せたものを元に戻すこともできるため、その肉は食われた当人の元に戻されるという。肉片は一種の貸与物として人食いの手に渡るのであり、元の所有者に戻されるはずというわけだ。髪の毛一本すら失われないところに、肉の塊が失われると考えるのは不条理というものだ。

およそ同じ意味のことをより目配りの利いたかたちでトマス・アクィナスも述べることになる。実際のところ、この無欠さとしての完全の概念は後にレオパルディにまで引き継がれてゆく。レオパルディは『随想集』で、「存在の完成とはその原初的性質との完全なる一致にほかならない」と述べた。いいだろう。ペルーの国境を誤って示したピンク色のグロンキ大統領南米歴訪記念切手は不完全であり、現実問題として市場から回収されることになったが、まさにその不完全さのおかげで、コレクター垂涎《すいぜん》の稀少でお値打ちの一枚となった。

両腕が欠けたミロのヴィーナスは不完全だが、その姿を一目見ようと人はルーヴル美術館に詰めかける。

毛皮のティーカップがリナシェンテ百貨店で販売されるなら、本来の機能にふさわしくなく完全とは言いがたいが、オッペンハイム[3]の作品ということなら完全であることは疑いない。

わたしたちはときに、非対称な容貌や、カノーヴァの彫像にくっついていれば醜く思われる類の鼻やほくろやヴィーナスの斜視とよばれる軽い斜視の女性に魅力を覚えることがある。モンテーニュ（『随想録』三・一一）は足の不自由な女性の魅力を称えて次のように書いた。

イタリアでは、足の不自由な女性と一夜を共にしたことのない者はウェヌスの完全な甘美さを知らないと言われている（……）。わたしは、不自由さゆえの変則的な動きが目新しい快感をもたらし、その快感を受ける相手に何らかの甘美さを覚えさせるのだろうと考えていたが、最近になって古代の哲学がこのことについて次のように言明しているのを知った。それによれば、足の不自由な女性の脚と腿は、不完全さゆえにその箇所に充てられた養分を受けることができないため、その上部に位置する生殖器がいっそう養分に満ちて旺盛になるということだ。あるいは、不自由さにより脚の運動が妨げられるため、本人のエネルギー消費が少なくて済み、ウェヌスの営みにより完全に取り組むことができるという（……）。かつてわたしは女性の足が不自由という理由で女性からより多くの喜びを得られると信じ、このことを女性の美点のひとつに数えあげていた。

マリーノ[4]（『竪琴』一四）は病身の女性の蒼白さに抗いがたい魅力を見いだした。

蒼白きわが太陽よ、
おまえの愛くるしい蒼白さに
鮮紅の暁はその色を失う。
蒼白きわが死よ、

愛くるしく蒼白き菫《すみれ》のようなおまえには
愛を湛えた緋色の
薔薇もひれ伏すのだ。
おお、わが運命の意に添いたまえよ。
愛らしいおまえとともにわれもまた蒼白と
ならんことを。
愛しい蒼白のきみよ!

谷崎潤一郎の『鍵』(一九五六)には、日本人女性の脚への讃辞がある。それはわたしたち西洋人が西洋の女性のすらりと伸びた脚に比べて不完全とみなすものだ。

僕は結婚後始めて、自分の妻の全裸体を、その全身像の姿に於いて見たのである。就中《なかんずく》その下半身をほんとうに残る隈なく見る〼《こと》を得たのである。彼女は明治四十四年生れであるから、今日の青年女子のような西洋人臭い体格ではない。若い頃には水泳とテニスの選手であったと云うだけに、あの頃の日本婦人としては均整の取れた骨

メレット・オッペンハイム「毛皮の朝食」1936　ニューヨーク近代美術館蔵

格を持っているけれ𪜈《ども》、たとえばその胸部は薄く、乳と臀部の発達は不十分で、脚もしなやかに長いには長いけれ𪜈《ども》、下腿部がややO型に外側へ彎曲しており、遺憾ながら真っ直ぐとは云いにくい。殊に足首のところが十分に細く括《くく》れていないのが欠点だけれ𪜈《ども》、僕はあまりに西洋人臭いすらりとした脚よりも、いくらか昔の日本婦人式の脚、私の母だとか伯母だとか云う人の歪《ゆが》んだ脚を思い出させる脚の方が懐しくて好きだ。のっぺらぼうに棒のように真っ直ぐなのは曲がなさ過ぎる。

このことが意味するのは、完全を測る何らかの基準がわたしたちにあるとしても、人間やときに動物を対象とする数多くのケースでわたしたちには例外を認める準備ができているということだ。なぜなら、わたしたちは規格としての美を魅力から切り離して考えているためである。魅力は定義不能で、嗜好次第で種々に変幻しうるのだ。

その魅力については議論したところで埒《らち》が明かない。ここで明らかにすべきはむしろ、芸術における不完全の基準ではないだろうか。そのときまず確認すべきは、少なくとも現代芸術においては、規範という考えをもちだすことはもはや不可能ということである。さもなくば、ピカソの描く顔貌は不完全ということになってしまう。そうではなく、芸術作品が己自身に規範をもたらしているのだ。（少なくとも今日の）わたしたちが芸術作品に求めるのは、それが特定の嗜好の原則に適っているかどうかではなく、作品に内在する規範に則しているかどうかである。そこでは、形式上の秩序と一貫性が、作品を構成する部分にルールを提供する――それゆえ、（目に映るままに人間の姿をとらえようとした）四歳児が描いた人間の絵はたとえ心を打つものであっても不完全と定義されるかもしれないが、一方で、キース・ヘリング[5]の描く人間やサイ・トゥオンブリー[6]の一群の落書きは完全とみなされうる。それらは芸術家の狙う様式の規範にぴったり合致しているのである。

ラファエッロの絵画もトゥオンブリーのそれも、ルイジ・パレイゾン[7]が『美学』(一九五四)で提示した芸術の形態にかんする以下の定義に該当する。

芸術作品において、部分は二種類の関係を保持している。ひとつは各部分と他の部分との関係、もうひとつは各部分と全体との関係である。すべての部分は解きほぐすことのできない統一体のなかで互いに結束しており、それぞれが不可欠で置換不能な特定の位置を占めている。それゆえ、一部分の欠損が全体を損なうことや変化が無秩序をもたらすことにもなりかねないのである(……)。部分の変化が統一体の解体や全体の崩壊をもたらすのであれば、このことはほかならぬ全体性が部分間の均整に先がけて存在し、部分をして総体をかたちづくるよう唆していることを意味する。その意味で、部分が相互に結ぶ関係は、各部分が全体と結ぶ関係をもっぱら反映することになる。部分間の調和は総体を形成する。なぜなら、全体性こそが諸部分の統一に礎を据えるためである。

すると芸術作品における不完全の形態には二種あることになる。すなわち、全体が必要とするものを部分的に欠くものと、余分な部分をもつものだ。当然、大昔に腕を失くしたミロのヴィーナスは部分を欠いている。多くの愚か者がそれをふたたび〈完全〉にしようと企てた。そうした試みのひとつに両腕をつけるものがあり、その一例をカリフォルニアの蠟人形博物館で目にしたことがあるが、そこには「名を知られぬ彫刻家に構想されたときの姿」との説明書きが添えられていた。

ところでなぜ、ミロのヴィーナスを完全にしようとする試みをわたしたちは愚かしく感じるのだろうか。それは、像を眺めるわたしたちの心をとらえるのは失われた全体を絶えず想像しようとする思いだからだ。さらにその思いに、一八世紀に生まれた〈廃墟の美〉という語で言い表される嗜好が結びついている。
ペトラルカの時代以来一六世紀から一七世紀末にかけて、人びとは失われた文明のイメージを廃墟にみてとり、そこに人間の命運の儚さに対する教訓的な思索の糸口を得ていた。シャトーブリアン[8]も、『パリからエルサレムへの旅程』（一八一一）でピラミッドをめぐり思索を展開するなかで、この時代の試みを証言した。

なぜ、ギザの大ピラミッドをミイラを収めた石の山とみるのか。人間がこの墓を建造したという虚栄の思いからではない。そうではなく、そこに不死性を直観するためだ。この墓は刹那の栄光の終焉を告げるものでも、果てしなき生へ参入するための入口でもない。それは永遠を区切る境界線上に建てられた永遠の扉のようなものなのだ。

ディドロ[9]はすでに一七六七年の「サロ

キース・ヘリング「無題」1982
個人蔵

ン」で次のように述べていた。

この構成の効果は、その良し悪しはともかく、甘美な憂鬱さに浸らせておいてくれるところにある。凱旋門や柱廊やピラミッドや神殿や宮殿の断片に遣ったわたしたちの眼差しはともかくいつでもわたしたち自身へと還ってくる（……）。突然、孤独と静寂が訪れる。わたしたちは孤独だ。すでに世を去った全世代の孤児なのだ（……）。廃墟が喚起してくれるイメージは壮大だ。すべては過ぎ、すべては失せる。あとに残るのはただ世界のみ。ただ時間だけが流れつづける。わたしはふたつの永遠のあいだを進んでゆく。

教訓的な思索は廃墟それ自体を魅力とする観想に徐々にとって代わられた。ピラネージ(10)の版画に見られるとおりだ。さらに、こうした観想に不規則なものに対する嗜好が付け加わることになる。廃墟の美学は、芸術作品の完成や形式上の完全性をめぐる概念を覆す。ディドロは次のようにも述べている。「完成した絵画以上に上出来の素描が魅了するのはなぜだろうか。素描は活力をたっぷり備えているが、かたちの面では不十分である。かたちができてくると、活力に乏しくなる」

廃墟の美学において、作品は傷んでいてもなお（おそらくそのおかげで）享受されうる。廃墟から連想される病や死を愛でるロマン主義的な美の概念はここに端緒を成すのだ。

ここまでは何かを欠いた芸術作品について検討してきた。では、何かを余分にもつ芸術作品についてはどうだろうか。

ここに詰め木の問題が浮上する。

辞書によれば、「詰め木」とは、隙間を塞いだりぐらつく家具を安定させたりするのに用いられる楔状の木片を意味するが、文学批評の場では、韻律を調整したり節を完成させたりする目的で、詩行を埋めるべく加えられる虚辞としての語または文を指す。
作品における詩の瞬間を構造や支えの部分から選びとるべく、クローチェ[11]は『詩について』（一九三六）で次のように述べた。

（不純さを完全に免れることはないにしろ、その行いゆえに道義的な人間である）詩人は自身の作品を汚す染みをみつけては苦しみ、わずかな痕跡までも消し去ろうと躍起になる（……）。詩は閃光を放って頭脳を訪ねる。人間のほうでは、そのあとを追いかけ、それに惹かれ、魅了され、できるかぎり多くをつかみ取ろうとする。その場にとどまって容貌のすみずみまで見せてほしいという願いも空しく、詩は早々と消え去ってしまう（……）。そのためウェルギリウスは一部や些末な部分と引き換えに全体を、最小と引き換えに最大を失わぬよう、そして幸福の瞬間をみすみす逃すことのないように、一時しのぎの不完全な詩行を書くこともやむなしと考えていたと伝記作家は伝えている。また、そうした詩行のことをあとで堅固な柱に替えるときまで建物を支える「突っ張り」とよび、友人たちと笑い合うことで慰みとしていたという。こうした不完全さを詩人は気に病み、修復を熱望したが、それでもなお、内なる神秘に対するかのように、被害を恐れて手を入れすぎることを嫌った。なぜなら、冷めた頭脳はもはや熱を帯びた幻想ではなく、またやすりは危険な道具のため、表面を「滑らかにする」ことはできるが、クインティリアヌスが言うように最良のものを取り去る可能性ももつためだ（……）。

　詩に見いだせるのは、理屈上修正可能な不完全ばかりでなく（……）詩的でないものや修正不可能なものもある。これらは読者に（……）不快感や非難の情を喚起することはないが、無関心をもって眺められる。こうした部分こそは慣例的あるいは構造的な部分であり、あらゆる詩作品に存在し、かすかに見えたりよく目についたりする。とりわけ長大で複雑な詩作品には欠かせな

サイ・トゥオンブリー「無題」1969　個人蔵

いものだ。こうした慣例的で構造的な部分のよく知られた例はフランスで「足首」、イタリアでは「詰め木」とよばれる付加的要素であり埋め草である（……）詰め木は詩の随所に散見される（……）。実際のところ、詰め木は何に由来するのだろうか。それは表現中で韻律を保つ必要性からくるのだ。そのためにイメージと音の対応関係が損なわれることもままある（……）。アリオストには、フィオルディリージの前に、ブランディマルテとともに戦ったふたりの男爵が粛然と姿を現した際の混乱と狼狽を表現した感嘆すべき次の四詩行がある。

かれらが入ってくるなり、その顔に
（Tosto ch’e ntràro, e ch’ella loro il viso）
かの勝利の喜びがなきことを見てとり、（Vide di gaudio in tal vittoria

アフロディテ像　通称「ミロのヴィーナス」紀元前２世紀　パリ　ルーヴル美術館蔵

ジョヴァンニ・バッティスタ・ピラネージ「柱廊の遺構、あるいはアントニヌス浴場の大広間」『ローマの景観』部分　1765　ウンベルト・エーコ蔵

privo.)

何も聞かず、報せも耳にせず、悟った、(Senz'altro annunzio sa, senz'altro avviso,)

愛するブランディマルテがもはや生きていないことを。(Che Brandimarte suo non è più vivo.)

この詩行を記憶している者ならば、三行目の「告知(annunzio)」と「通知(avviso)」の二語が同じ意味を表し、おそらくいずれも最適とはいえないが、後者は韻のために選択されたことが分かるだろう。しかしこれら二語を並べることで得られる加速した韻律は、まとまりを成して句切れをつくり、まるでフィオルディリージの猛烈な心搏のようで、より高位の詩的イメージを生む。そして当の詩行の脚韻は、参上したふたりの歓喜の光を欠いた「顔(viso)」を目のあたりにして狼狽したときの心搏をふたたび喚起するのである。

それがたしかならば、ここで注意したいのは、「告知(annunzio)」と「通知(avviso)」の二語は詰め木などではなく、クローチェをして感嘆すべき四行と言わしめるほど詩的に正当な語である点だ。しかし、詩と構造を区別しようとするクローチェのこだわりはなおもつづく。

ところでこうした「構造的な部分」の正しい受容は、それを詩と受け止める不当さにより価値を貶《おとし》められてはならない。これは十分熟達していない解釈者が犯す誤りである。高名な詩人に対する迷信紛いの畏敬の念に圧倒されるか(とはいえ、その詩と作為的な箇所を同列に並べる点では敬意を払っているとはいえないが)、知識や美的感覚の欠如という非常にありふれたことからそれは起こる。

それに対し、ルイジ・パレイゾンの『美学』第三章の(「部分と全体」と名づけられた)第三節第一〇項は「各部分の本質性‐構造、詰め木、不完全」と題されている。クローチェの理想主義とそれが文芸時評に及ぼした負の影響に対抗して書かれたこの書の、中心的な狙いが何であったかをわたしたちは知っている。そう、それは芸術的形態における全体性の概念を回復することだった。つまり、機能性に優れた構造という名の茂みに紛れて育った花を摘むかのごとく、詩作品に点在する詩の瞬間を選びとることの拒否を意味していた。当時のイタリアの状況について補足しておくことは必須でなくとも役に立つだろう。当時、「構造」は、抒情的直観の瞬間といっさいかかわりあいをもたない無味乾燥な装備とされていた。ヘーゲル的な意味で否定の要素として浮上してくる程度で、この発想の残滓は詩の瞬間を一粒石のように輝かせるのに役立つのがせいぜいと考えられていたのだ。

そうした状況に対し、『美学』の一節を詰め木に捧げたパレイゾンは、構造も詰め木も芸術作品にとって本質的な要素と考えていた。芸術作品は、その内にあるすべてがそれぞれ機能を備えた有機体としてとらえられるべきというわけだ。完成した作品においては(いやむしろ、ひらめきが生成のプロセスを始動させた最初の瞬間からすでに)、〈すべてが結びついている〉。有機体の造形の観点からすると、生成する形態は作品にこっそり先行し、作品を支え、生成の最中にあっては作品を導き、生成された形態であり成果のように姿を現すのである。

パレイゾンの念頭にあったのはおそらく新プラトン主義の伝統に特徴的な考えだった。そこでは、全体の完成には不完全も必要とされる。不完全は形態に全体性をもたらすとされるためだ。ヨハネス・スコトゥス・エリウゲナ(九世紀)の著書『自然の区分について』第五巻の次の一節をみてみよう。

全体の部分でそれ自体は歪みとみなされるものは、全体性のなかでは秩序だてて置かれるために美しくなるだけでなく、全体的な〈美〉の要因ともなる。同じく、知恵は愚かさとの対比によって輝き、教養は欠点であり喪失である無知との対比によって輝き、生は死との対比によって輝き、光はその対立物である闇との対比によって輝き、称賛に値するものは称賛に値しないものとの対比によって輝く。手短に言って、あらゆる徳はその反対物である悪徳から称賛を引きだすのみならず、その対比がなければ称賛に値しないのである（……）。真の理性が易々と認めるとおり、この世のある地点では悪や不当や卑劣や悲惨として現れるがゆえに、すべてを見尽くすことのできない者から悪事と判断されるすべてのものは、普遍的な視界においては、絵画作品に美が生じるがごとく、悪事でも卑劣でも不当でも悪でもないのである。じつに、神の摂理に適うあらゆるものは善であり美であり正しい。じつに、対立物の比較から生ずる妙なる美やその仕組みを創りだした創造主やこの世界以上に素晴らしいものなどはたしてあるのだろうか。

それゆえパレイゾンにとって、「総体を構成するべく集合した部分の結果として全体が生じる」以上、「なおざりにしてよい細部もとるに足らない些事も存在しえない」のである。そして詰め木は全部をまとめるのに必要な結節点、または橋梁か溶接部とされる。その場所で「芸術家は、大した注意を払わないかおおいに焦るかあるいは無関心すらもって、まるで通過点にでもいるかのようにほとんど大急ぎで行動する。先に進む必要に駆られているためだ。そこで芸術家は頓着することなく慣習に身を任せておけばよい」。とはいえ、予備的にであれ、全体が詰め木を必要とする以上、詰め木もまた芸術作品の形態の内的な秩序と無関係ではいられないのである。

端的に言おう。パレイゾンが訴えるのは、詰め木はある部分を別の部分に結びつけるための狡猾きわまりない用具であり、本質的な継ぎ目であるということだ。上品にであれ厳《いか》めしくであれ扉を開けるには、たとえその機能が機械的であっても、蝶番が必要である。美の誘惑に溺れた腕の悪い建築家は、扉が蝶番にくっついていることに腹を立て、蝶番がその機能を果たす際に〈美しく〉見えるよう図案を改める。そして往々にして、軋んだり擦れたり開かないかまともに開かない扉ができあがる。それに対し、優秀な建築家はそのほかの空間をきちんと見せるよう扉が開くことを望むため、蝶番については建物全体の設計案を済ませたあとで金物屋の主人の英知を拝借することになったとしても構わないのである。

詰め木は月並みな出発点かもしれないが、崇高なフィナーレに到達する役に立つ。あるとき夜中の三時に、あらゆる時代を通じてもっとも美しい詩「無限」を彩る最初の言葉が紡がれたレカナーティの丘について、「つねにわが身に親しき、この寂しき丘」が、ロマン主義か別の時代や潮流の月並みな詩人にでも書けそうなじつに凡庸な詩行であることに思い至った。〈詩的〉言語において、丘は、寂しい以外にどう表現できようか。それでもやはり、何の変哲もないその書きだしがなければ、詩ははじまりようがないのだ。ひょっとすると、この詩の末尾を飾る、詩の歴史に刻まれたかの難破の衝撃を先取りするには、はじまりは平凡でなければならなかったのかもしれない。

自説のためにあえて言うならば、「われらの人生をなかばまで歩み」という詩行は詰め木としての尊厳を哀しいまでに漂わせている。『神曲』を抜きにして、この詩行には大した重要性はあたえられなかっただろうし、もしかすると言い回しのひとつにでもなっていたかもしれない。

詰め木をはじまりのフレーズと同一視しているわけではない。ショパンのポロネーズには詰め木ではない序奏がある。「コモ湖のかの入江」（マンゾーニ『いいなづけ』）は詰め木ではないし、「四月はもっとも残酷な月」（エリオット『荒地』）も違う。たとえば、『ロミオとジュリエット』の結末を考えてみよう。〈 〉内の文なしに物語を結んだほうがよいかどうか考えてみてほしい。

朝は陰りを帯びた静けさをもたらしてくれる。喪に服した太陽がその姿を見せることはないだろう。ある者たちは赦しを得、ある者たちは罰を受けることとなる。〈ジュリエットとその愛するロミオのこの物語ほどに苦悩に満ちた物語はいまだかつてなかった〉。

シェイクスピアがこんな説教じみた凡庸なフレーズで物語を締め括ることにしたのは、観客に息つく暇をあたえるためだった。酷い惨劇を目の当たりにしたあとで、心を落ち着けて外の世界へと出てゆく一助とするためだ。だから、詰め木があってよかったのだ。

「最初に眠りに落ちたのはレオだった」という書きだしは悪くない。あとにはこうつづく。「カルラのうぶながらも思いがけない奔放さがかれをくたくたに疲れさせたのだ」。それはそうだろう。乙女の愛の襲撃を受けた大人の男が「くたくたに疲れ」ないわけにはいかないのだ。「うぶながらも思いがけない奔放さ」というのも、裁判での決まり文句を借りてきたようではないか。しかしながら、ややぎこちないながらも必要なこのくだりがなければ、あらゆる動物は性交後悲しみに沈むという切ない真理がきらりと光るアルベルト・モラヴィアの『無関心な人びと』[12]（一九二九）の第一〇章ははじまりようがないのだ。

ところで、口うるさい批評家連中が似非《えせ》文学の枠へ追いやってしまうような作品の場合はどうだろうか。読者を喜ばせるためには様式などお構いなしで、全部丸ごと詰め木となってしまった作品のことだ。

デュマの『モンテ・クリスト伯』（一八四四）を例にとってみよう。

『モンテ・クリスト伯』はこれまで書かれた小説のなかでもっとも読者を虜にする作品だが、他方、あらゆる時代のあらゆる文学のなかでもっとも出来の悪い小説でもある。『モンテ・クリスト伯』は綻《ほころ》びだらけだ。毎行のように同じ形容詞を繰り返す厚顔無恥さがあるかと思えば、同じ形容詞の重複に堪えかねてもっともらしく横道に逸れてみるも話がまとまらず尻切れとんぼになったり、そのまま

アレッサンドロ・マニャスコ「シナゴーグ」1725-35　シカゴ美術館蔵

二〇行息せき切って突っ走ってみたりする。感情の描写は味気なくぎこちない。作中人物がやることといえば、身震いするか、顔を青ざめさすか、額から垂れる大粒の汗を拭うか、人間味をすっかり失った声でぼそぼそつぶやくか、椅子から勢いよく立ちあがったあとでその場に倒れ込むかだ。そこに、その椅子はついさっきまで座っていたのと同じ椅子だったとしつこく何度も教えてくれる作者の配慮が加わる。

デュマがなぜこんなことをしたのか、わたしたちはその理由をよく知っている。書き方を知らなかったわけではない。『三銃士』はもっと素っ気なく、スピーディーだ。それはそれで心理描写を損ないかねないが、それでも素早く展開するさまは小気味がよい。デュマがそのような書き方をした背景には金銭的な事情があった。書いた行数に応じて原稿料が支払われたため、長引かせる必要があったのだ。分かりきったことを執拗に繰り返す必要もあった。それは注意散漫な読者をその都度物語に引き込むための連載小説の常套手段だった。ある作中人物がある事柄について一〇〇頁目で語ったあと、一〇五頁で別の誰かに会ってまったく同じ話を繰り返すという具合だ。同書の冒頭の三章でエドモン・ダンテスが誰かれにもうすぐ結婚する予定で幸せだと触れてまわるさまを確認してみるといい。この種の連中には、イフ城での一四年などまだ短いほうなのだ。

数年前、エイナウディ社の求めに応じ、わたしは『モンテ・クリスト伯』の翻訳を引き受けた。考えるだけでワクワクする仕事だった。語りの構造を敬愛し、様式に鳥肌を立たせていた小説を相手にするのだ。それをより速やかで敏捷なスタイルに置き換える、といっても、(当然ながら)「書き直し」することなしに、冗長な当のテクストから数百頁を削ぎ落とすことで(出版社にも読者にも)軽さをもたらすのである。

デュマは行ごとに意味あることを書かなかったのか。一語削ぎ落とすごとに功労金が得られたとしたら、真っ先に削除や省略を許可したのではなかったか。

ひとつ例を挙げよう。原文は次のとおりである。

Danglars arracha machinalement, et l'une après l'autre, les fleurs d'un magnifique oranger ; quand il eut fini avec l'oranger, il s'adressa à un cactus, mais alors le cactus, d'un caractère moins facile que l'oranger, le piqua outrageusement.

逐語訳ではおよそ次のようになる。

ダングラールは立派なオレンジの木の花を次から次へ淡々とむしった。オレンジの木とことが済むなり、サボテンのほうへむき直ったが、サボテンはオレンジに比べ御しがたい性質のため、かれを乱暴に突き刺した。

この箇所に漂う上品な風刺すらいささかも損なうことなく翻訳するなら、次のようにできるだろう。

かれは立派なオレンジの木の花を次から次へ淡々とむしった。それが済むとサボテンのほうをむいたが、それはより難しい質のため、かれを乱暴に突き刺した。(Strappò macchinalmente, uno dopo l'altro, i fiori di un magnifico arancio ; quando ebbe finito si rivolse a un cactus, il quale, di carattere più difficile, lo punse oltraggiosamente.)

フランス語が四三語なのに対し、イタリア語は二九語だ。二五パーセント以上が省略されたことになる。

あるいは「かれがいまいる窮状を脱する手助けを頼むかのように（comme pour le prier de le tirer de l'embarras où il se trouvait）」という文に行き当たるとき、かれが脱したい窮状はかれがいまいる窮状であってそれ以外でないことは明白なので、たんに「窮状を脱する手助けを頼むかのように（come per pregarlo di trarlo d'imbarazzo）」と言えば足りる。一四語のフランス語に対し、イタリア語は七語だ。

およそ一〇〇頁にわたりわたしは試みを継続したが、やがて降参した。なぜなら、誇張表現、締まりのなさ、冗長さも語りの装置の一部を成しているのではないかという疑問が湧きあがってきたからだ。わたしたちがはじめて読んだ『モンテ・クリスト伯』が一九世紀の翻訳でなかったとしたら、はたして、これまで愛してきたのと同じように『モンテ・クリスト伯』を愛しただろうか。

最初の主張に戻ろう。『モンテ・クリスト伯』はこれまで書かれた小説のなかでもっとも読者を虜にする作品だ。たった一撃で（あるいは一連の連射か長距離弾一発で）死刑執行人のはらわたをも抉じることのできる三つの原型的なシチュエーションをひとつの小説に搭載することに成功している。つまり、潔白の裏切り、思わぬ幸運に恵まれた惨めな被害者による常人をはるかに凌ぐ資産の獲得、そして三つ目が、復讐の計画である。それまで小説がこれでもかと懸命に憎たらしく描きだしてきた作中人物たちが破滅をむかえることになる。

この骨組みのうえに繰り広げられるのが、百日政治とそれにつづくルイ・フィリップ治世下のフランス社会、その時代を生きたダンディ、銀行家、腐敗した裁判官、色恋沙汰、婚姻契約書、議会、国際関係、国家の陰謀、信号機、信書、意地汚く恥知らずな利息計算と分配、償却率、貨幣と換金、晩餐、舞踏会、葬儀であり、そしてそのすべてに君臨するのが連載小説お得意のトポス〈超人〉である。しかし、大衆小説のこの古典的要素に取り組んだほかの職人たちと異なり、デュマは超人に支離滅裂な懊悩を付与した。デュマの超人は、（金銭と知識に由来する）目が眩むほどの万能感と自身の恵まれた立場に対する恐怖のあいだで引き裂かれている。心許なさに苦しめられながら、自身の全能が苦悩に由来するという思いに心慰められてもいるのだ。ここに、モンテ・クリスト伯が（その名のとおり）救世主《キリスト》でもあるというもうひとつの原型が生まれる。しかるべく悪魔的なこの救世主は、人びとの悪意の犠牲となってディフ城の墓所にくだりはしたが、その後ふたたび立ちあがり、生者と死者を裁く。数世紀を経て発見された宝物の光輝のなかにあってもなお、自分が人間の子であることをけっして忘れはしない。鋭い批評眼を備えた達観者といってもいい。間テクスト的仕掛けによく通じていながら、戯れに絡めとられてしまう。まるでヴェルディのメロドラマだ。〈メロドラマ〉とキッチュは、その奔放さゆえに崇高をかすめる。このとき、奔放さは天賦の才に転じるのだ。

冗長さは、もちろん随所にある。だがわたしたちは、開示や素性割れを次から次に堪能することができる。そのたびにエドモン・ダンテスは敵にみずからの正体を明かしてゆく（わたしたちはそのつど身震いする。とっくにすべてを知っているのに）。文学的仕掛けとしての冗長さやまどろっこしい引き延ばしが焦らしてくれなければ、どんでん返しはありえないのではないか。

『モンテ・クリスト伯』が要約されて、有罪判決、脱獄、宝の発見、パリへの帰還、そして復讐というより連続復讐劇とよぶべきもののすべてが二〇〇〜三〇〇頁のうちに起こるとしたら、この作品はあの衝撃を維持できるだろうか。気がかりなあまり頁や記述を読み飛ばす（読み飛ばすにしてもそこに何かがあるのは承知しており、物語の客観的な時間が広がっていることを知りながら主観的に加速する）ほど、読者を虜にできるだろうか。このとき、様式上の乱暴さはたしかに「詰め木」だが、この詰め木は構造的価値をもつことが明らかとなる。原子炉の減速材さながらにリズムを緩和させることで、わたしたちの期待をよりエキサイティングに、わたしたちの予想をよりドラマティックにしてくれるのだ。デュマのこの小説は断末魔の苦しみを生産する装置である。ここで重視されるのは読者の荒い息遣いならぬ、ゆったり流れる時間なのだ。

『モンテ・クリスト伯』は文学様式の観点からして、もっと言ってみるなら美学的観点からも存分に咎めを受けるべき作品である。『モンテ・クリスト伯』は芸術たることを望んでいないが、その点を措いても、そこに神話創造の意図はある。この作品は神話を創造しようとしているのだ。オイディプスやメデイアは、ソフォクレスとエウリピデスにより芸術となる以前には恐ろしい神話の主人公だった。しかし、ソフォクレスに取りあげられなかったとしても、フロイトはオイディプス・コンプレックスについて語っていただろう。ひょっとするとデュマか、それに劣る誰か別の作家の筆を通じてこの神話は伝えられただろうからだ。こうして神話はカルトや崇拝の対象を創りだす。それは美学が不完全とみなすものを受け入れるためだ。

　じつに、カルトとよばれる作品の多くは根本的に蝶番が外れているためにカルトとみなされる。ある作品をカルトと化すには、それをばらばらに解体して蝶番をこじ開けねばならない。部分と全体がもともともっていた関係を消し去り、部分しか分からないようにするのだ。本の場合では、いわば物理的に分解し、紙片の集積にすることができる。そうすることで、本にカルトの命が吹き込まれる。名作も同様だ。ひときわ複雑な名作でもよい。『神曲』の例を考えてみよう。『神曲』は幾多のトリビア・ゲームやダンテをめぐる暗号を生みだしてきた。ここで重要なのは、詩作品全体を云々することなしに、よく知られた詩行のいくつかを崇拝者に想起させることである。このことは、名作であっても、集団記憶にしっかり根をおろしていれば、蝶番を外すことができることを意味する。しかしそのほかの場合、ある作品がカルトになるのは、それが根本的に蝶番が大きく外れているためである。このことは本よりも映画に起こりやすい。カルトとなる映画は、蝶番が外れ、ちぐはぐで、それ自体が支離滅裂でなければならない。完成した映画は、本のように好きに読み返すことができないので、何らかのアイデアか主要な感情のかたちをとったひとつの全体として記憶に刻まれる。しかし蝶番が外れた映画にかぎっては、イメージや視覚的に印象深い瞬間の雑多な寄せ集めがあとに残る。こうした映画が見せるのは、中心的なアイデアではなくいくつものアイデアなのだ。ひとつのまとまった「構成の哲学」を示すのではなく、不安定を頼りに壮麗な不安定を生きるのである。

実際に、大げさな『リオ・ブラボー』はカルト・ムーヴィーだが、完全なる『駅馬車』はそうではない。

「高く打つのは大砲の音？　それとも心臓の音かしら？」。『カサブランカ』上映のたび、この時点で観客たちはサッカーの試合でしかふだんお目にかかれないような盛りあがりをみせる。ときにはたったひと言で足りる。ファンは、ボギーが「君の瞳に乾杯」と口にするだけで狂喜する。俳優が口にするより先にお決まりの台詞を暗唱する者も多い。

伝統的な美学的規範に則れば、ドライヤー[13]やエイゼンシュテイン[14]やアントニオーニ[15]の作品は芸術だが、『カサブランカ』は芸術ではないし、そうあるべくもない。形式的一貫性の観点からすると、『カサブランカ』はきわめてささやかな美的産物である。それは、センセーショナルな場面をとても納得できそうにないやり方で並べた寄せ集めなのだ。登場人物たちの心理は現実離れしており、俳優の演技も稚拙だ。それでも、『カサブランカ』は映画的言説の偉大なる模範であり、カルト・ムーヴィーとなっている。

「話してもいいかしら」、イルザが言う。そして付け加える。「結末はまだ分からないけれど」

リックが言う。「いいさ、話してごらん。話しているうちに分かるだろう」

リックの台詞は『カサブランカ』の梗概と言ってもいい。イングリッド・バーグマンによれば、この作品は撮影が進むにつれ徐々にできあがったという。最後の最後まで、監督のマイケル・カーティスすら、イルザが一緒に旅立つのがリックなのかヴィクターなのか知らずにいた。イングリッド・バーグマンのミステリアスな微笑は劇中で自分がふたりの男のうちどちらを本当に愛しているのか分からずにいたことによるのだ。

このことは物語のなかで彼女が自分の運命を選びとろうとしない理由を教唆する。途方に暮れた脚本家集団の手を借りて彼女を選びとるのは運命のほうなのだ。

物語をどう料理したらいいのか分からないとき、紋切り型のシチュエーションが援用される。少なくとももどこか別のところで首尾よく運んだことがあるからだ。ヴィクターは飲み物を注文するたび些末にみえて意味深い例を挙げよう。（都合四度起こる）、内容を変える。（一）コアントロー、（二）カクテル、（三）コニャック、（四）ウィスキー（一度はシャンパンを飲むが自分で注文したものではない）という具合だ。かれのような禁欲的な男がアルコールの好みにこうしたいい加減さを示すのはいったいどういうわけだろう。心理的には説明しようがない。わたしの考えるところでは、ほどよく完璧な幅を作品に付与しようと、カーティス監督が別の映画の似たシチュエーショ

イングリッド・バーグマン、ハンフリー・ボガート　マイケル・カーティス監督の映画『カサブランカ』 1942

ンを知らず知らずのうちに引き合いに出したというだけの話ではないだろうか。

そうであれば、エリオットが『ハムレット』を読んだのと同じように『カサブランカ』も読まれたことになる。成功作だから魅力的だったのではない。むしろ、エリオットはこれをシェイクスピアの作品のなかでは駄作とみなしていた。そうではなく、エリオットが魅力としたのは、その構成の不完全さだった。『ハムレット』はそれ以前に書かれた作品の出来の悪い合成物であり、主人公が混乱して曖昧なのは種々のトポスを一緒くたにするのに作者が苦労した結果なのである。たしかに『ハムレット』は登場人物の心理そのものが分かりにくくもどかしい作品だ。そこでエリオットが訴えたのは、劇全体をシェイクスピアの案と考えるのではなく、先行する悲劇を素材とした不出来なパッチワークをこの作品に認めるならば、『ハムレット』の謎は解けるということだった。

そこにはトマス・キッド[16]の作品の痕跡がある。他人の筆を介して間接的に知られるこの作家の作品における唯一の動機は復讐だった。そして復讐の遅延は、護衛に取り囲まれた王の暗殺に難儀したためにほかならなかった。また、ハムレットの「狂気」は疑惑を免れるべく装われたものだった。しかしシェイクスピア劇の決定版では、復讐に遅延が生じる理由は主人公の絶えざる懊悩以外には説明されず、「狂気」は王の疑念を軽減するどころか深めるものとなっている。加えて、シェイクスピアの『ハムレット』では息子に対する母親の罪を扱っているが、シェイクスピアはこのモチーフを古い悲劇に溶け込ませられていない——変調は納得を得られるほど完全にはできていないのだ。このモチーフはほかのどれにも増して不可解でもどかしい。シェイクスピアは、どんなに大急ぎで推敲しても目につくような余計で不適切な場面をそのままに残しているのだ。そのうえ、キッドのオリジナルの劇におそらくはチャップマンが手を加えているために説明のつかない場面がいくつもある。結論として、『ハムレット』は、うまく溶け合っていないモチーフの重層体であり、複数の劇作家の努力の賜物《たまもの》といえる。それぞれの作家がそれぞれの先人の作品に手を加えた結果なのだ。

そのため、この作品は、シェイクスピアの傑作どころか、芸術的には失敗作である。「技法も思想も不安定である。おそらく多くの人は『ハムレット』がおもしろかったために芸術作品とみなしているのであり、芸術作品ゆえにおもしろかったのではない。これは文学の〈モナリザ〉なのだ」

より縮小したかたちで、同じことが『カサブランカ』にも起こっている。

プロットを急ごしらえする羽目になって、作者は、実証済みのレパートリーから取りだしたあれこれを作品に放り込む。実証済みのものの選択肢がかぎられるとき、たんにキッチュなものができあがる。しかし実証済みのものばかりを用いるなら、ガウディのサグラダ・ファミリアのような建造物ができあがる。これらは同じ眩暈、同じ才能なのだ。

『カサブランカ』はあらゆる原型を含みもつ、まさにそれゆえにカルト・ムーヴィーである。どの役者も別の場で演じられたことのある役を反復し、そこで人は「リアルな」生ではなく、古い映画で紋切り型よろしく描かれた生を生きる。(17) ピーター・ローレはフリッツ・ラングの記憶をとどめており、コンラート・ファ

アントニオ・ガウディ　サグラダ・ファミリア　バルセロナ

イトはドイツ人将校の姿に『カリガリ博士』の香りを漂わせている。『カサブランカ』はデジャヴの感覚を研ぎ澄まさせるため、観客はのちにほかの映画に現れることになる要素までもそこに見いだす始末である。『脱出』でボガートははじめてヘミングウェイのヒーローを演じることになるのだが、ここではリックがスペインで戦ったことがあるというだけでヘミングウェイのニュアンスを「いちはやく」その身に帯びるのである。

『カサブランカ』では、素の状態にある語りの力が繰り広げられる。芸術が介入して秩序をもたらすことはない。だからわたしたちは、登場人物たちが機嫌や倫理観や感情を二転三転させたり、スパイが接近すると話を中断するよう共謀者連中が咳払いしたり、陽気な女たちが「ラ・マルセイエーズ」の調べに涙したりするのを受け入れることができるのだ。

あらゆる原型が節操なく押し入ってくるとき、ホメロス風の奥深さが達成される。少数のクリシェはお笑い種だが、一〇〇のクリシェは感動的だ。深奥においてクリシェ同士が対話し、再会を喜び合っていることが感知されるからだ。苦悩を極めれば喜びとなり、倒錯を極めれば神秘的なエネルギーに接し、平凡を極めれば崇高が垣間見えるのだ。

そしてまさにその軌跡上で、もっとも厳密な美学によっては定義することのできない魅力のさまざまなケースが正当化される。プルーストの『楽しみと日々』（一八九六）での俗悪な音楽の讃辞を例にとってみよう――ここで「俗悪な音楽」が意味するのは出来の悪い交響曲ではなく、小唄の類であり、涙を誘ったり踊りたくなるような節のことだ……

俗悪な音楽を嫌っても、それらを軽蔑してはならない。高尚な音楽より俗悪な音楽のほうが頻繁に演奏され、歌われ、深く親しまれ、高尚な音楽以上にたくさんの人びとの夢と涙を少しずつ詰め込んできたのだ。

この点で称えられるに相応しいと考えねばならない。

俗悪な音楽が占める場は、芸術史上には皆無だが、社会や感情の歴史上では広大である。俗悪な音楽に対する愛ならずとも敬意は、高尚な趣味のお情けや懐疑主義とよばれるもののひとつのかたちであるだけでなく、音楽の社会的役割の意識でもある。芸術家の目には無価値に映るいくつものメロディーが、感じやすい若者たちや恋する女性たちのそばに寄り添うパートナーとなってきたのだ！

「金の指環」や「ああ、長く眠ったままの君よ」の楽譜は涙に濡れた名手のうち震える手に夜ごとめくられてきたではないか。世にも美しい目から落ちる涙はもっとも純粋な巨匠さえ羨む憂鬱と官能に満ちた贈り物だ――この創意と夢に富む友は、苦悩を貴いものに変え、夢を応援し、自分に打ち明けてくれた熱い秘密と引き換えに、美のうっとりする幻想をみせてくれるのだ！庶民もブルジョワも軍人も貴族も、かれらを見舞う不幸やその胸を満たす幸福を告げる郵便配達夫が同じであるように、愛の使者もお気に入りの聴罪司祭もまた同じである。

俗悪な音楽の音楽家のことだ。

高貴な生まれで良い教育を受けた耳であれば即座に聴くことを拒否する耐え難いリトルネッロは、無数の人びとの宝を一身に受け、無数の人びととの秘密を保持し、そしてそれを豊かな着想源とし、始終慰めてくれ、ピアノの譜面台にいつも開かれてあり、夢のような優美さや理想をもたらしてきた。ある種のアルペッジョや「リフレイン」は、ひとりならず恋する若者や夢見る者の心に天国の調べか愛する女性の声そのものを響かせてきた。平凡な声楽曲の譜面はあまりに頻繁に使われたために擦り切れてしまっていても、墓地か村落のようにわたしたちの胸を打たずにいられない。家々に個性がなく、碑文や悪趣味な装飾で墓石が見えなくなっているからといって何の問題があろうか。

マーク・クイン「キス」部分　2001　ミラノ　イアンナッコーネ・コレクション

傲慢な美学をしばし黙らせるほど温和で毅然とした想像力を前に、まさにこの埃のなかから、喜んだり涙を流したりしたもうひとつの世界の夢をくちばしに携えた若者たちの群れが飛び立つのだ。

プルーストからのこの引用をもって不完全へむけたわたしの不完全な讃辞を締め括りたい。なぜ文法の世界で半過去は「不完全な過去」とよばれるのか。もしかするとこれは、何かが起こりつつあるのかもう起こったのかこれから起こるのか(命令法すらわたしたちを未来へ差しむける)、はたまた、近い過去に起こったのか遠い過去に起こったのかというほかのすべての時制がもつ時間を特定する機能を知らないか、そうした機能を果たしたいと思っていない動詞のかたちをわたしたちがもっているということではないだろうか――そのとき、出来事の時間的位置づけはあやふやにされたままなのである。実際に、子どもたちだって、遊びで誰かになったふりをするとき、現実にそうでなく過去にそうだったことも未来にそうなることもないと知っていながら、半過去を使って表現するではないか(「じゃあ、ぼくはインディアンの酋長ってことで、きみはバッファロー・ビルってことにしよう……」のように)。

プルーストは(やはり『楽しみと日々』で、フローベールに寄せて)次のように述べた。「告白しよう。直説法半過去の用法はときに――この残酷な時制は、生を儚く受動的なものとして提示し、わたしたちの行為を想起させるそばから幻想の烙印を押し、遠過去同様に生の営みの名残など、ものともせず過去に葬り去ってしまう――わたしにとり不可解なもの悲しさの尽きせぬ源泉であった」

まさにそれゆえに、不完全はときに芸術にとっての本質となるのだ。

(ミラネジアーナ、二〇一二、不完全)

(1) 一九一七〜九二。リトアニア出身のフランスの記号学者。
(2) 一九〇九〜二〇一二。イタリアの神経学者。一九八六年にノーベル医学・生理学賞受賞。
(3) 一九一三〜八五。スイスの女性アーティスト。シュルレアリスム運動に参加。
(4) 一五六九〜一六二五。ナポリ生まれのイタリア・バロック期を代表する詩人。
(5) 一九五八〜九〇。アメリカの画家。
(6) 一九二八〜二〇一一。アメリカの画家。
(7) 一九一八〜九一。イタリアの美学者・トリノ大学教授。エーコが師事した。
(8) 一七六八〜一八四八。フランスの作家・政治家。ロマン主義の先駆者。
(9) 一七一三〜八四。フランスの思想家・作家。『百科全書』を編集した。
(10) 一七二〇〜七八。イタリアの版画家・建築家。
(11) 一八六六〜一九五二。二〇世紀前半のイタリアを代表する哲学者・文芸批評家。
(12) 一九〇七〜九〇。ローマ生まれの作家。そのほか『軽蔑』、『倦怠』など。
(13) 一八八九〜一九六八。デンマークの映画監督。代表作に『裁かるるジャンル』など。
(14) 一八九八〜一九四八。ソ連の映画監督・映画理論家。モンタージュ理論で知られる。
(15) 一九一二〜二〇〇七。イタリアの映画監督。代表作に『情事』、『太陽はひとりぼっち』など。
(16) 一五五八〜九四。イギリス演劇における最初の代表的復讐悲劇『スペインの悲劇』(一五八五)の著者。
(17) 一八九〇〜一九七六。オーストリア出身の映画監督。ピーター・ローレが出演した『M』は初期代表作の一つ。

秘密についてのいくらかの啓示

まずはじめに断っておきたいのは、これから話すことはきわめて重要だが秘密にかんするため、ロをつぐむ必要があるということだ。そうすることでわたしは信望を得、あなた方は納得する。第六代イマームのジャーファル・アッサーディクの言葉にあるとおり、「わたしたちを突き動かしているのは秘密に潜む秘密、ヴェールに覆われたままの何かにかんする秘密、別の秘密によってしか説明されえない秘密、別の秘密により満たされる秘密にかんする秘密」なのだ。

あらゆる神話は秘密を司る神をもつ。ハルポクラテスは、古代エジプト美術から古代ギリシア・ローマ世界を通じルネサンスに至るまで、さまざまな名のもとに遍在してきた。沈黙するようわたしに告げるハルポクラテスの命に背く喜びのために、これから秘密についていくらか啓示したいと思う。

秘密とは明らかにされていない情報を指す。あるいは、それを明らかにした者やときには情報の提供を受けた側にまで損害が及ぶ可能性があるために明らかにされてはならず、また明らかにされるべきではない情報のことである。

その意味で、国家の秘密、企業の秘密、銀行の秘密、軍の秘密、アトランタの地で厳守されるコカ・コーラの製法をめぐる秘密のような産業の秘密がある。(実際に隠されている何かにかんする)

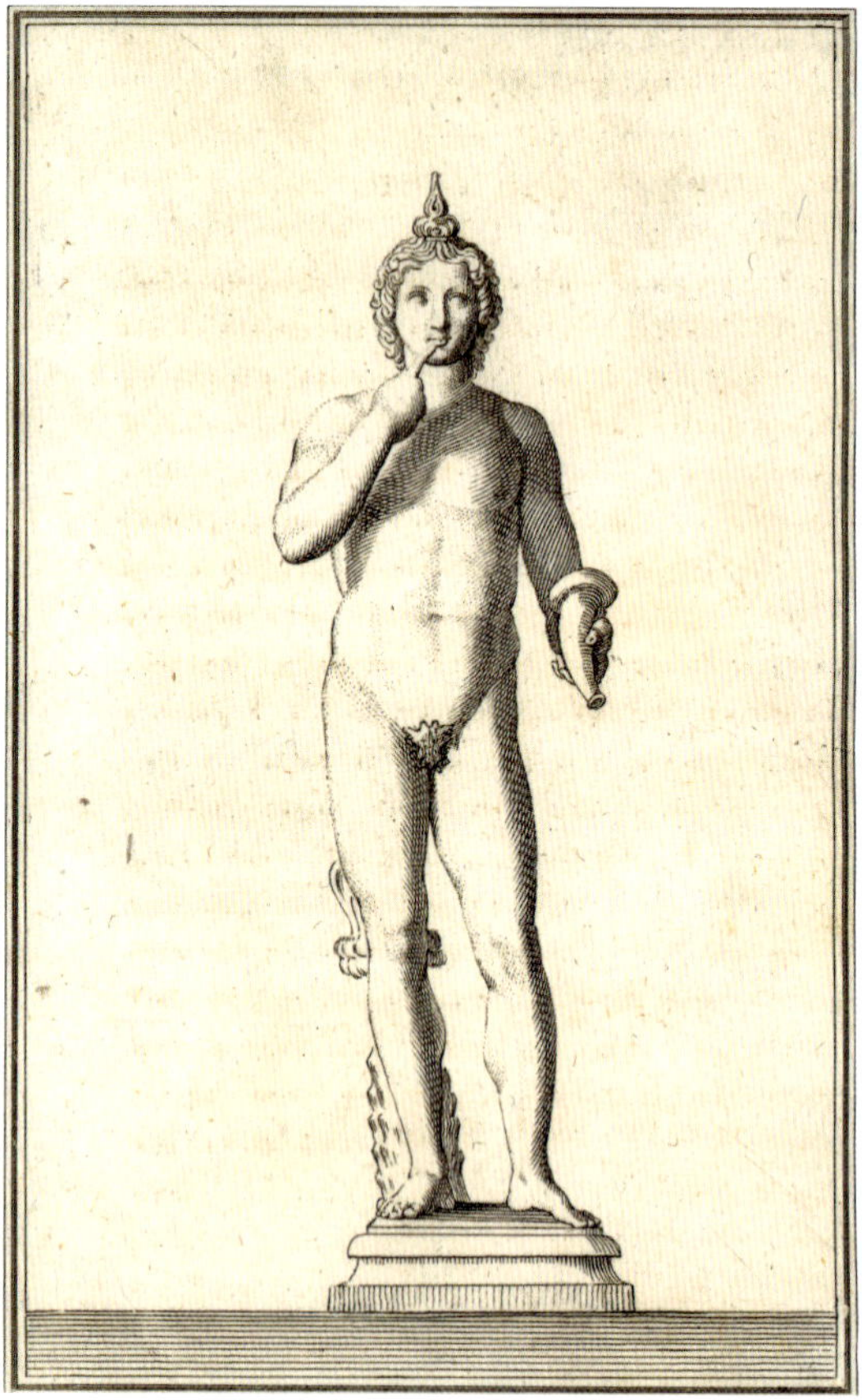

ギリシア神話の沈黙の神ハルポクラテス像　版画　1820　ローマ

この種の秘密は、調査当局の命や国立文書館の開放、軽率な言動や背信行為、とりわけスパイ行為によって暴かれることがたびたびある。

　スパイ行為を抑止し秘密の通信を守ることを目的として、数世紀にわたって数多くの暗号が編みだされてきた。暗号とは、一連の換字を施すことにより自然言語で表現された特定のメッセージを書き換え、換字の法則を知る受信者が元のメッセージを入手することを可能にする変換の法則の体系のことである。秘密の書法については古代インドや聖書にすでに記述があり、ユリウス・カエサルもそれに言及している。アラビア文明では、アブー・バクル・アフマド・ベン・アリー・ベン・ワシーヤアン＝ナバティ[1]の八五五年の書『古代の書法をめぐる謎の習得を熱望する者のための書』からイブン・ハルドゥーンの『歴史序説』（一四世紀）に至るまで記述が散見される。ハルドゥーンの書では、香料や花や鳥や果物の名称を利用する官吏独特の書記法が紹介された。

　近代に入ると、ヨーロッパで国家が誕生し、軍事組織や軍事行動が広範囲に及んで複雑化した（三十年戦争の時代のことだ）事情を受けて、暗号術が発達する。近代的なシステムの最初の例は、トリテミウス修道院長によ

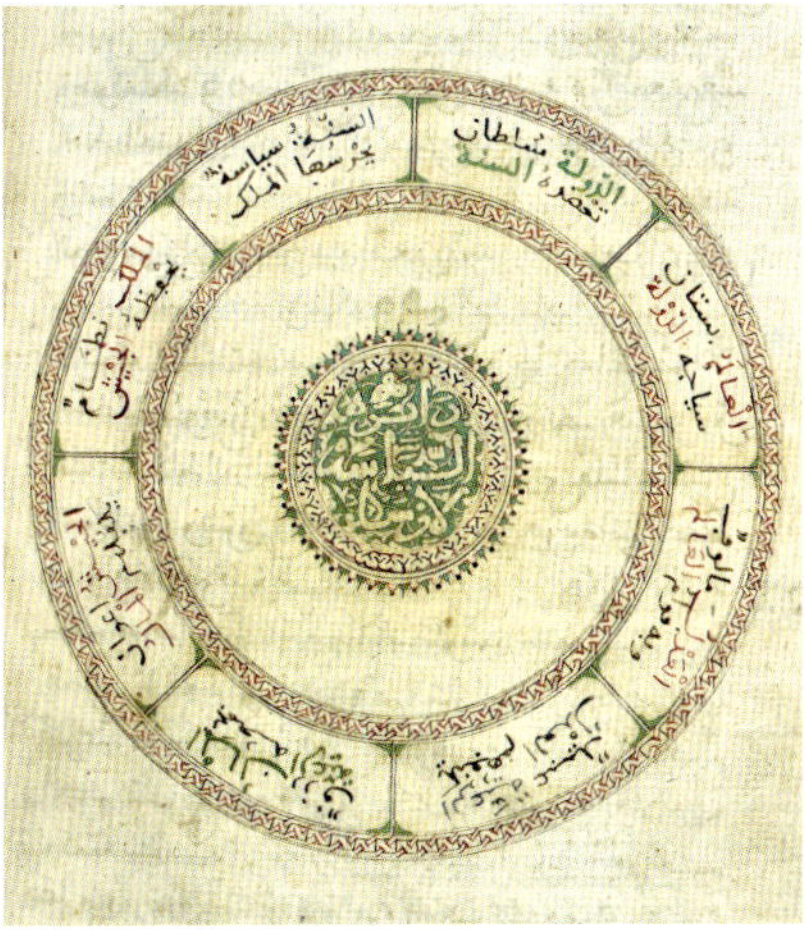

イブン・ハルドゥーン『歴史序説』 王と支配者の図 Add. 9574f. 29v ロンドン 大英図書館蔵

り用いられた回転式円盤型の暗号で、一番外側の輪に書かれた文字が二番目の輪の上の文字と置換されるものだった。最新の優れた（はるかに複雑な）例には、アラン・チューリング[2]に解読されたナチス・ドイツのエニグマ暗号がある。しかしあらゆる暗号文はいかに完璧であれ早晩犯されるのがお約束である以上、暗号化された秘密の寿命は短く、したがってわたしたちの関心の埒外にある。

同様に、「プルチネッラの秘密」とよばれる公然の秘密もわたしたちの守備範囲を外れる。これはおしゃべりな人間の耳に届いたがために瞬く間に広まった秘密を指すが、ときに敵の注意をはぐらかすべく、情報機関が偽りの秘密にかんする偽りの情報を故意に流す場合もある——つまり、周知であるところの偽の秘密は別の秘密を隠す役に立つものであり、この別の秘密の内容は守られるというわけだ。

一七世紀バロックの頃、最高権力者のあいだで、浮世を生き抜くには上手に装うか、本当の自分とは真逆にみせるか（バルタザール・グラシアン）、本当の自分についてはいっさい悟られないようにせねばならない（トルクアート・アッチェット）とする考えが流布した。政治家が自分にまつわるあらゆることを秘匿する方法については、マッツァリーノ枢機卿（前出マザランと同一人物）の著書『政治家読本』（一六八四）が示してくれる。

大勢が出入りする場所で書き物をする必要があるなら、すでに何か書きつけられた紙を数枚書き物台に置いておき、あたかもそれを書き写しているかのように見せかけるとよい。くれぐれも書面はよく見えるようにしておくこと。本当に書いている紙も同じように台に広げておき、用心して見えないようにし、いま書いている行以外はそばを通る人の目に触れないようにしなければならない。自分が書いているものは、本か別の紙かすでに何かが書かれている紙を執筆箇所のすぐそばに置いてしっかり隠すこと。読み物をしている際に視線を寄こしてくる者があれば、手ばやく頁を数枚めくり、自分の考えを読み取られないようにすること。いやむしろ、相手の視線を巧妙に他所に逸らすには本を数冊広げて置いておくのがよいだろう。手紙を書いたり本を読んだりしているときに不意に誰かがやってきて、手紙や本について何やら尋ねようとする場合には、相手が口を開くより先に自分が相手に何か質問するとよい。

秘匿

マッツァリーノ枢機卿が訴えるのは結局のところやや偏執狂的な秘匿である。持ち主の死とともに消滅する個人的な秘密もまた秘匿と関係する。それは口外できない所業にまつわるものにかぎらない。自身の病気や性癖や出自について知られたくないと望むのはもっともなことだからだ。社会は内密さにかんする権利を認めており、ジンメル(3)をはじめとした社会学者は秘密についての研究のなかで、この権利を社会契約における重要事項としている。

ことによると、この秘匿にかんする権利がわたしたちのマスメディア社会においてますます価値を失いつつある様子に着目するのもおもしろいかもしれない。この社会では内密さが放棄され、露出趣味が現れる。そして往々にして有用だったあの放出弁が姿を消す。ゴシップのことだ。村や門衛所や酒場で交わされていたかつてのゴシップは社会の結束力を強める機能を果たしていた。というのも、ゴシップを楽しむ人びとはたいてい、標的となる人の不運を喜ぶのではなく、その人に共感するか同情を示していたからだ。

ただしゴシップは被害者がその場におらず、かつ当事者が標的となっていることを知らない場合（あるいは面目を保つために知らないふりをしている場合）にかぎり機能していた。社会的放出弁と

ルイ・グロスクロード「三人のおしゃべり女」19世紀　ルクセンブルク　ジャン＝ピエール・ペスカトーレ美術館蔵

してのゴシップが無害であるために、全員に——加害者にも被害者にも——最大限の秘匿が保たれていたというわけである。最初の転換は、カメラマンや記者の前に自発的に身を晒す人びと（俳優や女優、歌手、亡命中の王族、プレイボーイ）のゴシップを扱う専門誌の登場とともに起こった。かつて囁かれるものだったゴシップはここにきて大声で叫ばれるものとなり、被害者に名声を付与するものとなったことから、有名でない人びとの羨望の的となった。それゆえテレビは、誰もが名乗り出て自分自身についてのゴシップを披露し、有名な被害者となれる番組を考えだした。こうして、互いの浮気をなじり合う夫婦や、去りし恋人に涙ながらにすがる人びとが画面に登場し、情け容赦なく性的不能を論じる離婚劇がテレビで演じられることになったのである。

社会に先駆けて、チェーザレ・パヴェーゼ(4)のような閉鎖的な性格のピエモンテ人が「あまり騒ぎたてないでほしい」という忘れがたいメッセージを残して自殺したのは正しかったのだ。しかしそのメッセージに耳を傾ける者はおらず、いまや誰もがパヴェーゼの悲しい恋の顚末を知っている。

ところで秘匿の放棄は近年また別のかたちをとることとなった。わたしたちは、誰であれクレジットカードの明細や通話履歴や病院のカルテを調べれば、自分たちの些細な動向に至るまであらゆることを把握することができると知っており、そして結局のところそのことを大して気にかけていない。しかし一方で、ウィキリークスの一件は、権力の知られざる秘密を公開することはたしかに民主主義的な行為であるとわたしたちを頷かせたが、同時に、あらゆる国家や政府には機密の領域を培う必要があるとも思わせたのだった。なぜなら、ある種の情報や人間関係や計画をすぐに公開することは計画を失敗に導き、共同体に損害をもたらす恐れがあるためだ。組閣のための協議をストリーミング中継で即座に公開しようとするならば、誰であれ監視されているように感じるため、面目を失わないよう、政治の肝ともいえる交渉に乗りだすことなくただひたすら自身の公的な立場を反復するだけになってしまうのである。

神秘的な秘密

秘匿の時代が終わりを告げてもなお、数千年来の神秘的な――あるいはヘルメス的、オカルト的な――秘密をめぐる考えは生き残った。ピタゴラスの教義は、古代エジプト人から受け継いだ太古の英知として姿を現した。古代の合理主義が危機に瀕した紀元二世紀の異教世界では、秘密や陰の世界で伝えられる事柄と真実を同一視する傾向がますます強まった。知恵は、真に秘匿されたものであるためには、異国のきわめて古い起源を有する必要があった。なかでもオリエントは起源が古く、未知の言語が話されていた地であった。未知なるものは秘密に通ずる。ゆえに、オリエントの人びとは神のみぞ知る秘密の一端を心得ていたに違いないと考えられた。

この態度は、異民族を「バルバロイ」、すなわち「吃音者」、「言葉をまともに発音することができない者」とよんだ古代ギリシアの知識人に典型的だった姿勢を覆すものだった。このとき、逆にほかならぬ異邦人の「吃音」が聖なる言語となったのである。

ここに、真実とは隠されたものであり、失われた伝承の守護者が所有するものとの信念が端を発することとなる。そしてこの考えはルネサンス期の魔術についてのあらゆる文献に共通する記述に結びついてゆく。そこでは、借り物のヘブライ語をもとに考案された、それを口にする当人にとってすら理解不能な言葉を唱えることによってのみ、秘密の啓示に至るとされたのである。

薔薇十字団

秘匿されたあらゆる教えが歩む運命を薔薇十字団もまた辿ることになる。一七世紀初頭、内戦や宗教的対立によってヨーロッパが赤く燃えていたまさにその時期に、黄金世紀の幕開けという考えが台頭する。この期待に満ちた風潮がカトリック地域にもプロテスタント地域にもさまざまなかたちで広まると、理想共和国の計画が浮上し、普遍君主の出現ならびに慣習や宗教観の刷新を切望する声が高まった。すると、一六一四年に「友愛団の名声《ファーマ・フラテルニタティス》」と題された宣言が現れ、翌一六一五年には「薔薇十字友愛団の信条告白《コンフェッシオ・フラテルニタティス》——ヨーロッパの博学者諸氏に宛てて」が発表される。これら宣言を通じて、謎めいた友愛組織である薔薇十字団の存在がはっきり示され、神秘に包まれた創始者クリスチャン・ローゼンクロイツについての詳細が明かされるとともに、ある団体のヨーロッパにおける出現が予言された。その団体は、金銀宝石を豊富に所有し、正当な目的や必要に応じて諸国の君主に分配するという。宣言はまた、この友愛団の秘密主義的な性格を強調し、成員はその本質を外部に漏洩してはならないとしている（「われらが学院は——たとえ一〇万もの人びとに間近から眺められようとも——俗世に隠蔽されており、永遠に触れることも破壊することもできない」）。しかしながら、ヨーロッパのあらゆる学識者に対し、成員に連絡を取るようよびかけてもいる。「いまのところわれわれはわれわれの名も面会のときも明らかにしていないが（……）われわれに名を届けてくれる者は誰であれ成員と面談することができる。何らかの支障がある場合には書面で連絡を取り合うことも可能である」

ときを置かずして、強い影響力をもつ神秘主義者ロバート・フラッド[5]をはじめ、ヨーロッパ各地から数々の反応が薔薇十字団に届く。薔薇十字団を知っているという者はひとりもおらず、みずからを成員と認める者もいないが、誰もがその綱領と完全に同調していることを何らかの方法で知らしめる。ミヒャエル・マイヤーは『黄金のテミス』（一六一八）で、友愛団は現に存在しているが、その一員となるに自分の身分はあまりに低すぎると述べた。誰もがこの組織が秘匿されていることを認めるが、それゆえにみずからを薔薇十字と名乗る者は（入会者たちを繋ぐ絆に反するため）その成員ではない。フランセス・イエイツは一九七二年に「薔薇十字の作家にお決まりの言動は、自分自身は薔薇十字団

「薔薇十字団の祝宴」レオ・タクシルによる版画　『フランス・フリーメーソンの秘儀』1887　個人蔵

のメンバーではないと発言することである」と述べた。薔薇十字の思想をきわめて真剣に受け取るルネ・ゲノンの言葉を信用するかぎり、この考えはいまも健在だ。ゲノンは次のように述べる。「薔薇十字を自称する者や世間一般で薔薇十字と考えられている者たちの大半は、実際にはおそらくたんに薔薇十字系組織の成員だった（……）。いやむしろ、そうした団体に属していたという単純な事実ゆえにまったくもって薔薇十字ではなかったと考えるほうが確かである。このことは逆説的で一見して矛盾するように思われるかもしれないが、それでもなおたやすく了解される事実なのである」（『参入儀礼にかんする考察』二〇一四、イタリア語訳、一九〇頁）。

結果として、薔薇十字団の存在についての歴史的証拠が存在しないだけでなく、代わりに、互いに批判の応酬を繰り返しつつわれこそは本家本元の薔薇十字団の

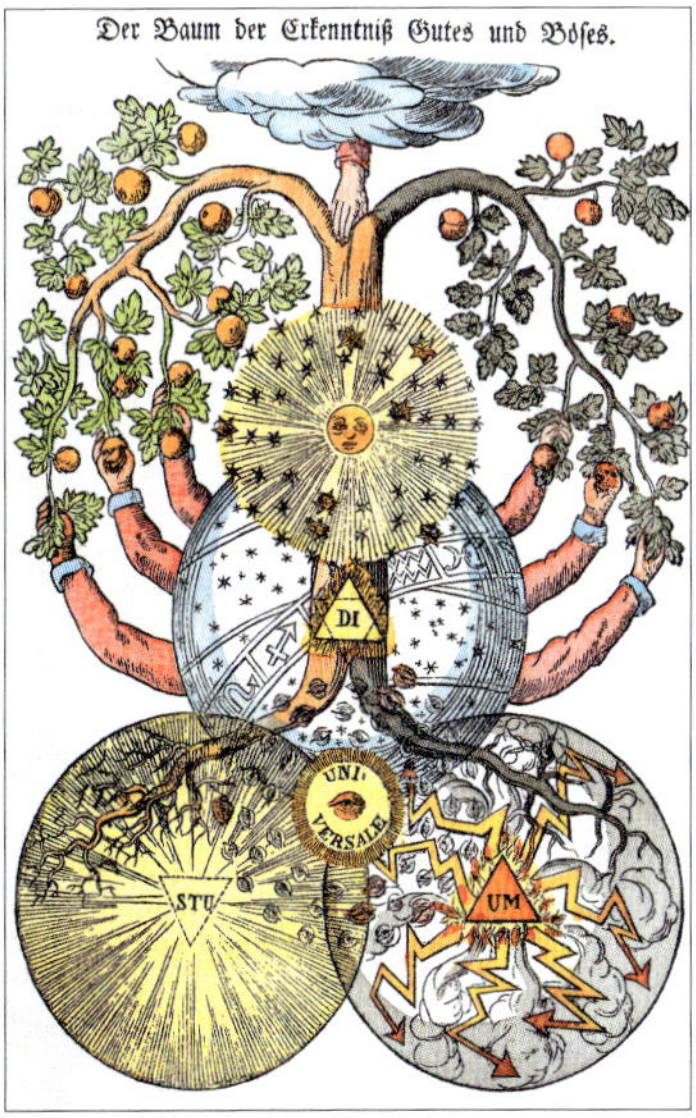

「善悪の知識の樹」『薔薇十字団の知られざる形象』より　1785　パリ　フランス国立図書館蔵

「薔薇十字思想のシンボル」　ロバート・フラッドの版画『最高善』より　1629

唯一にして真の後継者と訴える複数の後続グループについての、露骨にすぎる存在の証明が残ることとなった。そのうちのひとつがAMORC《アモルク》であり、いまもカリフォルニア州のサンノゼでは古代エジプト風の神殿を拝むことができる。しかし、何千年もの伝統に範を取る薔薇十字系の組織であれば、この伝統にかんする文献資料の入手は不可能であることをまずもって教えてくれるはずである。今日でもなお、『薔薇十字の手引』(一九八四)には「大友愛団とグランド・ロッジが目に見える組織でないということは自ずと了解されるだろう」と記されている。AMORCの公式資料によると、同会の正当性を証明する文献資料は間違いなく存在するが、ある明白な事情ゆえ、アクセスできない場所に隠されているという。

一六二三年、パリに薔薇十字団の到着を告げる匿名の宣言が現れると、これを皮切りに激しい議論が吹き荒れたが、そのなかには薔薇十字団を悪魔崇拝の集団とする疑惑も含まれていた。伝えられるところによれば、デカルトまでもがドイツへの旅の途上で薔薇十字団への接触を試みたという(しかし当然成功しなかった)。その後戻ったパリでは当の友愛団への関与が疑われたが、デカルトは天才的なやり方でこれを切り抜けた。アドリアン・バイエが著書『デカルト伝』(一六九一)で語るところによると、薔薇十字団は目に見えないと一般に考えられていたため、デカルトは数多くの公的な場に姿を見せることで噂を払拭したという。

気の毒なデカルトの妙案は、ジンメルがのちに秘密にかんする論考で述べることを示唆する。つまり、秘密結社に典型的な特徴は不可視性ということだ——よく考えてみれば、炭焼党《カルボナーリ》をはじめとした秘密結社は絶えず不可視性を追求してきた。その証拠に、神秘に包まれたバイエルンのイルミナティがそうであったように(そして現在もいくつかのテロ組織でそうであるように)、入会者の成す小グループはそのグループのリーダーしか知らず、上層部のメンバーについて知ることはない。

ところで、炭焼党員《カルボナーリ》の多くが断頭台にのぼるか死刑囚射撃隊の前に立たされる羽目になったとしても、それは秘密が漏れたからではない。秘密結社の目的が蜂起を企てることであるならば、蜂起が勃発した時点で秘密は秘密であることをやめるためだ。株式公開買付でまとまった株の購入を企てるグループの秘密のような、買い占めに成功するか明らかに失敗すればもはや秘密ではなくなる秘密も存在する。明確な目標を志向するグループの秘密はきわめて短命だ。さもなくば、こうしたグループのメンバーはいつまでも何事も成し遂げられない若造と大差なくなってしまう。

しかし薔薇十字団のケースはこれとは大きく異なり、短期的に何かを成し遂げようとしてはいなかった。じつに、不可視性がかれらの存在を否定するわけではないことを説明するのに、ノイハウスという名の人物は、一六二三年に公刊した『薔薇十字団の同志への慈悲深く有益な忠告』と題された書にて、かれらが実在するのか、正体は誰なのか、その名の起源は何なのか、いかなる目的でその存在が公表されたのかといった問いを発したうえで、次のような驚異的な結論を導いている。「かれらは名前を変えたりアナグラムにしたりし、年齢を隠し、正体を明かすことなく活動するため、かれらが実在することを否定しうる論者は誰ひとりいないのである」

薔薇十字団の絶大な人気の理由は次の点にある。薔薇十字団は秘密を宣言しておきながら、あらゆることを詳《つまび》らかにしてきた。しかし、その秘密がどういった類のものかについてだけは、当然、伏せてきた点だ。

さて、薔薇十字団の伝統にいくらか結びついたかたちで、一七〇〇年代に象徴に満ちたフリーメーソンが誕生した。フリーメーソンはアンダーソン憲章をもってソロモン神殿の建立者集団にみずからの起源を求めることで正当性を主張した。後年、スコットランド系のフリーメーソンを通じて、神殿の建立者集団とテンプル騎士団の関係が起源の神話に加えられる。ちなみに、テンプル騎士団の秘匿された伝統は薔薇十字団を介して現代のフリーメーソンに流れ込むこととなる。こうした説を支持するべく、多くのフリーメーソン系の組織は——それらはほとんどつねにロンドン・グランド・ロッジ

「炭焼党員《カルボナーリ》の会合」版画　1864

ヨゼフ・コンスタンティン・シュタドッラー、クイーン街のフリーメーソンのあいだに整列する人びと、団体の援助を受けた少女たちのための年次晩餐会にて　ルドルフ・アッカーマンによる版画「ロンドンの小宇宙」　リトグラフ　1808　個人蔵

と対立しているのだが——テンプル騎士団や薔薇十字系の伝統を彷彿とさせるシンボルや儀礼を選びとった。こうして、参入の位階（どれほど秘密に通じているかに応じたもので、元は三つ）はその数を増し、三三にまで達した。たとえばカリオストロ[6]が創設したメンフィス＝ミツライムの古代原初儀礼の上位位階がどのようなものかみてみるとよい。

天球図の騎士、黄道一二宮の王子、崇高なるヘルメスの哲学者、星辰の最高司令官、崇高なるイシスの祭司長、聖なる丘の王子、サモトラケの哲学者、コーカサスの巨人、黄金の竪琴の少年、真のフェニックスの騎士、スフィンクスの騎士、崇高なる迷宮の賢人、婆羅門の王子、聖所の神秘なる番人、神秘の塔の建築家、崇高なる聖幕の王子、聖刻文字の翻訳官、オルフェウスの医師、三つの炎の守護者、伝達不能の御名の管理者、偉大なる秘密の崇高なるオイディプス、神秘のオアシスの寵愛を受けた牧者、聖なる炎の医師、光輝なる三角形の騎士。

これらはフリーメーソンへの参入儀礼後の序列を表すものである。ところで、フリーメーソンの秘密をもっとも見事に定義したのはジャコモ・カサノヴァ[7]だった。

その秘密が知りたくてフリーメーソンに加入する者は失望することになりかねない。実際には目的を果たせぬまま、五〇年もの月日をマスターとして過ごすこともありうるためだ。フリーメーソンの秘密はその本質からして不可侵である。フリーメーソンの会員はそれを学び知るのではなく、ただ直感によってのみ知る（……）。それを知ったときには誰にもその発見を知られないよう用心を怠ってはならない。親友の会員にも教えないこと。なぜならその者が謎を看破できていないということは、他人から聞き知ったとしてもそれを真に役立てることはできないためだ

（……）。ロッジで起こることは口外してはならない。しかしうっかり言い漏らしてしまうような無作法で不用心な者が本質を開示することはない。本質を知らずしていかに開示するというのか。本質を知る者が開示することはないのだ。

したがって、参入儀礼にまつわる秘密が明かされることはなく、それゆえ秘密を売り渡すこともできないというわけだ。

フリーメーソンの秘密については、イタリア・グランド・ロッジの元グランド・マスターであるジュリアーノ・ディ・ベルナルドが詳しく書き残している。論理学の専門家であるこの人物がロッジのシンボリズムのオカルティックな解釈になびくことはない。その著書『フリーメーソンの哲学』には次のようにある。

秘教的な真実、錬金術の秘密、賢者の石を（シンボルに）追い求める人びとが（……）いる。そうするにシンボルはあまりに貧弱で、秘教的生の奥義の外観をわずかに表現するのみである。フリーメーソンのシンボリズムの解釈はどれもこれも誤りであり、真の本質を汲み取れていない。その本質は次のように言い表すことができる。フリーメーソンにおいてシンボルが表現する秘密はひとつだけであり、それは参入儀礼にまつわるものである、ということだ（……）。このことの意味が理解できない者は、世俗から抜けだすことができないため、フリーメーソンの神殿に偶然足を踏み入れたとしても三角定規やコンパスや槌や書物など見慣れぬ品々を眺めるばかりで、その象徴的意味に達することはできない。目に映るものを読み解くにはフリーメーソンの光が必要であり、この光は参入儀礼を通じてのみ授けられる。それが授けられたときにのみフリーメーソンの秘密は理解される（……）。秘密が明らかになったとき、シンボリズムは解体し、フリー

「ヴェルサイユの宮廷のカリオストロ」 版画 1750 個人蔵

オーギュスト・ルルー「ヴェネツィアのカサノヴァ」『カサノヴァ回想録』所収　1725-98　第5巻　30頁　個人蔵

メーソンの基礎はただちに崩れ落ちる。参入儀礼という基礎を欠いたフリーメーソンは博愛精神に則る一般の組織と何ら変わりないのである。

言ってみるなら（わたしの解釈だが）、秘密をもたないフリーメーソンはたんなるロータリークラブということだ。もちろん、ある明白な事情ゆえに、ディ・ベルナルドの書はフリーメーソンの秘密がどのような類のものかについてはまったく触れていない。

一七〇〇年代以降、秘密の隠蔽と秘密結社の不可視性の結果として浮上したのが、世界の運命を一手に握る未知なる支配者をめぐる神話である。一七八九年にド・リュシェ侯爵は（その著書『イルミナティにかんする試論』において）次の警告を発した。「もっとも深い闇の懐で、互いに見知らぬ仲ながら互いを見知るかつて類をみない人間たちの団体が育まれた（……）。この団体はイエズス会から妄信的服従を、フリーメーソンから形式的な試練と儀礼を、テンプル騎士団から地霊召喚の秘儀と信じがたいほどの豪胆さを譲り受けた」

一七九七年と九八年のあいだに、フランス革命に呼応して修道院長のバリュエル神父[8]が著した『ジャコバン主義の歴史のための覚書』では、テンプル騎士団が、フィリップ美男王[9]に壊滅させられたのち、君主制と教皇庁の打倒を目論む秘密結社へ姿を変えた経緯が語られた。かれらは一八世紀にフリーメーソンを配下に収めると、アカデミーの一種を創設した。そこに集った悪魔のごときメンバーがヴォルテール、テュルゴー[10]、コンドルセ[11]、ディドロ、ダランベールであり、この集まりにジャコバン派は端を発するという。しかしジャコバン派そのものも、よりいっそう謎めいた結社であり王殺しを使命とするバイエルンのイルミナティの掌中にあった。フランス革命はこうした陰謀の最終的な結果だったという。

バリュエルはユダヤ人にはいっさい触れていない。しかし一八〇六年にバリュエルはシモニーニ[12]と名乗る大尉から書簡を受け取る。その書簡は、フリーメーソンがあらゆる秘密結社に潜入していたユダヤ人の手により創始された経緯を想起させるものだった。ここで詳しく立ち入ることはできないが、ここにユダヤ陰謀説の神話が誕生する。最終的に悪名高い『シオン賢者の議定書《プロトコル》』にまで行き着く説だ。「議定書」にかんしては現在もインターネット上の数多くのサイトで悪意の入り混じった情報を山ほど見つけることができる。

ともかく、世の出来事を意のままに動かす陰の組織という考えが今日も人びとの意識にあることは、日米欧三極委員会、ビルダーバーグ会議(13)、ダボス会議をめぐるあれこれの発言をインターネットで調べてみれば済む。あたかも政治家や企業家、銀行家たちは誰の目にも明らかな経済の低迷に対する戦略を決定するのに、自分たちの好きなときに私的に会合を開いてはいけないとでもいうかのようだ——それはまるで大勢のつましい庶民の破産の理由を説明するのに不要不急でないものへの散財では飽き足らず、知られざる計画を発見する必要があるとでもいうかのようだ。

さらにインターネットではそのほかにも不穏な秘密の示唆を見つけることができる。たとえば、ローマ教皇フランシスコがマルティーニ枢機卿からの支持を介してフリーメーソン関連団体と通じているという風説がそうだ。

陰謀論という病が想像力豊かな展開をみせたのはツインタワーの倒壊をめぐってである。ブッシュ元大統領の秘密の計画やユダヤ人に関するものをはじめとした多種多様な陰謀が囁かれた。

インターネットで調べてみるといい。「ニューヨーク市」(New York City)は一一文字、「アフガニスタン」(Afghanistan)も一一文字、ツインタワーの攻撃を予告したテロリストの名「ラムシン・ユセフ」(Ramsin Yuseb)も一一文字、「ジョージ・W・ブッシュ」(George W. Bush)も一一文字、ツインタワーは一一のかたちをしており、ニューヨークはアメリカにおける一一番目の州であり、ツインタワーに衝突した最初の飛行機の便名は一一で、乗員・乗客は九二名、つまり九たす二で一一であ

「フリーメーソンの紋」つづれ織り　20世紀　ミラノ　リソルジメント博物館蔵

六芒星、ソロモン王の封印、６つの角をもつ星、ダヴィデの星、ダヴィデの盾、二重の三角形、土星の護符、カバラのシンボル　フリーメーソンにより使用された　版画　19 世紀　個人蔵

り、同じくツインタワーに衝突した飛行機七七便の乗員・乗客は六五人のため六たす五で一一となり、九月一一日という日付はアメリカの緊急ダイヤル九一一と同一で、そのそれぞれの数を足すとやはり一一となる。迂回させられた飛行機の被害者数を合計すると二五四名となり、そのそれぞれの数の和は一一になり、九月一一日は年間の暦の二五四番目の日であり、この数を総合するとやはり一一が得られる。こうしたカバラ数秘術まがいの展開がつづいてゆく。

一見して驚くべきこうした一致に対する反論はどのようなものだろうか。

「ニューヨーク」(New York) は「市」(City) という語を付け加えるなら一一文字であり、「アフガニスタン」(Afghanistan) は一一文字だが、飛行機の乗っ取り犯はアフガニスタン人ではなくサウジアラビア、エジプト、レバノン、アラブ首長国連邦の出身者だった。「ラムシン・ユセフ」(Ramsin Yuseb) は一一文字とはいえ、それは特定のアルファベット表記をした場合の話で、「ユセフ」を Yuseb でなく Yussef と表記するならゲームは破たんする。「ジョージ・W・ブッシュ」(George W. Bush) は一一文字だが、それはミドルネームのイニシャルを加えたらのことで、ツインタワーのかたちは一一に似ているがローマ数字の二でもあり、七七便が衝突したのはツインタワーではなくペンタゴンであり、乗員・乗客数は六五名でなく六四名、被害者数の合計は二五四名ではなく二六六名であるといった具合である。

やはりインターネットが教えてくれることだが、最初にタワーに衝突した飛行機の便名 Q33NY を入力し、ニューヨークを示す略号 NYC を書き加え、この文字列をコピーし、通常用いられる Times や Garamond ではなく、Wingdings という名の何やらカバラ的なフォントに変換すると、あっと驚く隠されたメッセージを得ることになる。

ただここで唯一の問題は、タワーに衝突した飛行機のどれも Q33 という便名ではなく、この便名は恣意的な秘密のメッセージを得るために考えだされたものということだ。

ほかにも、いったん明らかにされるとがっかりしてしまうような恣意的な秘密がある。ファティマ第三の秘密の例を考えてみよう。この秘密は修道女ルシアにより一九四四年に封をされた状態で渡され、一九六〇年以降でないと開封してはならないとされた。しかしヨハネ二三世とその後継者はその内容を公表するのは適切でないと判断したため、二〇〇〇年にヨハネ・パウロ二世の命により公開されるまで秘匿されたままだった。ラッツィンガーだけはすでにメッセージ内容を把握しており、良識的な判断のもと、そのままにしておくよう指示したようである。なぜならメッセージには何ら興味深い点がなかったからだ。しかし秘密の魅力は限度をはるかに超えて膨らんでいった。メッセージが開封されたときに明らかになったのは、メッセージはたしかに悲劇についてだったが、イベリア半島由来の終末にまつわるイメージに触発されたものであり、何らかの予言的な性格を帯びていたとすれば、後年（とはいえそれが書かれたより前の時期の話でもあり、スペインのルシア修道女の住むすぐそばの場所で）きわめて悲惨なことが起こるだろうというものだった——それは聖母を見ずとも誰もが分かっており想像できたことであった。

ファティマの秘密とメジュゴリエの秘密の相互関係を含む隠された意味をメッセージに見いだそうとした大勢の暗号愛好家と異なり、ラッツィンガーは——当時、信仰教義にかんする評議会の議長を務めていた——個人的な幻視は信仰の動機にはならず、寓意と予言は別物であるとして、すぐさま事態に留保の姿勢を示した。そして『ヨハネの黙示録』との相似を明確に突き止めたうえで、次の注意を発した。「〈秘密〉の結末はルシアが祈禱書の類で見たことがあるはずのいくつかのイメージを想起させる。その内容は古い信仰の直観に由来するものである」。さらに、「個人的な啓示の人類学的構造」という意味深長な題のもと、次のように記した。すなわち、幻視者は「その者が具体化する可能性をもち、その者が備える表象能力と知識が及びうる方法に則って視る」と。このことがともかくも伝えようとしているのは、ルシア修道女は恍惚状態のなかで修道院の蔵書や二〇〇〇年前の古い文書のなかで読んだことのあるものを目にしたということである。ファティマ第三の秘密が伝えたかったものとは、聖パウロ修道会直営書店の店頭にずっと昔から並んでいた何かであったというわけだ。

暴かれた秘密は役に立たない

ジョゼフィン・ペラダンのような薔薇十字系の神秘主義者が述べるとおり、暴かれた参入儀礼の秘密は何の役にも立たない。それでもなお人びとは秘密を求めるのであり、まだ明らかにされていない秘密を保持するとされる人物はいつでも一種の権力を獲得しうる。いつの日か明らかになるかもしれない内容がいったいどんなことか知れないためだ。知識の量が多ければ多いほど、あるいは知っているふりをすればするほど強大な権力を得るのは世界中の警察と諜報機関のつねであった。内容が本当かどうかは重要ではない。大切なのは、秘密をもっていると思わせることなのだ。政府の文書が公開されたりウィキリークスのようなもの

テンプル騎士団の騎士　テンプル教会にて　12 世紀　ロンドン

「第七の封印の開封」細密画　リエバナのベアトゥスによる『ヨハネの黙示録』注釈書挿画　730頃-98　写本　スペイン

が侵入に成功したりすると諜報機関は危機に陥る。そのとき明らかになるのは、組織や大使館のあいだの秘められた関係はいつだって、スパイや諜報員が極秘情報に仕立てあげる以前には巷に流通していた印刷物の切り抜きの写しが詰まったファイルでできているということだ。大使から町のお巡りさんまで――給料を支払うのも割りに合わないほどである。なにしろ、ハサミと糊さえ使えればこしらえられる代物なのだから。

　では、恣意の秘密が公になることを避けつつ、秘密の保持に由来する権力を維持するにはどうしたらいいのだろうか。答えは、中身のない秘密を吹聴することだ。秘密を保持していながらその内容を明らかにしないことは嘘をつくこととは違う。場合によってはそれは秘匿の究極のかたちだからだ。一方、秘密を保持していると口にしつつ、実際には秘密はないのだとすれば、〈秘密にかんする嘘をついている〉ことになる。ジンメルが想起するように、こうしたことは子どもたちのあいだでも起こっている。そこでは「誰かに『きみの知らないことを自分は知っている』と言うことはしばしば自慢や見栄の種となる。あまりに簡便なため（……）この文言は、実際には秘密をもっていなくとも、相手を貶める手段として用いられる」。

　子どもたちの使うこうした偽の秘密はほかの子どもに対してのみ効力を発揮するが、秘儀伝授を謳う多くの団体（あるいは多くの諜報機関）の偽の秘密は、秘密を知りたいと切望するがゆえにいつでも秘密の存在を認める準備ができている大人たちに対して有効である。

　わたしが『フーコーの振り子』で中身のない秘密をめぐる病を扱ったことを知っている方もいるだろう。遍歴学生並みの博学さを備えた博学な遍歴学生風の三人の友人が、オカルト書籍を扱う書店に出回るトンデモ本に想を得て世界的な計画を構想する話だ（冗談抜きで、ここにダン・ブラウンは『ダ・ヴィンチ・コード』のヒントを得た）。当の三人は計画の最終的な秘密が何か知らないどころかむしろそれを不確定なままにしておくことを楽しむが、オカルト捜査実行部隊の連中のほうではそれを真に受けたため、ヤコポ・ベルボがフーコーの振り子に首を吊られるという悲劇的な結末を迎えることになる。しかしそれに先立って、ベルボは自分がでっちあげた中身のない秘密に魅了され——ゲームに絡めとられてしまい——コンピュータのファイルに次のように書きつけていた。

秘密の存在を信じるならば、秘儀を伝授された気分になる。至極簡単なことだ。根がないために根こそぎにされることもない莫大な野望を創りだすこと。存在しない以上、先人たちが裏切りをなじりに姿を現すことはこれから先もけっしてない（……）。輪郭のぼやけた真実を創りだすこと。はっきりさせようとする者が現れたら即座に追放すること。自分以上にぼんやりした者のみを正当とすること。

そしてベルボの死後、ベルボの友人にして小説の語り手であるカゾボンは混乱のさなかで次のようなことばを残した。

ぼくらは存在しない「計画」を練りあげた。すると「かれら」はそれを本物ととらえたばかりか（……）支離滅裂で混乱した自分たちの計画の断片とぼくらの計画のいくつかの部分を同一視したのだった。その根拠となったのは類推《アナロジー》や見せかけや疑惑といった反駁しようのない論理だった。しかし、でっちあげられた計画であれ、他人がそれを実現するなら、「計画」は存在するのと変わりないどころか、むしろ本当に存在することになる。その瞬間、大勢の猟奇的な連中が地図目がけて世界中に解き放たれる。ぼくらは漠然としたフラストレーションを抱え込んだ連中に地図を提供してしまったのだ。それが何のことかは、ベルボの最後のファイルが教えてくれる。すなわち、「計画」が本当に存在するなら失敗はありえないということだ。敗れたとしても自分

フェリシアン・ロップス『感情の秘儀参入』扉絵　1887　パリ　オルセー美術館蔵

のせいではない。世界規模の陰謀の前に屈服することは恥ではないのだから（……）。自分が死すべき運命のもとにあり、自分では制御できない幾千もの微生物の食い物にされていることを嘆いても仕方がない。握力に乏しい足をもつことや尻尾が消えてしまったことやいったん抜け落ちた髪と爪がもう生えてこないことやいつしか神経がすり減ってゆくことや動脈硬化になることは自分のせいじゃない。「嫉妬深い天使たち」のしわざなのだ。同じことは日常生活にもいえる。たとえば、株の暴落。こうしたことが起こるのは、ひとりひとりが誤った動きをするためだ。そしてひとりひとりの誤った動きがまとまると恐慌が起きる。すると、頑丈な神経をもたない人間はこう考える。この陰謀を企てたのは誰だ？　得する人間は誰だ？　陰謀を企てた敵が見つからなかったら大変だ。罪悪感を覚えるだろうから。もしくは、罪悪感を覚えるから陰謀をでっちあげる。それもひとつでなく、数々の陰謀のストーリーを。そしてそれらを叩きのめすには、自分の陰謀をつくりださなければならない。

他人の陰謀に思いをめぐらせばめぐらすほど、自分の理解のなさを正当化するためにますます陰謀にのめり込み、ほかの陰謀に釣り合うだけの自分の陰謀を考えだすことになる（……）。神は自分の目で見ようとしない連中から視力を奪い去る。ちょいと手助けしてやるだけで済むのだ。陰謀が本当の陰謀であるならば、秘められたものでなければならない。内容を知ることで欲求不満が解消される類の秘密はたしかに存在する。その場合、秘密が救いをもたらしてくれるか、あるいは秘密を知っていること自体が救いを意味するかのどちらかだ。そんなに輝かしい秘密など存在するのだろうか。もちろん存在する。ただし、その秘密を知ることはありえない。暴かれた暁にはがっかりするしかないのだから。アッリエがローマ帝政期を騒がせた神秘にまつわる熱狂について聞かせてくれたのではなかったか。それは、みずからを神の子と名乗る誰かが出現して間もない頃のことだった。その受肉した神の子はこの世の罪をあがなうと言った。くだらない神秘？　さらに、万人の救済を約束した。ただ隣人を愛しさえすればいいと説いて。陳腐な秘密？　正しいときに正しい言葉を口にする者は誰でもパンの欠片《かけら》とわずかな葡萄酒を神の子の肉と血としてみずからの糧とすることができると言い残した。ゴミ箱行きの謎々？　そして教父たちを説得し、神は唯一にして三位一体であると宣言した。聖霊は父と子に生じ、子は父と聖霊から生じるのではない、と。質料的人間の呪文？　そして救済はすでにして手の届くところに――DIY式に――あるとした。以上。開示はこれでおしまい？　なんという平凡さよ。血眼になって手漕ぎ船で地中海を隈なくまわって失われた知を探したというのに。三〇デナーロ銀貨で売り渡されたその教えはたんなる外側の覆いで、想像力に乏しい連中むけのたとえ話だったのではないか（……）。三位一体の神秘？　あまりに単純すぎる。その奥には別の何かが隠されているに違いない。

誰だったか、たしかルービンシュタインは神を信じるか問われてこう答えた。「とんでもありません。わたしが信じるのは（……）もっと大きな何かです」（……）。もっと大きな秘密などない。もっと大きな秘密が存在しない理由は、暴かれた秘密はちっぽけにみえるからだ。あるのは中身のない秘密だけ。手を滑り抜けてゆく秘密だけだ（……）。人は玉ねぎみたいに世界の皮を剝く。玉ねぎは丸ごと皮でできている。無限の玉ねぎを思い描いてみよう。中心はいたるところにあるのに、周囲を区切る境界はどこにもない。メビウスの輪のようなものと言ってもいい。真の奥義を伝授された人間とは、内容をもたない秘密が最強の秘密と知っているやつだ。なぜって、いかなる敵もかれを白状させることはできず、いかなる信者もかれから秘密を奪い去ることができないからだ（……）。ベルボは秘密を保持していると言明した。だから「かれら」に対して力をふるうことになった（……）。そしてベルボが秘密の開示を拒めば拒むほど、「かれら」は秘密が大きいと考えた。秘密などないと誓えば誓うほどに、秘密があると信じ込み、それも真の秘密だと「かれら」をより深く納得させることになった。秘密が嘘であればそう明かすだろうというわけだ。何世紀にもわたり、この秘密の追求は、破門や内部抗争や奇襲を繰り返す連中を束ねる揺るぎない絆となってきた。いまこそ連中は秘密をその手に握ろうとしていた。そこでふたつの恐怖に襲われた。ひとつは秘密がつまらないものであること。もうひとつは――誰かれに知られるところとなって――秘密が失せてしまうことだった。それは連中にとっての終わりを意味していたのだ。このとき、アッリエは直感した。ベルボが口を開いたら全員に知られてしまい、そうすると自分自身にカリスマ性や権力をもたらしていたオーラめいたものを失ってしまう、と（……）。それでベルボに対して態度を硬化させ、断定的な否定の言葉を口にするよう強要したというわけだ。ほかの連中はというと、同じ恐れから、ベルボを抹殺することを選んだ。地図は失われても――ふたたびその探索に数世紀かけることになる――かれらの悠久の生唾ものの願望の鮮度は救われるのである。

（ミラネジアーナ、二〇一三、秘密）

講演を締め括るにあたって、本当の秘密を打ち明けよう。喉から手が出るほど求められているのは、暴くことも手に入れることもできない秘密にむけられた凄まじい渇望であるということだ。ツインタワーに突入したのはアルカイダの自爆テロリストだったと知るだけでは不十分だ。誰の目にも明らかなことだけではもの足らない。なぜなら、わたしたちは不器用でいい加減な造物主デミウルゴスの子どもであるのだから。

（1）九〇〇年頃に活躍したイラク生まれの農学者・魔術研究家。

フランドル派の画家「三位一体」1500 頃　個人蔵

(2) 一九一二～五四。イギリスの数学者。コンピュータの発展に貢献。
(3) 一八五八～一九一八。ドイツのユダヤ系哲学者・社会学者。
(4) 一九〇八～五〇。イタリアの詩人・小説家。代表作に『美しい夏』、『月と篝火』など。
(5) 一五七四～一六三九。イギリスの医師・神秘思想家。
(6) 一七四三～九五。イタリア・シチリア生まれの山師・秘教主義者。
(7) 一七二五～九八。イタリア・ヴェネツィア生まれの山師・漁色家・作家。主著に『カサノヴァ回想録』。
(8) 一七四一～一八二〇。フランスのイエズス会士・著述家。
(9) 一二六八～一三一四。カペー朝のフランス国王。教皇のアヴィニョン捕囚をはじめた。また、テンプル騎士団を解散させた。
(10) 一七二七～八一。フランスの経済学者。ルイ一六世のもとで財政総監を務めた。
(11) 一七四三～九四。フランスの哲学者・政治家。主著に『人間精神進歩の歴史』。
(12) ジャン・バプティスト・シモニーニ。バリュエル神父宛ての手紙（一八〇六）で、『ジャコバン主義の歴史についての覚書』においてユダヤ人の陰謀説に言及すべきであったと非難した。
(13) 一九五四年に設立された、著名な学識者や政治家たちによる、欧州と北米の対話を促進するための会議。

陰謀

妄想――ひとつであれ複数であれ――というテーマで話をと依頼されて考えてみたところ、現代における妄想といえば、そのひとつは間違いなく陰謀にかかわるものであろうと思いあたった。インターネットでちょっと検索すれば、どれほど多くの陰謀（当然、どれも偽物だが）が告発されているか、すぐに分かる。しかしながら、陰謀という妄想はわたしたちの時代特有のものではなく、過去にもかかわるものである。

歴史上陰謀がこれまで存在してきたこと、そしていまも存在することは明白だと思われる。ユリウス・カエサルの殺害に、火薬陰謀事件[1]、ジョルジュ・カドゥダル[2]の恐ろしい爆弾装置、どこかの会社の株式を買い占めるため日々実行されている金融関連の陰謀。だが現実における陰謀の特徴は、ただちに露見する点にある。陰謀が功を奏する（ユリウス・カエサルの例をみよ）にせよ、失敗する（ナポレオン三世を殺そうとしたオルシーニの陰謀、ユニオ・ヴァレーリオ・ボルゲーゼ[3]が一九六九～七〇年に計画した、いわゆる「森林監視隊のクーデター[4]」、はたまたリーチオ・ジェッリ[5]）にせよだ。現実の陰謀は神秘めいてはいないため、ここでは扱わない。

それよりもわたしたちの興味をひくのは、陰謀症候群や、ときに世界的に広がる陰謀論でっちあげ症候群という現象である。これはインターネット上にあふれていて、ジンメルがいうところの秘密と同じ特徴を備えているために、永久に神秘的で不可解なものでありつづける。その特徴は、中身がからっぽであればあるほど、秘密はより強力で、誘惑的になるというものだ。中身のない秘密は脅迫的に映り、暴露されることも、異論を唱えられることもない。まさにそれゆえ権力の道具となる。

多くのウェブサイトで話題にされている第一の陰謀、九・一一について話そう。巷にはたくさんの推理が出まわっている。まず、陰謀はユダヤ人によって企てられたという極説がある（アラブ系のイスラム原理主義か、ネオナチ系統のウェブサイトにみられる）。あのふたつの高層ビルに勤務していたユダヤ人は、当日出勤しないように指示されていたという。レバノンのテレビ放送局アル＝マナールで伝えられたニュースは明らかに偽物だった。実際には、あの炎上によって、数百人のユダヤ系アメリカ人とともに、イスラエルのパスポートを有する市民が、少なくとも二〇〇人は命を落としている。

ほかには、アフガニスタンとイラクに侵攻するための名目ほしさに攻撃を企てたとするアンチ・ブッシュ説がある。アメリカ合衆国の、多かれ少なかれ正道を逸したさまざまな諜報部の手によるとする説もあれば、陰謀はアラブ系のイスラム原理主義者によるものだが、アメリカ政府は事前にその詳細を把握していたにもかかわらず、のちにアフガニスタンとイラクを攻撃する口実をつくるため、事態になんら対処しなかったという説もある（日本と戦争をはじめるための建前が必要だったために、目前に迫った真珠湾攻撃のことを知りながら、船隊を救うためになにもしなかったと言われたルーズベルトの例と似ている）。こうした事例すべてにおいて、陰謀のうち少なくともどれかひとつでも支持する者たちは、公的な事件再現は誤りであり、詐欺であり、子どもだましだと考えているわけだ。

これらのさまざまな陰謀説について知りたいと思うなら、ジュリエット・キエーザ[6]とロベルト・ヴィニョーリ監修による『ゼロ――九・一一の公式発表が虚偽である理由《わけ》』を読んでみるといい。信じ

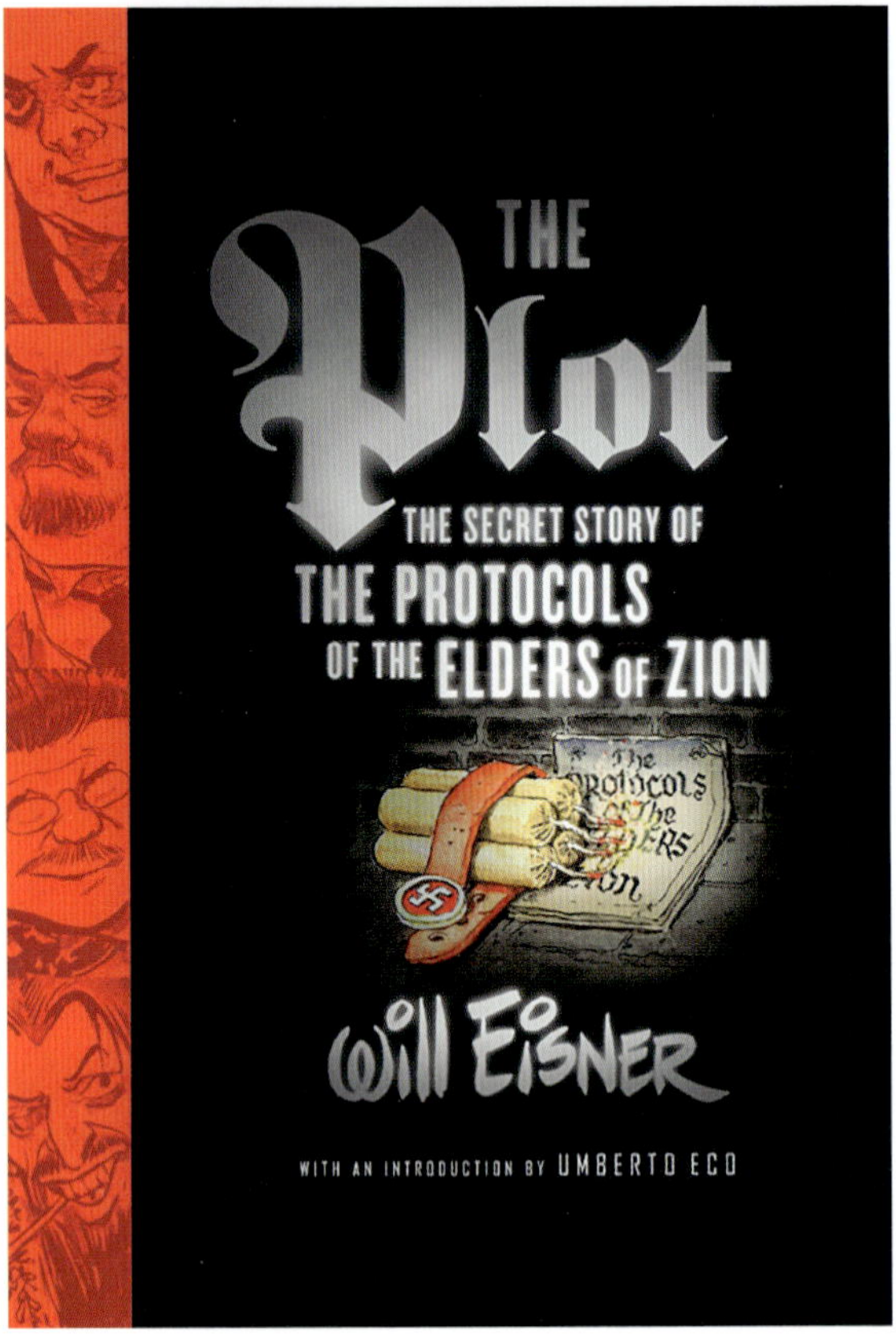

ウィル・アイズナー『陰謀――「シオン賢者の議定書」の秘められた歴史』
2005

がたいことだろうが、世のなかで尊敬されている人たちの名が陰謀の協力者として挙げられている。敬意のしるしに、名前は挙げないことにする。

だが、それとは反対の説について喧伝されるのを聞きたければ、出版社ピエンメ社に感謝せねばなるまい。なぜなら、驚くべき公平さで（そして、ふたつの相対する市場部門の人気を勝ち取れるのだということを証明しつつ）、陰謀説に反対する本を出版したからだ。マッシモ・ポリドーロ監修になる『九・一一――不可能な共謀』である。同書にも、錚々《そうそう》たる面々が協力している。(7) 両説の各支持者たちが使用している、それぞれいかにも説得力のある議題について、詳細を述べることはしない。わたしが「沈黙の証」と定義するものに訴えるだけにとどめたい。沈黙の証は、たとえば、アメリカの月面着陸はテレビによる虚偽放送だったとほのめかす人びとに対して適用すべき様式である。アメリカの宇宙船が月にたどり着かなかったとしたら、それをたしかめて、世に伝えることに利益を見いだす人たちがいたわけで、それはソ連の一味だった。そのソ連の人びとがなにも言わなかったということ自体が、アメリカ人が実際に月面着陸した証拠である。それで十分であろう。

陰謀と秘密にかんしては、経験から（歴史的な経験からも）次のことが言える。（一）秘密が存在すれば、たとえそれを知るのがこの世でたったひとりであっても、その人はいずれそれをばらしてしまう。たとえば寝所で愛人に（けっして秘密が暴かれることがないと信じているのは、ばか正直なフリーメーソン団員か、テンプル騎士団の偽りの儀式の参加者だけだ）。（二）秘密があるときには、誰かがそれを暴露するために見合った金額というものが存在する（ダイアナ妃とベッドでなにをしたか洗いざらい話すよう、イギリス軍将校を説得するには、著作権料として何億ポンドか積めばこと足りた。同じことをダイアナ妃の姑としたのだとしても、金額を二倍にしさえすれば、このタイプの「ジエントルマン」はやはり口を割っただろう）。さて、ツインタワーへの偽の攻撃を企てるためには（タワーに爆弾を設置し、空軍に介入しないよう要請し、命取りになるような証拠を隠蔽する、ほか）、数千とは言わないまでも、数百人の協力が必要になっただろう。このような企てに登用される人たちというのは、ふつうまず紳士ではないから、そのうちの誰ひとり、相応の金額を積まれて口を割らなかったということはありえない。要するに、この説にはディープ・スロート[8]が欠けているのだ。

陰謀症候群の歴史は、世界の歴史と同じくらい古いが、その哲学を素晴らしい方法で記したのが、カール・ポパー[9]である。

ポパーは、一九四〇年代の時点ですでに、『開かれた社会とその敵』にこう書いていた。

> 社会における陰謀説とは（……）ある思い込みから成っている。それは、ある社会的現象を説明するためには、そのような現象の実現に関心をもち（ときに人びとはその関心を隠すため、まずそれを明らかにする必要がある）、それを企て、促進するために結束した個人や団体をあぶり出せばいいという思い込みである。

社会科学の目的をこのようにとらえるのは、

ジャン＝レオン・ジェローム「カエサルの死」1859-67　ボルティモア　ウォルターズ美術館蔵

当然のことながら、ある間違った理論に由来している。つまり、社会で起こるあらゆる出来事――とくに、戦争、失業、貧困、飢饉など、ふつう人びとが嫌悪するような出来事――は、権力をもつ一部の個人や団体の、直接的介入の結果であるという理論だ。この理論は（……）宗教的迷信が世俗化したことの、典型的な結果である。ホメロスの神々の陰謀はトロイア戦争の歴史を説明してくれたが、その神々への信仰は死に絶えた。神々は捨てられたのだ。しかし、かれらの居場所はいまや、よく知られるシオンの賢者や、専売権の所有者たちや、資本家や帝国主義者たちのような権力者や権力団体――その邪悪さこそが、わたしたちのあらゆる苦しみの元凶となっている、忌まわしい圧力団体――に取って代わられている。

わたしはなにも、陰謀など存在しないと言おうとしているわけではない。それどころか、陰謀は典型的な社会現象である。たとえば、陰謀説を信じる人びとが権力の座につくたび

H・ヴィットーリ・ロマーノ「フェリーチェ・オルシーニの暗殺未遂事件、1858年1月14日」1862
パリ　カルナヴァレ美術館蔵

に、それは重要なことであるとみなされる。地上の天国を実現する術《すべ》を心得ていると本気で信じている人びとにとっては、陰謀説を信じることなどお手のもので、ありもしない陰謀の首謀者たちに対抗して、反陰謀説に精を出すのもわけのないことなのだ。

ポパーは、一九六三年にも、『推測と反駁』でこう書いている。

多くの一神論にくらべてより原始的な上述の理論は、ホメロスによって明らかにされた理論に類似している。そこでは、トロイアの前に広がる平原で起きることはすべて、オリンポスで企てられた数々の陰謀のたんなる投影とみなすという方法で、神々のちからを信奉していた。社会陰謀説は、実際、このような信仰が一神論化したものである。つまり、ひとりの神の気まぐれや願望で、あらゆることを説明するのだ。それは、神への言及を絶ったことの結果であり、それにつづく「神に代わるのは誰か?」という疑問への答えである。神の居場所は、いまや、さまざまな権力者や権力団体——大恐慌を企て、わたしたちのあらゆる苦しみの元凶となっている、忌まわしい圧力団体——によって占められている(……)。陰謀説の支持者が権力の座につくとき、それは現実の出来事を説明する理論という特徴を帯びる。たとえば、ヒトラーが権力を手にしたとき、かれはシオンの老賢者たちの陰謀という神話を信じ、それに負けまいとして陰謀対策に必死になった。

陰謀の心理は、憂慮すべき多くの事柄を説明するもっとも明らかな理由が、満足のいくものでないという事実から発するのだが、[10] 満足がいかないのは、しばしば、わたしたちがそれを認めたがらないためである。アルド・モーロ誘拐事件のあとの「グランデ・ヴェッキオ(偉大な年寄り)」説について考えてみよう。当時、三〇代やそこらの若者たちが、いったいどうやってあのような完璧な行動を起こすことを考えついたのかと話題になった。裏に抜け目のないブレインがいるに違いないと言われたものだ。同じ頃、ほかの三〇代の若者たちが、会社を経営したり、大型航空機を操縦したり、新しい電子機械を発明していたということには、誰も考え及ばなかった。問題は、なぜ三〇代の若者がファーニ通りでモーロを誘拐することができたのかではなく、その三〇代の若者たちが、「グランデ・ヴェッキオ」の支持者の息子たちだということのほうだったのだ。

ポパー以降、陰謀症候群はほかの多くの著述家によって研究されてきた。そのなかの、ダニエル・パイプス[11]の『歴史の暗黒面』を引用することにしよう。これは二〇〇五年にリンダウ社から翻訳出版されたものだが、原題は『共謀』（サブタイトルは「妄想はどこからきて、どのように流行するか」だ）というより直截的なものであり、一九九七年に発表されている。この本は、メッテルニヒ[12]が、ロシア大使の訃報を受け取るなり言ったとされる台詞「動機はなんだったのだろうか？」ではじまっている。

人類はいつでも、実体のない陰謀に魅了されてきた。ポパーはホメロスを引用していたが、よりわたしたちに近い世紀では、バリュエル神父がいる。かれは、フランス革命を仕組んだのは、古きテンプル騎士団の生き残りで、フリーメーソンのセクトに合流した者たちだと主張した。さらに、この説を完全なものにするため、ミステリアスなキャプテン・シモニーニがそこへユダヤ人を巻き込んだ。未来の『シオン賢者の議定書《プロトコル》』の布石とでもいうべきものである。

最近、インターネットで、ここ二〇〇年のあらゆる非道の行為をイエズス会士たちの責任にしているウェブサイトを見つけた。そのサイトでは、ジョエル・ラブリュイエールの「イエズス会士たちの病的な世界」の長いテクストが引用されている。題名が示唆するとおり、イエズス会士による世界的な陰謀に起因する、世界中で起こる（現代にかぎらず）すべての出来事を幅広く検証したものだ。

マトヴェイ・ゴロヴィンスキー『危険なユダヤ人――シオン賢者の議定書』表紙画　1900頃　個人蔵

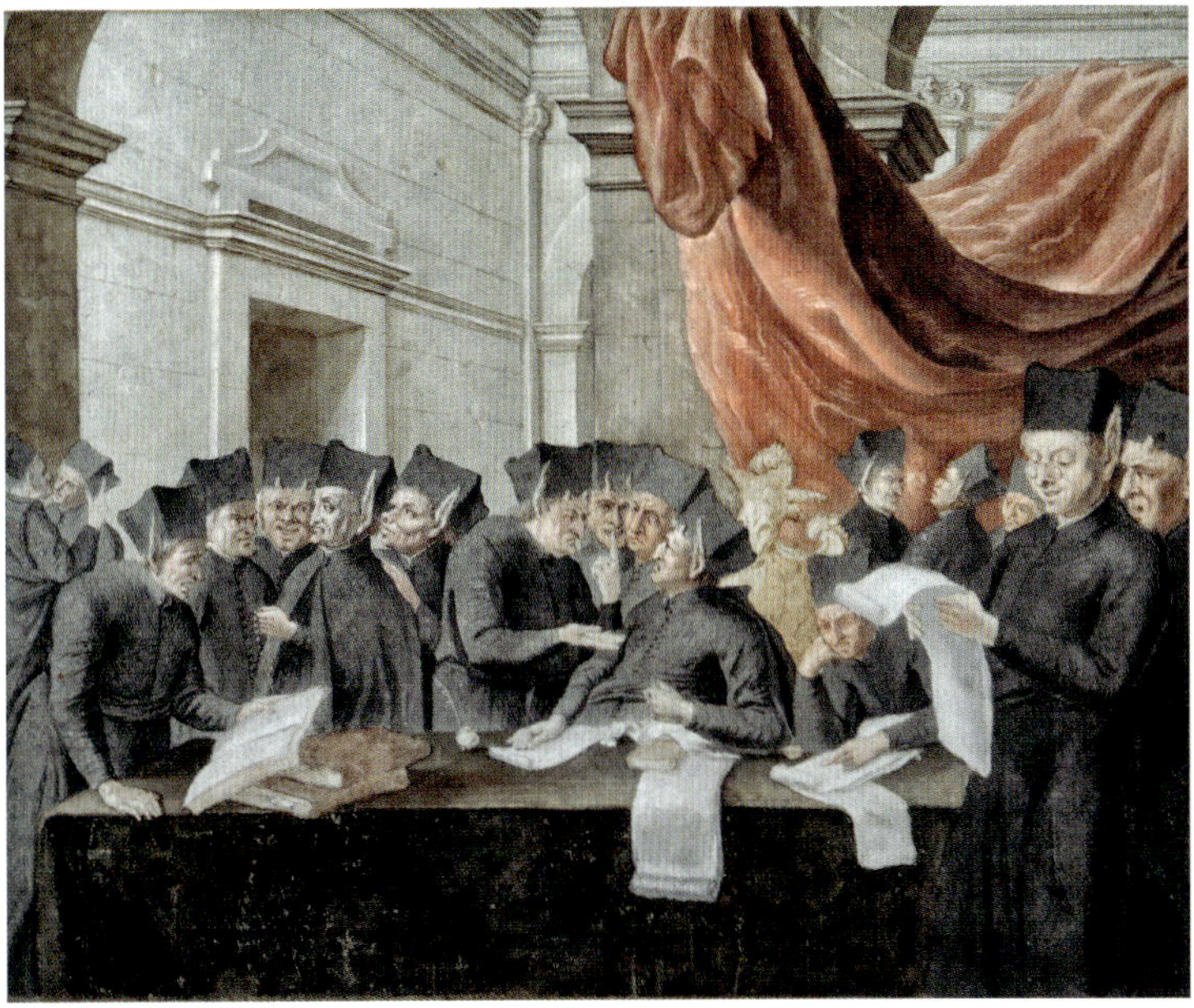

「教皇選挙会議《コンクラーヴェ》で勘定を協議するイエズス会士」19 世紀　チャッツワースハウス　デヴォンシャー公爵蔵

ウェブサイトによれば、一九世紀のイエズス会士たち、バリュエル神父、雑誌「カトリック文明」(Civiltà cattolica)の誕生、ブレッシャーニ神父(13)の小説などすべてが、ユダヤ=フリーメーソン陰謀説に着想をあたえた主な元凶だという。したがって、まさにイエズス会陰謀説によって、かれらが自由主義者、マッツィーニ主義者、フリーメーソン会員、反教権主義者たちから相応の仕返しを受けたとしても、それは当然だというわけだ。このイエズス会陰謀説は、いくつかのパンフレットや、パスカルの『田舎の友への手紙』(15)(一六五六〜五七)やジョベルティ(14)の『近代的イエズス会士』(一八四六)、ジュール・ミシュレやエドガー・キネー(16)の有名な著述によって広まったわけではない。それより、ウージェーヌ・シューの『さまよえるユダヤ人』(一八四四〜四五)と『民衆の秘密』(一八四九〜五七)によるところが大きい。

つまり、なにも目新しいことではないのだ。ラブリュイエールのサイトは、イエズス会士たちのかねてからの妄想を現実化したにすぎない。駆け足で、ラブリュイエールのリストを見てみよう。かれの陰謀についての空想力はホメロスに匹敵する。イエズス会士たちは、教皇やヨーロッパのさまざまな君主をも支配して、世界政府を結成することを目指してきた。バイエルンの悪名高き秘密結社イルミナティ(イエズス会士たち自身が創造したにもかかわらず、のちにかれらを共産主義者として告発した)をとおして、イエズス会を追放した君主たちを王位から引きずりおろそうとした。「タイタニック号」を沈没させたのもイエズス会士たちである。なぜなら、あの事故のおかげで、かれらが操るマルタ騎士団の仲介により、連邦準備銀行を設立することができたからである——「タイタニック号」の沈没で、世界でもっとも裕福な三人(17)のユダヤ人が亡くなったのは偶然ではない。アスター、グッゲンハイム、シュトラウスの三人は、銀行の設立に反対していた。連邦準備銀行と結託して、イエズス会士たちはのちに、ヴァチカンにとっては明らかに利益しか生まなかった二度の世界大戦に融資した。ケネディの暗殺についてはこうである。CIAも、イグナティウス・デ・ロヨラの修行に着想を得て生まれたイエズス会の計画だということを考えれば、そして、イエズス会士たちがソ連のKGBをとおしてCIAを操っていたのだということを思えば、ケネディを殺害したのも、「タイタニック号」を沈没させたのも、同一人物だということが分かる。

当然、ネオナチやユダヤ人排斥主義のすべてのグループも、イエズス会に着想を得ている。ニクソンやクリントンの陰にもイエズス会士たちがいた。オクラホマシティの虐殺事件[18]を発生させたのもイエズス会士たちであった。ベトナム戦争を扇動したスペルマン枢機卿[19]も、イエズス会士たちに触発されていた。かれは、イエズス会の息がかかった連邦準備銀行に、二億二〇〇〇万ドルの利益をもたらした。もちろん、イエズス会士たちがマルタ騎士団をとおして操っている「オプス・デイ」[20]も、リストに欠かせない。

ここで、ダン・ブラウンが陰謀症候群を題材に書いた小説『ダ・ヴィンチ・コード』が思い出される。信じやすい無数の読者たちは、フランスやイギリスのあちこちを訪ね歩いたが、当然本に書かれていたものを見つけることはできなかった。ブラウンが、その語りのなかにいい加減にちりばめた言葉の誤用の数は果てしない。シオン修道会が、エルサレムで「ゴドフロア・ド・ブイヨン[21]とよばれたフランス人の王」によって創設された、というのがその一例である。また、教皇クレメンス五世[22]が、テンプル騎士団を始末するために「ヨーロッパじゅうの兵士たちに厳封された秘密指令を送り、一三〇七年一〇月一三日金曜に、全員が同時に開封するよう命じた」というのもしかりである。史料によれば、フランス王国の行政長官や王侯貴族の執事たちあての通達は、教皇からではなく、美男王フィリップ四世から送られたものであるからだ（なぜ、教皇が「ヨーロッパじゅうに兵士」をもっていたのかもはっきりしない）。ブラウンは、一九四七年にクムランで発見された手書きの文書[23]（「聖杯の真実」についても、「キリストの謎」についても、まったく言及していない文書である）と、いくつかのグノーシス派の福音書を含むナグ・ハマディ文書[24]を取り違えている。さらに、パリのサン＝シュル

マルク・シャガール「さまよえるユダヤ人の伝説の人物アハスエルス」
1923　ジュネーヴ　プティ・パレ美術館蔵

ピス教会の日時計について語るときには、それを「その昔、まさにその場所に建っていた異教の神殿の遺跡」だとして、パリの子午線にあたる「ローズライン」の現れる場所だとした。このラインは、ルーヴルのいわゆる逆ピラミッドの地下までつづいていて、そこが聖杯《サント・グラール》の最終的なありかということになっている。そのため、今日でもまだ多くの謎の愛好者《ミステリーハンター》たちが、ローズラインを探し求めてサン＝シュルピス教会まで巡礼に行くのだ。その数があまりに多いので、教会の責任者たちが次のような注意書きを加える羽目になったほどである。

> 教会の床にはめ込まれた真鍮の線で示された子午線は、一八世紀に建設された科学的装置の一部をなしています。これは、当時建設されて間もなかったパリ天文台の学者たちによって、教会当局の完全な合意のもとにつくられました。かれらは、この子午線を、地球の軌道のさまざまな基準点を定めるために使用しました（……）。昨今のある小説で想像力豊かに語られた事柄とは異なり、ここは異教の神殿跡ではありません。この地に異教の神殿が建っていたことはなく、ローズラインとよばれていたという事実もありません。パリを中心に東西の経度が計測される地図の基準点として使われる、パリ天文台の中心を通る子午線とは一致しません。創造主である神こそが時間の主であるという自覚のほかには、この天文学的装置から、いかなる神秘的な観念も生まれることはないのです。翼廊の両端の小さな円窓にあるPとSの文字についても、教会の守護聖人ペトロとシュルピスに言及したものであり、架空のシオン修道会を指すものではありません。

なぜ、でたらめは成功するのか？　それは、他人が知りえないことを、自分は知ることができると約束するからだ。最近「ル・モンド・ディプロマティーク」上で、フレデリック・ロルドン[25]が、陰謀症候群についての仮説を発表した。それは、人間集団が世界でなにが起こっているか知りたがっているのに、完全な情報へのアクセスを否定されていると感じたときの反応だという。ロルドンはスピノザの『神学・政治論』（一七世紀のものである）の一節を引用している。「庶民が真理も判断も知らなくても無理はない。国家の政務はかれらの預かり知らぬところで執り行われているのだから」。しかし、国家機密と隠蔽と陰謀とでは、それぞれ、それなりの違いがある。リチャード・ホフスタッターは、「アメリカの政治における偏執狂的スタイル」（一九六四）で、陰謀論への嗜好は、社会思想に精神分析の分類を適用することで理解されるべきだと説いている。その分類とは、二種類の偏執狂《パラノイア》現象のことである。精神医学的な偏執狂は、世界全体がかれに対して陰謀を企んでいると考えるが、社会的な偏執狂は、隠れた権力者たちが、かれのグループや、祖国や、宗教を迫害していると思い込む。社会的な偏執狂は、みずからの妄想がほかの何百万という人びとからも共有されていると考え、みずからが私心なしに陰謀に立ちむかっていると信じている点で、精神医学的な偏執狂より危険だといえるだろう。このことが、これまでに起こった多くの出来事に加え、今日起こっているたくさんの事柄を説明してくれるはずである。

その昔、パゾリーニも、わたしたちが陰謀に夢中になるのは、それが真実とむき合わなくてはならないという重圧から、わたしたちを解放してくれるためだと書いた。さて、世界が陰謀を企む人びとであふれているという事実は、わたしたちにはさほど重要ではないかもしれない。誰かが、アメリカ人が月に行ったということを信じないとしても、本人が損をするだけだ。二〇一三年、ダニエル・ジョリーとカレン・ダグラスは、オンラインの記事「陰謀論の社会的帰結」で、こう結論づけていた。「陰謀論を支持する情報に接触すると、陰謀論を否定する情報に接触した人にくらべて、政治参加の意図が低下する」。たしかに、世界の歴史が秘密結社――それがイルミナティであれ、ビルダーバーグ会議であれ――によって導かれていて、かれらが新しい世界の秩序をしこうとしているのだと思い込んでいたら、いったいわたしになにができるというのか、という気持ちになるだろう。やる気をなくし、腐ってしまう。したがって、あらゆる陰謀論は、人びとの想像力をありもしない危険のほうにむけ、実際の脅威から関心を逸らすものなのだ。以前チョムスキーが示唆したように、陰謀説の代表のような陰謀を想像したとして、その陰謀についての空想からもっとも恩恵を受けるのは、まさにその陰謀説が攻撃しようとする機関である。つまりこういうことである。ツインタワー崩壊が、イラクへの介入を正当化するためにブッシュがしたことだったと想像することによって、さまざまな幻想が発生し、人はブッシュがイラクに介入した本当の理由と、そのためにもちいた手段を分析することをやめてしまう。新保守主義者らが、ブッシュとその政治におよぼした影響についても同様である。

だが、わたしがここで扱いたいのは、誰の目にも明らかな陰謀症候群の蔓延についてではない。陰謀が証明され、正当化されるのに使われる技術、つまり、偽記号論的技術についてなのだ。

ふつう、陰謀説は、さまざまな偶然の一致に深い意味をもたせたり、本来なんの関係もない複数の事実を結びつけたりすることで成りたつ。どんな例があるかを見せるため、陰謀説というほどひどくはないが、それにほぼ等しい一連の偶然について紹介しよう。わたしがインターネット上で読んだところによると、リンカーンは一八四六年に議会に選出され、ケネディは一九四六年に選出された。そして、リンカーンは一八六〇年に大統領に選ばれ、ケネディは一九六〇年に大統領に選ばれた。両者の妻は、ふたりとも、ホワイトハウスに在住中に流産している。リンカーンもケネディも、金曜に南部派の人物に頭を撃たれている。リンカーンの秘書はケネディという名で、ケネディの秘書はリンカーンという名だった。リンカーンの後任はジョンソン（一八〇八年生まれ）で、ケネディの後任リンドン・B・ジョンソンは一九〇八年生まれだった。リンカーンを殺害したジョン・ウィルクス・ブース[26]は一八三九年生まれで、リー・ハーヴェイ・オズワルド[27]は一九三九年生まれだった。リンカーンはフォード劇場で狙撃された。ケネディはフォード社が生産したリンカーンという自動車内で撃たれた。リンカーンは劇場で撃たれ、暗殺者はある倉庫に身を隠した。ケネディの暗殺者は倉庫から大統領を狙撃し、ある劇場に身を潜めた。ブースもオズワルドも、裁判がはじまる前に殺害された。これは英語でしか機能しないおまけの冗談だが、リンカーンは殺される一週間前、メリーランド州のモンロー（"in" Monroe）にいた。ケネディは殺される一週間前、マリリン・モンローの中にいた（"in" Monroe）。

ツインタワーの崩壊と、繰り返し現れる一一の数字についても、さまざまな憶測がなされた。

これもインターネット上でのことだが、わたしたちを飽きさせないために考えられたものなのか、オリガミとでもよぶべき方法で二〇ドル札を折っていくと、ツインタワーが炎に包まれているイメージが浮かび上がるということが示されている。フリーメーソンの陰謀が（アメリカ紙幣にフリーメーソンのシンボルが描かれているのは珍しいことではなく、偶然のいたずらでもない。独立宣言の仕掛け人のほとんどはフリーメーソンのメンバーだったのだから）ずいぶん前からあの大災害を予測し、みずから計画していた証拠だというのだ。

「1865年4月14日、ワシントン・フォード劇場におけるリンカーン大統領の殺害事件」版画　1900頃　個人蔵

レオナルド・ダ・ヴィンチ「最後の晩餐」1494-98　ミラノ　聖マリア・デッレ・グラツィエ教会

まさにこうした空想に霊感を得て、わたしは以前、ダン・ブラウンの『ダ・ヴィンチ・コード』のパロディを書いた。レオナルドの「最後の晩餐」を観察すると、会食者は一三人である。しかし、まずキリストを除外し、次にユダを取り除くと（このふたりは晩餐からまもなく死ぬ）、「最後の晩餐」の会食者は一一人になる。一一は、ペトゥルス（Petrus）とユダス（Judas）（ペトロとユダのラテン名）のふたつの名前の文字を併せた数であり、黙示（Apocalypsis）という言葉の文字数でもある。ラテン語の「最後の晩餐」（Ultima coena）も一一文字だし、キリストの両脇では、ひとりの使徒が両手を広げ、反対側の使徒が人差し指を伸ばしている。それが二組の使徒のあいだで行われており、どちらのケースでも、ふたりの使徒が示す数は一一だ。さらに、このフレスコ画内にある四角（側面のパネルと窓）の数も一一である。そのうえ、初歩的なカバラの原則にしたがうならば、アルファベットの二六文字それぞれに累進的に数字をあてがい、すべての文字を数字で置き換えると、レオナルド・ダ・ヴィンチ（Leonardo Da Vinci）の名は一二＋五＋一五＋一四＋一＋一八＋四＋一五＋四＋一＋二二＋九＋一四＋三＋九＝一四六となり、一四六の数字をそれぞれ足すと、合計は一一になる。マッテオ（Matteo）（マタイのイタリア語名）の名で同じことをすれば、文字を数字に置き換えた数の合計は七四で、七＋四＝一一である。一一×一一＝一二一であり、この数から十戒の一〇を引けば、結果は一一一である。ジュダ（Giuda）（ユダのイタリア語名）の文字を数字に置き換えた場合の合計値は四二で、四＋二＝六である。六の数字が出たからには、一一一を六倍してみたくなる。すると結果は六六六、「獣の数字」である。したがって、「最後の晩餐」では、キリストが裏切りを告発しつつ、反キリストの出現をも告げている。

当然のことながら、計算に意味をもたせるために、わたしはペトロをラテン名（ペトゥルス）で、マタイをイタリア名（マッテオ）でよび、ときにユダをイタリア名（ジュダ）で、ときにラテン名（ユダス）でよばなくてはならなかった。ついでに、「最後の晩餐」（Ultima coena）もラテン語表記にした（別にその必要はなかったのだが）。一一という数を求めるために、一二一から引くのは、キリストの五つの傷[28]でも、七つの慈悲の行いでもなく、十戒でなくてはならなかった。だが、数占いとはそういうものだ。

今日も多数の好奇心旺盛な人びとがレンヌ＝ル＝シャトーの村を訪れる理由となっている、偽の陰謀説について整理して、この話を終えたいと思う。この陰謀説は、キリストがマグダラのマリアと結婚しメロヴィング朝を創始し、したがって、いまも存続する、謎深きシオン修道会を創始したという考えをもとにしている。この陰謀は、分かりきったことだが、聖杯の謎と関連づけられている。

伝説の聖遺物は、ほうぼうに移動され、入り組んだ道を歩んだ。ナチスの親衛隊員オットー・ラーン[29]の著作をもとにした、最近の言い伝えのひとつによれば、南仏のモンセギュールにあるとされた。したがって、地域では伝説を再燃させるのにやぶさかではなかった。きっかけさえあればよかったのだ。そして、きっかけはベランジェ・ソニエール神父によってあたえられた。かれは一八八五年から一九〇九年にかけて、カルカッソンヌから四〇キロほどのところにある小さな村、レンヌ＝ル＝シャトーの教区司祭であった。ソニエールは、地元の教会の内外を修復し、みずからが住むためにヴィッラ・ベタニアを建て、丘にはひとつの塔を、エルサレムのダヴィデの塔[30]を彷彿とさせるマグダラの塔を建てた。

建設にかかった費用は当時の金額で二〇万フランと推算されるが、これは田舎の教区司祭の給与約二〇〇年分に相当する。あまりに巨額なので、カルカッソンヌの司教が取り調べを行い、のちにソニエールをほかの教区教会へ異動させようとしたほどだ。ソニエールはそれを拒否して還俗し、一九一七年にこの世を去った。

しかし、かれの死後、さまざまな憶測が飛び交いはじめた。ソニエールが教会の修復の最中に宝物を発見したとささやかれたのだ。実際は、この狡猾な教区司祭は、お布施をした人には死者のためにミサをあげると約束し、広告をうって金銭を送るよう催促していたのである。こうして、現実にはあげることのない何百件分ものミサの報酬を貯めこんでいたのである――カルカッソンヌの司教によって裁判にかけられたのも、まさにこのような理由からであった。

ソニエールは、死に際し、生前に積み上げたすべてを、まかない女のマリー・デナルノーに託した。相続した遺産にさらなる価値を付け加えるため、彼女は宝物の伝説をあおりつづけた。一九四六年にマリーから所有権を相続したノエル・コルビュという人物が、同村にレストランを開き、地元新聞に「億万長者の主任司祭」の謎にかんする知らせを流布させ、それに刺激を受けて宝さがしに訪れる人が増加した。

この時点で、ピエール・プランタールがゲームに参加する。極右団体に属して政治活動を行い、ユダヤ人排斥運動団体を設立し、ナチス・ドイツに協力的なヴィシー政

ジョット「マグダラのマリアのマルセイユへの旅」マグダラのマリア礼拝堂　1307-08　アッシジ聖フランチェスコ聖堂

権[31]を支持する運動、アルファ・ガラト（Alpha Galates）に命を捧げた。にもかかわらず、かれは解放後、みずからの組織を反ファシズムのパルチザン団体として世に紹介することを厭わなかった。

一九五三年一二月から背任罪で半年間服役したあと（のちに未成年者へのわいせつ罪で懲役一年の有罪判決を受けることになるのだが）、プランタールはみずからが率いるシオン修道会を、ソニエールが発見したはずの書類を根拠に、数千年の歴史をもつ団体として披露した。これらの書類は、メロヴィング朝の末裔の生存を示しており、プランタールは自分がダゴベルト二世[32]の子孫であると主張した。

プランタールの詐欺は、ジェラール・ド・セード[33]の本と絡んでいる。作家は、一九六二年の時点ですでに、ノルマンディー地方のギゾー城の謎にかんする本を書いている。作者はノルマンディーで、浮浪者とも、悪霊に取り憑かれた者ともつかぬロジェ・ロモワに出会う。この人物は、過去にギゾー城で庭師兼番人としてはたらいていたが、のちに歴史ゆたかな回廊をもとめ、二年かけて夜中に城の地下を掘削した。あるとき、石の祭壇のある広間に入ったそうだが、広間の壁にはキリストと十二使徒が描かれており、壁に沿って、いくつかの石棺と、貴重な金属製の箱が三〇個並んでいたという。

その後ド・セードに触発されて行われた調査によって、いくつかの回廊が確認されたが、結局、伝説の広間に通じているものはなかった。しかしそのあいだにも、プランタールがド・セードに近づき、自分は、遺憾ながら人に見せることはできない例の秘密の書類のほかに、謎に満ちた広間の地図をも所有していると確言した。これは、上述のロモワの証言にならって、プランタール自身が描いた地図だったのだが、かれはド・セードにこの件について本を書くよう勧め、こうした場合によくあるように、テンプル騎士団の関与をほのめかして仮説を立てるよう促した。一九六七年、ド・セードは『レンヌの宝物』を出版し、これにより、決定的にメディアをシオン修道会の神話に引きつけたが、その神話には、プランタールが各地の図書館に拡散させた偽造文書の複製も含まれていた。プランタール自身ものちに認めたとおり、羊皮紙製の偽造文書は、じつのところ、フランスのラジオのユーモア作家で俳優のフィリップ・ド・シェリゼがデザインしたものであった。かれは一九七九年にみずからが偽造文書の作者であることを発表し、パリ国立図書館で見つけた文書のアンシャル字体[34]を模倣したと認めた。

ド・セードはこれらの文書のなかに、プッサン[35]のかの有名な絵画作品にかんする意味ありげな言及を見いだしていた。(すでにグェルチーノ[36]の絵にもあったように)何人かの牧人が、「われアルカディアにもあり(Et in Arcadia ego)」という句が書かれた墓を見つける絵である。典型的な「死を思え《メメント・モリ》」の例で、幸福なアルカディア(桃源郷)にも、死が存在することを告げている。しかしプランタールは、この句が一三世紀から自分の家の紋章に記されてきたと吹聴し(プランタールは給仕の息子だったため、これは考えにくいことである)、これらの絵画に登場する風景が、レンヌ゠ル゠シャトーを思わせるとも訴えた(プッサンはノルマンディー地方生まれで、グェルチーノは一度もフランスに足を踏み入れたことがない)。また、プッサンとグェルチーノの絵に描かれた墓が、レンヌ゠ル゠シャトーとレンヌ゠レ゠バン間の道上にあり、一九八〇年代までみられた墓に似ているとも言った。しかし、残念なことに、その墓は二〇世紀に入ってから建てられたものだということが証明されたのである。

それでもなお、上述の絵画はあくまで、シオン修道会がグェルチーノとプッサンに依頼して描かせたものであることは明らかである。だが、プッサンの絵画の謎の解読作業はそれで終わりではなかった。「われアルカディアにもあり(Et in Arcadia ego)」の綴り字を並べかえると、命令法の"I! Tego arcana Dei."という句がもとめられるのだ。「行け! わたしは神の謎を隠す」の意で、このことから、墓がキリストのものであるという「証」が得られるというのである。

ド・セードは、ソニエールによって修復された教会に、謎の愛好家たちを身震いさせた「ここは畏れおおい場所である（Terribilis est locus iste）」という碑文があることに着目していた。じつのところは、『創世記』第二八章からの引用で、多くの教会に存在する。ヤコブが天に昇る夢をみて目を覚ますと、ウルガタ訳聖書[37]のラテン語でこう言うのだ。「ここはなんとひどい（terribilis）場所なのだ！」だが、ラテン語の「terribilis」には尊敬すべき、畏敬の念を抱かせる、などの意味もある。したがって、この表現には威嚇的なところはなにひとつないのである。

　レンヌ＝ル＝シャトー教会では、アスモデウス[38]と考えられる、跪く悪霊《デーモン》によって聖水盤が持ち上げられているが、悪魔《デヴィル》の装飾を用いるロマネスク様式の教会はたくさんある。それに、アスモデウスのうえには四天使の像が立っており、像の下には「この徴のもとで、あなたは勝利する（Par ce signe tu le vincrais）」と書かれている。コンスタンティヌスの「この徴のもとで、あなたは勝利する（In hoc signo vinces）」を思わせるが、フランス語の“le”が加わっていることから、謎の愛好者《ミステリーハンター》たちはこの語句の文字を数えた。すると、その数は墓地の入口に置かれた頭蓋骨の歯の数と同じ二二だった。マグダラの塔の二二の胸壁の凹凸とも、塔へとつづくふたつの階段の二二の段数とも同じだ。それに、“le”は、句のうちでも一三番目と一四番目の文字で、そこから一三一四という数がもとめられるが、これはテンプル騎士団の総長ジャック・ド・モレー[39]が火刑に処せられた年だ。そのほかの彫像をみて、それらが表す聖人の頭文字をよく吟味してみると（ジェルマーナ〔G〕、ロッコ〔R〕、アントニオ・エレミータ〔A〕、アントニオ・ダ・パドヴァ〔A〕、ルカ〔L〕）、「グラール〔Graal〕」という言葉が浮かび上がる。

　レンヌ＝ル＝シャトーの伝説は、ヘンリー・リンカーンがド・セードの本に感銘を受けなければ、しだいにその威力を失っていたかもしれない。ジャーナリストのリンカーンは、BBCでレンヌ＝ル＝シャトーをテーマに三つのドキュメンタリーを制作したのだ。もうひとりの神秘的な謎の愛好家リチャード・リーと、ジャーナリストのマイケル・ベイジェントとともに、『レンヌ＝ル＝シャトーの

グェルチーノ「われアルカディアにもあり」1618-22　ローマ　国立古典絵画館蔵

謎――イエスの血脈と聖杯伝説』（一九八二）という書籍を出版し、短期間にかなりの部数が発行された。この本は、約言するなら、ド・セードとプランタールによって流布されたうわさをふたたび取りあげ、それをさらに小説風にし、すべてをまるで疑いようのない史実のように提示したものである。シオン修道会の創設者たちをキリストの子孫とし、キリストは磔刑にかけられて死んだのではなく、マグダラのマリアと結婚し、フランスに逃亡してメロヴィング朝の起源をつくった。ソニエールが発見したのは宝物などではなく、キリストの末裔、王家の血を証明する一連の書類であった。王家の血（sangue reale）とはすなわち「Sang Real」であり、これがのちに聖杯（Santo Graal）に変形する。ソニエールの資産は、この恐ろしい発見を隠蔽するためにヴァチカンによって支払われた金に由来するのである。そのうえ、すでにプランタールが、シオン修道会には数世紀にわたって、サンドロ・ボッティチェッリ、レオナルド・

ニコラ・プッサン「アルカディアの牧人たち Ⅰ」1637-38頃　パリ　ルーヴル美術館蔵

ダ・ヴィンチ、ロバート・ボイル[40]、ロバート・フラッド、アイザック・ニュートン、ヴィクトル・ユーゴー、クロード・ドビュッシー、ジャン・コクトーらが参加したと主張していた。欠けていたのはアステリックス[41]くらいのものだ。

これらの偽装文書は、レンヌ＝ル＝シャトーの神話を強化し、この土地は多くの巡礼の目的地となった。唯一この話を完全に信じなかったのは、つくり話をはじめた張本人たちであった。ベイジェントとその仲間たちが話を小説的にふくらませたとき、ド・セードは、一九八八年の本のなかで、ソニエールの村の周辺に伏線として敷かれた、さまざまな詐欺や虚言を暴露した。そして、一九八九年には、ピエール・プランタール自身も、以前公言したことを否定し、あらたな伝説を提案した。それによれば、シオン修道会は、一七八一年になってはじめて、レンヌ＝ル＝シャトーに誕生した――さらに、自身のつくった偽装文書の一部を修正し、修道会の総長リストに、フランソワ・ミッテラン[42]の友人で、のちに違法株式取引で裁判にかけられたロジェ＝パトリス・ペラ[43]の名を加えていた。プランタールは証言者として召喚され、シオン修道会の話はすべてでっちあげだったことを誓って認めた。

もはや、誰もプランタールの言うことを真に受ける者はいなかった。しかし二〇〇三年、明らかにド・セード、ベイジェント、リー、リンカーン、その他多数のオカルト文学に触発された、ダン・ブラウンの『ダ・ヴィンチ・コード』が登場した。さて、ブラウンは、かれがそこに書く出来事はすべて歴史的真実であると強調した。しかし、リンカーン、ベイジェントとリーは、ブラウンに対し、盗作の罪で訴訟を起こしたのである。『レンヌ＝ル＝シャトーの謎』の序文は、本の中身をすべて史実だとしている。もし誰かがある歴史的出来事（たとえば、カエサルが三月一五日に殺されたということ）を真実だと証明したら、史実は公にされ、公共のものになる。そのため、カエサルが元老院で二三回刺されたと語る人を、盗作という罪で起訴することはできないのである。にもかかわらず、ベイジェント、リー、リンカーンの三人がブラウンに対し訴訟を起こしたということは、みずからが史実として売り出していたものが、本当は空想の産物にすぎず、したがってかれらの文学上の独占的所有物であると公に認めたことになる。無論、何億という価値をもつブラウンの盗品に手をのばすためなら、法が定める申告書に、自分は正統な結婚によって生まれた嫡出子ではなく、母親がふだんから付きあっていた十数人の海兵のうちの誰かの息子だと書くのを厭わない者がいるのは事実だ。したがって、ベイジェントとリーとリンカーンの気持ちは十分よく理解できる。しかし、よりわたしたちの好奇心をそそるのは、裁判中に、ブラウンがリンカーンとその仲間たちの本を読んだことはないと言って譲らなかったことだ。みずからの書いたことは、すべて信頼できる資料（その内容は、『レンヌ＝ル＝シャトーの謎』の作者たちが言ったこととまったく一緒だった）にもとづくと確言していた著作家にしては、矛盾した自己弁護である。

このあたりで、レンヌ＝ル＝シャトーの話を終わりにしてもいいだろう。あの村が、メジュゴリエさながらに、いまだに巡礼の目的地でありつづけている点は変わらないが。レンヌ＝ル＝シャトーのケースは、ひとつの伝説をでっちあげるのがいかに容易かということを教えてくれるだけではなく、たとえ歴史家や法廷、そのほかの機関がその伝説の虚偽性を認識していても、それがいかに世の注目を集めるかということも伝えている。その威力はあまりに大きくて、チェスタートンのものだとされる箴言について考えさせられてしまう。「人間が神を信じないとき、かれらはなにも信じないわけではない。それどころか、あらゆるものを信じるのである」。これは、ポパーの数多くの考察のひとつとも一致していて、陰謀症候群についての省察を締め括る銘句としてふさわしいように、わたしには思える。[44]

（ミラネジアーナ　二〇一五、妄想と強迫観念）

レンヌ＝ル＝シャトー教会入口で牡蠣のかたちの聖水盤を支えるために使われている悪霊

（1）一六〇五年一一月五日、イギリスでカトリック支配を実現するため、議会もろとも国王ジェームズ一世の爆殺が謀られた。
（2）一七七一～一八〇四。フランスのナポレオンの暗殺未遂者。計画に二度失敗し処刑された。
（3）一九〇六～七四。イタリアの政治家。第二次世界大戦中の海軍将校。
（4）ボルゲーゼ率いる極右政党国民戦線によるクーデター。作戦なかばで中止された。
（5）一九一九～二〇一五。イタリアの資本家。元フリーメーソンP2代表。ボローニャ駅爆破事件や銀行の偽装倒産などにかかわった。
（6）一九四〇～。イタリアのジャーナリスト・政治家。
（7）一九六九～。イタリアのジャーナリスト・作家。
（8）一九七二年のアメリカのウォーターゲート事件に際し、当時のニクソン政権内部の重要情報を握っていた人物の通称。
（9）一九〇二～九四。オーストリア生まれのイギリスの哲学者。反証可能性の理論にもとづき批判的合理主義を提唱。
（10）一九一六～七八。イタリアの政治家。長年にわたって首相を務めた。一九七八年、赤い旅団によって誘拐・殺害された。
（11）一九四九～。アメリカの中東イスラム研究者・政治評論家。
（12）一七七三～一八五九。オーストリアの政治家。一八〇九年以来、外相・首相として四〇年間国政を指導。
（13）一七九八～一八六二。イタリアのイエズス会士・作家。著作『ヴェローナのユダヤ人』など。
（14）一八〇一～五二。イタリアの哲学者・政治家。カトリックを土台にしたヨーロッパ統一を主張。
（15）一七九八～一八七四。フランスの歴史家。歴史のなかで民衆をとらえ、アナール学派にも影響をあたえた。
（16）一八〇三～七五。フランスの詩人・歴史家・哲学者・政治家。五一年のルイ・ナポレオンのクーデターで亡命。
（17）いずれもアメリカの実業家。
（18）オクラホマシティ連邦政府ビル爆破事件。一九九五年四月一九日にアメリカのオクラホマシティで発生した爆破テロ事件。
（19）一八八九～一九六七。アメリカのニューヨーク大司教。反共産主義者として知られた。
（20）スペインの神父エスクリバーが一九二八年に創設したカトリック信者の会。世俗の仕事をとおして聖性に到達することを勧める。
（21）一〇六〇頃～一一〇〇。フランスの下ロレーヌ公。第一回十字軍司令官のひとり。エルサレム王国初代統治者となったが、王の称号をとらなかった。
(22) 一二六四〜一三一四。フランス人教皇。在位一三〇五〜一四。最初のアヴィニョン教皇。
(23) クムラン文書とよばれる。洞窟から発見。旧約聖書の最古の写本を含む。
(24) 一九四五〜四六にエジプトのナグ・ハマディ村の墓地で発見されたコプト語のパピルス文書群の総称。
(25) 一九六二〜。フランスの経済学者。
(26) 一八三九〜六五。アメリカの俳優。一八六五年、観劇中のリンカーンを殺害した。
(27) 一九三九〜六三。ケネディの暗殺実行犯とされる人物。
(28) 磔刑時の手足に刺された釘による四つの傷と、死を確認するためローマ兵が脇腹に刺した槍傷。
(29) 一九〇四〜三九。ドイツの作家。
(30) パレスチナ地方の古都エルサレムの旧市街にある要塞。
(31) 一九四〇〜四四、ペタン元帥を中心に、フランス中部の鉱泉都市ヴィシーを首都とした政権。
(32) 六五〇頃〜六七九。メロヴィング朝末期、フランク王国の分国アウストラシアの王。
(33) 一九二一〜二〇〇四。フランスのミステリー作家。
(34) 四〜九世紀頃、キリスト教関連の写本に多く用いられた手写字体の一種。
(35) 一五九四〜一六六五。フランスの画家。主にローマで活動。
(36) 本名ジョヴァンニ・フランチェスコ・バルビエーリ。一五九一〜一六六六。バロック期のイタリアの画家。
(37) おもにヒエロニムスによって訳され、西方教会でもっとも広く用いられてきた聖書のラテン語訳。
(38) 旧約聖書外典『トビト書』に姿を現す悪魔。ユダヤ教の伝承では悪魔の王とされる。
(39) 一二四三〜一三一四。テンプル騎士団最後の総長。
(40) 一六二七〜九一。イギリスの物理学者・化学者。錬金術から実証的科学への橋渡しをした。
(41) フランスのコミックの有名なキャラクター。
(42) 一九一六〜九六。フランスの政治家。第二一代大統領。
(43) 一九一八〜八九。フランスの実業家。
(44) 一八七四〜一九三六。イギリスの批評家・小説家。当代のカトリシズムの代表。

聖なるものの表象

わたしはもの分かりのよい人間である。エリザベッタ・ズガルビから今年のテーマは見えないものだと告げられたので、それにしたがうことにする。

何年か前に聖なるものをめぐるイタリア記号学会の会合でも、わたしは似たような話題をとりあげたことがあり、そのおかげで聖なるものこそは見えないものの最たる例のひとつなのだと思いいたった。そこで、本来そうあらざるものを可視化するためにとられてきたさまざまな方法について話をしようと思う。

数年前には絶対的なものについてやはり論じる必要があったことは重々承知しているし（ミラネジアーナが一筋縄ではいかない話題に執拗なまでにこだわっているのだとしても、こちらに非があるわけではない）、聖なるものがわたしたち人間の経験を超越しながらも、その経験にとって何事かを意味するものについての感情や視覚として広く理解されていることも承知のうえである。それを聞いて、聖なるものと絶対はおなじものだと言う人がいるかもしれないが、絶対がなんらかの哲学や宗教があつかう対象にして哲学的な概念であるのに対して、聖なるものは、あらゆる思考や宗教感情が生まれるきっかけとなる神秘的な力とみなされてきた。絶対について哲学することはあれど、聖なるものについて哲学にできることといえば、その存在なり、あるいはせいぜい人間のつねなる心的作用としてその現れなりを認めることくらいでしかない。卑近な言い方をするなら、雷鳴を轟かせて立ち木を燃えあがらせる稲妻も、なにがしかの実存や人智を超えた意志の表出とみなされ、もっともらしい説明をあたえられることがなければ、それ自体はたんに人を恐れおののかせる無意味な偶発事にすぎなくなるわけだ——かといって、畏敬の対象になることでその出来事が人を震えあがらせなくなるわけではないのだが。

　聖なるものはゆえに、「ヌミノーゼ[1]、人を戦慄させ、かつ魅惑する神秘」として現れ、人の理性を狂わせ、パニックに陥らせるとともに、驚愕や茫然自失を生ぜしめ、それを遠ざけようとする嫌悪感と、いやおうなくそこに惹きつけられる気持ちをふたつながらに喚起するのだし、であればこそ、ひとつの概念でもって直接に描き出すのは不可能であり、フリードリヒ・シュライアマハー[2]のことばを借りるなら、無限なるものを前にした依存心あるいは無力さや卑小さといった気持ちとして感得されるのである。

　人は聖なるものを体験すると、その名状しがたい存在に気づき、ときに全面的な帰依や供犠を行うことで応じ、人間自身さえも生け贄にささげることがある。あるいはときに——純朴な

ジュゼッペ・アンジェリ「マナの恵み」18世紀　ヴェネツィア　サン・スタエ教会

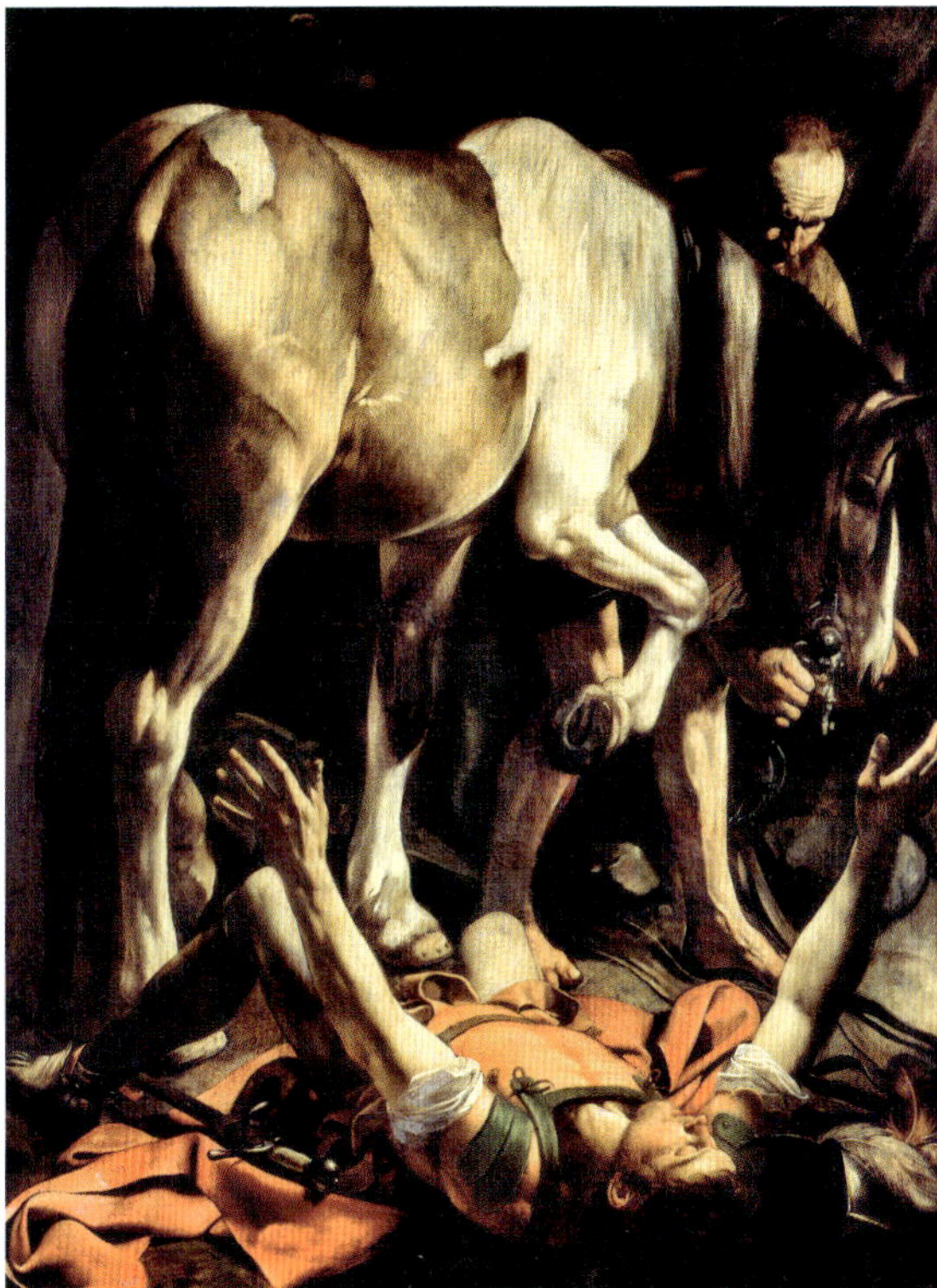

カラヴァッジョ「聖パウロの回心」1601　ローマ　サンタ・マリア・デル・ポポロ教会

人たちにとくにありがちなのだが――聖なるものを「この目でたしかめ」ようとし、そこから聖体《ヒエロ》示現《ファニー》、すなわち、わたしたち人間にも理解しうるよう、聖なるものが目に見えるかたちをとって現れることへの要請が生まれる。だからこそ、聖なるものの実在を証そうとする者は、それについて語りうるよう、ヌミノーゼを自分の目で見ようとするのだし、さもなければ残余のものはすべて、そこに起因する効果（まさにそこから人は逃れようとする）にすぎなくなるだろう。つまり、感嘆や驚愕あるいは恐怖のことだ。

聖なるものがいつも人間に似たすがたで現れるとはかぎらない。ある特定の文化ではさまざまなたぐいの仮象をまとうことがあり、それが樹木であれ石であれ、人は「他《た》」なるものを見てとるのである。

しかしいずれにせよ明らかなのは、トーテム的なイメージのもとであれ、人間の似姿をあたえるという神秘主義者や神学者たちの怒りをいやがうえにも買ってきたやり方であれ、純朴な心の持ち主にとってその企ては、聖なるものに人や動物となんら変わりなく認識されうる性質を付け加えようとするものであるということだ。

したがって、聖なるものをめぐる根本的な問題とは、わたしたちの経験に意味をなすものとしてその現れや実在を可能たらしめるべく、「偶像にして寄せ集め」である種々のイメージを借りてそれを語り、明示しうる点にある。聖なるものがもとよりわたしたち人間の経験を超えたところにあるのだとすれば、いったいいかにして聖なるもののイメージをつくり出せるというのか。

いささか頭を抱える文章があり、そのなかでオッカム(3)は、イメージとはわたしたちが個別の実体としてすでに見知ったなにかを思い出させる記号でしかありえないと言う。仮にそうでなければ、イメージはそれが表すものと似かよってみえるはずがなく、ゆえに、わたしがヘラクレスをすでに目にしているのでなければ、ヘラクレスの彫像を見て、ヘラクレスを思い浮かべたりもしないはずだと

(『「命題集第二巻註釈」註解』一二一〜一二三頁)。

このテクストが(満場一致の賛同を得られるはずの問題として)前提にするのは、ある図像《イコン》から、そのときまでに知られていないなにかを想像するのがわたしたちには不可能だということである。一見すると、これはわたしたちの経験にそぐわないように思えるかもしれない。なにしろ、人は絵画や写真やモンタージュを使い、知らない人物や動物をそれと認識できるのだし、オッカムの時代にも、君主たちは自分の娘の肖像画を婚約者である別の領土のいとこに送っていたのだから。かくも理解に苦しむ主張に対して、ひとつの認識論的な説明が成り立つ。アウグスティヌスにとって記号は別のなにかを「思考に到来」させるものであったし、アリストテレスにはじまり、少なくともトマス・アクィナスに至るまでの通説とされた考え方では、記号は概念を直接に映し出すものであり、その概念が今度はもののイメージになっていた。それにひきかえ、オッカムにとってものの真の記号(signum)とは概念であって、それを映し出す

ラファエッロ派「十字架の出現」1520–24　ヴァチカン市国　ヴァチカン博物館コンスタンティヌスの間

ことばではない。諸概念がさまざまな事物を「指し示す」生来の記号であるのに対して、ことばは事物にじかに担わされる。「ことばはもっぱら情緒をつうじて伝達されるものを指し示す記号である」(『大論理学』註解I、一)。ことばは諸概念が指し示すのと同じ事物を指し示しこそすれ、その概念を指し示すわけではないのである!

もし個々の事物を示す唯一の記号が概念であり、実質のそなわる表現(ことばであれイメージであれ)は内的なイメージの徴候にすぎないのだとすれば、ある対象を前もって「直知」することなしに、実質的な表現はまるでなにひとつ意味しえないことになる。ことばやイメージは、それを受け取る側の心になにかを創造することも生み出すこともない(アウグスティヌスの記号論において起こりえたように)。もしその心に経験された現実を示しうる唯一の記号、言い換えるなら、心的な記号がすでに存在しているのでなければ。

わたしたちはオッカムにこう反論することもできよう。いかなるものであれ、ある表象は(モンタージュ写真のように)わたしたち人間の精神を刺激して心的記号を生みだすのであり、そのおかげでわたしたちは表象に対応するものを見分けることができるのだし、おなじ理由から、一度も会ったことのないヘラクレスやヒトラーを思い描くことが可能なのだと。だが、オッカムの文章はおもしろい問題を提起する。それはつまり、もし仮に情報を入力する側の証言者が該当する人物と現実に出会うなり、そのすがたを見るなりしなかったとすれば、いかに警察といえどもモンタージュを作成することはできないだろうし、ピエトロ・アンニゴーニ(4)にしろ、エリザベス女王その人を目の前にしていなければ、彼女の肖像画を描くことはできなかっただろうというものだ。とすれば当然、いまだかつて誰も目にしたことがないもののイメージは存在しえないことになる——ただしケンタウロスのように、周知のものの部分の寄せ集めから未知のものを創りだすとなると話は別だが。そしてまさにこうした理由から、わたしたちはヒトラーやミッキーマウスのようなものにさえイメージを思い浮かべられるのに、その中心はいたるところにあり、円周はどこにもないような円形をイメージすることができないのである。イメージをめぐるオッカムの理論は、経験から得られる事物のイメージについては反駁しうるものの、経験を超越するもののそれについてはいささかもゆるぎがない。

聖なるものの表象や名づけの不可能という問題におそらく取り組んだ最初の人物は、偽ディオニュシオス・アレオパギテスである。彼はは《ママ》かり知ることのできない、矛盾にみちた〈一者〉なるものを構想し、その著述のなかで神的なものは、「肉体もなければ姿かたちもなく、質量や性質や重さをそなえず、ひとつの場所に在るのではなく、見たり、触れたり、感じたりすることもなければ、感受性のもとに貶められることもない（……）魂でも知性でもなく、想像力や所見をもたず、数や秩序、大きさですらなく（……）実体でもないし、永遠でも時間でもなく（……）闇でも光でもなく、誤謬でも真理でもない」なにかとして指し示され、このような調子で、息を呑むような神秘的で失語症さながらの記述が延々とつづいていく（「神秘神学」より随所）。そう名づけるよりほかなく、偽ディオニュシオスは神的なものを「謎めいたやり方で教えを告げる静寂のまばゆいばかりに輝く靄《もや》」（同書Ⅰ、一、四〇六頁）とも、「至上の光に満ちた闇」（同書Ⅱ、四一〇頁）ともよぶ。だが、これらにしても経験があたえるものを反映したイメージにすぎない。経験的な所与をもとに、本来その礎となるべきものを築くことなどとうていできるはずもない。

事実、偽ディオニュシオスにとって神は筆舌に尽くしがたく、それを語るにふさわしい唯一の方法とは黙することなのである（同書Ⅲ、四一二〜四一三頁）。あえて口を開く者がいるとすれば、聖なる神秘をそこに立ち入ることの許されない者たちから匿しておくためだ（「第九書簡」、一、四五二頁）。

こうした神秘主義者の態度はしかし、それとは逆の態度によって絶えず異を唱えられる。つまり、神の顕現《エピファニー》を信じる立場からすると、神は万物の根源である以上、あらゆる結果がその大いなる〈原因〉に帰せられるという意味で、いっさいの名がふさわしいことになる（「神名論」Ⅰ、七頁）。であればこそ、神に人間や炎や琥珀の姿かたちがあたえられ、その耳、眼、髪、顔立ち、手、肩、翼、腕、背中、脚が褒めそやされ、冠、玉座、盃、壺などの神秘に満ちた品々がかたどられる。

しかし偽ディオニュシオスは、このような象徴をつうじての名指しがまるでふさわしくないことに気づいている。そこでおのずと必要になるのは、これらの表象がそのきわめて貧相な誇張（撞着語法をお許しいただけるなら）を包み隠さずさらけだすことである。つまり、神を指し示すことは、「およそ似つかわしくない似姿」や、不釣り合いなちぐはぐさ（たとえば「天上位階論」Ⅱ、二〜三頁）によってのみ可能となるのであって、それゆえ神々しさは、「香りのよい軟膏だとか礎石のような、もっとも賤しいものたちの名で」よぶこともあれば、「獣の姿かたちをあたえることとさえあり、ライオンや豹の特徴をそこにあてはめて、さながら豹や猛り狂った牝熊のようだと言ったりもする」（同書Ⅱ、五、八七頁）。あげくの果てには、神にミミズのすがたまであたえるしまつである――きわめつきのちぐはぐさが「第九書簡」の第五節に引かれていて、そこでは、旧約聖書の『詩篇』第七八篇の、神が怒りにわれを忘れてすがたを現し、「眠りし者の如く、勇士の酒に呑まれるが如く目覚め給うた」というくだりが考察されている。

だが、やはりここでも、形容しがたい聖なるものが、経験から得られる事物の表象をつうじて暗にほのめかされていることにどのみち変わりはない――それは神性を擬人化するさまざまな試み（髭をたくわえ三角形の後光がさす神）となんら変わるところがないし、〈聖霊〉を動物に見立てるという方法については言うまでもない。

したがって、なにが神にあらざるかをあくまでも述べる否定神学を徹底できず、矛盾のうちに肯定を見いだすそれを試みたあげく、けっきょく最後はわたしたち人間の同胞であるかのごとき神の表象を受けいれることに落ち着くわけである。このことは『創世記』の冒頭からしてすでに見える。つまり、神が人間を御身の似姿として創造したのであれば、それが意味するのは、人間もまた神をみずからの似姿として想像しうるということだ。

　キリスト教思想は受肉した神的なものについて語ることで、こうした行き詰まりをある程度は乗り越えた。キリストの受肉は巧妙に仕掛けられた記号論的なからくりともいうべきもので、それをつうじて神はつつましい民衆にも思考や表象や理解が可能な存在となるのである――キリストの図像《イメージ》だけでなく、聖母マリアや諸聖人のように、なんらかのかたちで聖なるものとの媒介の役割を果たした者たちの見た目をつうじて。

　だが、またしてもここでオッカムの教えが頭をもたげてくる。というのはイエス・キリストや聖母マリアの像を描いたり彫ったりした人びとのうち、ひとりとして実物を見た者はいないのだし――福音書の登場人物を描く肖像画家が生まれるのはキリストの死後何世紀も経ってのことなのだから――、それに（これらの品々に信憑性があるとして）あの聖骸布《マンデリオン》、聖ヴェロニカのヴェール、あるいは聖骸布《シンドン》にしても、それらが現れるのはずっとあとの時代なのだから。

　もし神を直接に経験した者がいたとすれば、それが

ヤコポ・ティントレット「天国」部分　1582-88　パリ　ルーヴル美術館蔵

例の神秘主義者たちなのだが、聖なるものは知覚できず、図像《イメージ》への翻訳は不可能であるという考えに忠実であればこそ、かれらはきまって神的なものの体験を暗黒や闇夜、空虚や沈黙として描いてきた。
あらゆる偉大な神秘主義者たちが力説してきたのは、神秘体験によって得られる幻視は言語を絶する恩寵であるにもかかわらず、そこにさえ神のイメージを求めうるということだ。神は神秘主義者の眼に、〈大いなる無〉として現れるのである。

ディオニシウス・カルトゥシアヌス[5]は言う。「おお最愛の神よ、汝自身が光にして光の玉、汝に選ばれし者たちはそこに赴いて甘美に安らい、まどろみ、眠る。汝は渺茫《びょうぼう》たる砂漠のごとく、どこまでも平らかで果てしもない。そこで真に敬虔な心はあらゆる個別の愛を浄化され、天に明るく照らされ、情熱にみなぎり、迷わずしてさまよい、至福の最期を迎え、それとともに癒される」

マイスター・エックハルト[6]は、静寂につつまれた荒涼たる神性の姿かたちなき深淵について語り、その純然たる基底、静寂の砂漠に踏み入ろうとする。そこにはどんな違いも認められず、父も子も聖霊もない。誰も安らぎを見いだすことのない内奥へと。そこであの光は満ち足りて、そこで光はそれ自身としてあるよりもひとつである。この基底は純然たる静寂であり、それ自身として不動なのだから。魂はこのように、作為もイメージもない荒涼とした聖性にみずからを投じることではじめて、崇高なる至福を得るのである。

ヨハネス・タウラー[7]は『説教集』で次のように書く。

> 浄められ、明らかにされた精神は聖なる暗黒に沈みゆく。無音の静寂と不可解で曰く言いがたい合一へと。この沈降において、あらゆる同不同は失われなければならず、この深淵において精神はおのれ自身を失い、神もおのれ自身も識《し》らず、同不同もなにひとつ識らない。一なる神のうちに沈み、いっさいの区別を忘れてしまったのだから。

そしていわく、感覚を閉ざすことで、諸々のイメージの不在と自己滅却をつうじて、真の純然さにたどりつくのだと。あらゆる外的な出来事や作用の渦中にあって必要とされるのは、おのが感覚を意のままにする力である。というのも、じつのところ、諸々の感覚は人をそれ自身の外へと連れ出し、かれのなかに異質なイメージを持ち来たすのだから。ここではひとりの敬虔な修道士のことが書かれていて、五月に独居房の外へ出ざるをえなくなったかれは修道服の頭巾をまぶかにおろした。その理由を問われると、こう告げた。「木々の眺めからわたしの眼を護っているのです、精神がとらえる光景をさまたげられないように。おお親愛なる諸君、野生の森の眺めにしてからが、この男には支障となるのだとすれば、俗世の有象無象はいったいどれだけの害悪をわたしたちにもたらすというのか！」

十字架のヨハネはこう語る（『カルメル山登攀』）。

魂が超自然的な変容をとげるには、みずからが暗闇となり、感覚的で理性的なその本然に含まれるいっさいを超え出なければならないのは明らかである。超自然とは本然を上回ることの謂《い》いであり、本然は低いところに取り残されるのだから。この変容が人間の感覚や能力のおよぶ範囲では起こりえぬものであろうと欲するなら、そこに落ちていくいっさいを空虚にしなければならないのだから（……）。霊的な人びとには、超自然的な表象と対象が生じることがあるし、そうなるのがつねである。視覚について言うと、そこにはたいてい、この世のものならぬ形象や人物、いくらかの聖人、それに天使たちの善悪入り交じるすがたが、さらには異様な光彩が映し出されるのだから。そして聴覚はただならぬことばを聴きとるのだが、それはすがたの見えるものによって語られることもあれば、誰が告げているのかさだかでないこともある。嗅覚はこのうえなく馥郁《ふくいく》たる香りを繊細に嗅ぎとるが、それはどこからともなくただよってくる。味覚にしてもじつに妙なるあじわいを感じることがあるし、触覚も大いなる愉悦を感じとる。ときに全身が骨の髄まで歓喜し、色めき立ち、その愉悦に浸るように思えるほどに。霊魂の塗油とよばれているのは通常そのようなものであり、霊魂にはじまり、浄らかな魂にそなわる肢体へと進む。こうした感覚を満たす悦楽は霊的な人びとにとってごくありふれたもので、程度の違いこそあれ、多感な霊魂にやどる敬虔な感情からもたらされるのだから。

心得ておくべきは、これらいっさいが神をつうじて肉体の諸感覚に生じうるのだとしても、霊的な人びとはけっしてそれを鵜呑みにしてはならず、それどころか、善悪をたしかめもせず、頭から逃げださなければならないということだ。なぜなら、それらが外的で肉体的なものであるだけ、神に由来するという確証にも乏しくなるからだ。というのも、神は霊魂に伝わるのがより正常であり、そのほうが魂にとって安全で好都合であって、感覚にではないからだ。そこにはいつも多くの危険とまやかしがひそんでいるものである（……）。

したがって、そのようなものを有り難がる者はおおいに迷い、まやかしに翻弄されるおおきな危険に身を曝すか、あるいは少なくとも、霊的なものに到ろうとする歩みを完全に阻まれてしまうだろう（……）。

というのは、神からの言葉や示現《ヴィジョン》に幻惑されずにいる困難さはさておき、そのなかにはえてして悪魔のもとへと導くものも多くひそんでいるのだし、それは往々にして神が魂にすがたを現すのとおなじ装いで魂の前に現れるのだから。

ヤーコプ・ベーメ[8]はある朝、錫の器に陽射しが反射するのを見たとき、根幹をゆさぶる神秘体験にみまわれ、まばゆいばかりのある種の顕現《エピファニー》のおかげで宇宙の核心そのものと交わった。そこでなにを眼にしたのかはさだかでないし、かれ自身も黙して語ろうとしなかったが、その神秘的な直観を描き出そうとした図版はいずれも不可解な円形をおびた放射状の構造物から成っている。

〈神性〉の底なしの深淵とは——ヤーコプ・ベーメは『イエス・キリストの受肉について』（一六二〇）のなかでこう記している——本質なき静謐にほかならない。それはなにひとつもたらしえない。比類なき永遠の安息、はじまりも終わりもない深淵。目指すものでも場所でもなく、探し求めるのでも見つけるのでもなく、いささかの可能性の余地すらない。それは瞳に、その己が鏡に似ている。本質をそなえず、光も闇もない。なによりそれは魔法であり、ひとつの意志をそなえ、われわれの心をかき乱すからといって、探し求めたり、追いかけたりすべきものではない。そうした意志という言い方でわれわれが意図するのは、〈神性〉の奥底であり、それは起源をもたない。それはおのれを自身のうちに包括し、自然の埒外にあり、ゆえにわれわれは沈黙せねばならない。

とはいえ（わたしは神秘主義の歴史にとりたてて詳しいわけでもなく、こうした仮説をとても注意深く展開しているのだが、それにもかかわらず）、いわく言いがたい純粋な無の体験が男性の神秘主義にもっぱら特徴的であるのにひきかえ、女性の神秘体験者はそれほど多くが神を〈純然たる無〉として語っているようにはみえないし、逆にむしろ、主だった人物たちは、キリストをほとんど肉体をそなえた存在として語っているように思える。女性による神秘体験の大多数を占めるのは聖体示現《ヒエロファニー》なのであって、神々しいイメージを目のあたりにした女性は、疑うべくもない官能的な恍惚の境地で、磔刑のキリストとの愛の交歓を何ページにもわたって書き連ねてゆく。

聖マリア・マッダレナ・デ・パッツィ(9)の『四十日』（一五九八）から引いたこのくだりを読めば、それが一目瞭然となるはずだ。

愛しい汝よ、おお汝よ。どうかわれにたくさんの声をあたえ給え。愛する汝の名をよべば、東方から西方へ、世界の隅々にまで、果ては地獄にさえ、遍く響きわたるのが聴こえるような声を。ありとあらゆる者に汝を知らしめるために。汝よ、わが愛しい汝よ、汝は力強く、そして絶大なる愛。愛しい汝よ、ひとり汝がすべてを貫きとおし、毀《こわ》し、打ち負かす。愛しい汝よ。汝は空と大地、〈炎〉と〈空気〉、〈血〉と〈水〉。おお愛する汝よ、汝は神と人間、〈愛〉と憎しみ、神々しきいにしえの気高さの歓喜、そしてあらたな〈真理〉。おお、愛されも知られもしない汝よ。されど、この愛を享けたひとりの女がわたしには見える。

かと思えば、別の箇所ではアビラの聖テレサ(10)が、みずからの血潮に沁みわたり酩酊させる神聖な愛のぶどう酒や、天上のいっさいの美、いっさいの栄光を一瞬のもとに味わわせてくれる神聖な婚約者について語るのだが、その手並みたるや、あまりにえもいわれぬものであるがゆえに、

もしあらゆる意志の力をふりしぼって愛の嗚咽をもらさなければ、それと知らずに昇天させられてしまいそうになることもある（……）。かつてわたしの前に、生身の身体をそなえた明々白々たるひとりの天使が現れたのだが、息を呑むほどの美しさで、見ると手には黄金の長い槍をにぎり、先端には炎がちいさく燃えていた。天使はその槍でわたしを奥深く、臓腑にとどくまで刺し貫き、それから抜き取ると、神への愛に全身を焼き焦がされた（……）。傷の痛みはあまりにも苛烈で息も絶え絶えになったが、この言いようのない苦痛はもっとも甘美な悦楽を同時に味わわ

せてもくれ、身体はそこにどっぷり浸っているにもかかわらず、肉体の苦しみから来るものではなかった。

アビラの聖テレサの詩行には次の一節がみえる。

その甘き狩人に
撃たれ、地に屈するとき
慈愛にみちた両腕にわが魂は落ちた（……）
なんたるよろこびだろう
汝のそばにいるのは
汝にひとめ会いたくて
われは死さえ希む。それから汝が
わが胸に入り給うとき
おお、そのとき神よ、その瞬間
汝は失われかねない

フランスのサレジオ会修道女であるマルグリット・マリー・アラコック(11)は一九歳のとき、自分は「イエスとの結婚が約束されている」のだと思いはじめ、あげく本人の言うところによると、ある日のこと、イエスが全体重で乗りかかってきて、それに抵抗すると、「ものごとにはしかるべきときというものがあるのだから、わたしの思うように汝を使わせよ。いま望むのは、汝がわが愛の対象としてなすがままとなり、逆らわないことだ。わたしが汝を存分に味わえるように」と答えたという。

『自叙伝』にはこうある。

かつて聖体の前でしばし時間があったとき、というのはお勤めをしているとほとんど息つくひまもないのだけれど、わたしは突如としてこの神聖なる存在に全身をつつまれた。それはあまりに強烈で、自分のことも、自分がいる場所のことも忘れてしまうほどだった。そこで、わたしはこの神々しい〈聖霊〉に身をゆだね、その愛の力強さに心をあずけた。あの御方はみずからの胸のうえでわたしを長いこと安らわせ、いままでひた隠しにしてきた愛の驚異と、聖なる〈心〉の言いようのない秘密をそこであらわにしてくださった（……）。それから、わたしの心臓を望み、わたしがそれを抜き取るよう懇願すると、はたしてことがなされ、そのほれぼれする〈心臓〉におさめられた。そして、わたしの心がちいさな原子のように、その灼熱の炉のなかで燃えるさまを見せてくださった。心臓のかたちをした燃えさかる炎のごときそれを取り出すと、もとの場所に戻して、こう告げられた。「見るがいい、汝よ。わが愛の貴き証が、そのひときわ煌々と燃えさかる炎のちいさな火の粉を汝の脇腹に閉じ込めるのを。汝の心臓となり、いまわのときに至って燃え尽きんとするように。その燃えさかる熱情は消えることがなく、瀉血のときにのみ、いくらかの涼やかさを見いだすだろう」

脇腹の痛みについて触れたが、それはきまって月のはじめの金曜日に次のように更新された。聖なる〈心臓〉が燦然と輝く太陽さながらに目の前に現れ、その灼熱の陽射しがわたしの心を打つ。するとたちまち心が熱い炎で燃え上がるのを感じ、自分が灰となってしまう気がするのだけれど、殊にそのような瞬間にこそ、わが神聖なる〈師〉はわたしに望むものを告げられ、その愛おしい〈心〉に隠した秘密を明かしてくださるのだった。一度など、聖体が顕示された折に、すべての感覚と能力をいつになく集中させて深い瞑想に入ると、愛おしいわが〈師〉イエス・キリストが目の前に現れた。そのすがたはまばゆい栄光につつまれ、身体に刻まれた五つの傷が五つの太陽さながらに輝いていた。この聖なる御人はいたるところから炎が上がり、わけてもほれぼれする胸は炉を思わせた。そして炉が口を開けると、慈愛にみちたいとおしい〈心臓〉があらわになったが、それは燃えさかる炎の生き生きと脈打つ源泉であった。

わたしはかなり潔癖なところがあり、たわいもない不潔さにさえ吐き気をもよおしてしまう。あの御方はこの点をとてもきびしくお咎めになられたので、あるとき、病に伏した女の吐瀉物をぬぐい清めようとしたわたしは、自分の舌でそれを行い、食べてしまわずにはいられなくて、こう申し上げた。「もしわたくしに一〇〇〇の身体、一〇〇〇の愛、一〇〇〇の命があるなら、忠実なしもべとなるため、よろこんでささげましょう」。そして、その行為に甘美な悦楽を見いだすがあまり、願わくは毎日おなじものを味わいたいと望むほどであった。自分に打ち克つことができるよう、それも神自身がご覧になる前で。ところが神の善意は、わたしが自制心を授かったのもひとえにそのおかげなのだけれど、例の行いがもたらした喜びを表明することをお忘れにならなかった。事実、たしか翌晩のことだったと思うが、わたしの口を二、三時間にもわたって聖なる〈心臓〉にあてがわれたのだ。そのときに味わった感覚と、この恩寵がわたしの魂と心に生ぜしめた効果たるや、なんとも形容しがたいものがある。

こうして神聖なる〈愛〉は、似つかわしくもない端女《はしため》を相手にお愉しみになるのだった。またあるときは、赤痢患者のお世話をする最中に吐き気をもよおしたことをあまりに仮借なくお叱りになるものだから、なんとか挽回したくて、汚物を捨てに行く道すがら、いやおうなしに長々と舌をそこに浸し、口中を満たさざるをえなかった。もし〈あの御方〉が、許しを得なければなにも口にしてはならぬという従順を思い出させてくださらなければ、すべて飲み干していたことだろう。

なぜ、神々しい（男性の）イメージと官能的な交わりを結ぶのが女性であって、男性ではないのか（聖母を相手にそれに劣らず烈しい恍惚に浸ってもおかしくないはずなのに）、わたしには説明がつかない。シャルコー[12]であれば、ヒステリーは女性に特有の症状であると言っただろうが、この説はすでに覆されている。あえていえば、女性のほうが身体の感覚がはるかに研ぎ澄まされているのかもしれない。はたまた理由はひとえに文化的なものかもしれず、男たちはその気になれば色事に手を出すこともできたし、貞潔を選ぶのも自由であったのにひきかえ、女たちは婚姻関係をのぞくいっさいの性的な経験からいやおうなく遠ざけられており、抑圧された数々の願望の充足を聖体示現《ヒエロファニー》による交合に見いだしたとしても不思議ではない。この話題はさすがに手に負えないので、これ以上はやめておく。

ただ、ひとつだけ言っておくと、聖なるものを人間に見立てた張本人が聖女たちなのだから、手がかりにすべきは彼女たちの経験である。十字架のヨハネの『暗夜』を頼みにしても、ただささまよい沈黙するばかりだ。

したがって疑いを容れないのは、もとより表現されえないはずの聖なるものが表現されてしまう理由が、それを目にする必要に駆られた人間の側（すぐれて果敢な神秘主義者たちを別にして）にあるということだ。だが、その本性からしても、それを具象化した人びとの経験にないことからしても、雲をつかむような存在である以上、擬人化するなり、あるいはたんに時代に即したさまざまな範例《モデル》を手本にするなりといったやり方で表象されるよりほかない。

いまから考えてみようと思うのはこのことだ。つまり、聖なるものがその時代や当時の芸術の嗜好に応じて、どれだけ多彩なすがたをとるかということである。

中世の時代には「少し上むき、軽く張りのある胸もとが美しい」とされるのだが、これは窮屈なコルセットに締めつけられたちいさな胸のことで、通俗的な想像から産み出された貴婦人や聖母はいずれもそのようなすがたで現れる（次頁の図版を参照されたい）。

　ルネサンス期に入ると、ホルバイン[13]とラファエッロの描く婦人たちの豊満な身体つきは、ロレンツォ・ロット[14]の聖母像のいくつかを彷彿とさせるし、ルーベンスがヴィーナスの優美さを描く際のセルライトと見紛うほどの誇張の仕方は、無垢なる聖母《インマコラータ》の着衣をとおしてもうかがえる。あるいは少なくとも、翼の生えた童子《プッティ》たちの天使の可憐なセルライトにはそれが疑うべくもなく表れている。

　さらにつづけて、多岐にわたる文化様式がいかにアジアの諸文化における聖なるものの表現に影響をおよぼしているかを考察することもできるが、ここではロマン主義的で退廃的な男性の美の表象について触れるにとどめ、こうした理想がいかに一九世紀から二〇世紀にかけて描かれた〈聖なる心〉の図像《イメージ》にも実を結んでいるかを思い起こせば十分だろう――世紀末の耽美主義者の物憂さが聖人たちの物憂さにどれだけ影を落としているかについてはいうまでもなく。

　たったいま触れた、神聖なる愛の顕現としての〈聖なる心〉の神秘崇拝について、レイモンド・ファース[15]が注目したのは（その『公的シンボルと私的シンボル』において。ただし、イタリア語版にはラテルツァ社によって、『さまざまなシンボルと流行』という目を覆いたくなるようなタイトルがあてられている）、愛情の在り処が心臓ではないことがすでに周知のものとなっていたちょうどその頃に、聖マルグリット・マリー・アラコックが神秘的な幻視を得たという点である。だが、彼女の前に現れるイエスにしろ、その神秘体験を明瞭なことばにするのを力添えした聴罪司祭にしろ、科学や、ひいては神がいかに世界を創造したかを信者にも説き明かしてみせることなど、まるで意に介さなかった。かれらの念頭にあったのは、世界が巷でどのように見られているかであって、その巷はといえば、やれ心だ、愛だ、砕け散ったハートだと今日でも倦むことなく語りつづけているという次第なのだ。これではまるで、聖なるものに通じる唯一の道は歌謡曲だと言っているようなものではないか。

「マグダラのマリア像」上半身近影　15 世紀　パリ　クリュニー国立中世美術館蔵

聖母マリアがルルドでベルナデッタの前に現れるのだが、そのベルナデッタ・スビルー本人がいかなる人物であったかは、当時の写真からわたしたちの知るところである。それどころか、ほかでもない教会当局が折にふれて撮影許可を出したおかげで、いつのまにか、聖人としての名声が高まるにつれ、当時のカメラマンがより煽情的なショットを首尾よくカメラにおさめる様子が分かるのだし、あげくの果ては、四〇年代になってハリウッドがジェニファー・ジョーンズの容姿で実写化するまでに至るのである——それから何年かして、そのジェニファー・ジョーンズが、ベルナデッタの容貌そのままに、『白昼の決闘』(16)の濡れ場で体当たりの演技を披露したときのカトリック界をゆるがしたスキャンダルをわたしはよく覚えている。

ファティマの牧童たちはもともと愛らしさや可憐さの範例《モデル》ではなかったのだが、ここでも五〇年代のハリウッドはそれをどう料理すべきかを心得ている。(17)列福を経て、のちに聖人となるドメニコ・サヴィオの変遷を追ってみるといい。初期の実写化では、それにふさわしく、みすぼらしい身なりの、ひざまず

ジョルジョーネ「眠れるヴィーナス」1508-10　ドレスデン　アルテ・マイスター絵画館　国立美術博物館蔵

きすぎて膝の出たズボンを穿く少年であったのが、時代を経るごとにしだいに見栄えがよくなり、今日では二枚目のたくましい青年にすっかり様変わりするのである。その変貌ぶりは、やはり聖人とみなされながら列福を目前に夭逝《ようせい》したラウラ・ビクーニャ[18]とお似合いのカップルをなしているかのようだ。

聖母マリアのたどる変容についてはあらためていうまでもない。古くから伝わるルルドのある聖母像はフランチェスコ・アイエツ[19]の描く女たちを思い起こさせるし、ファティマの聖母をかたどったいくつかの彫像には、その顔だちに遥かに過ぎ去った時代の美をたたえたものがある。では、メジュゴリエの聖母は信徒たちの眼にはたしてどのように映るだろうか。それはかつての嘆きの聖母というよりも、モニカ・ベルッチをいっそう彷彿とさせるではないか。

やはりおなじように聖マリア・ゴレッティ[20]が変容をこうむるさまが見てとれて、敬虔で通俗的《キッチュ》な描き方をされていたものが、しだいに当時の女優たちと見紛うすがたに変貌をとげていくのである。

さて話題は変わって、ここからは好奇心をくすぐる事例、あのファティマ第三の秘密の公開についてである。

ファティマ第三の秘密にかんする修道女ルシアの文書を読むと分かるのは、これを書いている善良な修道女は読み書きできない幼い子どもではなく、一九四四年の時点ですでに一人前の修道女なのだが、このテクストがどうみても、『ヨハネの黙示録』の引用から成り立っているということである。彼女の証言によると、聖母の左側の少し高いところに、火の剣《つるぎ》を左手に持ったひとりの天使を見たのだという。その剣は煌々と炎を放ち、世界を焼き尽くさんばかりであったが、聖母がかざす右手から発せられる輝かしい光に触れると、消えてしまうのだった。すると天使は右手で地を指し、強い口調で言った。「悔い改めよ、悔い改めよ、悔い改めよ!」それから幼い子どもたちが、神であるところのはかりしれない光のなかに見たのは、「人びとが鏡の前を通り過ぎる際にすがたが映り込むさまにも似たなにか」で、白い衣をまとったひとりの司教（「わたしたちの幼心にもなんとなくそれが教皇様でいらっしゃるという気がしました」）をはじめ、ほかにも大勢の司教や司祭、修道士や修道女が険しい山を登っていた。その頂きには、樹皮におおわれたコルク樫のごとき粗末な丸太のおおきな十字架が立っていた。教皇はそこにたどりつく前に、なかば廃墟と化したおおきな町を通り過ぎたが、おぼつかない足どりでよろめきながら、悲嘆に打ちひしがれて、通りすがりに出会う死者の魂に祈りをささげていた。それから山頂に到着し、おおきな十字架の足もとにひざまずいてひれ伏していると、兵士の一団が何発もの銃弾と弓矢を浴びせて、教皇は殺されてしまった。おなじように、ほかの司教や司祭、修道士や修道女、それに多くの信徒たちも性別や地位や立場を問わず、次つぎと息絶えていった。十字架の両腕の下にはふたりの天使がいて、おのおのが手にした水晶の水差しに殉教者たちの流した血を掬《すく》い集め、神のもとへやってくる霊魂たちに注いでやるのだった。

というわけで、ルシアは世界を焼き尽くさんばかりの火の剣を持った天使を目にする。世界に火を放つ天使が『ヨハネの黙示録』で語られるのは、たとえば、第八章八節の第二のラッパを吹く天使のくだりである。なるほど、この天使には燃えさかる剣がどこにも見当たらないものの、剣がどこから出てくるのかについては、のちほど種を明かすことにしよう（ただし、燃える剣を持つ大天使であれば、これまでにかなりの数の図像が描かれてきたのも事実なのだが）。次にルシアが目にするのは鏡をのぞくような神々しい光だが、ここでの手がかりは『黙示録』ではなく、使徒パウロがコリント人に宛てた第一の手紙にある（第一三章一二節「いまのわたしたちは鏡に映すようにおぼろげに見ている。しかしそのときには、顔と顔とを合わせて見るであろう」）。

それから、いよいよ例の白衣の司祭の登場とあいなるわけだが、こちらがひとりきりなのにひきかえ、『黙示録』には白い衣をまとい信仰に殉じる主《あるじ》のしもべたちが何度となく出てくる（第六章一一節、第七章九節、第七章一四節）。だが、そこは目をつぶろう。つづいて、司教や司祭が険しい山を

ロレンツォ・ロット「ヴィーナスとキューピッド」1530頃　ニューヨーク　メトロポリタン美術館蔵

カルロ・マラッタ「聖家族」1675頃　ローマ　カピトリーノ美術館蔵

登る様子が見えるくだりだが、おなじ山でも、『黙示録』第六章一五節には、ほら穴や山の岩かげに身を隠す地上の有力者たちが出てくる。次いで教皇が「なかば廃墟と化した」町にやってきて、死者の魂に通りすがりに出会う場面だが、『黙示録』に町の記述が見えるのは第一一章八節で、死者の亡骸も出てくる。一方、それが壊滅して廃墟と化すのは第一一章一三節だし、さらには第一八章二一節でもバビロンの都が引き合いに出される。

　話を先に進めよう。司教や多くの信徒たちが兵士に弓矢や銃器で殺害される場面だが、銃器は修道女ルシアが思いついたにせよ、鋭く尖った武器を使った殺戮《さつりく》であれば、第九章七節で、第五のラッパを合図に鎧をまとった蝗《いなご》の群れによって行われる。ここに来てようやく、水晶の水差し（ポルトガル語では *regador*）で血を注ぐふたりの天使のくだりにさしかかる。さて、血を撒く天使にかんして、『黙示録』は言及にこと欠かないが、第八章五節では香炉がそれに使われるし、第一四章二〇節では血が搾り桶か

ジェニファー・ジョーンズ　ヘンリー・キング監督の映画『聖処女』1943

ベルナデッタ・スビルーの写真　1860

ら溢れ出し、第一六章三節では聖杯から注がれる。なぜ水差しなのか。わたしはこう考えた。ファティマといえば、あのアストゥリアス州からそう遠く離れておらず、そのあたりでは、中世の頃に『黙示録』を描いたモサラベ様式の見事な細密画が生み出され、何度も複製された。しかし、ラッパを吹く天使をかたどった図像《イメージ》のなかには、ラッパを炎の剣だと受け取られても仕方のないものがあり、しかも同時に、その下にほとばしる飛沫めいたものと考え合わせるなら、水差しだと誤解されてもいっこうに不思議ではない。また、別の図像に確認できる天使は、いびつなかたちをした杯から血を滴らせており、ちょうどあたかも世界に撒いているように見える。

　おもしろいのは、秘密の公開にあたって当時の枢機卿ヨゼフ・ラッツィンガーが示した神学的な見解をひも解くと、かれがあらかじめ断りをいれて、個人的な啓示は信仰の対象にはならず、寓喩はむやみに鵜呑みにすべき預言のたぐいではないと釘を刺しながらも、明らかに『黙示録』との類似性を念頭においたうえで、次のように注釈していることだ。「『秘密』の結びが想起させる数々のイメージ、それらをルシアは祈禱書のなかで目にしたのかもしれず、その内容は古くからつづく信仰の直観から来ている」。だからこそ、「『ファティマのお告げ』をめぐる神学的所見」の「個人的な啓示の人間学的構造」と意味深長にも題された章のなかで、こう書くのである。

> 神学的人間学はこの領域に三つの知覚もしくは「ヴィジョン」の形態を峻別する。感覚によるヴィジョン、すなわち外的で身体的な知覚。内的な知覚。そして霊的なヴィジョンである（*visio sensibilis - imaginativa - intellectualis*）。ルルドやファティマなどにおけるヴィジョンが感覚による通常の外的知覚ではないのは明らかで、諸々のイメージや形象は目に見えこそするものの、たとえば木や家があるのと同じように空間のなかに外的に存在するわけではない。このことにいささかの疑問もなく（……）なによりその証拠に、すべての人にそれが見えるわけではなく、事実上、

「ゴッフレード・マメーリの肖像」制作年不詳　ミラノ　リソルジメント博物館蔵

ドメニコ・サヴィオを描いた肖像画

メジュゴリエの聖母像

モニカ・ベルッチ　アントワーヌ・フークア監督の映画『ティアーズ・オブ・ザ・サン』2003

「ヴィジョンを透視できる者」にかぎられている。そしてやはり疑いようがないのは、それが高次の神秘主義においてみられるような、イメージなしに頭にうかぶ「ヴィジョン」ですらないということだ。したがって、それは両者の中間に位置する内的な知覚ということになる（……）。心の目で見るとは空想を意味するのではない。さもなくば、それは主観的な想像の産物にすぎなくなるだろう。そうではなく、感覚を超越しながらも現に存在するなにかがふと魂をよぎり、感覚しえないもの、感覚によってはとらえられないものを目にする力を手に入れるということだ（……）。おそらくこう考えれば、そうした現れが好んで子どもたちの身に起きる理由も説明がつくはずである。子どもの魂はほとんど歪められておらず、内的な知覚の力もほとんど損なわれていないのだから。（……）「内的なヴィジョン」は空想ではなく（……）限界もはらんでいる。そもそも外的な知覚でさえ、そこには主観的な要素がつねに入り込んでいる。わたしたちはあるがままの対象をとらえるのではなく、感覚のフィルターをとおして対象が届くのであり、感覚は一種の翻訳作業を行う役割を担っている。このことがいっそう明らかになるのが内的なヴィジョンにおいてである。とりわけ、わたしたちの限界を凌駕する現実の場合にはそうだ。主体、すなわち「透視者」はひときわ烈しくその渦中におかれる。かれは現にそなわる能力のかぎりで、自分に行使できる表象と認識の仕方でもって視る。内的なヴィジョンの場合、外的な知覚にくらべて翻訳作業がいっそう大がかりになる分、主体は出現するものがイメージに生成するうえで欠かせない存在としてその一端を担う。イメージはもっぱらかれの能力のおよぶ限界と可能性に応じてもたらされる。だからこそ、そのようなヴィジョンはむこう側の世界のたんなる「写像」であるにとどまらず、知覚する主体の可能性と限界もおのずと含んでいるのである。

　このことは聖人たちのあらゆる偉大なヴィジョンに明確に指し示すことができるし、当然ながら、ファティマの子どもたちのヴィジョンについても言える。かれらが描くイメージはけっしてたんなる空想の産物などではなく、超越的なものと内面のいずれにも起因する現実になされた知覚の所産である。しかし、だからといって、あちらの世界を覆い隠すヴェールがつかのま取り払われ、天上がそのまぎれもない本質をあらわにしたかのごとく想像すべきでさえない。ちょうど、わたしたちがいつの日にか神と完全な合一を遂げたあかつきには、それを目にしたいと望んでいるように。諸々のイメージはむしろいわば、天からもたらされる衝動と、知覚する主体、つまりは子どもたちがそのために行使しうる可能性とが綜合された結果なのである。

これは、いささかありていに言ってしまえば、透視者たちは各自の文化がみるように教えたもの、想像することを認めたものをみているにすぎないということだ。現職の教皇からの同意は、聖なるものの図像学をめぐるこのささやかな覚え書きを締め括るにあたり、それを飾るにふさわしいお墨付きをあたえてくれるように思う。

（二〇〇九？）

(1) ドイツの宗教哲学者ルドルフ・オットー（一八六九～一九三七）が著書『聖なるもの』のなかで提唱した概念。

(2) 一七六八～一八三四。ドイツの神学者・思想家。近代プロテスタント神学の父とよばれる。宗教の本質は超越的な無限者に対する絶対依存の感情にあると説いた。

(3) 一二八五頃～一三四九。フランシスコ会修道士で、後期スコラ学、一四世紀唯名論を代表する思想家。実在するのは個物のみであり、普遍、本質、形相といったものは人間の心が抽象して生み出したものにすぎず、客観的な実在ではないと主張した。

(4) 一九一〇～八八。ルネサンスの流れを汲む写実主義の画家。ジョン・F・ケネディやエリザベス二世など多くの権力者や著名人の肖像画を描き、「女王たちの画家」とも称された。

(5) 一四〇二／〇三～七一。カルトゥジオ会司祭・神学者。恍惚状態をともなう神秘体験にしばしば見舞われたとされる。古代ギリシア、アラブ、古代ローマの哲学に造詣が深く、神秘主義神学をめぐる膨大な著作は全四二巻にまとめられた。
(6)一二六〇頃〜一三二八頃。中世ドイツの神学者・神秘思想家。神との合一および神性の無を説いた。
(7)一三〇〇頃〜六一。中世ドイツの神秘思想家・説教家。若くしてドミニコ会に入信。エックハルトから強い影響を受け、実践的で倫理的な神秘思想を展開した。
(8)一五七五〜一六二四。ドイツの神秘主義者。靴職人として働くかたわら自己の神秘体験をつづり、のちに著作『アウローラ』(一六一二)として公にされる。
(9)一五六六〜一六〇七。イタリアの聖女・神秘主義者。フィレンツェの修道院に入り、一八歳のときにキリストとの交歓を得たことを契機に神秘体験がはじまる。その経験は修道女や聴罪司祭によって記録され、著作としてまとめられた。
(10)一五一五〜八二。スペインの聖女・神秘主義者。カルメル会修道院に入り、一五五六年に「霊的な婚約」を体験する。異端審問に巻き込まれながら、自己の神秘体験にもとづき修道会の改革を目指した。
(11)一六四七〜九〇。フランスのサレジオ会修道女・聖女。二五歳で修道院に入り、その翌年、祈禱の最中にイエス・キリストの「聖心」の啓示を得る。以後、キリストの幻視をしばしば体験し、中世以降行われた「イエスの聖心」への崇敬を盛んにした。
(12)一八二五〜九三。フランスの神経病学者。ヒステリーと催眠術を神経科学の立場から研究。精神医学の分野に心理学的方法を導入する契機となり、フロイトやジャネによって継承された。
(13)一四九七/九八〜一五四三。ルネサンス期にドイツのアウクスブルクを拠点に活動した画家。数々の宗教画や肖像画を手がけ、一五三六年にはイングランド王ヘンリー八世の宮廷画家となる。木版画家、挿絵画家としても著名。
(14)一四八〇〜一五五六。ルネサンス期の画家。ヴェネツィアに生まれ、イタリア各地を遍歴。ヴェネツィア派の色彩、ローマのマニエリスムなど、さまざまな影響のもとに宗教画と肖像画の傑作を残した。
(15)一九〇一〜二〇〇二。イギリスの社会人類学者。マリノフスキーに師事して人類学を学び、実証的研究にもとづく経済人類学の理論的発展に寄与した。
(16)一九一九〜二〇〇九。四〇年代から五〇年代のハリウッドを代表する女優。一九四三年の映画『ベルナデッタの歌』でアカデミー主演女優賞を受賞した。
(17)一八四二〜五七。イタリア生まれのカトリック教会の聖人・子どもたちの守護者。サレジオ会創立者のヨハネ・

ボスコの生徒として司祭になるために学ぶが、病を得て一四歳で死去する。一九五〇年に列福、一九五四年に列聖される。

(18) 一八九一〜一九〇四。カトリック教会の福者。八歳のときに母と妹とともにチリからアルゼンチンに移住。扶助者聖母会の寄宿学校に入る。その後、結核に罹り、一二歳で逝去。一九八八年に列福される。

(19) 一七九一〜一八八二。一九世紀イタリアのロマン主義絵画を代表する画家。高度な写実的描写のなかに抒情性を表現し、独自の世界観を構築した。

(20) 一八九〇〜一九〇二。カトリック教会の殉教者・聖人。イタリアの敬虔なカトリック信者の家庭に生まれ、一二歳のときに殺人被害者となり殉教。一九五〇年に列聖される。

あたらしい「百科全書家」の証言——訳者あとがき

本書は、ウンベルト・エーコが生前、エリザベッタ・ズガルビ（現「テセウスの舟」社社主）に請われて十年余にわたって行った文学・文化・芸術フェスティヴァル（ミラネジアーナ）における講義・講演の記録である。原著は、Umberto Eco, *Sulle spalle dei giganti: Lezioni alla Milanesiana 2001–2015*, La Nave di Teseo, 2017。表題は訳せば、さしづめ『巨人の肩に乗って——ミラネジアーナ・フェスティヴァル講義 2001–2015』となる（日本語版では、編集部と協議のうえ、本書の趣旨を端的にあらわせるであろうと判断し、「世界文明講義」として全体を括ることにした）。

書名は巻頭に配された講演「巨人の肩に乗って」から採られている。シャルトルのベルナルドゥスが言ったとされる箴言《しんげん》（アフォリズム）を手がかりに、巨人の肩に乗れば遠くが見渡せるとされる小人のありようを、人類の歴史をたどりながら、果たしてその箴言は真実なのか、そもそも誰が、どちらが「巨人」なのか、あるいは「小人」なのか、古代から現代の芸術までを俎上《そじょう》に載せ検討していく。じつは途轍もなく壮大な議論を、エーコは、あっさり、それもわかりやすく聴衆に語りかけるようにして展開しながら、最後にはわたしたちが現在どこに立っているか、そして視界をどちらにどのようにしてひらくべきかを教えてくれる。

本書収載の各講義は、十五年をかけてエーコが関心を抱き、その間小説をふくむ著作というかたちで発表してきたさまざまな主題が、書物として結実をみる前あるいはみた後に、直接聴衆にむけて、種明かしもしくは予告として語られた記録であると言うこともできる。

ふんだんに盛り込まれた図版は、聴衆（読者）にとって、ときに神学や中世美学をふくむ難解な思想や記号論、文学論、美術史におけるさまざまな学術的論争を視覚的に助ける素材として機能する。晩年のエーコがなにをどこをみつめていたか、その途方もなくひろい視界になにがどんなふうに映っていたかがよくわかる出色の歿後刊行物である。

きっと日の当たらないところでは、すでに巨人たちが徘徊しているのかもしれない。わたしたちはそれをまだ見ないふりをしているけれど、巨人たちはいつでもわたしたち小人の肩に乗る用意ができている。

こうした危機感に立って、エーコは、文学、美学、倫理学そしてマスメディアを素材に哲学的思考を展開してゆく。皮肉を、そしてときにユーモアをまじえながら、エーコの思想がエーコ自身の口からやさしく解き明かされる。わたしたちの文明の根源、移ろいやすい美の規範、真実へと変貌し歴史を替える嘘、払拭できない陰謀をめぐる妄執、名作や古典とよばれる小説作品の主人公たちの両義性と象徴性、芸術のさまざまなかたち、アフォリズムとパロディ——こうしたテーマが、講演当日実際に聴衆の目の前に映し出された図像を収載することで、視覚的にもわかりやすく、かつ豊かさを増して、一巻の書物として提供されている。したがって読者は図版を追いながら読み進めるだけで、わたしたちの文明の歩みを、多角的視点からたどりなおすことができるという仕掛けが施されているとも言えるだろう。

ちなみに、これらの講演がなされたミラネジアーナ・フェスティヴァルは、現在もつづいている。今年のテーマは「疑いと確信」。こんな具合に毎年テーマを掲げて、六月から七月にかけてのひと月余り、錚々《そうそう》たるゲストが登場し、講演に対談、演奏会に展覧会、上映会、舞台公演などがはなやかに繰りひろげられる。過去のゲストには、作家だけにかぎってみても、J・M・クッツェー、サルマン・ラシュディ、オルハン・パムク、タハール・ベン・ジェルーン、高行健《ガオシンジエン》、エリ・ヴィーゼルなどなど、名だたる顔ぶれが招かれている（詳細は同フェスティヴァルのホームページ http://www.lamilanesiana.eu/index.html をご覧いただきたい）。たまたま今年五月ボローニャ滞在中に、ミラノ在住の友人でエーコのロシア語翻訳者から連絡があって、明日が今年のミラネジアーナのプログラムの記者発表なのだけれど、いっしょに行かない？とやけに熱心な誘いがきた。記者発表？　いまやミラノ人とよんでもいいくらい町の暮らしになじんでいる友人をして、フェスティヴァルそのものでなく、その予告宣伝のための催しまでが、それほど心躍らせるものなのかと、あらためてこのイヴェントのはなやかさの一端を垣間見た思いがした。

　さて、ミラノの人びとが毎年たのしみにしている、このはなやかな催しの一環として、エーコは、先に述べたように、じつに平易に、とびきり大きなテーマ（美と醜、絶対と相対、見えないもの、逆説と箴言、嘘と欺瞞、芸術における不完全、秘密、陰謀）を、いわば十世紀にわたる西洋文明の歩みに照らし合わせながら語っている。その十一回を数えた講演に、未発表の一篇「聖なるものの表象」を加えて本書は成り立っているわけだが、十二篇をとおして浮かび上がってくるのは、ウンベルト・エーコの思索が、たとえば批評家、あるいは小説家、といった腑分《ふわ》けを無効にするかのように、わたしたちの文化や社会をみつめ考察するにあたって、できうるかぎり分化（もしくは細分化）を避け、内在する力学をそのまま受けとめたうえで、全貌をつたえよう（語ろう）として展開していることだ。「百科全書家」とよぶのがいちばんしっくりくるような姿勢が一貫していると言ってもいい。

だが「百科全書家」と言っても、ときに揶揄《やゆ》をこめてよばれる「すべてに通じている人」の謂《いい》ではけっしてない。「必要なときに、どのようにすれば知ることができるか、そして知らしめることができるか、その術《すべ》を心得ている知識人」とでも言えばよいだろうか。蓄積された他者の知をマッピングすることによって、あたらしい知の地図を（描き）作成する――それがおそらくエーコをあらたな「百科全書家」とよべる理由なのかもしれない。かれの敬愛するトマス・アクィナスでもディドロやダランベールでもなく、知の総体を、その矛盾も含めて、つたえ受け渡そうとする（少しだけドゥルーズとガタリにも似た）記憶の植物的在りようへの信頼が、その根底にはあるようにみえる。

本書の十二篇のなかでも繰り返し表明される「物語ること」と「虚構」の真実性と一貫性にたいする信頼――これこそがエーコの表現すべてに共通する確信だったのかもしれないと、あらためて思う。

＊

最後に、本書の翻訳にあたっては、五人の若い研究者たちが分担して作成した各篇の訳稿に和田が手を加え、全体を仕上げるという方法を採ったことをお断りしておく。責任はしたがって和田にある。

また編集については、いつものように、河出書房新社の島田和俊さんにお世話いただいた。昨秋刊行されたばかりの大著を、これほど短期間で訳出刊行に漕ぎつけることができたのは、ひとえに島田さんをふくめた本書の翻訳チームあってのことである。この場を借りて、心からお礼を申し上げる。

二〇一八年九月

和田忠彦

Teresa d'Avila, *Il libro della mia vita*, Milano, Nemo Editrice, 2013.（アビラの聖テレサ『イエズスの聖テレジア自叙伝』東京女子カルメル会訳、中央出版社、1960）

Sue, Eugène, *L'ebreo errante* (1844–45), Firenze, Nerbini, 1950.（ウージェーヌ・シュー『さまよえるユダヤ人』小林龍雄訳、角川文庫、1951-1952）

聖なるものの表象

Giovanni, *Apocalisse*.（『ヨハネの黙示録』小河陽訳、講談社学術文庫、2018）

Guglielmo di Ockham, *Summa logicae*.（オッカム『オッカム「大論理学」註解』渋谷克美訳、創文社、1999）

Pseudo-Dionigi Areopagita, *La teologia mistica; Epistola; Dei nomi divini; La gerarchia celeste*.（偽ディオニュシオス・アレオパギテス「神秘神学」「天上位階論」『中世思想原典集成 3』所収、平凡社、1994；「書簡集」『中世思想原典集成 3』所収、平凡社、1994；「神名論」『キリスト教神秘主義著作集 1』所収、谷隆一郎・熊田陽一郎訳、教文館、1992）

Alacoque, Marguerite Marie, *Autobiografia* (seconda metà del XVII secolo), a cura di L. Filosomi, Roma, ADP, 2015.（マグリット・マリー・アラコック『自叙伝』／『聖マルガリタ・マリア自叙伝』鳥舞峻訳、聖母の騎士社、1998）

Böhme, Jakob, *Dell'incarnazione di Gesù Cristo* (1620), Stuttgart, Frommanns-Holzboog, 1957.（ヤコブ・ベーメ『イエス・キリストの受肉』）

Firth, Raymond, *I simboli e le mode* (1973), Roma-Bari, Laterza, 1977.（レイモンド・ファース『象徴と習慣』）

Giovanni della Croce, *Salita del Monte Carmelo* (1618), notizia storica e letteraria di L. Gaetani, Bologna, EDB, 2011.（十字架の聖ヨハネ『カルメル山登攀』奥村一郎訳、ドン・ボスコ社、2012）

Maria Maddalena de' Pazzi, *I quaranta giorni* (1598), Palermo, Sellerio, 1996.（パッツィのマリア・マッダレーナ「40 日」）

Ratzinger, Joseph, commento teologico al *Messaggio di Fatima*, maggio 2000 (http://www.vatican.va/roman_curia/congregations/cfaith/documents/rc_con_cfaith_doc_20000626_message-fatima_it.html)（ヨゼフ・ラッツィンガー「『ファティマのお告げ』をめぐる神学的所見」；「神学的解釈」『ファティマ　第三の秘密——教皇庁発表によるファティマ「第三の秘密」にかんする最終公文書』所収、カトリック中央協議会福音宣教研究室訳、カトリック中央協議会、2001）

Tauler, Johannes, *Prediche* (1300–1361), Milano, Bocca, 1942.（ヨハネス・タウラー『説教集』／『タウラー説教集』田島照久訳、創文社、2004）

Vignoli, Casale Monferrato (al), Piemme, 2007.（ジュリエット・キエーザほか著、ロベルト・ヴィニョーリ監修『ゼロ　九・一一の公式発表が虚偽である理由《わけ》』）

Gioberti, Vincenzo, *Il gesuita moderno* (1846), Edizione nazionale delle opere edite e inedite di Vincenzo Gioberti, Milano, Bocca, 1942.（ヴィンチェンツォ・ジョベルティ『近代的イエズス会士』）

Hofstadter, Richard, *The Paranoid Style in American Politics and Other Essays*, London, Cape, 1964.（リチャード・ホフスタッター「アメリカの政治における偏執狂的スタイル」）

Jolley, Daniel - Douglas, Karen M., "The Social Consequences of Conspiracism: Exposure to Conspiracy Theories Decreases Intentions to Engage in Politics and to Reduce One's Carbon Footprint", in *British Journal of Psychology*, vol. 105, 1, pp. 35–56, February 2014.（ダニエル・ジョリー、カレン・ダグラス「陰謀論の社会的帰結」）

Odifreddi, Piergiorgio et al., *11/9. La cospirazione impossibile*, a cura di M. Polidoro, Casale Monferrato (al), Piemme, 2007.（ピエールジョルジョ・オーディフレッディほか著、マッシモ・ポリドーロ監修『九・一一　不可能な共謀』）

Pascal, Blaise, *Le provinciali* (1656–57), a cura di C. Carena, Torino, Einaudi, 2008.（パスカル『田舎の友への手紙』／『パスカル著作集 4（プロヴァンシアル 2)』田辺保訳、教文館、1980）

Pipes, Daniel, *Il lato oscuro della storia. L'ossessione del grande complotto* (1997), Torino, Lindau, 2005.（ダニエル・パイプス『歴史の暗黒面』）

Popper, Karl, *La società aperta e i suoi nemici* (1945), Roma, Armando, 1973.（カール・R・ポパー『開かれた社会とその敵』内田詔夫・小河原誠訳、未來社、1980）

Popper, Karl, *Congetture e confutazioni. Lo sviluppo della conoscenza scientifica* (1969), Bologna, il Mulino, 2009.（カール・ポパー『推測と反駁』／『推測と反駁　科学的知識の発展』〈新装版〉藤本隆志・石垣壽郎・森博訳、法政大学出版局、2009）

Sède, Gérard de, *Le trésor de Rennes-le-Château* (1967), Paris, J'ai lu, 1972.（ジェラール・ド・セード『レンヌの宝物』）

Spinoza, Baruch, *Trattato teologico-politico* (1670), a cura di A. Dini, Milano, Rusconi, 1999.（スピノザ『神学・政治論』吉田量彦訳、光文社古典新訳文庫、2014）

Sue, Eugène, *I misteri del popolo. Storia di una famiglia di proletari attraverso i secoli* (1849–57), Firenze, Nerbini, 1926.（ウージェーヌ・シュー『民衆の秘密、世紀をまたぐプロレタリア一家の物語』）

『友愛団の名声（ファーマ・フラテルニタティス）』）
Luchet, Jean-Pierre-Louis, *Essai sur la secte des illuminés*, Paris, 1789.（ド・リュシェ侯爵『イルミナティにかんする試論』）
Maier, Michael, *Themis aurea* (1618), Frankfurt am Main, 1624.（ミヒャエル・マイヤー『黄金のテミス』）
Mazzarino, Giulio, *Breviario dei politici* (1684), Torino, Valerio, 2005.（ジュリオ・マッツァリーノ『政治家読本』）
Neuhous, *Avertissement pieux et très utile des frères de la Rose-Croix, à savoir s'il y en a? quels ils sont? d'où ont ils pris ce nom? Et a quelle fin ils ont espandu leur renommée?*, Paris, 1623.（ノイハウス『薔薇十字団の同志への慈悲深く有益な忠告』）
Yates, Frances, *L'Illuminismo dei Rosacroce. Uno stile di pensiero nell'Europa del Seicento* (1972), Torino, Einaudi, 1997.（フランセス・A・イエイツ『薔薇十字の覚醒　隠されたヨーロッパ精神史』山下知夫訳、工作舎、1986）
Ratzinger, Joseph, commento teologico al *Messaggio di Fatima*, maggio 2000 (http://www.vatican.va/roman_curia/congregations/cfaith/documents/rc_con_cfaith_doc_20000626_message-fatima_it.html)（ヨゼフ・ラッツィンガー「神学的解釈」『ファティマ　第三の秘密——教皇庁発表によるファティマ「第三の秘密」にかんする最終公文書』所収、カトリック中央協議会福音宣教研究室訳、カトリック中央協議会、2001）
Simmel, Georg, *Il segreto e la società segreta*, a cura di A. Zhok, Milano, SugarCo, 1992.（ゲオルク・ジンメル「秘密と秘密結社」『社会学　社会化の諸形式についての研究』所収、居安正訳、白水社、2016）

陰謀

Guglielmo di Ockham, *In libros Sententiarum*.（オッカムのウィリアム「註釈集」）

Baigent, Michael - Leigh, Richard - Lincoln, Henry, *Il Santo Graal*, Milano, Mondadori, 1982.（ヘンリー・リンカーン、リチャード・リー、マイケル・ベイジェント『レンヌ＝ル＝シャトーの謎　イエスの血脈と聖杯伝説』林和彦訳、柏書房、1997）
Brown, Dan, *Il codice da Vinci*, Milano, Mondadori, 2003.（ダン・ブラウン『ダ・ヴィンチ・コード』越前敏弥訳、角川書店、2004）
Chiesa, Giulietto et al., *Zero. Perché la versione ufficiale sull'11/9 è un falso*, a cura di R.

Boringhieri, Torino, 1988.（プルースト『楽しみと日々』岩崎力訳、岩波文庫、2015）
Shakespeare, William, *Amleto* (1600-1602), Milano, Garzanti, 2008.（シェイクスピア『ハムレット』野島秀勝訳、岩波文庫、2002）
Shakespeare, William, *Romeo e Giulietta* (1594-96), Milano, Garzanti, 1991.（シェイクスピア『ロミオとジュリエット』中野好夫訳、新潮文庫、1951）
Tanizachi, Jun'ichirō, *La chiave* (1956), Milano, Bompiani, 2009.（谷崎潤一郎『鍵』新潮文庫、1964）

秘密についてのいくらかの啓示

Ibn Khaldun, *Muqaddima*.（イブン・ハルドゥーン『歴史序説』森本公誠訳、岩波文庫、2001）

AMORC, *Manuel Rosicrucien*, Paris, Éd. rosicruciennes, 1984.（AMORC『薔薇十字の手引』）
Baillet, Adrien, *Vita di Monsieur Descartes*, a cura di L. Pezzillo, Milano, Adelphi, 1996.（アドリアン・バイエ『デカルト伝』井沢義雄・井上庄七訳、講談社、1979）
Barruel, Augustin, *Mémoires pour servir à l'histoire du jacobinisme*, 5 voll., Hambourg, P. Fauche libraire, 1798-99.（バリュエル修道院長『ジャコバン主義の歴史のための覚書』）
Brown, Dan, *Il codice da Vinci*, Milano, Mondadori, 2003.（ダン・ブラウン『ダ・ヴィンチ・コード』越前敏弥訳、角川書店、2004）
Casanova, Giacomo, *Storia della mia vita* (1789-98), Milano, Mondadori, 1983-1989.（ジャコモ・カサノヴァ『カザノヴァ回想録』窪田般彌訳、河出文庫、1995）
Di Bernardo, Giuliano, *Filosofia della massoneria*, Venezia, Marsilio, 1987.（ジュリアーノ・ディ・ベルナルド『フリーメーソンの哲学』）
Eco, Umberto, *Il pendolo di Foucault*, Milano, Bompiani, 1988.（ウンベルト・エーコ『フーコーの振り子』藤村昌昭訳、文春文庫、1999）
Guénon, René, *Considerazioni sull'iniziazione* (1981), Milano, Luni, 2014.（ルネ・ゲノン『参入儀礼にかんする考察』）
Johannes Valentinus Andreae, *Fama fraternitatis* (1614), in Id., *Manifesti rosacroce. Fama fraternitatis, Confessio fraternitatis, Nozze chimiche*, a cura di G. de Turris, Roma, Edizioni Mediterranee, 2016.（ヨハン・ヴァレンティン・アンドレーエ

Giovanni Scoto Eriugena, *De divisione naturae.*（ヨハネス・スコトゥス・エリウゲナ『自然の区分について』／「ペリフュセオン（自然について）」『中世思想原典集成6（カロリング・ルネサンス）』所収、上智大学中世思想研究所編訳・監修、平凡社、1992）
Guglielmo d'Alvernia, *Tractatus de bono et malo*, XIII secolo.（オーヴェルニュのギヨーム『善と悪についての書』）

Chateaubriand, François-René de, *Itinéraire de Paris à Jérusalem et de Jérusalem à Paris* (1811), édition critique de Ph. Antoine et H. Rossi, in Id., *Oeuvres complètes*, Paris, Champion, 2011.（シャトーブリアン『パリからエルサレムへの旅程』）
Croce, Benedetto, *La poesia. Introduzione alla critica e storia della poesia e della letteratura* (1936), Milano, Adelphi, 1994.（ベネデット・クローチェ『詩について』）
Diderot, Denis, *Salon de 1767. Salon de 1769,* édition critique et annotée presenté par E. M. Bukdahl, in Id., *Oeuvres complètes*, Paris 1990.（ドゥニ・ディドロ「サロン」）
Dumas, Alexandre, *Il conte di Montecristo* (1844), Torino, Einaudi, 2015.（アレクサンドル・デュマ『モンテ・クリスト伯』山内義雄訳、ワイド版岩波文庫、2017）
Dumas, Alexandre, *I tre moschettieri* (1844), Roma, Donzelli, 2014.（アレクサンドル・デュマ『三銃士』生島遼一訳、岩波文庫、1970）
Greimas, Algirdas Julien, *Dell'imperfezione*, Palermo, Sellerio, 1988.（アルジルダス・ジュリアン・グレマス『不完全について』）
Levi-Montalcini, Rita, *Elogio dell'imperfezione* (1987), a cura di A. Boselli ed E. Vinassa de Regny, Milano, Garzanti, 1988.（リタ・レーヴィ＝モンタルチーニ『不完全礼賛』／『美しき未完成　ノーベル賞女性科学者の回想』藤田恒夫ほか訳、平凡社、1990）
Leopardi, Giacomo, *Zibaldone di pensieri* (1817-32), ed. critica a cura di G. Pacella, Milano, Garzanti, 1991.（レオパルディ『随想集』）
Montaigne, Michel Eyquem de, *Saggi* (1580-88), trad. di F. Garavini, Milano, Bompiani, 2012.（モンテーニュ『随想録』（上・下）松浪信三郎訳、河出書房新社、2005）
Moravia, Alberto, *Gli indifferenti* (1929), Milano, Bompiani, 1964.（アルベルト・モラヴィア『無関心な人びと』（上・下）河島英昭訳、岩波文庫、1991）
Pareyson, Luigi, *Estetica* (1954), Milano, Bompiani, 1988.（ルイジ・パレイゾン『美学』）
Proust, Marcel, *I piaceri e i giorni* (1896), a cura di M. Bongiovanni Bertini, Bollati

『プラハの墓地』橋本勝雄訳、東京創元社、2016）
Eco, Umberto, *Trattato di semiotica generale*, Milano, Bompiani, 1975.（ウンベルト・エーコ『記号論』池上嘉彦訳、岩波書店、1980）
Gracián, Baltasar, *Oracolo manuale e arte di prudenza* (1647), a cura di A. Gasparetti, Milano, Guanda, 1993.（バルタサール・グラシアン『処世の智恵』／『処世の智恵　賢く生きるための300の箴言』東谷穎人訳、白水社、2011）
Kant, Immanuel - Constant, Benjamin, *La verità e la menzogna*, Milano, Bruno, Mondadori, 1996.（イマヌエル・カント、バンジャマン・コンスタン『真実と嘘』）
Machiavelli, Niccolò, *Il principe* (1532), Milano, Mondadori, 2016.（マキャベッリ『君主論』河島英昭訳、岩波文庫、1998）
Mazzarino, Giulio, *Breviario dei politici* (1684), Torino, Valerio, 2005.（ジュリオ・マッツァリーノ『政治家読本』）
Sartre, Jean-Paul, *L'essere e il nulla* (1943), a cura di F. Fergnani e M. Lazzari, Milano, il Saggiatore, 2014.（ジャン゠ポール・サルトル『存在と無』／『存在と無　現象学的存在論の試み』松浪信三郎訳、ちくま学芸文庫、2007–2008）
Swift, Jonathan, *I viaggi di Gulliver* (1726), Sesto San Giovanni (MI), Peruzzo, 1986.（スウィフト『ガリヴァー旅行記』／『ユートピア旅行記叢書6（ガリヴァー旅行記）』所収、富山太佳夫訳、岩波書店、2002）
Swift, Jonathan, *L'arte della menzogna politica e altri scritti*, Milano, BUR, 2010.（ジョナサン・スウィフト『政治・宗教論集』）
Tagliapietra, Andrea, *Filosofia della bugia. Figure della menzogna nella storia del pensiero occidentale*, Milano, Bruno Mondadori, 2001.（アンドレア・タリアピエトラ『嘘の哲学』）
Webster, Nesta, *Secret Societies and Subversive Movements*, London, Boswell, 1924.（ネスタ・H・ウェブスター『世界秘密結社』（全2巻）馬野周二訳、東興書院、1992）
Weinrich, Harald, *Metafora e menzogna*, Bologna, il Mulino, 1983.（ハラルト・ヴァインリヒ『隠喩と嘘』）

芸術における不完全のかたちについて

Agostino, *De civitate Dei.*（アウグスティヌス『神の国』服部英次郎・藤本雄三訳、岩波文庫、1982–1991）

——愉快なパズルと結合子論理の夢の鳥物語』阿部剛久ほか訳、森北出版、2010）
Wilde, Oscar, *Il ritratto di Dorian Gray* (1890), Milano, Feltrinelli, 2013.（オスカー・ワイルド『ドリアン・グレイの肖像』仁木めぐみ訳、光文社古典新訳文庫、2006）
Wilde, Oscar, *L'importanza di essere Onesto* (1895), Milano, Mondadori, 1993.（オスカー・ワイルド『真面目が肝心』鳴海四郎訳、『オスカー・ワイルド全集 4』所収、西村孝次責任編集、出帆社、1976）

間違いを言うこと、嘘をつくこと、偽造すること

Aristotele, *Metafisica*.（アリストテレス『形而上学』／『アリストテレス全集 12』出隆訳、山本光雄編、岩波書店、1968）
Luciano di Samosata, *Storia vera*.（ルキアノス『本当の話』／『本当の話　ルキアノス短篇集』呉茂一ほか訳、ちくま文庫、1989）
Tommaso d'Aquino, *Summa theologiae*.（トマス・アクィナス『神学大全』稲垣良典訳、創文社、1994）

Accetto, Torquato, *Della dissimulazione onesta* (1641), a cura di S. S. Nigro, Torino, Einaudi, 1997.（トルクアート・アッチェット『誠実な偽り』）
Arendt, Hannah, *La menzogna in politica. Riflessioni sui Pentagon Papers* (1971), a cura di O. Guaraldo, Genova, Marietti, 2006.（ハンナ・アーレント「政治における嘘」／『暴力について　共和国の危機』所収、山田正行訳、みすず書房、2000）
Bacon, Francis, *Saggi* (1597), Palermo, Sellerio, 1996.（フランシス・ベーコン『随想集』／『ベーコン随想集』渡辺義雄訳、岩波文庫、1983）
Battista, Giuseppe, *Apologia della menzogna* (1673), Palermo, Sellerio, 1990.（ジュゼッペ・バッティスタ『嘘の弁明』）
Bettetini, Maria, *Breve storia della bugia. Da Ulisse a Pinocchio*, Milano, Raffaello Cortina, 2010.（マリーア・ベッテティーニ『嘘の小歴史、ユリシーズからピノッキオへ』）
Descartes, René, *Le monde ou traité de la lumière*, Paris, 1667.（デカルト『宇宙論』／「世界論または光論」『方法序説ほか』所収、野田又夫ほか訳、中央公論新社、2001）
Eco, Umberto, *Il cimitero di Praga*, Milano, Bompiani, 2010.（ウンベルト・エーコ

Dumas, Alexandre, *Il conte di Montecristo* (1844), Torino, Einaudi, 2015.（アレクサンドル・デュマ『モンテ・クリスト伯』山内義雄訳、岩波文庫、1956 ～ 57）
Dumas, Alexandre, *I tre moschettieri* (1844), Roma, Donzelli, 2014.（アレクサンドル・デュマ『三銃士』生島遼一訳、岩波文庫、2002）
Flaubert, Gustave, *Madame Bovary* (1856), Milano, Mondadori, 2001.（ギュスターヴ・フローベール『ボヴァリー夫人』山田𣝣訳、河出文庫、2009）
Gauthier, Théophile, *Il Capitan Fracassa* (1863), Milano, BUR, 2010.（テオフィル・ゴーティエ『キャピテン・フラカス』田辺貞之助訳、岩波文庫、1952）
Hugo, Victor, *I miserabili* (1862), Torino, Einaudi, 2008.（ヴィクトル・ユーゴー『レ・ミゼラブル』豊島与志雄訳、岩波文庫、1987）
Shakespeare, William, *Il racconto d'inverno* (1611), Milano, Feltrinelli, 2007.（シェイクスピア『冬物語』小田島雄志訳、白水社、1983）
Tolstoj, Lev, *Anna Karenina* (1873-77), Milano, Garzanti, 2012.（トルストイ『アンナ・カレーニナ』望月哲男訳、光文社古典新訳文庫、2008）

パラドックスとアフォリズム

Chamfort, Nicolas de, *Massime e pensieri. Caratteri e aneddoti* (1795), Milano, BUR, 1993.（ニコラス・ド・シャンフォール『金言と思索。特徴と逸話』）
Isidoro di Siviglia, *Etimologie*.（セビーリャのイシドルス『語源論』／「語源」『中世思想原典集成 5（後期ラテン教父）』所収、上智大学中世思想研究所編訳・監修、平凡社、1993）
Kraus, Karl, *Essere uomini è uno sbaglio. Aforismi e pensieri*, Torino, Einaudi, 2012.（カール・クラウス「人間存在こそ過ち。アフォリズムと思索」）
Lec, Stanisław J., *Pensieri spettinati* (1957), Milano, Bompiani, 1984.（スタニスラウ・レク『蓬髪思索』）
Pitigrilli, *L'esperimento di Pott*, Milano, Sonzogno, 1929.（ピティグリッリ『ポットの実験』）
Pitigrilli, *Dizionario antiballistico* (1953), Milano, Sonzogno, 1962.（ピティグリッリ『反法螺吹き辞典』）
Scusa l'anticipo ma ho trovato tutti verdi, a cura di A. Bucciante, Torino, Einaudi, 2010.（「早く着いてごめん、でも信号がみんな青だったんだ」）
Smullyan, Raymond, *Fare il verso al pappagallo e altri rompicapi logici*, Milano, Bompiani, 1990.（レイモンド・スマリヤン『数学パズル　ものまね鳥をまねる

ィオ『火』）
Eco, Umberto, *Il nome della rosa*, Milano, Bompiani, 1980.（ウンベルト・エーコ『薔薇の名前』河島英昭訳、東京創元社、1990）
Hölderlin, Friedrich, *La morte di Empedocle* (1798), a cura di E. Pocar, Milano, Garzanti, 2005.（ヘルダーリン『エムペドクレスの死』浅井真男訳、『ヘルダーリン全集 3（ヒュペーリオン・エムペドクレス）』所収、河出書房新社、2007）
Joyce, James, *Dedalus. Ritratto dell'artista da giovane* (1916), Milano, Mondadori, 1997.（ジェイムズ・ジョイス『若い芸術家の肖像』大澤正佳訳、岩波文庫、2007）
Joyce, James, *Le gesta di Stephen* (1944), Milano, Mondadori, 2011.（ジェイムズ・ジョイス『スティーヴン・ヒーロー』永原和夫訳、松柏社、2014）
Liguori, Alfonso M. de', *Apparecchio alla morte, cioè considerazioni sulle massime eterne utili a tutti per meditare ed a' sacerdoti per predicare* (1758), Cinisello Balsamo (MI), San Paolo, 2007.（聖アルフォンソ・デ・リゴリ『死への装置　瞑想するすべての人のための、また祈禱する司祭たちのための永遠に有効な原則についての考察』）
Malerba, Luigi, *Il fuoco greco*, Milano, Mondadori, 2000.（ルイジ・マレルバ『ギリシア火』）
Mattioli, Ercole, *La pietà illustrata*, Venetia, appresso Nicolò Pezzana, 1694.（エルコレ・マッティオリ『挿絵入祈禱書』）
Pater, Walter, *Il Rinascimento* (1873), a cura di M. Praz, Milano, Abscondita, 2013.（ウォルター・ペイター『ルネサンス』別宮貞徳訳、中央公論新社、2015）
Pernety, Dom, *Dictionnaire Mytho-Hermétique* (1787), Milano, Archè, 1980.（ドン・ペルネティ『ヘルメス神話辞典』）

見えないもの

Allen, Woody, *Il caso Kugelmass* (1977), in appendice a Id., *Effetti collaterali*, Milano, Bompiani, 1982.（ウディ・アレン「クーゲルマスのお話」／「ボヴァリー夫人の恋人」『ぼくの副作用　ウディ・アレン短篇集』所収、堤雅久・芦沢のえ訳、CBS・ソニー出版、1981）
Doumenc, Philippe, *Lo strano caso di Emma Bovary*, Roma, LIT, 2013.（フィリップ・ドゥマンク『エマ・ボヴァリーの死にかんする再捜査』）
Doyle, Arthur Conan, *Uno studio in rosso* (1887), Milano, Feltrinelli, 2015.（アーサー・コナン・ドイル『緋色の研究』日暮雅通訳、光文社文庫、2006）

Bhagavadgītā.（『バガヴァッド・ギーター』上村勝彦訳、岩波文庫、1992）
Bonaventura da Bagnoregio, *Commento alle Sentenze*.（ボナヴェントゥーラ・ダ・バニョレージョ『判決への注釈』／「命題集註解」『中世思想原典集成 12（フランシスコ会学派）』所収、上智大学中世思想研究所編訳・監修、平凡社、2001）
Buddha, *Sermone del fuoco*.（仏陀「燃火の教え」）
Dante Alighieri, *La divina commedia*.（ダンテ・アリギエーリ『神曲』平川祐弘訳、河出書房新社、1992）
Eraclito, *frammenti*.（ヘラクレイトス『断片集』）
Giovanni Scoto Eriugena, *Commento alla Gerarchia celeste*.（ヨハネス・スコトゥス・エリウゲナ『天上位階論への注釈 I』）
Libro Segreto dell'antichissimo Filosofo Artefio, 1150 ca.（『古代哲学者アルテフィウスの秘伝書』）
Platone, *Protagora*.（プラトン『プロタゴラス』藤沢令夫訳、岩波文庫、1988）
Plotino, *Enneadi*.（プロティノス『エンネアデス』／『エネアデス（抄）』田中美知太郎・水地宗明・田之頭安彦訳、中央公論新社、2007）
Pseudo-Dionigi Areopagita, *La gerarchia celeste*.（偽ディオニュシオス・アレオパギテス「天上位階論」『中世思想原典集成 3（後期ギリシア教父・ビザンティン思想）』所収、上智大学中世思想研究所編訳・監修、平凡社、1994）
Turba philosophorum, XIII secolo.（『哲学者の群れ』）

Bachelard, Gaston, *L'intuizione dell'istante. La psicoanalisi del fuoco*, Bari, Dedalo, 1973.（ガストン・バシュラール『火の精神分析』〈改訂増補〉前田耕作訳、せりか書房、1987）
Báez, Fernando, *Storia universale della distruzione dei libri. Dalle tavolette sumere alla guerra in Iraq* (2004), Roma, Viella, 2007.（フェルナンド・バエス『書物破棄の世界史』）
Canetti, Elias, *Auto da fé* (1935), Milano, Adelphi, 2001.（エリアス・カネッティ『眩暈』池内紀訳、法政大学出版局、2014）
Cellini, Benvenuto, *La vita* (1567), a cura di C. Cordié, Milano, Ricciardi, 1996.（ベンヴェヌート・チェッリーニ『チェッリーニ自伝』古賀弘人訳、岩波文庫、1993）
Congregazione per la dottrina della fede, *Il messaggio di Fatima*, 6 giugno 2000.（『ファティマ第三の秘密　教皇庁発表によるファティマ「第三の秘密」に関する最終公文書』カトリック中央協議会福音宣教研究室訳、カトリック中央協議会、2001）
d'Annunzio, Gabriele, *Il fuoco* (1900), Milano, BUR, 2009.（ガブリエーレ・ダヌンツ

Ioannes Paulus Papa, *Lettera enciclica Fides et ratio del sommo pontefice Giovanni Paolo II ai vescovi della Chiesa cattolica circa i rapporti tra fede e ragione*, Città del Vaticano, Libreria editrice vaticana, 1998.（ヨハネ・パウロ二世『信仰と理性　教皇ヨハネ・パウロ二世回勅』久保守訳、カトリック中央協議会、2002）

Jervis, Giovanni, *Contro il relativismo*, Roma-Bari, Laterza, 2005.（ジョヴァンニ・イエルヴィス『反相対主義』）

Joyce, James, *Dedalus. Ritratto dell'artista da giovane* (1916), Milano, Mondadori, 1997.（ジェイムズ・ジョイス『若い芸術家の肖像』大澤正佳訳、岩波文庫、2007）

Keats, John, *Ode sopra un'urna greca* (1819), in Id., *Poesie. Odi e sonetti*, Roma, Newton Compton, 1979.（ジョン・キーツ「ギリシアの壺によせる頌歌」／「ギリシャの壺のオード」『対訳　キーツ詩集』所収、宮崎雄行編、岩波文庫、2005）

Lecaldano, Eugenio, *Un'etica senza Dio*, Roma-Bari, Laterza, 2006.（エウジェニオ・レカルダーノ『神なしの倫理』）

Lenin, Vladimir Il'ič, *Materialismo ed empiriocriticismo* (1909), Roma, Editori Riuniti, 1973.（レーニン『唯物論と経験批判論』川内唯彦訳、『世界の大思想 10』所収、川内唯彦・堀江邑一訳、河出書房新社、1974）

Nietzsche, Friedrich, *Su verità e menzogna in senso extramorale* (1896), Milano, Adelphi, 2015.（ニーチェ「道徳外の意味における真理と虚偽について」『ニーチェ全集 3』所収、信太正三・原佑・吉沢伝三郎編、理想社、1965）

Peirce, Charles Sanders, *Collected Papers*, Cambridge (MA), Harvard University Press, 1965.（チャールズ・サンダース・パース『著作集』（米盛裕二・内田種臣・遠藤弘訳、勁草書房）

Pera, Marcello-Ratzinger, Joseph, *Senza radici. Europa, relativismo, cristianesimo, islam*, Milano, Mondadori, 2004.（マルチェッロ・ペーラ、ヨゼフ・ラッツィンガー『根無し』）

Ratzinger, Joseph, *Il monoteismo*, Milano, Mondadori, 2002.（ヨゼフ・ラッツィンガー『一神論』）

炎は美しい

Anonimo del XIII secolo, *Storia di fra Dolcino eresiarca*.（作者不詳『異端派指導者ドルチーノ修道士の物語』）

Aristotele, *Fisica*.（アリストテレス『自然学』／『アリストテレス全集 4』所収、内山勝利・神崎繁・中畑正志編、岩波書店、2017）

Newton Compton, 2015.（マルキ・ド・サド『ソドム百二十日』澁澤龍彦訳、河出文庫、1991）
Shakespeare, William, *La tempesta* (1610), trad. di S. Quasimodo, Milano, Mondadori, 1991.（『テンペスト』／『シェイクスピア全集 8（テンペスト）』松岡和子訳、ちくま文庫、2000）
Shakespeare, William, *Macbeth* (1605–1608), trad. di A. Lombardo, Milano, Feltrinelli, 2013.（シェイクスピア『マクベス』木下順二訳、岩波文庫、1997）
Shelley, Mary, *Frankenstein* (1818), introduzione di N. Fusini, Torino, Einaudi, 2016.（メアリー・シェリー『フランケンシュタイン』小林章夫訳、光文社古典新訳文庫、2010）
Sontag, Susan, *Contro l'interpretazione* (1966), Milano, Mondadori, 1998.（スーザン・ソンタグ『反解釈』高橋康也ほか訳、ちくま学芸文庫、1996）
Spillane, Mickey, *Tragica notte* (1951), Milano, Garzanti, 1961.（ミッキー・スピレイン『寂しい夜の出来事』渡辺栄一郎訳、早川書房、1969）
Wagner, Richard, *L'ebraismo nella musica* (1850), Firenze, Clinamen, 2016.（リヒャルト・ワーグナー「音楽におけるユダヤ性」、『ワーグナー著作集 1』所収、三光長治監修、第三文明社、1990）

絶対と相対

Dante Alighieri, *La divina commedia*.（ダンテ・アリギエーリ『神曲』平川祐弘訳、河出文庫、2008–09）
Niccolò Cusano, *De docta ignorantia*.（ニコラウス・クザーヌス『知ある無知』岩崎允胤・大出哲訳、創文社、1966）
Pseudo-Dionigi Areopagita, *La gerarchia celeste*.（偽ディオニュシオス・アレオパギテス「天上位階論」『中世思想原典集成 3（後期ギリシア教父・ビザンティン思想）』所収、上智大学中世思想研究所編訳・監修、平凡社、1994）
Tommaso d'Aquino, *De aeternitate mundi*.（トマス・アクィナス『世界の永遠性について』）

Congregazione per la dottrina della fede, *Nota dottrinale circa alcune questioni riguardanti l'impegno e il comportamento dei cattolici nella vita politica*, Roma, 24 novembre 2002.（教理聖省「政治生活におけるカトリック者の行動と責務に関するいくつかの質問についての教理的註釈」2002 年 11 月 24 日付）

Gozzano, Guido, *Le poesie*, a cura di E. Sanguineti, Torino, Einaudi, 2016.（グイド・ゴッツァーノ『詩集成』）

Gryphius, Andreas, *Notte, lucente notte. Sonetti* (XVII secolo), Venezia, Marsilio, 1993.（アンドレアス・グリューフィウス「夜よ、輝く夜よ」ソネット）

Guerrini, Olindo, *Postuma. Il canto dell'odio e altri versi proibiti*, Roma, Napoleone, 1981.（オリンド・グエッリーニ『遺稿「憎しみの歌、ほか、《禁じられた》詩篇」』）

Hugo, Victor, *Cromwell* (1827), in Id., *Tutto il teatro*, Milano, Rizzoli, 1962.（ヴィクトル・ユーゴー『クロムウェル』柳田泉訳、『ユーゴー全集 4（戯曲）』所収、本の友社、1992）

Hugo, Victor, *L'uomo che ride* (1869), Milano, Mondadori, 1999.（ヴィクトル・ユーゴー『笑う男』／『笑ふ人』宮原晃一郎訳、『ユーゴー全集 3（小説 3）』所収、本の友社、1992）

Lautréamont, *I canti di Maldoror. Poesie. Lettere*, a cura di L. Binni, Milano, Garzanti, 2011.（ロートレアモン「マルドロールの歌」栗田勇訳、『世界文学全集 73（ネルヴァル・ロートレアモン）』所収、講談社、1978）

Lombroso, Cesare, *L'uomo delinquente studiato in rapporto all'antropologia, alla medicina legale ed alle discipline carcerarie* (1876), a cura di L. Rodler, Bologna, il Mulino, 2011.（チェーザレ・ロンブローゾ『人類学・法医学等刑務所諸学関連研究による犯罪者』）

Marx, Karl, *Manoscritti economico-filosofici del 1844*, prefazione e traduzione di N. Bobbio, Torino, Einaudi, 2004.（カール・マルクス『経済学・哲学草稿』長谷川宏訳、光文社古典新訳文庫、2010）

Palazzeschi, Aldo, *Il controdolore* (1913), Firenze, Salimbeni, 1980.（アルド・パラッツェスキ「反苦悩」）

Perrault, Charles, *Cappuccetto Rosso* (1697), in Id., *I racconti di Mamma l'Oca*, Torino, Einaudi, 1980.（シャルル・ペロー「赤ずきん」／「赤ずきんちゃん」、『完訳ペロー童話集』所収、新倉朗子訳、岩波文庫、1982）

Rosenkranz, Karl, *Estetica del brutto* (1853), a cura di S. Barbera, Palermo, Aesthetica, 2004.（ヨハン・カール・ローゼンクランツ『醜の美学』鈴木芳子訳・解説、未知谷、2007）

Rostand, Edmond, *Cyrano de Bergerac* (1897), a cura di C. Bigliosi, Milano, Feltrinelli, 2014.（エドモン・ロスタン『シラノ・ド・ベルジュラック』渡辺守章訳、光文社古典新訳文庫、2008）

Sade, Donatien-Alphonse François de, *Le 120 giornate di Sodoma* (1785), Roma,

醜さ

Bonaventura da Bagnoregio, *Commentaria in quattuor libros sententiarum Magistri Petri Lombardi*.（ボナヴェントゥーナ・ダ・バニョレージョ「ピエートロ・ロンバルディ師による金言についての註釈四書」）

Giacomo da Vitry, *Sermones*.（ジャック・ド・ヴィトリ「説教論集」）

Giamblico, *Vita di Pitagora*.（イアンブリコス『ピュタゴラス伝』／『ピタゴラス的生き方』水地宗明訳、京都大学学術出版会、2011）

Hildegarde di Bingen, testi mistici, XII secolo.（ビンゲンのヒルデガルド「神秘主義文集」）

Niceta Coniata, *Cronica*.（ニケタス・コニアテス『年代記』）

Omero, *Iliade*.（ホメロス『イリアス』松平千秋訳、岩波文庫、1992）

Romanzo di Esopo, epoca ellenistica.（『イソップ伝』）

Testamentum Domini, apocrifo del IV-V secolo.（著者不詳『聖書外典』）

Tommaso d'Aquino, *Summa theologiae*.（トマス・アクィナス『神学大全』高田三郎ほか訳、創文社、1960-2012）

Baudelaire, Charles, *I fiori del male* (1857), Torino, Einaudi, 2014.（シャルル・ボードレール『悪の華』〈改版〉堀口大學訳、新潮文庫、2002）

Broch, Hermann, *Il Kitsch* (1933), Torino, Einaudi, 1990.（ヘルマン・ブロッホ『キッチュ』）

Burton, Robert, *Anatomia della malinconia* (1624), Venezia, Marsilio, 2003.（ロバート・バートン『メランコリーの解剖』／『恋愛解剖学』齋藤美洲訳、桃源社、1964）

Céline, Louis-Ferdinand, *Bagatelle per un massacro* (1938), Milano, Guanda, 1981.（ルイ＝フェルディナン・セリーヌ『虫けらどもをひねりつぶせ』片山正樹訳、国書刊行会、2003）

Collodi, Carlo, *Le avventure di Pinocchio. Storia di un burattino* (1881), Milano, Feltrinelli, 1972.（カルロ・コッローディ『ピノッキオの冒険』大岡玲訳、光文社古典新訳文庫、2016）

De Amicis, Edmondo, *Cuore* (1886), Mondadori, Milano 1991.（エドモンド・デ・アミーチス『クオーレ』和田忠彦訳、平凡社、2007）

Dickens, Charles, *Tempi difficili* (1854), Torino, Einaudi, 2014.（チャールズ・ディケンズ『ハード・タイムズ』田辺洋子訳、あぽろん社、2009）

Encyclopædia Britannica, ed. 1798.（『ブリタニカ百科事典』）

『絵画における遠近法』）
Platone, *Timeo*.（プラトン『ティマイオス』／『プラトン全集 12（ティマイオス・クリティアス）』所収、種山恭子訳・田之頭安彦訳、岩波書店、1981）
Plinio il Vecchio, *Storia naturale*.（ガイウス・プリニウス・セクンドゥス（大プリニウス）『博物誌』／『プリニウスの博物誌』中野定雄ほか訳、雄山閣出版、1986）
Pseudo-Dionigi Areopagita, *La gerarchia celeste; Dei nomi divini*.（偽ディオニュシオス・アレオパギテス「天上位階論」『中世思想原典集成 3（後期ギリシア教父・ビザンティン思想）』所収、上智大学中世思想研究所編訳・監修、平凡社、1994；「神名論」『キリスト教神秘主義著作集 1』所収、谷隆一郎・熊田陽一郎訳、教文館、1992）
Senofane di Colofone, *frammenti*.（コロポンのクセノファネス「詩篇断章」）
Tommaso d'Aquino, *Summa theologiae*.（トマス・アクィナス『神学大全』高田三郎ほか訳、創文社、1960–2012）

Barbey d'Aurevilly, Jules, *Léa* (1832), in Id., *Una storia senza nome; Una pagina di storia; Il sigillo d'onice; Léa*, Milano, Bibliografica, 1993.（バルベー・ドールヴィイ「レア」『オニックスの印章／レア　愛にまつわる数奇な物語二編』所収、小椋順子訳、森企画、1999）
Burke, Edmund, *Indagine filosofica sull'origine delle nostre idee del sublime e del bello* (1757), Milano, Sonzogno, 1804.（エドマンド・バーク『崇高と美の観念の起原』中野好之訳、みすず書房、1999）
Formaggio, Dino, *L'arte*, Milano, ISEDI, 1973.（ディーノ・フォルマッジョ『芸術』）
Marinetti, Filippo Tommaso, *Manifesto tecnico della letteratura futurista* (1912), Venezia, Damocle, 2015.（フィリッポ・トンマーゾ・マリネッティ「未来主義文学技術宣言」）
Pacioli, Luca, *De divina proportione* (1509), Sansepolcro, Aboca Museum, 2009.（ルカ・パチョーリ『神聖比例論』）
Proust, Marcel, *Alla ricerca del tempo perduto* (1909–22), Milano, Mondadori, 2014.（プルースト『失われた時を求めて』吉川一義訳、岩波文庫、2010–）
Shaftesbury, *Saggi morali*, Bari, Laterza, 1962.（シャフツベリー『道徳試論』）
Sue, Eugène, *I misteri di Parigi* (1842–43), Firenze, Nerbini, 1924.（ウージェーヌ・シュー『パリの秘密』／『世界の名作　別巻 2（パリの秘密）』江口清訳、集英社、1971）

1751-80.（ドゥニ・ディドロ、ジャン・ル・ロン・ダランベール編『百科全書』／『百科全書　序論および代表項目』桑原武夫訳編、岩波文庫、1971）
Gregory, Tullio, *Scetticismo e empirismo. Studio su Gassendi*, Bari, Laterza, 1961.（トゥール・グレゴリウス『懐疑主義と経験論　ガッサンディ研究』）
Jeauneau, Édouard, *Nani sulle spalle di giganti*, Napoli, Guida, 1969.（エドワール・ジョノー『巨人の肩に乗った小人』）
Merton, Robert K., *Sulle spalle dei giganti. Poscritto shandiano* (1965), Bologna, il Mulino, 1991.（ロバート・キング・マートン『巨人の肩に乗って』）
Nietzsche, Friedrich, *Considerazioni inattuali* (1876), in Id., *Opere di Friedrich Nietzsche*, edizione italiana condotta sul testo critico originale stabilito da G. Colli e M. Montinari, vol. 3, Milano, Adelphi, 2013.（『ニーチェ全集 4（反時代的考察）』小倉志祥訳、ちくま学芸文庫、1993）
Ortega y Gasset, José, *Entorno a Galileo*, in Id., *Obras completas*, V, Madrid, 1947.（ホセ・オルテガ・イ・ガセット『ガリレオをめぐって』アンセルモ・マタイス、佐々木孝訳、法政大学出版局、1969）
Rifkin, Jeremy, *Entropia. La fondamentale legge della natura da cui dipende la qualità della vita* (1982), Milano, Baldini & Castoldi, 2000.（ジェレミー・リフキン『エントロピーの法則　21 世紀文明観の基礎』竹内均訳、祥伝社、1982）

美しさ

Bernardo di Clairvaux, *Apologia ad Guillelmum*.（クレルヴォーのベルナルドゥス「ギヨーム修道院長への弁明」『中世思想原典集成 10（修道院神学）』所収、上智大学中世思想研究所編訳・監修、平凡社、1997）
Clemente Alessandrino, *Stromata*.（アレクサンドリアのクレメンス『ストロマテイス』／『キリスト教教父著作集 4（アレクサンドリアのクレメンス　ストロマテイス［綴織］）』、秋山学訳、教文館、2018）
Guido Guinizelli, *Vedut'ho la lucente stella diana*.（グイド・グイニツェッリ「我は見た、輝ける明けの明星を」）
Hildegarde di Bingen, testi mistici, XII secolo.（ビンゲンのヒルデガルド「神秘主義文集」）
Il fisiologo, II-V secolo.（『フィシオロゴス』）
Il romanzo di Alessandro, III secolo.（「アレクサンドロス・ロマンス」）
Piero della Francesca, *De perspectiva pingendi*.（ピエロ・デッラ・フランチェスカ

引用参照文献*

巨人の肩に乗って

Aldhelm di Malmesbury, *Lettera a Eahfrid.*（マームズベリーのアルドヘルム「イーフリッドへの手紙」）
Apuleio, *Florida.*（アプレイウス『フロリダ』）
Aristotele, *Logica.*（アリストテレス『論理学』／『アリストテレス全集1～3』内山勝利ほか編集、岩波書店、2013-14）
Dante Alighieri, *De vulgari eloquentia.*（ダンテ・アリギエーリ『俗語論』／『ダンテ俗語詩論』岩倉具忠訳註、東海大学出版会、1984）
Giovanni di Salisbury, *Metalogicon.*（ソールズベリーのヨハネス「メタロギコン」／『中世思想原典集成8（シャルトル学派）』所収、上智大学中世思想研究所編訳・監修、平凡社、2002）
Girolamo, *Adversus Jovinianum.*（聖ヒエロニムス『対ヨウィニアヌス』）
Guglielmo di Conches, *Glosse a Prisciano.*（コンシュのギヨーム『プリスキアヌス註釈』）
I precetti dei poeti, VII secolo.（『詩人の掟』）
Orazio, *Epistole.*（ホラティウス『書簡詩』高橋宏幸訳、講談社学術文庫、2017）
Ovidio, *Ars amatoria.*（オウィディウス『恋の技法』／『オイデイウス愛の技術（アルス・アマートーリア）』、樋口勝彦訳、思索社、1948）
Virgilio Grammatico, *Epitomi; Epistole.*（文法家ウェルギリウス『梗概』『書簡集』）

Diderot, Denis - Alembert, Jean Baptiste le Rond d', *Encyclopédie ou dictionnaire raisonné des sciences, des arts et des métiers*, Paris, Briasson-David-Le Breton-Durand,

* 本文のなかで、著者が明確に引用した書物をまとめています。実際に使用された版や、推奨される版については指定されていないため、ここで言及されている版と、著者が実際に引用した版が異なる場合も考えられます。（原著編集部）

図版出典一覧

ADAGP, Paris/Scala, Firenze: pp. 97, 108, 215, 223, 245; Archives Charmet/Bridgeman Images: p. 363; Archivi Alinari, Firenze: p. 230; Authenticated News/Getty Images: p. 274; Beaux-Arts de Paris/RMN-Réunion des Musées Nationaux/distr. Alinari: p. 220; Bridgeman Images: pp. 200 (sin), 210, 263, 293, 324, 354; Cameraphoto/Scala, Firenze: p. 390; Christie's Images / Bridgeman Images: p. 189; Christie's Images, Londo/ Foto Scala, Firenze: pp. 39 (dx), 292; Collection Christophel/Mondadori Portfolio: pp. 199, 200 (dx); De Agostini Picture Library, concesso in licenza ad Alinari: p. 144; De Agostini Picture Library/Bridgeman Images: p. 94; De Agostini Picture Library/Scala, Firenze: pp. 78, 174; 229, 252, 295, 331 (dx); Erich Lessing / Contrasto, Milano: pp. 52, 367; Fine Art Images/Archivi Alinari, Firenze: p. 358; Foto Ann Ronan/Heritage Images / Scala, Firenze: p. 122; Foto Art Media/Heritage Images/ Scala, Firenze: p. 275; Foto Austrian Archives / Scala, Firenze: p. 414 (sin); Foto Fine Art Images/Heritage Images/Scala, Firenze: p. 149; Foto Scala Firenze – su concessione dei Musei Civici Fiorentini: p. 74; Foto Scala, Firenze – su concessione dell'Opera del Duomo di Orvieto: p. 287; Foto Scala, Firenze – su concessione Ministero Beni e Attività Culturali e del Turismo: pp. 44, 47, 75, 77, 141, 269 (sin), 271 (sin), 375, 382; Foto Scala, Firenze: pp. 55, p. 180, 342, 376, 383, 394, 411-412; Foto Scala, Firenze/ Bildagentur für Kunst, Kultur und Geschichte, Berlin: pp. 116, 409; Foto Scala, Firenze / Fondo Edifici di Culto – Ministero dell'Interno: p. 391; Fototeca Gilardi, Milano: pp. 84, 85 (sin); Getty Images / Fred W. McDarrah: p. 64; Getty Images / Hulton Archive: p. 91; Godong/UIG/Bridgeman Images: p. 344; Granger/Bridgeman Images: p. 331 (sin); Guido Cozzi / Sime: p. 316; Iberfoto/Archivi Alinari: p. 166; Leemage/Corbis/Getty Images: p. 330; Mary Evans Picture Library, London / Scala, Firenze: pp. 262, 415 (sin); Mary Evans/Scala, Firenze: pp. 187, 339; Michèle Bellot / RMN-Réunion des Musées Nationaux/distr. Alinari: p. 350; Mondadori Portfolio: p. 184; Mondadori Portfolio/Akg Images: pp. 39 (Sin), 63, 72, 85 (dx), 198; Mondadori Portfolio/ Electa/Sergio Anelli: pp. 281; Mondadori Portfolio/ Leemage: p. 192; Mondadori Portfolio/Rue Des Archives/Pvde: p. 44; Mondadori Portfolio/Rue Des Archives / Rda: p. 312; Mondadori Portfolio / Rue Des Archives / Tallandier: p. 88; Photo by Luc Roux/ Sygma via Getty Images: p. 416 (dx); Photo by Silver Screen Collection / Getty Images: p. 414 (dx); Photo by Studio Paolo Vandrasch, Milano: p. 318; Photo Josse/ Scala, Firenze: pp. 152, 337, 359, 398; Prismatic Pictures/Bridgeman Images: p. 254; RMN-Grand Palais (musée de Cluny – musée national du Moyen-Âge)/ Jean-Gilles Berizzi/distr. Alinari: p. 407; RMN-Réunion des Musées Nationaux/Centre Pompidou, MNAM-CCI / Philippe Migeat/distr. Alinari: p. 47 (dx); RMN-Réunion des Musées Nationaux/ Gérard Blot/distr. Alinari: p. 50; RMN-Réunion des Musées Nationaux/Jean-Gilles Berizzi/distr. Alinari: p. 40; RMN-Réunion des Musées Nationaux/René-Gabriel Ojéda/distr. Alinari: p. 161; Sarin Images / The Granger Collection /Archivi Alinari, Firenze: pp. 131, 372; Science Photo Library, London / Contrasto: p. 46; Stephane Frances/Onlyfrance/SIME: p. 258; Tate, London / Foto Scala, Firenze: pp. 126, 171; The Art Institute of Chicago / Art Resource, NY/ Scala, Firenze: pp. 237, 302; The British Library Board/ Archivi Alinari, Firenze: p. 323; The Metropolitan Museum of Art / Art Resource, NY/Scala, Firenze: p. 410; The Morgan Library & Museum/Art Resource, NY/Scala, Firenze: p. 156; The Museum of Modern Art, New York / Scala, Firenze: p. 62, 290; The National Gallery, London / Scala, Firenze: p. 104; The Stapleton Collection / Bridgeman Images: p. 336; Trustees of the Wallace Collection, London / Scala, Firenze: p. 248; UIG /Archivi Alinari: p. 160; White Images / Scala, Firenze: pp. 53, 82, 320, 334, 343, 384; World History Archive /Archivi Alinari: p. 348.

L'editore è a disposizione degli aventi diritto per eventuali fonti iconografiche non identificate.

著者略歴

ウンベルト・エーコ（Umberto Eco）

1932年イタリア生まれ。小説家・記号学者。現代を代表する碩学として幅広い著作を上梓。1980年、中世の修道院を舞台にした小説『薔薇の名前』を発表し、世界5500万部を超えるベストセラーとなる。小説に『フーコーの振り子』（88）、『前日島』（94）、『バウドリーノ』（2000）、『女王ロアーナ、神秘の炎』（04）、『プラハの墓地』（10）、『ヌメロ・ゼロ』（15）がある。おもな評論に『記号論』（76）、『ウンベルト・エーコの文体練習』（63）、『物語における読者』（79）、『ウンベルト・エーコ小説の森散策』（94）、『完全言語の探求』（95）、『永遠のファシズム』（97）、『カントとカモノハシ』（99）、『美の歴史』（04）、『醜の歴史』（07）、『ウンベルト・エーコの小説講座』（11）など。2016年没。

訳者略歴

和田忠彦（わだ・ただひこ）

1952年生まれ。東京外国語大学名誉教授。専攻はイタリア近現代文学・文化芸術論。著書に『タブッキをめぐる九つの断章』（共和国）、『ヴェネツィア　水の夢』（筑摩書房）、『声、意味ではなく――わたしの翻訳論』（平凡社）、『ファシズム、そして』（水声社）など。訳書に、U・エーコ『女王ロアーナ、神秘の炎』『カントとカモノハシ』『永遠のファシズム』（いずれも岩波書店）、『ウンベルト・エーコの小説講座』（共訳、筑摩書房）、I・カルヴィーノ『魔法の庭・空を見上げる部族他十四篇』『むずかしい愛』（ともに岩波書店）、A・タブッキ『時は老いをいそぐ』『いつも手遅れ』『イザベルに――ある曼荼羅』『とるにたらないちいさないきちがい』（いずれも河出書房新社）、『他人まかせの自伝』『夢のなかの夢』（ともに岩波書店）など。

石田聖子（いしだ・さとこ）

1979年生まれ。ボローニャ大学phd（演劇映画学）、東京外国語大学博士（学術）。現在、日本学術振興会特別研究員。訳書に、S・ベンニ『海底バール』（河出書房新社）、M・ジャコメッリ『わが生涯のすべて』（共訳、白水社）など。

小久保真理江（こくぼ・まりえ）

1980年生まれ。東京外国語大学特任講師。ボローニャ大学phd（イタリア文学）、東京外国語大学博士（学術）。訳書に、『ウンベルト・エーコの小説講座』（共訳、筑摩書房）など。

柴田瑞枝（しばた・みずえ）

1984年生まれ。ボローニャ大学phd（イタリア文学）、東京外国語大学博士（学術）。東京外国語大学、上智大学非常勤講師。共著に、和田忠彦編『イタリア文化55のキーワード』（ミネルヴァ書房）など。

高田和広（たかだ・かずひろ）

1980年生まれ。東京外国語大学大学院博士後期課程単位取得退学。現在、日伊協会講師。

横田さやか（よこた・さやか）

1978年生まれ。ボローニャ大学phd（演劇映画学）、東京外国語大学博士（学術）。現在、日本学術振興会特別研究員。共著に、和田忠彦編『イタリア文化55のキーワード』（ミネルヴァ書房）など。

ウンベルト・エーコの世界文明講義

2018年11月20日　初版印刷
2018年11月30日　初版発行

著　者　ウンベルト・エーコ
監訳者　和田忠彦
訳　者　石田聖子・小久保真理江・柴田瑞枝・高田和広・
　　　　横田さやか
装　丁　山田英春
発行者　小野寺優
発行所　株式会社河出書房新社
　　　　〒151-0051 東京都渋谷区千駄ヶ谷2-32-2
　　　　電話（03）3404-1201〔営業〕（03）3404-8611〔編集〕
　　　　http://www.kawade.co.jp/
印　刷　株式会社亨有堂印刷所
製　本　小泉製本株式会社

Printed in Japan
ISBN978-4-309-20752-0
落丁本・乱丁本はお取り替えいたします。